DÉCODE MOI

ARIEL TACHNA

DÉCODE MOI

ARIEL TACHNA

Publié par
DREAMSPINNER PRESS

5032 Capital Circle SW, Suite 2, PMB# 279, Tallahassee, FL 32305-7886 USA
www.dreamspinnerpress.com

À Naomi, pour son implication sans limites dans cette histoire.
C'était un bonheur de l'écrire en anticipant ta réaction.

PROLOGUE

— COMMANDANT, NOUS avons trouvé Newton !

En entendant Victoria Amato débarquer dans la pièce, Timothy Davenport leva les yeux du plan de mission sur lequel il était en train de travailler ; le visage généralement impassible de sa collègue laissait transparaître une lueur d'espoir pour la première fois depuis quatre mois. Son rythme cardiaque accéléra en attendant plus de détails. Il ne tourna pas les yeux vers Richard, certain que son expression le trahirait. Bien qu'ils ne dépendent plus de la marine, qu'ils avaient quittée parce qu'ils ne supportaient plus les commentaires racistes de leur collègue – jamais adressés directement à Richard, mais toujours prononcés en sa présence –, ils n'en oubliaient pas moins les leçons qu'ils avaient apprises concernant la discrétion et le fait de garder leur relation secrète.

— Où ça ? demanda Richard Horn, commandant de la *Strike Force Omega* et son amant de longue date.

Tim abandonna son plan de mission et se positionna près de Richard. Amato remit une image de surveillance aérienne au commandant, mais son sourire était adressé à Tim.

— Eric sera bientôt de retour à la maison, Davenport.

— Je touche du bois, dit-il, ne pouvant résister à cette vieille superstition de marin.

Même s'il ne portait plus l'uniforme de SEAL [1], il en était toujours un dans l'âme.

— Merci, Amato, ajouta-t-il.

— Je vous en prie, monsieur.

Elle les quitta en leur laissant la photo et le dossier qui l'accompagnait.

— Même si nous mourons d'envie de le retrouver, nous ne pouvons pas le secourir en mitraillant tout le monde, dit Tim avant que Richard puisse parler. Nous devons nous y prendre correctement ou bien il pourrait se faire tuer avant que nous arrivions à lui.

— Ils ne nous verraient pas arriver.

---

1 Élite de la marine militaire américaine.

Richard avait raison. Ils avaient participé à tellement de missions discrètes, que ce soit en tant que SEALs ou après avoir fondé la *Strike Force Omega*, qu'il en avait perdu le compte. Mais cette fois-ci, c'était d'Eric qu'il était question : le troisième côté de leur triangle, leur bouffée d'air frais, leur autre moitié chérie et précieuse, qui était retenue en otage depuis bien trop longtemps dans des conditions que Tim n'osait même pas imaginer. Les dommages collatéraux devaient être minimisés au mieux.

— Nous partons dans une heure, annonça Richard.

— Tu sais que nous ne pouvons pas faire ça. Même si nous n'avions pas d'autres missions en cours, nous devrions mettre une stratégie en place. Ce n'est pas une mission que nous pouvons mener à deux.

— Tu veux vraiment envoyer quelqu'un d'autre le chercher ?

— Bien sûr que non, cria Tim. Je l'aime tout autant que toi, mais c'est une raison de plus de ne pas se précipiter. Nous n'aurons qu'un essai. Si nous n'arrivons pas à le secourir dès la première tentative, nous n'aurons pas de seconde chance. Toi et moi, nous avons vu la même vidéo juste après son enlèvement. Ils le tueraient plutôt que de nous donner une autre chance de lui venir en aide.

L'angoisse qui se lisait sur le visage de Richard reflétait la douleur qui déchirait le cœur de Tim, mais il ne céda pas. Il n'en avait pas le droit. C'était trop important. Il n'avait pas passé ces vingt dernières années au côté de Richard sans avoir appris comment lui faire entendre raison lorsque l'enjeu était primordial.

— As-tu une meilleure idée ? demanda Richard.

Tim laissa échapper le souffle qu'il avait retenu. Si Richard lui posait cette question, cela signifiait qu'il était ouvert à toute suggestion ; la bataille était à moitié gagnée.

— Nous devons agir avant qu'ils comprennent que nous connaissons leur position et qu'ils le déplacent ou le tuent, mais notre opération en Syrie est déjà programmée. Nous serons en mer Caspienne pour la réaliser. Tu peux superviser une autre opération à partir du même poste de commandement. Étant donné que ce n'est pas une mission de sauvetage approuvée par le gouvernement, nous devrons le faire discrètement, mais personne ne va se plaindre que nous envoyions quelques terroristes en enfer.

— Tu veux que je reste planté sur le pont d'un porte-avions pendant que tu te rends… où est-ce que c'est, d'ailleurs ?

— Au Turkménistan, répondit-il en regardant la carte.

— Pendant que tu te rends au Turkménistan pour secourir Eric.

— Non. Je vais en Syrie.

— Jamais de la vie. Nous allons tous les deux partir au Turkménistan. Nous nous occuperons de la Syrie une fois que nous aurons retrouvé Eric.

— Nous ne pouvons pas faire ça et tu le sais très bien.

Il prit le visage de Richard dans ses mains et posa son front contre le sien.

— Soit nous envoyons Amato et son équipe secourir Eric, soit nous attendons que la mission en Syrie soit terminée en espérant qu'ils ne le déplacent pas pendant que nous sommes occupés à autre chose. Même si j'aimerais débarquer tel un sauveur sur mon beau cheval blanc, nous ne pouvons pas nous permettre d'attendre.

— Amato pourrait se rendre en Syrie, marmonna Richard.

Tim aurait aimé que ce soit vrai, mais la situation était compliquée.

— Sans Eric, elle ne dispose pas d'un sniper et Taylor refuse de travailler avec elle.

Aucun de leurs deux agents n'avait voulu dévoiler l'origine de leur mésentente, mais selon lui, Amato s'était chargée de donner une leçon de respect à Taylor quand Eric était finalement devenu l'amant de Richard et Tim. C'était tout aussi bien comme ça. La dernière fois que Tim avait dû enseigner cette leçon à quelqu'un – un ancien employé qui avait traité Eric de bâtard –, ce dernier avait démissionné dans les vingt-quatre heures.

— C'est la raison pour laquelle je me suis porté volontaire pour la mission en Syrie.

— Je déteste que tu aies toujours raison.

Tim l'embrassa brièvement.

— Nous allons le retrouver, nous l'aiderons à faire face aux séquelles que ces hommes lui auront laissées, puis nous ferons exploser tous ceux qui se trouvent sur ce camp une fois qu'Eric sera à l'abri. Amato va le ramener à la maison.

— J'espère que tu as raison.

Tim l'espérait aussi.

I

RICHARD HORN comptait deux choses importantes dans sa vie. Il avait l'habitude de les appeler ses mains et ses yeux – Eric Newton et Timothy Davenport. Ces hommes étaient à la fois ses amants, son équilibre mental, son soutien et sa vie. Il les avait tous les deux perdus aux mains de ces foutus terroristes ; quatre mois plus tôt pour Eric lors d'une opération qui avait mal tourné alors que Richard se trouvait à l'autre bout du monde et ne pouvait rien faire d'autre que réfléchir et organiser une mission de sauvetage ; à peine quelques minutes plus tôt pour Dav, sous une pluie de tirs dont personne ne pouvait espérer sortir vivant. Richard ne laisserait pas les terroristes lui prendre quoi que ce soit d'autre.

Il observa attentivement les deux flux de données obtenus grâce à des drones qui survolaient deux zones différentes du globe. L'équipe avait réussi à évacuer Dav, même si la dernière fois qu'il avait établi le contact, son amant avait fait un arrêt cardiaque. Le cœur de Richard avait cessé de battre en entendant cela, jusqu'à ce qu'on lui annonce qu'ils avaient retrouvé un pouls. Richard ne savait pas combien de temps Dav allait pouvoir tenir puisqu'il souffrait d'une douzaine de blessures par balles, mais si quelqu'un pouvait se faire tirer dessus à plusieurs reprises et survivre, c'était bien lui. Il n'avait jamais rencontré quelqu'un qui déjouait aussi bien le destin que son partenaire. Après avoir entendu qu'il avait été réanimé, Richard avait changé de canal radio. Pour le moment, il ne pouvait rien faire pour Dav et il avait une autre mission à superviser, une mission qui ne profiterait d'aucun renfort si la situation tournait mal.

Son drone planait au-dessus de la scène, mais la distance ainsi que la fumée et la poussière résultant d'une série d'explosions – certaines provoquées par son équipe, d'autres d'origine inconnue – l'empêchaient de voir clairement ce qui se passait au sol. Comme son équipe faisait tout son possible pour maintenir le silence radio, elle pourrait tout aussi bien avoir été éliminée sans qu'il le sache. Ou bien ses agents étaient en train d'évacuer Eric en ce moment même. Sa surveillance depuis le ciel ne lui permettait pas de voir ce qui se déroulait à l'intérieur de la planque des terroristes, mais il pouvait s'assurer que personne n'approche depuis l'extérieur et faire exploser quiconque le ferait.

— Putain de merde… Nous l'avons trouvé.

Victoria Amato combattait depuis plus longtemps que n'importe quel autre agent de la *Strike Force Omega*, exceptés Richard et Dav. Si Eric était en si mauvais état qu'elle en ressentait le besoin de jurer…

Richard chassa cette pensée. Ce n'était pas le moment de se montrer sentimental. Son équipe devait encore l'évacuer et le ramener à la maison. Il survola la zone pour surveiller le périmètre.

— Sortez immédiatement, ordonna-t-il sèchement. Vous avez de la compagnie.

— Entendu.

Richard positionna le drone de manière à pouvoir tirer sur le convoi qui se dirigeait vers la planque. Sans surprise, il toucha sa cible. Puis un missile tiré depuis le sol faillit lui faire perdre son aile. Richard ne cessa de jurer en esquivant le missile et en se plaçant hors de leur ligne de mire. Il allait devoir se contenter de surveiller la zone et les prévenir des dangers potentiels. Il ne pouvait rien faire d'autre. Il pria un Dieu auquel il ne croyait pas vraiment pour que cela soit suffisant.

— Ils ont des missiles sol-air, prévint-il l'équipe. Je ne vais pas vous être d'une grande aide. Je ne peux qu'être vos yeux.

— Vous faites une très belle paire d'yeux.

Richard faillit s'évanouir en entendant la voix d'Eric à travers la radio, même si elle était cassée. Malgré des mois de torture, il avait toujours l'audace de la ramener dès qu'on lui en laissait l'opportunité. Bon sang, il aimait tellement cet homme. Si les terroristes pensaient pouvoir lui prendre la dernière chose qui lui était précieuse, alors ils ne connaissaient pas du tout Richard Horn.

— Nous serons tes mains, ajouta Eric.

D'habitude, Davenport était leurs yeux, mais il…

— Ne foirez pas, Newton.

Il ne l'avait pas dit avant qu'Eric parte en mission et se retrouve aux mains d'une branche particulièrement sadique de terroristes. Il n'allait pas prendre le risque d'oublier de le dire à nouveau.

— Non, monsieur.

Richard survola la zone à une altitude que les armes des terroristes – du moins celles qu'il avait repérées – ne pouvaient pas atteindre, puis il patienta. Quelques instants plus tard, il vit son équipe sortir de la planque et se diriger avec difficulté vers le point de rendez-vous.

— Sanders, sortez-les de ce pétrin.

— Oui, monsieur.

La jeep se matérialisa au sol dès que Richard donna cet ordre, roulant à travers le terrain rocailleux pour récupérer l'équipe, mais aussitôt, Sanders fit une embardée.

— On nous tire dessus, monsieur. Origine des tirs inconnue.

— Bon Dieu de merde, jura Richard en faisant descendre le drone plus bas.

S'il arrivait à trouver le tireur, lui ou Eric pourrait le descendre.

— Que quelqu'un donne une arme à Newton. Si je trouve ce connard, je le veux mort.

— Vous pensez vraiment qu'il est sorti de la planque sans arme ? répondit Victoria. J'ai apporté son M40.

— Trouvez-moi une cible, dit Eric.

Richard survola la zone, mais il ne parvint pas à localiser le tireur. Lorsqu'il descendit plus bas, son drone fut pris pour cible. Il trouva l'origine des tirs et tira à son tour.

— Allez-y ! cria-t-il dans la radio. Rejoignez la jeep et foutez le camp de cet endroit. Je vous couvre.

Ils boitillèrent à travers le terrain et montèrent dans la jeep. Richard tira sur tout ce qui bougeait jusqu'à ce que Sanders rejoigne la route qui allait leur faire quitter les montagnes et les mènerait vers la piste d'atterrissage où était dissimulé le Black Hawk à bord duquel ils étaient arrivés. S'ils arrivaient à le rejoindre, ils seraient en sûreté. Il ouvrit une ligne privée pour parler à Victoria. Elle ne connaissait pas tous ses secrets, mais elle en savait davantage que n'importe qui d'autre dans l'équipe de sauvetage.

— Gardez un œil sur Newton. Davenport est tombé et je n'ai pas de nouvelles. Jusqu'à ce que j'en aie, Newton pourrait tenter de s'enfuir.

— Entendu, monsieur.

Il les suivit depuis les airs alors qu'ils empruntaient des routes étroites pour rejoindre la piste d'atterrissage. Il ne retira son casque et ne quitta les commandes que lorsqu'ils furent en sécurité à l'intérieur de l'hélicoptère. Il ne remarqua même pas qui prit sa place. Cela n'avait pas d'importance. Eric était sain et sauf.

— Monsieur ?

Richard leva les yeux vers Margot Heikkinen, son bras droit. Il l'avait recrutée de nombreuses années plus tôt, lors d'une opération conjointe avec la CIA. C'était un trésor d'informations – du moment qu'il ne lui demandait pas d'où elle les tenait.

— Oui ?

— J'ai eu des nouvelles de l'équipe d'évacuation sanitaire en Syrie. Ils ont envoyé Davenport dans un hôpital militaire en Israël. Ils essayent toujours de le stabiliser pour pouvoir le transférer à Landstuhl, en Allemagne.

— Il est en vie ?

— Pour l'instant, oui.

Richard ferma les yeux lorsqu'une vague de soulagement s'abattit sur lui. Cela avait été tellement difficile de couper le canal audio de l'équipe médicale alors qu'ils se battaient pour sauver son amant de plus de vingt ans. Seule la nécessité de venir en aide à l'autre équipe pour sauver Eric lui avait permis de couper la transmission.

Bordel. Il avait prévenu Amato que Dav était tombé. Si elle avait partagé cette information avec Eric – le troisième segment de leur triangle et la seule autre personne qui permettait à Richard de rester sain d'esprit – et que Richard ne parvenait pas à le rassurer, ils auraient de la chance qu'il prenne la fuite plutôt que de mourir d'angoisse. Il attrapa son téléphone et envoya un message sur le portable qu'il avait confié à l'équipe de sauvetage pour le remettre à Eric. Avec ce message, il était certain que son amant ne paniquerait pas avant qu'il puisse le rejoindre.

Son téléphone lui indiqua que le message avait bien été remis, mais il ne savait pas qui était en possession de l'appareil. Il pria une nouvelle fois en espérant qu'il s'agissait d'Eric. Il songea à envoyer un message à Amato ou à un autre membre de l'équipe pour s'assurer que le message parvienne bien aux oreilles d'Eric, mais il n'était pas prêt à dévoiler les couches de secrets qui protégeaient son cœur à qui que ce soit.

— Établissez un contact avec l'hôpital d'Israël. Je veux être informé de l'évolution de la situation toutes les cinq minutes.

Ce qu'il voulait réellement, c'était monter dans un avion et partir directement pour Israël, mais cela ne changerait rien à l'état de Dav. Il était hors de question qu'il ne soit pas présent pour Eric. Bien que ce soit généralement le rôle de Dav, Richard les avait déjà assez délaissés comme ça. Il allait endosser les responsabilités de Dav jusqu'à ce que celui-ci soit assez en forme pour reprendre son rôle.

ERIC NEWTON s'effondra sur le sol de l'hélicoptère banalisé que Sanders était en train de piloter pour quitter ce coin paumé du monde. Il ne connaissait même pas l'endroit où ils se trouvaient ni celui où ils se rendaient. Il était dans un état lamentable et d'après les regards que Victoria lui lançait, il avait certainement l'air encore plus mal en point qu'il ne le pensait. Mais il s'en fichait. Il était en vie, il avait échappé à ses ravisseurs et ils avaient fait exploser une grande partie de leur planque en quittant les lieux. Selon lui, c'était une bonne raison de faire la fête.

Il devait prévenir Tim qu'il allait bien. Il avait entendu la voix de Richard à la radio, alors Richard était au courant, mais Tim n'avait rien dit et il n'avait pas participé à la mission de sauvetage. Cela signifiait qu'il menait une autre mission quelque part dans le monde. Il valait mieux attendre et ne pas le déranger. Richard trouverait un moyen de le tenir au courant quand le moment serait venu.

Quel vieil homme superstitieux, pensa-t-il en esquissant un sourire lorsque la voix de Richard résonna dans son esprit. Cela faisait quatre ans qu'il combattait et son amant ne l'avait jamais envoyé sur le terrain sans prononcer ces trois petits mots. *Ne foire pas.*

— Eric ?

La voix de Victoria le sortit de ses rêveries.

— Oui ?

— Je suis désolée, dit-elle avec l'expression la plus compatissante qu'il ait jamais vue sur son visage. Horn m'a dit que Davenport était tombé. Il menait une opération en Syrie.

En Syrie… Ses ravisseurs lui avaient posé des questions concernant la Syrie chaque fois qu'ils l'avaient torturé. Il ne pensait pas avoir révélé des informations, mais ils l'avaient drogué avec tellement de mélanges différents qu'il y avait de longues périodes dont il n'avait aucun souvenir. Il aurait pu dire tout et n'importe quoi, il ne s'en souvenait pas. Tim était tombé, voire même mort parce que ces enfoirés ne faisaient jamais rien à moitié, et Eric en était responsable. Il se plia en deux et lutta pour ne pas vomir dans l'hélicoptère sous peine que son équipe le lui fasse regretter.

— Qu'a-t-il dit ? demanda Eric après avoir maîtrisé ses haut-le-cœur. Répète-moi exactement ses mots.

— Davenport est tombé et je n'ai pas de nouvelles, répéta Victoria.

— Excuse-moi de te déranger, Newton, mais Horn m'a donné ce téléphone pour toi. Il vient de vibrer. Tu devrais vérifier le message.

Eric faillit répliquer sèchement en lui demandant pourquoi il voudrait faire quoi que ce soit alors que Tim était tombé – il était certainement blessé, peut-être même mort –, mais Westin ne comprendrait pas sa réaction. Aucun d'eux ne la comprendrait sauf Victoria, parce qu'elle seule était au courant pour Tim et lui. Il récupéra le téléphone. Au moins, il pourrait envoyer un message à Richard pour lui demander une explication. Il déverrouilla l'écran, qui ne répondait qu'à son empreinte digitale – un jour, il faudrait qu'il demande à Richard comment il s'y prenait pour mettre ce système en place – et ouvrit sa messagerie. Il n'y avait qu'un très court message : *RAS, c'est le bordel.*

Il laissa échapper un rire.

— C'était un mensonge. Ou bien une sorte de manipulation. Richard Horn est un foutu menteur qui ne sait faire que mentir. Je suis bien placé pour le savoir étant donné que j'ai inventé cette phrase.

C'était un souvenir merveilleux : Richard avait invité Eric à se joindre à Tim et lui en garantissant que cela ne signifiait rien, qu'ils aimaient parfois inviter quelqu'un à se joindre à eux pour pimenter un peu leur vie. Eric y avait cru jusqu'à ce qu'ils l'installent entre eux et le prennent dans leurs bras comme s'ils n'avaient aucune intention de le laisser partir.

— Il ment comme il respire, mais il ne mentirait pas à ce sujet. Pas à moi.

— Newton, je sais ce que Davenport représente pour toi, mais je te promets que le commandant m'a dit qu'il était tombé.

— Alors ça veut dire que ce n'est pas aussi grave qu'il le pensait. C'est ce qu'il me dit dans son message. Il ne l'aurait pas envoyé si Davenport était mort.

— « *Rien à signaler, c'est le bordel* » ? En quoi est-ce rassurant ? intervint Westin en lisant le message par-dessus son épaule.

— Parce que les situations dans lesquelles nous nous retrouvons sont toujours un gros bordel. Le plus important est qu'il n'ait rien à signaler. Il parle de Davenport comme de ses yeux. Tu penses vraiment qu'il dirait qu'il n'y a rien à signaler si Davenport était mort ?

— Pourquoi t'a-t-il envoyé un message ? demanda Westin.

— Parce qu'il savait que s'il ne m'avait pas envoyé ce message, je me serais effondré en apprenant que Davenport était mort, répondit-il avec franchise. Je sais que tout le monde se pose des questions sur les informations que j'ai pu divulguer lorsque j'étais drogué et torturé, mais Horn ne voudrait pas que je sois brisé.

— Qu'est-ce que tu nous caches ? demanda Westin.

— Davenport et lui sont en couple depuis des années, répondit Victoria à sa place.

— Et Horn vous sert d'intermédiaire ?

— Non, il est avec nous.

Eric aurait aimé pouvoir filmer sa réaction pour la partager avec ses amants. Les deux hommes apprécieraient de voir Trey Westin sans voix, mais ils allaient devoir se contenter de l'imaginer. Westin était une bonne personne, sinon ils ne l'auraient pas recruté comme officier de liaison, mais il était coincé et impertinent.

— Je dois retourner au poste de commandement, quel que soit le lieu où il se trouve. Je dois voir quelle est l'étendue des dégâts que j'ai causés.

— Newton, intervint Westin. Tu ne peux pas savoir si les problèmes que nous avons rencontrés en Syrie ont un lien avec les informations que tu aurais pu divulguer. Tu as été absent durant des mois. Nous avons mis en place des plans de secours au cas où ils auraient réussi à te soutirer des informations.

— J'ai presque monté notre stratégie de A à Z, lui rappela Eric. S'ils ont réussi à me faire parler pendant que j'étais drogué, ils savent quels sont les plans de secours de nos plans de secours. Je dois partir de l'hypothèse que tout ce à quoi j'ai participé a été compromis.

— Nous n'allons plus tarder à atterrir sur le porte-avions duquel nous avons décollé, prévint Victoria. Nous nous occuperons du reste une fois sur place.

Eric se laissa retomber contre le siège et tenta de se concentrer sur le son de la voix de Richard dans son oreille et le message sur son portable. Il avait envie de croire qu'il était assez fort pour résister à la torture qu'on lui avait infligée. Il ne se rappelait pas avoir révélé leurs secrets, mais ses trous de mémoire l'obsédaient. Il avait reconnu les premiers effets de certaines drogues qu'on lui avait fait prendre. Le Pentothal, le LSD et la mescaline avaient été simples à reconnaître, à défaut d'y résister, mais ensuite, ils avaient commencé à faire des mélanges tout en lui disant qu'il avait révélé telle chose un jour, puis son contraire le lendemain ; la moitié du temps, les propos que ces hommes rapportaient n'avaient aucun sens, mais ils en avaient bien trop le reste du temps.

Il avait de la chance de ne plus faire partie des forces militaires. Si cela avait été le cas, il aurait été traduit devant la cour martiale. Dans son cas, il devrait simplement s'expliquer devant Richard et Tim.

Il continua d'espérer en se raccrochant au message et à la voix de Richard. Si ce dernier le détestait, il ne lui aurait pas demandé de ne pas foirer lors de son évasion. Il n'aurait pas envoyé de message concernant Tim. Il aurait simplement laissé Eric apprendre la nouvelle de la bouche de ses équipiers et devenir fou sous le poids du deuil et de la culpabilité.

Son téléphone vibra à nouveau.

Arrête de cogiter et ramène tes fesses à la maison.

Il retint un sanglot. Finalement, peut-être que Richard pourrait lui pardonner.

RICHARD SE tenait seul sur le pont du porte-avions après avoir fait en sorte que tout le monde soit occupé à autre chose, autre part. Il y avait bien assez de travail : ils devaient trouver la raison pour laquelle la mission en Syrie ne s'était pas déroulée comme prévu; cela permettrait aussi à Richard de ne pas être entouré lors de l'arrivée d'Eric. Il n'avait pas reçu de réponse à ses messages, mais l'hélicoptère était en route avec ce dernier à son bord.

Le « putain de merde » qu'Amato avait lâché en découvrant Eric ne lui permettait pas de savoir dans quel état se trouverait son amant lorsqu'il débarquerait. D'après les images transmises par le drone, Richard savait qu'il marchait. Ses cheveux étaient longs, ce qui n'était pas étonnant après quatre mois de captivité. D'habitude, il gardait ses cheveux noirs et lisses coupés court, presque complètement rasés, comme pour dissimuler ses origines Kiowa. Dav lui avait conseillé plus d'une fois d'accepter cette partie de lui-même, mais Eric n'avait jamais ressenti d'appartenance à cette tribu, n'ayant connu sa grand-mère, elle-même métisse, que quelques années avant son décès. On aurait pu croire qu'il sortait tout droit d'un roman ou d'une série de cow-boys, mais c'était un authentique jeune homme de Géorgie. Il y avait un tel contraste entre lui et Dav, qui avait la peau blanche, des yeux bleus et des cheveux blond foncé, mais ce n'était rien en comparaison à la peau marron de Richard. Il avait cessé de penser à Dav et lui de cette manière lorsque ce dernier avait refusé de réduire Richard à un « nègre avec un balai dans le cul », comme l'avaient qualifié plusieurs de leurs camarades durant leur formation. Richard était presque certain d'avoir eu un coup de foudre. Dav avait l'habitude de dire que son physique ordinaire faisait de lui l'espion parfait puisqu'il pouvait se fondre dans les populations d'Amérique du Nord ou d'Europe et que partout ailleurs, il n'était qu'un Américain quelconque. Il ne serait jamais ordinaire aux yeux de Richard, qui voyait la force maîtrisée qui se cachait sous les costumes que portait Dav la plupart du temps, mais il réussissait à duper le reste du monde. Par contre, Eric… Eric ne pouvait se fondre nulle part. Il n'avait jamais réussi à dissimuler cette attitude arrogante et pleine d'assurance qui l'avait distingué des autres soldats qu'ils avaient envisagé de recruter lors des entretiens. Il était doué et en avait conscience.

Les hélices commençaient à peine à ralentir quand la porte de l'hélicoptère s'ouvrit et qu'Eric en sortit. Il était dans un sale état, ce qui n'était pas surprenant, mais il était debout et marchait seul ; Richard ne pouvait pas en demander plus. Enfin si, il le *pouvait*, mais il avait déjà de la chance qu'Eric soit assez en forme pour marcher, alors il s'en contenterait. Il avança pour le rencontrer à mi-chemin, voire un peu plus étant donné qu'Eric marchait plus lentement que d'habitude. Il plaqua Eric contre sa poitrine et le tint fermement dans ses bras en le sentant trembler de tout son corps.

— Je suis là, murmura-t-il dans les cheveux d'Eric.

Il sentait la fumée, la poussière, les explosifs et pire encore, mais Richard s'en fichait. Eric était enfin de retour dans ses bras. Le reste du monde pouvait aller se faire voir.

Quand il entendit quelqu'un se racler la gorge, Richard leva les yeux et vit que les membres de l'équipe d'Eric les regardaient. Pendant un horrible instant, Richard lutta pour ne pas laisser retomber ses bras le long de son corps et s'écarter afin de revêtir son autorité comme une cape, mais Eric se trouvait dans ses bras : l'homme dont on avait poussé les limites physiques et mentales au-delà du supportable, qui allait devoir vivre en se rappelant ce qu'il avait subi, ce qu'il avait peut-être été contraint de révéler. Il ne s'écarterait pas. Il ne laisserait pas Eric sans soutien.

— Qu'est-ce que vous regardez ? gronda-t-il.

— Rien du tout, répondit Amato avec nonchalance.

— Newton dit que Davenport est en vie, dit Westin, retrouvant finalement sa voix.

Richard aurait préféré qu'il reste muet.

— Pour l'instant, oui. Il a fait un arrêt cardiaque durant son transfert, mais ils ont réussi à le réanimer. Il est à l'hôpital en Israël. J'ai envoyé un message à Newton dès que j'ai compris qu'il avait une chance de s'en sortir. Je n'ai pas eu l'occasion de vous en parler avant maintenant.

— Il va s'en sortir? demanda Eric.

La vulnérabilité dans sa voix brisa le cœur de Richard, un cœur qu'il n'admettrait pas avoir à qui que ce soit d'autre que ses amants

— Il est encore au bloc opératoire, mais dès que tu auras le droit de prendre l'avion, nous irons le rejoindre, que ce soit en Israël ou en Allemagne.

Eric hocha la tête.

— Westin, Sanders, aidez-moi à vider les couloirs, ordonna Amato avant que Richard puisse bouger ou penser à une manière d'éviter que le reste de la *Strike Force Omega* découvre la nature de sa relation avec Eric.

Cela ne ferait que retarder l'inévitable, mais pour le moment, c'était suffisant. Il se chargerait du reste plus tard.

— C'est parti! lança Sanders avec son sourire frénétique qui ferait réfléchir toute personne sensée à deux fois avant de s'approcher de lui.

— Merci, dit Richard, adressant un signe de tête à chacun d'eux en guidant Eric vers la porte.

Il savait que seule la volonté permettait à Eric de marcher alors qu'ils avançaient le long des ponts inférieurs pour rejoindre l'infirmerie. Heureusement, Eric en avait à revendre.

— Je suis là, dit Richard en glissant un bras autour de sa taille. Appuie-toi sur moi.

Eric hocha la tête. Sa respiration était trop rapide et ses yeux, vitreux. Pas défoncés, simplement vitreux, comme s'il était en état de choc.

L'oreillette de Richard grésilla.

— Ils sont en train de recoudre Davenport, monsieur. Ils vont le placer en salle de réveil pour les deux prochaines heures, puis ils le transféreront dans une chambre dans l'unité des soins intensifs.

— Quel est le pronostic? demanda Richard.

Il retira son oreillette afin qu'Eric puisse entendre.

— Ils émettent encore une réserve. Ils ont stoppé l'hémorragie et les blessures par balles ont été soignées. Son pouls est rapide, mais régulier et le respirateur est davantage une précaution qu'une nécessité. S'il survit à ces vingt-quatre prochaines heures, il a de bonnes chances de s'en sortir.

— Faites tout le nécessaire pour qu'il s'en sorte, ordonna Richard.

— On peut le voir? marmonna Eric.

— Bientôt, répondit-il, inquiet de voir que son partenaire était en train de perdre la notion de l'espace. D'abord, nous devons te faire examiner.

Eric se libéra des bras de Richard et fit deux pas vers l'infirmerie, puis ses yeux se révulsèrent et il s'effondra. Seuls des réflexes acquis grâce à des années de combat permirent à Richard de le rattraper avant qu'il ne touche le sol.

— Docteur !

II

ERIC SE réveilla, analysant minutieusement l'état de son corps avant d'ouvrir les yeux. Il avait froid. Il sentit le poids d'une couverture sur son corps – d'où venait-elle? Ils ne lui donnaient jamais rien pour se protéger durant les longues nuits froides du désert –, mais il ne produisait pas assez de chaleur humaine pour qu'elle puisse le réchauffer. Sa main lui faisait mal. L'avaient-ils cassée? Si ces connards avaient endommagé sa main, ils les enverraient directement en enfer. Quand il plia ses doigts, il sentit le pincement d'une intraveineuse sous sa peau. Il frissonna en se demandant quel genre de drogues ils étaient en train de lui injecter cette fois-ci. Ils l'avaient drogué tellement de fois qu'il n'arrivait plus à les compter, mais ils n'avaient jamais utilisé une intraveineuse jusque-là. Cependant, ses doigts répondaient à sa commande. Ils ne les avaient pas cassés. Ils avaient menacé tellement de fois de lui briser les doigts, voire pire, de les lui arracher. Il trembla et réprima les souvenirs qui menaçaient de le paralyser. Il sentit la présence d'un masque sur son nez et sa bouche – étaient-ils en train de le gazer par-dessus le marché? Mais il n'était pas attaché. Cela n'avait aucun sens. Sa jambe gauche était lourde, plus lourde que sa jambe droite; il se demanda s'ils ne l'avaient pas cassée sans qu'il s'en rende compte.

Le poids qui pesait sur sa jambe s'envola, attirant son attention vers le bas du lit où il découvrit avec bonheur la silhouette de Richard qui se redressait sur sa chaise. C'était le poids de sa tête qui avait reposé sur le genou d'Eric.

Richard. La mission de sauvetage. Il n'était plus dans ce trou à rats. Il était… à l'infirmerie, sur un porte-avions qui se trouvait dans une certaine partie du monde, et Richard veillait sur lui. C'était une intraveineuse qui était piquée sur sa main et un masque à oxygène qui était posé sur son visage; ce n'était pas d'autres moyens de torture imaginés par les hommes les plus tordus qu'Eric avait rencontrés de sa vie.

Eric tira sur le masque à oxygène avec la main qui n'était pas reliée à l'intraveineuse.

— Pas encore, intervint Richard en attrapant sa main et en la tenant serrée dans la sienne. Même si j'ai très envie de t'embrasser, nous allons d'abord appeler le médecin pour qu'il vienne t'examiner. Il ne comprend pas comment tu as pu rester debout alors que tu étais déshydraté, affamé et en manque de sommeil, sans compter que tu avais une commotion cérébrale et de nombreuses abrasions, brûlures et autres blessures superficielles. Je ne sais pas comment tu as réussi à t'échapper, mais je t'ai vu faire. Tu étais sublime.

Il regarda fixement Eric avec ce regard qui faisait trembler les nouvelles recrues. Eric n'avait pas été intimidé la première fois qu'il en avait été le récepteur, alors il l'était encore moins après quatre ans de relation.

— N'essaie pas de retirer le masque et ne te lève pas avant que je revienne.

Eric acquiesça de la tête, sachant que Richard le croirait sur parole. De toute façon, il ne se sentait pas la force de bouger. Il voulait retirer le masque, mais il pouvait attendre jusqu'à ce que le médecin ait fini de l'examiner.

Quelques instants plus tard, Richard revint accompagné d'un médecin qu'Eric ne reconnut pas. Il ne connaissait pas tous les membres de la *Strike Force Omega*, mais c'était toujours plus simple quand il avait affaire à un médecin qu'il connaissait.

— Newton, je te présente le Dr Jameson, prêté par Bethesda. Il était dans le coin quand tu t'es évanoui et il t'a examiné.

Eric hocha la tête pour montrer qu'il comprenait et donner la permission au médecin de l'examiner à nouveau. Le médecin n'y voyait peut-être qu'un signe de tête, mais Eric savait que Richard ne laisserait pas l'homme le toucher tant qu'il ne lui adresserait pas ce signal. Ils avaient tous leurs problèmes et Eric n'aimait pas être touché par des inconnus, même avant d'avoir passé quatre mois à se faire torturer.

Le Dr Jameson prit sa tension, observa ses pupilles et effectua le test du pli cutané sur le dos de sa main.

— On dirait que vous récupérez bien. Je vais retirer le masque afin que vous puissiez discuter avec M. Horn, mais si vous commencez à ressentir des étourdissements ou que vous avez du mal à respirer, remettez-le immédiatement et demandez à quelqu'un de m'appeler.

Le médecin tendit une main pour attraper le masque à oxygène, mais Richard le devança, évitant à Eric la gêne de devoir esquiver des mains qui, en y réfléchissant de manière rationnelle, ne cherchaient qu'à l'aider.

— Vous êtes en très bonne forme physique, alors il n'y a aucune raison de croire que vous ne connaîtrez pas un rétablissement complet, mais vous avez poussé vos limites bien au-delà de l'épuisement. Vous allez devoir vous reposer, boire beaucoup d'eau et manger des repas consistants pendant plusieurs semaines avant de pouvoir reprendre du service.

— Quand est-ce que je pourrais rentrer ? demanda Eric, la voix encore rauque.

— Nous aimerions vous garder en observation pendant douze heures. M. Horn m'a expliqué que vous n'aimiez pas beaucoup les infirmeries, alors je vous suggère de prendre une douche, de mettre des vêtements propres et de voir comment vous vous sentez. Si vous vous sentez bien, vous pourrez aller prendre l'air et revenir quand vous ressentirez le besoin de dormir. Ça vous permettra de ne pas vous sentir à l'étroit. Vos blessures sont relativement légères, même votre commotion. Le fond du problème, c'est qu'elles se sont ajoutées à la déshydratation, à la faim et à la fatigue. Je sais que vous dormiriez mieux dans votre propre lit, mais nous devons faire attention à votre déshydratation et à votre commotion.

— Je peux envoyer quelqu'un chercher des affaires propres, Newton, dit Richard.

Cela revenait à fouiller dans les vêtements qu'ils rangeaient dans la chambre attribuée à Richard sur chaque base ou navire qu'ils utilisaient pour des moments comme celui-ci.

— Tu te sentiras mieux une fois propre.

Eric prit le temps de regarder sa peau. Richard avait raison. Il était sale.

— Oui, une douche me fera du bien.

— Quelqu'un devrait rester avec vous pendant que vous prenez votre douche, ajouta le médecin. Vous allez mieux, mais vous allez ressentir des étourdissements pendant un moment. Si vous voulez, je peux demander à une infirmière de venir.

— Ce n'est pas la peine, l'interrompit Richard. Je vais garder un œil sur lui.

Si le Dr Jameson fut surpris par l'idée que le chef d'une organisation paramilitaire surveille l'un de ses employés depuis l'extérieur de la douche, cela ne se lut pas sur son visage. De toute manière, Eric était trop fatigué pour s'en soucier. Le médecin hocha la tête et quitta la pièce.

— Est-ce que… est-ce que tu m'as vraiment laissé pleurer sur ton épaule devant le reste de l'équipe ?

Ses souvenirs de ces quatre derniers mois étaient flous.

— Il n'y a pas eu de pleurs, répondit Richard en le fusillant du regard. Mais il y a eu une étreinte.

— Devant l'équipe ?

— Tu avais besoin de moi. Rien d'autre n'avait d'importance. Westin a dit que tu les avais prévenus que Dav n'était pas mort, alors ils t'ont forcément demandé pourquoi je te l'avais dit. Je serais étonné d'apprendre que tu as réussi à ne pas leur parler de notre relation.

— Je leur ai dit.

Richard prit la joue d'Eric dans la paume de sa main.

— Tu as fait tes preuves des milliers de fois, Eric. Personne ne remet en cause ta légitimité dans cette équipe.

— Arrête de raconter des conneries, Richard. Il n'y a que toi et peut-être mon équipe pour ne pas remettre en cause ma légitimité. J'ai été retenu en otage et torturé pendant des mois. Je ne sais pas combien de personnes sont mortes à cause des informations qu'ils auraient pu me soutirer. J'ai failli coûter la vie à Tim. Ils ont envahi mon esprit. Ils ont pris tout ce que je savais et ils l'ont utilisé contre moi, contre nous.

— Et pourtant tu es vivant, Dav n'est pas mort et le monde ne s'est pas écroulé. Alors soit tu n'es pas aussi doué que tu le penses – ne dis rien –, soit tu es bien meilleur que ce qu'ils pensaient.

— Qu'est-ce que tu entends par là ? demanda Eric avec méfiance.

— Si tu voulais détruire la *Strike Force Omega*, que viserais-tu ?

— Quoi ? Je n'en ai aucune envie !

— Je le sais, Eric, mais réponds quand même à ma question. Que viserais-tu ?

— La maison aux îles Caïmans. Tous les autres points sont des lieux de transit, mais ce point-ci est notre maison.

— Alors si les terroristes ont réussi à tout te prendre, pourquoi n'avons-nous vu aucun signe allant dans ce sens ? Je ne dis pas que rien n'a été compromis, parce que nous ne le saurons jamais avec exactitude, mais nous avons pris des mesures pour contrecarrer les opérations qu'ils auraient pu mener grâce aux informations que tu aurais pu leur donner. Finalement, rien ne s'est déroulé d'une manière qui pourrait laisser penser que des renseignements internes auraient été dévoilés. Alors peu importe ce qu'ils ont obtenu de toi, ils n'ont pas été aussi loin que tu le crois.

Eric avait envie de croire que Richard disait la vérité, mais leurs voix étaient encore claires dans son esprit, tordant la réalité insidieusement jusqu'à ce qu'il ne distingue plus le vrai du faux. Les visions qui avaient été provoquées par la drogue durant sa captivité étaient généralement des souvenirs et non pas des scènes imaginaires, comme si les personnes qui l'avaient interrogé avaient passé sa mémoire au crible pour obtenir plus d'informations. Cela pouvait signifier n'importe quoi, étant donné tous les produits chimiques qu'ils lui avaient fait prendre.

— Arrête, ordonna Richard avant de se pencher et de l'embrasser.

Il avait le goût du café et des pastilles à la menthe, ce qui rassura Eric comme rien d'autre n'aurait pu le faire parce que ses rêves, ses hallucinations – tout ce qu'il avait vécu ou s'était remémoré durant ce cauchemar – n'avaient eu ni goût ni odeur.

Eric se laissa emporter par le baiser, la douceur familière de la barbe parfaitement taillée de Richard l'accueillant à la maison. Il laissa le baiser envahir ses sens. De toute façon, il n'en avait pas besoin. Ils lui avaient menti tellement longtemps qu'il ne savait plus ce qui était réel à part ce moment. Le baiser resta doux et lent, Richard traçant les lèvres d'Eric de sa langue, mais n'envahissant jamais sa bouche. Eric rompit le baiser dans un sanglot, posant son front contre celui de son amant et savourant le fait d'être en vie.

— Je vais aller chercher tes vêtements. Si tu n'es plus dans ce lit quand je reviens, je te botte les fesses. Compris ?

— Oui, monsieur, répondit-il en imitant le salut militaire.

Richard attrapa sa main et la serra fort.

— Je serai de retour avant même que tu n'aies eu la chance de te languir de moi.

Richard lui manqua dès qu'il eut le dos tourné, avant même qu'il ait passé la porte.

— Ne foirez pas ? C'est tout ce que vous avez trouvé à lui dire ?

Richard leva les yeux et vit Amato entourée de Westin et Sanders.

— Ce ne sont pas vos affaires, Westin.

— Ce ne sont peut-être pas les siennes, mais ce sont les miennes, intervint Amato. Eric est le guetteur et le sniper de mon équipe. Son bien-être est primordial pour moi.

Richard leva un sourcil de manière sardonique.

— J'apprécie que vous vous inquiétiez pour lui, mais la manière dont je gère ma vie personnelle ne vous regarde pas.

— À partir du moment où ça affecte notre coéquipier, ça nous regarde, insista Amato.

— Eric était déshydraté, exténué, battu, couvert de bleus, affamé, dit-il parce qu'ils méritaient de le savoir. Le médecin veut le garder en observation, mais quand il aura pris sa douche, il aura droit aux visites. Je vous interdis de le bouleverser davantage que vous l'avez déjà fait en lui parlant de Davenport avant que j'aie eu la chance de le voir.

— Comment étions-nous censés savoir? demanda Westin.

— C'est vrai, vous n'étiez pas au courant, mais il a vécu l'enfer et je vous interdis de rendre la situation encore plus difficile ou je vous enterre vivant, Westin.

— Entendu, monsieur.

— Ce n'était pas votre cas, Amato. Sanders ne le savait pas et Westin ne faisait même pas partie de l'équipe lorsque Newton nous a rejoints. J'en suis conscient. En réfléchissant à la situation, ils ont certainement pensé que Newton avait perdu un ami, voire un responsable, mais vous connaissiez la vérité. Vous saviez ce que Davenport représentait pour lui. On n'annonce pas à une personne qu'elle a perdu son partenaire de cette façon.

L'œil d'Amato se plissa; ce regard avait suscité la peur dans le cœur de certains hommes, mais cette femme avait failli lui coûter ses mains. Si Eric n'avait pas reçu son message, il aurait pu prendre la fuite. Richard l'aurait traqué, mais le mal aurait été fait.

— Oui, monsieur, dit-elle la gorge serrée.

— N'entrez pas avant que je vous y autorise. C'est valable pour vous trois.

Il les laissa dans le couloir, ignorant totalement les contestations incessantes de Westin. Si Amato ne le gardait pas hors de la chambre, Richard les enverrait tous les deux en Sibérie. Amato s'en ficherait, mais Westin ne tiendrait pas une journée.

Il se rendit dans la chambre qui lui était réservée à bord du porte-avions et fouilla dans le tiroir pour trouver les vêtements de rechange qu'il avait emportés avec lui lorsqu'ils avaient commencé à mettre en place une mission de sauvetage parce qu'il refusait d'admettre qu'Eric pourrait ne pas revenir. Il s'accorda une minute et fit glisser ses doigts le long du costume de Dav. Il se promit de lui apporter ce costume au plus vite. Cependant, Eric l'attendait, alors il ne perdit pas de temps.

Heikkinen tenta de l'intercepter avec une question alors qu'il était en route vers l'infirmerie, mais il se libéra d'elle en lui donnant l'ordre de faire preuve d'un peu d'initiative et de prendre des décisions par elle-même. Elle n'était pas son bras droit par hasard. Il était temps pour elle de mériter son salaire.

À son grand soulagement, Eric était toujours à l'endroit où Richard l'avait laissé, allongé sur le côté, les yeux fermés.

— Eric…

Richard posa sa main sur son épaule, mais il laissa sa voix réveiller son amant plutôt que de le secouer.

— Réveille-toi. Il est temps de prendre une douche.

Eric cligna doucement des yeux.

— Richard ?

— Je suis là, Eric. Tu es en sécurité. Allons jusqu'à la salle de bain. Même si tu retournes te coucher ensuite, tu te sentiras mieux après avoir pris une douche.

Eric se laissa guider hors du lit par Richard, qui fit bien attention à l'intraveineuse. La blouse d'hôpital ne fut pas un obstacle et Richard l'aida à rejoindre la salle de bain, mais Eric refusa qu'il le suive jusque dans la cabine. Il resta donc appuyé contre le mur à écouter Eric prendre sa douche.

Alors qu'il commençait à s'inquiéter, l'eau s'arrêta de couler et Eric tira le rideau. Son visage montrait encore des signes de fatigue et des cernes bordaient ses yeux. Richard promena son regard le long du corps de son amant, répertoriant chaque coupure et hématome. Il avait été fouetté, brûlé, coupé et probablement noyé, mais Dieu merci, le médecin n'avait trouvé aucune trace d'abus sexuel. Il avait besoin d'une nouvelle coupe afin de remettre de l'ordre dans ses cheveux habituellement noirs et courts, de se raser pour se débarrasser de ce semblant de barbe et de passer toute une année à dormir et à bien manger.

— Tu es toujours le plus beau spécimen que j'ai vu de ma vie, dit-il en lui remettant une serviette de bain et un boxer.

— Arrête tes conneries, répliqua Eric.

Richard envisagea de ne pas le reprendre. Il avait entendu tout un tas de conneries dans l'exercice de ses fonctions chez les SEALs et encore plus depuis qu'il avait décidé de travailler en collaboration avec les forces militaires plutôt que d'en faire partie, mais cela n'avait rien à voir avec le fait de supporter d'en entendre. Cela concernait Eric et son manque de confiance en lui ; Richard n'avait jamais supporté cela.

— Arrête ça tout de suite, dit-il en s'écartant du mur pour envahir l'espace personnel d'Eric. Tu penses que je ne te vois pas, mais je te vois parfaitement, Eric Peter Newton. Je te vois chaque seconde depuis le moment où j'ai posé les yeux sur un dossier dans lequel était inscrit ton nom. Tu es un jeune homme insolent qui a quitté le lycée en cours de route, qui n'a pas reçu une éducation classique et qui possède les meilleurs yeux du monde. Tu aimes le désordre et tu es fainéant lorsque tu n'es pas en service. Tu fais preuve de sarcasme et tu adores désobéir lorsque tu es en service. Je connais tes défauts. Dav s'en est plaint pendant trois ans avant que je finisse par le convaincre que ce n'était pas parce qu'il était amoureux de toi qu'il m'était infidèle, alors je t'interdis de croire que je ne te vois pas. Tu sais ce que je vois d'autre ?

Eric le fusilla du regard, mais ne s'écarta pas. Richard prit cela comme une permission de continuer.

— Tu es un stratégiste hors pair. Tu observes les situations sous un angle que même les meilleurs analystes militaires ne comprennent pas. Tu peux toucher n'importe quelle cible à l'aide de n'importe quelle arme, même si ce n'est que quelques secondes après avoir utilisé une arme pour la première fois. Tu t'impliques dans chaque combat comme si la survie du monde en dépendait et tu n'abandonnes jamais. Tu es aussi généreux avec ton temps que tu l'es avec ton cœur et peut-être que seuls Dav et moi pouvons le voir, mais *nous* le voyons chaque fois que tu nous prends dans tes bras plutôt que de ne prendre que lui. Tu n'es pas parfait et je ne prétends pas le contraire, mais ça ne te rend pas moins parfait à mes yeux.

III

LA CERTITUDE absolue et inébranlable dans la voix de Richard provoqua la réaction que toutes les tentatives de ses ravisseurs avaient échoué à obtenir : il s'effondra.

Eric sentit le sanglot monter en lui. Il tenta de le retenir, détestant faire preuve de faiblesse, mais Richard le tenait contre lui et continuait de lui murmurer sa désapprobation et son affection à l'oreille. Eric cessa de résister. Il se sentait en sécurité dans deux endroits au monde : dans les bras de Tim et dans ceux de Richard. Richard se tenait entre lui et le reste du monde, ses larges épaules empêchant qui que ce soit de voir les larmes qu'ils ne pouvaient plus retenir.

— C'est ça, murmura Richard. Tu es en lieu sûr. Je suis là. Je ne te laisserai plus jamais partir.

— Menteur, répliqua Eric à travers les larmes qui coulaient encore le long de ses joues. Dès que les médecins m'autoriseront à reprendre du service, tu m'enverras sur une autre mission parce que tu sais que si tu ne le fais pas, je vais me mettre à terroriser les gens.

— Tu préférerais retourner en mission plutôt que d'aider Dav à se rétablir ? demanda Richard avec sérieux. Parce que j'avais l'intention de te confier cette mission à plein temps. Il va avoir besoin de nous, Eric. Il ne va pas se remettre facilement de ses blessures et avec le Pentagone qui surveille mes moindres faits et gestes et le monde entier qui panique à la suite des attaques terroristes, c'est toi qui vas devoir prendre soin de Dav, du moins pendant la journée. Je ne peux pas vraiment faire mon difficile si nous voulons toujours avoir un travail une fois que tout sera terminé. Tu penses pouvoir t'en occuper ?

Eric hocha la tête alors qu'un autre sanglot lui échappait. Il était un peu dépassé par les événements. Son enlèvement, la torture, son sauvetage, le message de Richard, les blessures de Tim, la foi que Richard avait en lui… bordel, il ne la méritait pas. Il ne méritait rien de tout ça ; il ne l'avait jamais mérité. Richard et Tim avaient été un cadeau tombé du ciel depuis l'instant où il les avait rencontrés, même avant qu'il comprenne ce qu'ils représentaient l'un pour l'autre et ce qu'ils allaient devenir pour lui.

Ces deux hommes avaient posé les yeux sur le petit con qu'il avait été et au lieu de le laisser finir en prison, comme il le méritait, ils lui avaient donné une autre option. Il lui avait fallu un an avant de comprendre qu'ils n'allaient pas lui retirer son travail à la moindre erreur. Il lui avait fallu deux ans pour s'entendre avec Tim qui était son responsable. Au bout de trois ans, il était tellement amoureux de Tim qu'il avait du mal à penser à autre chose, ce qui amusait beaucoup Victoria. Il n'avait jamais considéré Richard comme autre chose que leur commandant teigneux jusqu'à ce qu'il fasse des avances à Tim. Richard les avait surpris s'embrassant (Eric ne savait toujours pas comment ils avaient réussi à avoir un timing si parfait) et l'avait gentiment informé, sans aucun détour, que toute relation avec Tim devait aussi l'inclure.

Il avait failli prendre ses jambes à son cou, mais Richard l'avait alors embrassé et toutes ses inquiétudes s'étaient envolées. Eric n'avait plus fait marche arrière.

Jusqu'à ce que les terroristes prennent tout ce qui constituait son identité et l'utilisent pour leur usage personnel. Il avait entendu ce que Richard et Westin avaient dit concernant les renseignements qu'il aurait pu donner ou ne pas donner à ses ravisseurs. D'ailleurs, il était assez d'accord avec ce qu'ils avaient dit, mais cela n'empêchait rien au fait qu'ils ne puissent jamais vraiment connaître l'étendue des dommages qu'il avait causés ou le nombre de morts qu'il avait engendré.

Richard continua de le tenir contre lui et de le laisser pleurer, jusqu'à ce que du bruit dans la pièce voisine les interrompe.

— Nettoie ton visage et habille-toi, dit Richard. J'ai deux mots à dire à ces idiots qui ne savent pas comment suivre un ordre.

Eric frotta son visage avec la serviette, essuyant ses larmes. Il réussit à sourire pour Richard et commença à s'habiller.

Richard disparut à travers la porte et la referma derrière lui, mais la fine planche de bois ne fit rien pour dissimuler sa diatribe.

— Je croyais vous avoir demandé de patienter jusqu'à ce que je vous autorise à entrer, commença-t-il à réprimander l'équipe. Ai-je utilisé des mots trop compliqués pour vous ?

— Vous preniez trop longtemps, répondit Sanders.

— C'est bon, monsieur, intervint Eric en sortant de la salle de bain. Je suis d'attaque pour une courte visite.

Richard ne semblait pas convaincu. Pourtant, il s'écarta et laissa les membres de l'équipe l'étreindre, lui tapoter l'épaule et Victoria lui donna même un coup de poing dans les côtes – bien plus doux que ceux qu'elle avait l'habitude de lui donner. Cela lui valut un grognement d'Eric. Elle se contenta de le fusiller du regard, sans aucun regret.

— Pourquoi tu ne m'as rien dit ? demanda-t-elle en désignant Richard du regard.

— Je ne t'ai rien dit à propos de Tim non plus.

— Bien sûr que si. Peut-être pas avec des mots, mais toute personne assez maligne pouvait le comprendre.

— Je n'ai rien vu, intervint Sanders.

— J'ai dit « toute personne assez maligne », répliqua-t-elle sèchement.

— Je ne l'ai dit à personne, dit Eric, interrompant leurs chamailleries. Vous êtes au courant des rumeurs qui couraient à mon sujet parce que je ne travaillais jamais avec une autre équipe sans l'accord de Davenport et que les plaintes déposées contre moi ne semblaient jamais porter leurs fruits.

— Tu ne désobéis qu'aux ordres débiles, dirent Victoria et Richard au même moment.

— Ce n'est pas la question, dit-il, même si le fait qu'ils comprennent son attitude était ce qui lui avait permis de mieux réussir au sein de la *Strike Force Omega* qu'au sein de l'armée.

À l'armée, ses commandants se fichaient de savoir s'il pensait que les ordres étaient mauvais et il n'avait pas tenu longtemps suite à sa formation.

— Si les gens avaient su que je couchais non seulement avec mon responsable, mais aussi avec le commandant, personne n'aurait cru que j'avais obtenu mon poste au mérite.

— Si une personne ose dire ça, c'est qu'elle ne t'a jamais vu tirer, dit Victoria. Ta place au sein de cette équipe n'est *pas* à remettre en question. Si chacun de nous se trouve dans cette pièce aujourd'hui, c'est parce que tu as couvert nos arrières lorsque nos vies étaient en danger.

— Je confirme, ajouta Sanders.

— Tu m'as sauvé la vie tellement de fois que j'ai perdu le compte, continua Victoria. Je ne trahirai pas le secret.

Eric savait qu'elle mentait à propos du compte ; cette femme avait un tableur dans la tête. Cependant, il lui était reconnaissant.

— Si votre relation ne nous dérange pas, pourquoi se soucier des rumeurs ? demanda Sanders. Sérieusement, Newton, il y aura toujours des détracteurs qui ne verront que ce qu'ils veulent bien voir. Les gens parlent. Tu peux essayer de discuter avec eux, mais ça ne changera rien. Préoccupetoi seulement des personnes dont l'opinion compte pour toi et au diable le reste du monde. Quand vont-ils te laisser sortir ?

— Demain matin, je pense. Du moins, c'est ce que j'ai cru comprendre quand le médecin est passé.

— Bien. Et ensuite ?

— Si Davenport se trouve encore en Israël, Eric et moi partirons le rejoindre là-bas, ou bien à Landstuhl si son état est assez stable pour effectuer le transfert, répondit Richard. Il est officiellement en arrêt de travail pour prendre soin de son partenaire.

— Vous savez qu'on ne donne pas d'arrêt de travail pour ce genre de raison, n'est-ce pas ? demanda Westin.

— Qui est-ce qui commande ? demanda Richard sur un ton glacial.

Si Eric avait pu rassembler assez d'énergie pour rire, l'expression de Westin en aurait provoqué un, mais il se sentait à nouveau affaibli.

— Sortez, ordonna Richard.

Il fusilla l'équipe du regard jusqu'à ce qu'ils commencent à se diriger vers la porte, puis il se tourna vers Eric.

— Viens, Pêche. Allons te mettre au lit.

— Pêche ? répéta Sanders alors que quelqu'un le poussait hors de la chambre.

Eric laissa Richard le border, mais il refusa de remettre le masque à oxygène. La prochaine fois qu'il verrait son équipe, il aurait droit à une nouvelle salve de questions puisqu'ils venaient d'entendre Richard l'appeler par son surnom. Ce souvenir le faisait toujours sourire. En privé, Richard appelait toujours Tim « Dav » et le faisait même parfois en public. Une fois qu'Eric était entré dans leur vie, Richard avait décrété qu'il lui fallait un surnom. Cela avait déclenché une séance de réflexion longue et hilarante. Ils n'avaient trouvé aucun moyen de raccourcir son nom ou son prénom et Eric avait refusé qu'ils l'appellent Snipe parce qu'il ne voulait pas qu'on le réduise à son métier. Finalement, Tim avait suggéré Pêche étant donné qu'Eric était originaire de Géorgie.

— Parfait ! avait dit Richard alors même qu'Eric faisait non de la tête.

Par principe, Eric avait refusé de répondre à ce surnom durant le premier mois, mais Richard n'avait pas cédé. Eric ne pouvait pas nier l'exaltation qu'il ressentait secrètement en entendant Richard prononcer ce mot, généralement juste avant que Tim et lui l'aient baisé à n'en plus pouvoir, ou juste après. Voilà ce qu'on appelait du renforcement positif.

— Ils vont me questionner à ce sujet.

— Qu'ils le fassent, répliqua Richard en haussant les épaules. Nous ne sommes pas obligés de leur répondre.

Eric bâilla.

— Repose-toi un peu, Eric. Je ne vais nulle part.

Eric voulut lui demander à quel moment il comptait dormir, mais il ne réussit pas à garder les yeux ouverts assez longtemps pour prononcer les mots.

— Puis-je te parler, Amato ?

Victoria leva les yeux de son plateau-repas et vit Westin qui se tenait devant elle. Elle n'avait pas travaillé en collaboration directe avec lui lorsqu'il était leur agent de liaison avec l'armée américaine, mais il avait fait assez bonne impression à Horn pour qu'il décide de l'embaucher lorsque celui-ci avait pris la décision de ne pas se réengager. Cela suffisait presque à la convaincre qu'il avait sa place parmi eux. Pour s'en assurer, elle allait devoir observer la manière dont il réagissait par rapport à la situation de Newton. Victoria était fidèle à peu de personnes, mais sa loyauté envers son équipe était absolue.

— Oui.

— J'ai besoin de conseils, dit-il en se balançant d'un pied sur l'autre.

Victoria poussa la chaise qui se trouvait en face d'elle à l'aide de son pied.

— Assieds-toi.

— Je… Je ne pense pas que nous devrions en discuter ici, dit-il en regardant les autres personnes dispersées dans la pièce. C'est… privé.

Victoria fronça les sourcils. Si Westin ne voulait pas en discuter en public, il s'agissait certainement de Newton. Victoria n'était pas certaine de vouloir en discuter où que ce soit, étant donné les révélations qui avaient été faites ces dernières heures, mais Westin avait raison de dire que la cantine n'était pas le bon endroit pour en parler.

— Dans ce cas, sortons d'ici.

Elle déposa son plateau en sortant de la pièce et guida Westin jusqu'à sa chambre. Il s'arrêta devant la porte lorsqu'elle entra.

— Tu es certaine que c'est approprié…

— Tais-toi et entre, l'interrompit-elle en le tirant dans la chambre.

Elle aurait probablement dû apprécier le fait qu'il se comporte en gentleman, mais à cet instant précis, cela l'énervait plus qu'autre chose.

Westin se sentit encore plus gêné lorsqu'elle s'allongea sur le lit, lui laissant la chaise. Elle le regarda avec insistance et patienta.

— Newton, Davenport et Horn…

— Sont totalement dévoués à leur métier, intervint Victoria lorsque Westin ne termina pas sa phrase.

— Je n'insinuais pas le contraire. C'est simplement que… Ce que j'essaye de dire, c'est que les règles concernant la fraternisation ont été établies pour une raison.

— Nous ne sommes pas à l'armée.

— Je sais, mais il y a une structure de commandement. Horn décide quels sont les membres de l'équipe qui vont participer à telle ou telle mission, puis Davenport décide de quelle manière ces missions vont être menées. Ça me paraît… inapproprié qu'ils entretiennent une relation aussi intime.

— Aurions-nous cette conversation si j'étais la personne avec laquelle ils entretenaient une relation ?

— Attends, tu crois que ça me pose un problème parce qu'ils sont gays ? Je m'en fiche royalement. Certains des meilleurs soldats avec lesquels j'ai servi étaient homosexuels. Ce qui m'inquiète, c'est la structure de commandement d'une organisation qui est très peu surveillée et qui possède une puissance de tir bien plus importante que je ne le souhaiterais.

— Tu ne semblais pas inquiet à ce sujet quand tu as confirmé mes dires sur la légitimité de Newton au sein de notre équipe.

— Tu es à la tête de cette équipe depuis que je l'ai intégrée et tu ne m'as donné aucune raison de remettre en cause ton commandement. Si tu es celle qui envoie Newton sur le terrain, on se moque de savoir avec qui il couche. Ton jugement n'est pas obscurci par tes sentiments.

— Ceux de Davenport et Horn ne le sont pas non plus. Ils respectaient l'avis de Newton avant que leur relation devienne intime et rien n'a changé durant les quatre années que Newton et Davenport ont passées ensemble… et avec Horn, apparemment. J'ai servi à leur côté avant et après. La seule différence est la… teneur des propos de Newton envers Davenport comparée à la manière dont il s'adresse aux autres.

— C'est-à-dire ?

— Il lance des remarques impertinentes à Davenport, mais il ne le fait avec personne d'autre. Davenport réplique immédiatement. C'est leur manière de flirter, mais ça n'a jamais d'incidence sur le travail. Davenport n'abandonne jamais personne, alors il n'y a pas de souci à se faire de ce côté-là. Je dirais même qu'il se repose trop sur Newton ; il lui fait confiance pour se sortir de situations dans lesquelles il n'aurait jamais envoyé personne d'autre.

— C'est une erreur de jugement aussi grave que de ne pas l'envoyer quelque part parce que c'est trop dangereux.

Victoria laissa échapper un rire bref, sans élégance.

— Davenport ne fait pas d'erreur de jugement. S'il avait dirigé la mission durant laquelle Newton a été capturé, rien de tout ça ne serait jamais arrivé. Je sais que tu ne connais pas bien Davenport et qu'il semble inoffensif à première vue, mais parmi les membres de la *Strike Force Omega*, c'est celui dont tu devrais le plus te méfier. Ne lui donne jamais une raison de t'en vouloir.

— Il semble tellement…

— Modeste ? En effet, oui. Il en a fait tout un art. Il pourrait te tuer – ou tuer n'importe lequel d'entre nous – sans verser une seule goutte de sueur. Il est habile, rapide et bien plus létal que nous tous réunis. Il faisait partie des SEALs, tout comme Horn, mais il le cache mieux.

— Je vais faire en sorte de ne pas l'oublier. Leur situation ne te dérange pas ?

Victoria haussa les épaules.

— Personnellement, je ne comprends pas à quoi sert l'amour, mais je ne m'inquiète pas de savoir ce qui se passera au combat à cause de leur relation.

— Vous vouliez me voir, monsieur ? demanda Heikkinen.

— Comment se déroulent nos opérations ? demanda Richard en sortant de la chambre dans laquelle Eric dormait.

— Vous devriez venir sur le pont et vérifier par vous-même.

— Y a-t-il quelque chose que vous n'êtes pas en mesure de gérer ? demanda-t-il sur un ton neutre.

D'habitude, Dav était celui qui déstabilisait quelqu'un sans même hausser le ton, mais il n'était pas en mesure de le faire pour le moment et Richard ne voulait pas risquer de réveiller Eric en criant. Il allait devoir prendre exemple sur Dav.

— Bien sûr que non, répondit-elle sur la défensive.

— Alors, faites-moi un rapport.

Heikkinen se mit à lui expliquer l'évolution de la mission en Syrie et ce qu'ils avaient pu voir sur les images de surveillance du camp terroriste dans lequel Eric avait été retenu au Turkménistan. Richard l'écouta d'une seule oreille, l'autre surveillant ce qui se passait dans la chambre derrière lui.

— Nous devons interroger Newton, dit-elle après avoir fini son rapport. Nous avons besoin de savoir ce qu'il aurait pu leur dire et tout ce qu'il a pu voir.

— Pas maintenant, répliqua-t-il fermement. Newton dort et récupère encore. Nous obtiendrons de meilleurs renseignements lorsqu'il sera reposé et qu'il aura vu Davenport.

— Mais, monsieur…

— Il n'y a pas de « mais ». Nous ne sommes pas à la CIA, Heikkinen. Nous n'avons pas à procéder aux interrogatoires dans les heures qui suivent la récupération d'un otage.

Des plans de secours étaient régulièrement mis en place en cas de brèche dans la sécurité. Comme l'équipe n'avait pas réussi à secourir Eric durant la semaine qui avait suivi son enlèvement, toutes les missions sur lesquelles il détenait des informations avaient été abandonnées. Malgré ce qu'en pensait Eric – il fallait que Richard réussisse à l'empêcher de ruminer –, il n'avait pas pu compromettre les opérations qu'ils avaient menées depuis sa disparition parce que toutes leurs stratégies avaient été modifiées. S'il leur avait donné des informations, elles étaient soit inexactes, soit bien trop quelconques.

— Assurez-vous de garder un œil sur le point de rendez-vous en Syrie. Notre sécurité ne doit pas être compromise.

Heikkinen regarda avec insistance la pièce qui se trouvait derrière lui.

— Oui, nous ne voudrions surtout pas que notre sécurité soit compromise.

Richard plissa les yeux et sentit la colère monter en lui, mais Heikkinen s'éloigna avant qu'il ait trouvé la meilleure manière de lui répondre.

Le bruit d'une porte réveilla Eric en sursaut. Il se redressa aussi rapidement que ses blessures le lui permettaient. Il ne pouvait pas empêcher ses ravisseurs de le torturer, mais il ne se laisserait pas prendre par surprise.

Il cligna des yeux lorsque son environnement se matérialisa et se résuma à l'intérieur d'une infirmerie militaire, éclairée seulement par la lumière qui traversait la fenêtre donnant sur le couloir.

Bien sûr.

Le sauvetage. Richard avait envoyé Victoria et son équipe à son secours. Ils ne l'avaient pas abandonné, même s'il le méritait après tout ce qu'il avait révélé. Ses bourreaux l'avaient nargué en lui répétant les détails des propos qu'il avait tenus lorsqu'il était sous l'emprise de la drogue. Parfois, il se consolait en découvrant que, même drogué, il leur avait menti ou que ses ravisseurs avaient mal interprété ce qu'il avait dit. Mais il arrivait aussi qu'il ne puisse rien faire d'autre que vivre avec la honte d'avoir été forcé de divulguer des secrets qui pourraient coûter la vie à ses collègues – ses amis.

— Ça va, Newton ?

Westin. C'était la voix de Westin. Il était venu le sauver avec Victoria. Il avait insisté sur le fait qu'Eric avait toujours sa place au sein de l'équipe. Il fronça les sourcils et regarda attentivement son collègue. Il ne portait pas son uniforme de l'armée. C'était nouveau.

— Tu ne portes pas l'uniforme.

— Toujours aussi observateur. J'ai pris ma retraite peu de temps après ta disparition. Horn m'a proposé un travail. C'est un bon moyen de continuer à combattre.

— Ça n'aurait pas été plus simple de rester dans l'armée ?

— J'avais atteint un stade où l'on ne m'aurait plus envoyé sur le terrain. Comment te sens-tu ?

— J'ai connu des jours meilleurs, répondit-il en faisant la grimace. Mais je vais mieux que si vous n'étiez pas venu me chercher. Merci. Je ne suis pas certain de vous avoir remercié quand nous étions sur le terrain.

— Nous avions d'autres préoccupations.

Eric sentit son mal de crâne revenir. Il était certainement temps de prendre une nouvelle dose d'antidouleurs, mais il retarderait ce moment le plus longtemps possible. Il n'avait jamais aimé se sentir sous influence, alors maintenant…

— Tu avais besoin de quelque chose ? Je ne veux pas être impoli, mais je ne sais pas combien de temps je vais pouvoir rester éveillé.

— Amato a dit une chose à laquelle je n'arrête pas de penser. Je me suis dit que tu serais le mieux placé pour me dire si elle avait raison.

— Elle a raison, répondit-il immédiatement. Peu importe ce qu'elle a dit, elle a raison.

— Oh, alors c'est aussi simple que ça ? dit-il en riant.

— Je ne suis pas idiot. Il vaut mieux toujours être d'accord avec elle.

— Elle a dit que Davenport n'abandonnait jamais personne. Enfin, elle n'a pas dit que ça, mais c'était la partie la plus importante.

Eric sourit.

— Tu peux croire ce que les rumeurs disent à son sujet. Même les informations qui ont été exagérées étaient plutôt incroyables dans la réalité des faits. C'est un sacré phénomène.

— Tu tiens beaucoup à lui.

— Oui. Ça ne te gêne pas, si ? Je sais que l'armée n'est pas exemplaire en ce qui concerne les relations homosexuelles.

— Je n'ai pas à donner mon avis sur ta vie privée, répondit-il comme si l'on venait de le blesser dans sa dignité.

Il semblait tellement offusqué qu'Eric se demandât s'il était vraiment sérieux.

— Si notre vie était privée, je serais d'accord avec toi, mais je suis presque certain que tout ce qui concerne Horn, Davenport et moi est dorénavant public. Voilà ce qu'on récolte en couchant avec ses collègues.

— Mais ce n'est pas qu'une histoire de sexe, si ? Je ne pense pas que tu te sois mis dans cette position délicate par simple appétit sexuel.

Eric faillit s'étouffer en entendant ces mots.

— Non, Westin, ce n'est pas la raison pour laquelle je suis avec eux. Si je voulais simplement m'envoyer en l'air, il y a beaucoup d'endroits où je pourrais me rendre sans craindre la moindre répercussion. J'entretiens une relation sérieuse avec eux depuis quatre ans et j'ai l'intention de continuer jusqu'à ma mort, sauf s'ils décident de se débarrasser de moi. Je leur cause plus de soucis qu'autre chose.

— Ce sont eux qui te l'ont dit ?

Eric lutta pour ne pas lever les yeux au ciel. Apparemment, Westin était de nature protectrice, même si Eric ne savait pas ce qu'il avait fait pour mériter d'intégrer sa liste de protégés.

— Non, ils me frapperaient s'ils m'entendaient dire une telle chose, mais c'est difficile de croire le contraire après toutes les informations que les terroristes ont réussi à me soutirer durant ces quatre derniers mois.

— Nous te l'avons déjà dit, mais je vais le répéter encore une fois : rien ne prouve que ce que tu as pu leur dire ait eu un impact sur nos opérations.

Horn savait ce que tu savais et il a fait les démarches nécessaires pour éviter tout problème.

Eric avait envie de lui hurler dessus. Après tout, qu'en savait-il ? Il le fusilla du regard, ignorant le voile noir qui venait obscurcir sa vision. Eric ne voulait pas seulement parler des informations concernant des missions spécifiques, même si c'était déjà un grand problème. Ce qui l'inquiétait le plus, c'était le fait qu'il connaisse la manière de penser de Richard et Tim, la manière dont ils mettaient en place leurs stratégies. Lorsqu'il ne participait pas aux séances de réflexion, il pouvait quand même prédire la tactique qu'ils allaient adopter avec une précision quasi parfaite. Westin ne comprenait pas. Les terroristes avaient pénétré son esprit jusqu'à atteindre son âme, puis ils l'avaient arrachée et réduite en lambeaux. Ce que ces hommes lui avaient pris ne pouvait pas être arrangé en utilisant des méthodes de contre-espionnage ou en modifiant quelques détails sur une mission. Ils lui avaient tout pris.

— Si tu le dis.

Il fit semblant de bâiller pour pousser Westin à partir. Il en avait assez.

— Pêche ? Ils n'auraient pas pu trouver autre chose ?

Eric sortit d'un sommeil léger en entendant Amato se moquer de lui. Pourquoi ses collègues débarquaient-ils dans sa chambre lorsqu'il dormait ? Et comment était-elle arrivée jusqu'à son lit sans le réveiller ?

— Va-t'en et laisse-moi tranquille.

— Pas tant que tu ne m'auras pas dit que votre relation te satisfait en me regardant dans les yeux.

Il ouvrit suffisamment les yeux pour la fusiller du regard.

— Elle me satisfait.

— Espèce de menteur. Ça fait sept ans que je travaille avec toi. J'entends ce que te dit Horn. « *Ne foirez pas* ». En quoi est-ce satisfaisant ?

D'un point de vue extérieur, Eric comprenait qu'elle le prenne de cette manière. Sauf qu'il était fatigué, qu'il avait mal et que Tim n'était pas là pour s'enrouler autour de lui et le tenir comme s'il ne le laisserait jamais partir.

— Il a une réputation à maintenir, dit-il en essayant de faire fonctionner son cerveau.

Plus vite il répondrait à sa question, plus vite elle le laisserait dormir. Et quand il se réveillerait, il irait encore un peu mieux et Richard pourrait bientôt l'emmener voir Tim. Même si ce dernier était inconscient, il avait besoin de le voir. Il pourrait alors peut-être laisser ce cauchemar derrière lui.

— Sans compter que personne n'est au courant de notre relation, reprit-il. Il ne peut pas terminer une réunion de préparation de mission en me disant qu'il m'aime et que je dois être prudent. Personne ne se doute de rien lorsqu'il me dit de ne pas foirer. Pour nos collègues, ces mots ne font que confirmer qu'il est difficile de travailler avec moi sur le terrain, que je suis imprévisible et que ce qu'on dit de moi est vrai. Ça assoit ma réputation tout en le protégeant et il peut continuer à garder notre secret tout en *me* faisant comprendre qu'il tient à moi.

— Les soldats et leurs superstitions, dit-elle en remuant la tête.

— Jusqu'ici, ça a toujours fonctionné. Je reviens toujours à la maison.

— Dans un sale état.

— Je préfère revenir dans un sale état plutôt que de ne pas revenir du tout.

S'il n'était pas dans un lit d'hôpital, elle l'aurait frappé ; il le voyait dans son regard. Cette fois, elle se contenta de le fusiller du regard.

— Je ne me suis jamais demandé si ta relation avec Davenport était saine. J'ai observé la manière dont tu te comportais en sa présence et en son absence. Cet homme t'apaise. S'il était ici, je ne t'aurais jamais retrouvé seul, même si tu étais endormi. Où est Horn ?

— Il ne peut pas arrêter de travailler parce que je suis blessé, dit-il en haussant les épaules. Il a des opérations à superviser.

— Ça n'a jamais arrêté Davenport.

Au fond de lui, Eric était d'accord avec elle, mais il avait toujours su qu'il ne comptait pas autant pour Richard que son travail. Auparavant, cela n'avait pas eu d'importance parce que Tim était là – passant lui aussi au second plan. Malheureusement, Tim n'était plus là.

— Je vais bien. Du moins, ça va aller. Il viendra quand il le pourra et ça ira.

Il le fallait bien.

IV

— TIM !

Richard se tenait dans l'embrasure de la chambre d'hôpital de Dav en Allemagne et regarda silencieusement Eric se précipiter à son chevet, bien plus rapidement qu'il ne l'avait escompté si tôt après son retour. Il aurait dû savoir à quel point Eric aurait besoin de le voir.

— Il est sous thérapie ventilatoire, lui rappela Richard. Ils vont le garder endormi jusqu'à ce qu'il aille assez bien pour s'en passer.

— Combien de temps ça va prendre ? demanda Eric, son regard ne quittant pas les traits creux de Dav.

Richard ne voyait pas les bandages qui recouvraient certainement le corps de Dav sous la blouse d'hôpital et les couvertures. Il avait un bandage sur le front, mais il n'était pas enroulé autour de sa tête, ce qui devait être un bon signe. Dans un instant, il irait chercher un médecin et insisterait pour obtenir des informations sur son état de santé, mais d'abord, il avait besoin d'un moment pour simplement le regarder. La poitrine de Dav se gonflait au rythme du bruit du respirateur. Cela ne faisait que trente-six heures qu'il avait regardé Dav s'effondrer sous une pluie de balles sans pouvoir intervenir. Il ne pouvait pas s'attendre à un miracle, même s'il en espérait un de tout son cœur. Le fait que Dav soit ici et non pas en Israël signifiait que son état était assez stable pour effectuer un transfert médical. Ils ne l'auraient pas mis dans cet avion s'ils avaient eu peur qu'il fasse un arrêt cardiaque en route.

— Je ne sais pas. Nous allons poser la question au médecin.

Eric hocha la tête, mais ne regarda jamais dans sa direction. Il était peut-être temps qu'il aille chercher un médecin. Étant donné que personne dans cet hôpital ne connaissait la place de Richard dans la vie de Dav, il pouvait jouer la carte du commandant. À peine eut-il fait un pas dans le couloir qu'il entendit quelqu'un approcher. Une femme en blouse blanche arrivait vers lui.

— Oh, bonjour, dit-elle en le voyant. On m'a dit que quelqu'un viendrait rendre visite à M. Davenport, mais je ne savais pas que vous étiez arrivé.

— Bonjour, madame, dit-il en hochant brièvement la tête.

Son père et son grand-père, tous les deux héros de guerre décorés, lui avaient appris bien plus que le jargon militaire depuis son plus jeune âge.

— Je suis Richard Horn, le commandant de Davenport. Son partenaire est à l'intérieur.

Après s'être mis ensemble, ils avaient discuté de la manière dont ils se présenteraient lorsque l'un d'eux serait blessé. Richard pourrait toujours obtenir les informations dont il avait besoin grâce à sa position, alors plutôt que d'inciter les gens à spéculer, ils avaient décidé qu'Eric serait le mandataire de Dav et vice versa. D'ordinaire, Dav était celui qui se trouvait au chevet d'Eric et tenait Richard au courant de l'évolution de son état, mais ça fonctionnait aussi dans le sens inverse.

— Ravie de vous rencontrer, M. Horn. Je suis le capitaine Smithers. On m'a confié le dossier de M. Davenport lors de son transfert depuis Israël. Entrons ?

Il hocha la tête et lui ouvrit la porte.

— Newton, le médecin est arrivé.

Eric sursauta au son de sa voix, ce qui mit Richard en alerte. En temps normal, Eric avait une notion de l'espace tellement précise que rien ne pouvait le surprendre. Le fait qu'il se soit laissé surprendre à cet instant, dans un lieu qu'il ne connaissait pas… Richard allait devoir veiller sur lui.

— Eric Newton, voici le capitaine Smithers, dit-il lorsqu'Eric se leva. Newton est le mandataire de M. Davenport.

— Je suis navrée de vous rencontrer dans de telles circonstances, M. Newton, mais je suis heureuse que vous soyez là.

— Comment va-t-il ? demanda Eric dont la voix se brisa.

Richard fit un pas vers lui, mais Eric se racla la gorge et se redressa. Ils n'étaient pas seuls et ne devaient pas être découverts. Ils acceptaient parfois des contrats autres que ceux de l'armée américaine et ne pouvaient pas se permettre de perdre cette source de revenus.

— Il souffre de plusieurs blessures par balles au niveau des jambes. Une balle a touché sa poitrine et perforé son poumon avant que nous puissions l'extraire. Nous le garderons sous thérapie ventilatoire le temps que ça guérisse assez pour qu'il puisse respirer par lui-même.

— Combien de temps cela va-t-il prendre ?

— C'est une très bonne question. Ça pourrait prendre quelques jours comme ça pourrait prendre deux semaines. Lorsqu'ils ont extrait la balle, les chirurgiens ont aspiré l'air et le liquide qui se trouvaient dans son poumon, mais il va devoir rester sous respirateur jusqu'à ce que la radio de son thorax revienne parfaitement claire. Nous n'avons pas observé d'autres problèmes depuis son arrivée, mais sa guérison va tout de même prendre du temps.

— Quand se réveillera-t-il? demanda Eric.

— S'il est inconscient, c'est parce que nous le voulons. Son corps aura moins de mal à guérir s'il reste immobile, sans compter que s'il était réveillé, il serait extrêmement gêné par le tube qui descend le long de sa gorge. Quand nous retirerons le respirateur, nous arrêterons la sédation pour qu'il puisse se réveiller.

Eric hocha la tête, mais Richard vit que son attention était à nouveau focalisée sur Dav. Richard ne pouvait pas lui en vouloir. La seule raison pour laquelle il ne s'était pas écroulé en voyant Dav tomber à terre était la nécessité de s'assurer qu'Eric soit en sécurité. Pendant tout ce temps, il avait entendu la voix de Dav à son oreille.

Tu ne peux rien faire de plus pour moi que ce que les médecins sont en train de faire. Sauve Eric et ramène-le à la maison.

Richard l'avait écouté. Il avait retrouvé Eric et l'avait ramené auprès de Dav.

À la maison.

— Quelles sont ses perspectives sur le long terme? demanda Richard quand il devint clair qu'Eric avait perdu tout intérêt pour cette conversation.

— Il va vivre, si c'est ce que vous me demandez. S'il avait dû mourir de ses blessures, il l'aurait fait bien avant d'arriver jusqu'à moi. Il est dans un état critique, mais stable. Plus les jours sans complications se suivront, meilleures seront ses chances de rétablissement, mais ce n'est pas pour rien qu'il se trouve en soins intensifs. Nous devons l'observer de près pour pouvoir anticiper n'importe quelle complication. Pour le moment, son appareil digestif, ses reins et presque tous ses organes ne fonctionnent pas à cause des toxines qui circulent dans son sang à la suite des graves blessures qu'il a subies. C'est pour cette raison que nous avons installé le respirateur, la sonde gastrique et la dialyse. Nous lui donnons des antibiotiques pour éliminer ce que nous pouvons, mais tout ne disparaîtra pas.

— Je suis heureux de savoir qu'il va s'en sortir, mais que se passera-t-il quand il se réveillera? Ses blessures auront-elles un impact sur le long terme?

— Il y a de fortes chances, oui. L'une des balles a détruit son genou. Il n'y avait plus assez de matière pour le réparer. Ils lui ont fait une arthroplastie pendant qu'il était endormi. Il a vraiment de la chance de ne pas avoir perdu sa jambe. On ne peut pas subir de telles blessures et s'en remettre du jour au lendemain. C'est physiquement impossible, même si ça pourrait l'être psychologiquement. Il va devoir passer des mois en rééducation, voire même des années. Il pourrait ne jamais retrouver toutes ses capacités.

— Merci pour votre franchise, Capitaine, dit Richard tout en essayant d'assimiler ce qu'elle venait de lui dire.

Ils avaient toujours pensé qu'ils mourraient en héros, mais ce revirement de situation changeait la donne. Dav avait une forme physique incroyable pour un homme de son âge, mais même si c'était un avantage, cela ne résoudrait pas tout.

— Pourriez-vous nous prévenir, Newton ou moi, s'il a besoin de quoi que ce soit ? Si nous pouvons lui apporter notre aide, ce sera avec plaisir.

— Je tâcherai de m'en rappeler.

Son bipeur vibra. Elle y jeta un œil et l'arrêta, mais Richard vit la tension monter dans ses épaules.

— Avez-vous d'autres questions ?

— Pas pour le moment, répondit-il.

Il avait un millier de questions, mais seul le temps pourrait y répondre.

— Alors je vais répondre à cet appel. Je passerai vous voir avant la fin de mon service.

Il la salua. S'il avait encore fait partie de la marine, il aurait certainement occupé un rang plus élevé que le sien, mais il l'aurait tout de même saluée. Elle prenait soin de Dav. Elle méritait son respect.

Lorsque la porte se referma derrière elle, il se retourna pour regarder Eric et Dav. Eric s'était penché au-dessus de lui pour poser son front contre son épaule, ses cheveux plus longs que d'habitude s'étalant sur la peau de Dav. Ce dernier avait-il toujours été si pâle ou bien l'était-il devenu après avoir perdu tout ce sang ? Richard avait envie de se joindre à eux et de prendre ses deux amants dans ses bras, mais Eric ne semblait même plus être conscient de sa présence. Il avait toujours su qu'Eric était avec lui grâce à Dav. Il avait fait tout son possible afin que le lien entre ces deux hommes puisse se développer parce qu'il savait combien ils s'aimaient ; il avait souvent endossé le rôle de Dav au travail pour qu'il puisse passer du temps avec Eric quand celui-ci en avait eu besoin. Il ne pouvait s'en prendre qu'à lui-même. Depuis le début, il avait su qu'Eric était intéressé par Dav et non par lui. Il avait pensé pouvoir se satisfaire du fait de voir Dav heureux en compagnie d'Eric. Il n'avait pas besoin qu'Eric s'intéresse aussi à lui. Il était ravi du temps qu'il arrivait à passer avec ses deux amants, que ce soit au lit ou en dehors. Il s'était persuadé que c'était suffisant.

Il avait peut-être eu tort.

Eric détestait l'odeur de l'antiseptique. Il blottit son visage contre l'épaule de Tim à la recherche d'une trace de son parfum, ou même de sa transpiration. Il voulait sentir son odeur, pas celle des produits chimiques. Il inspira aussi profondément que possible, mais il ne sentit que l'odeur sous-jacente de sang. Il avait passé tellement de temps enveloppé par l'odeur de son propre sang et de ses excréments qu'il se demanda s'il arriverait un jour à sentir autre chose.

Il entendait Richard et le médecin discuter derrière lui, mais il ne voulait pas prendre la peine d'écouter. Il n'avait d'yeux que pour Tim. Richard se chargerait de tout. Comme toujours. Il allait se renseigner sur tout ce dont Tim aurait besoin pour se rétablir et mettrait les choses en place. Une fois Tim réveillé, tout serait prêt : les rendez-vous chez le kiné, l'équipement, tout le nécessaire. C'était ce que Richard faisait : il menait les choses à bien. Quand Tim se réveillerait, il lui rappellerait que c'était la manière dont Richard montrait qu'il tenait à lui. Eric le comprenait, mais ce n'était pas suffisant. Il avait besoin…

Il avait besoin de se sentir en sécurité. Il avait besoin de savoir qu'il n'avait pas gâché la seule chose qui comptait dans sa vie. Il avait déjà eu de la chance de taper dans l'œil de Tim et que Richard soit prêt à le partager. Chaque jour qu'il passait à leur côté était une cerise en plus sur le gâteau. Il ne les méritait pas et ne les avait jamais mérités, mais parfois, lorsqu'ils le blottissaient entre eux et le tenaient fermement, il arrivait à oublier que son temps était compté. Il arrivait presque à se convaincre qu'ils voudraient toujours de lui demain, ou dans une semaine, ou dans un an, jusqu'à ce que son stress post-traumatique prenne le dessus et qu'il s'autodétruise pour de bon.

Richard caressa les cheveux d'Eric. Si Tim était réveillé, il l'aurait emmené vers l'évier le plus proche pour prendre des ciseaux et mettre de l'ordre dans le chaos qu'étaient devenus ses cheveux, puis un rasoir pour faire disparaître cette triste barbe qui poussait depuis quatre mois. Il l'aurait embrassé, caressé et séduit durant tout le procédé jusqu'à ce qu'Eric comprenne enfin qu'il était à la maison et en sécurité. Eric ne se rappelait pas quelle était la mission qui avait engendré ce rituel, mais il se souvenait qu'en rentrant, ses mains avaient tellement tremblé qu'il n'avait pas pu se raser seul, alors Tim l'avait fait à sa place. Depuis, il le rasait après chaque mission délicate.

Jusqu'à aujourd'hui.

Eric n'était plus un enfant et ne pouvait pas faire un caprice quand il n'obtenait pas ce qu'il voulait. Il attendrait le réveil de Tim pour reprendre leurs rituels. Il attendrait que Tim l'enferme dans un cocon d'intimité et d'attention qui le libérerait des doutes, des questions et du chaos dans son esprit. Il laisserait derrière lui sa prédisposition à se battre et pourrait à nouveau respirer.

— Je vais aller voir le général Boling et chercher un endroit où nous pourrions résider pendant que Dav est à l'hôpital. Tu peux rester seul un moment ?

Eric ne leva même pas la tête. Il avait su que ce moment arriverait.

— Tout ira bien tant que je serai ici avec Tim.

Richard lui serra l'épaule et partit.

Eric prit la main de Tim. Sa peau était froide, mais pas moite et le contact était rassurant, même si Tim ne lui serrait pas la main en retour comme il l'aurait fait en temps normal. Richard faisait de son mieux, mais cela faisait longtemps qu'Eric s'était résigné à passer des nuits sans sa chaleur dans leur maison ou dans leur lit. Il ne remettait pas en question l'amour que Richard leur portait, mais son temps et son attention seraient toujours pris par le travail alors que Tim et Eric pouvaient parfois y échapper. Tim était celui qui avait accompagné Eric durant chacun de ses séjours à l'hôpital. Tim était celui qui chassait ses démons quand ses cauchemars prenaient le dessus sur la réalité. Tim était celui qui le calmait, qui l'apaisait et Tim… Tim était inconscient en Allemagne suite à l'échec d'une mission à laquelle il n'aurait pas participé seul si l'équipe d'Eric n'était pas venue à son secours. Ils auraient dû accompagner Tim et venir le secourir ensuite. Eric pensait avoir le droit d'être un peu dérouté par la situation. Il apporta une chaise près du lit afin de pouvoir s'appuyer plus confortablement contre Tim.

— Tu dois te réveiller, Tim, dit-il contre la couverture.

Le fait que sa voix soit étouffée n'avait pas d'importance. De toute façon, ce n'était pas comme si Tim pouvait l'entendre.

— Je suis en train de m'écrouler et tu n'es pas là pour ramasser les morceaux.

Il prit une profonde inspiration pour se calmer. Ils avaient éliminé ses ravisseurs. Il avait été un peu perdu lorsque Victoria avait débarqué dans sa cellule et l'avait traîné dehors, pourtant il en avait vu assez sur le chemin de la sortie pour savoir que les hommes qui l'avaient torturé ne seraient plus un problème pour personne. Seulement, cela n'effaçait pas le souvenir de leurs railleries lorsqu'ils glissaient leurs couteaux sous ses ongles ou lui injectaient des drogues pour torturer son esprit. Eric ne parlait pas arabe, mais deux d'entre eux parlaient un anglais assez basique pour pouvoir se faire comprendre. Ils étaient experts dans leur domaine, que ce soit sur le plan physique ou psychologique. Ils ne le blessaient jamais au point de ne pas pouvoir recommencer quand ils le souhaitaient et chaque fois qu'ils le renvoyaient dans ce trou à rats qui lui servait de « maison », ils lui annonçaient ce qu'ils prévoyaient de faire la fois suivante. Ils terminaient rarement une séance en faisant ce qu'ils avaient menacé de faire la fois précédente, mais lorsqu'ils décidaient de mettre leur menace à exécution, ils commençaient toujours, *toujours* par tenir leur promesse afin que même lorsqu'il se retrouvait seul, Eric ne cesse de penser à ce qu'ils prévoyaient de lui faire. Il ne savait jamais si cela arriverait le lendemain ou dans une semaine. Parfois, il trouvait l'attente encore plus insupportable que la torture en elle-même.

Il remua la tête pour se débarrasser de ces souvenirs. Il était en sécurité. Il était avec Tim, même si celui-ci était inconscient. Tim se réveillerait. Le médecin et Richard lui avaient dit que Tim se réveillerait. Il devait s'accrocher à cela. Une fois que Tim serait réveillé, tout irait mieux. Il déjouerait les plans de Heikkinen, apaiserait Eric et rappellerait Richard à l'ordre en lui disant : « *Enlève cette oreillette et viens te coucher. Eric est tout excité et n'attend plus que toi. Tu veux vraiment passer à côté de ce fessier ?* ». C'était son rôle. Il devait simplement reprendre connaissance au plus vite avant que la situation dégénère et qu'il ne reste plus rien à son réveil. Même si Eric l'aimait comme un fou – les aimait tous les deux, à vrai dire –, il ne serait pas la raison de leur perte. Il avait déjà fait assez de dégâts.

— Heikkinen m'a dans sa ligne de mire. Je ne peux pas lui en vouloir étant donné que je suis le plus grand traître qu'on ait jamais connu, mais elle est au courant de notre relation et j'ai peur qu'en voulant me nuire, cela ait des répercussions sur toi et Richard. Je sais combien il aime son travail. Je ne veux pas qu'il soit amené à choisir entre moi et son travail parce que je connais déjà l'issue de l'histoire.

Il en avait toujours été conscient. Richard était toujours le dernier couché et le premier levé. Il écoutait en continu un flux d'informations venues des quatre coins du monde à travers son oreillette ou son téléphone. Il ne connaissait pas le sens du verbe « se déconnecter » et ne l'avait jamais fait depuis qu'Eric le connaissait. Cela faisait de lui un commandant exemplaire. Mais cela faisait aussi de lui un partenaire absent. Tim partageait sa passion et était toujours au cœur de l'action durant ses heures de travail – sauf si Eric avait besoin de lui –, mais quand sa journée prenait fin, il cessait de travailler. Quand il n'était plus en service, il accordait toute son attention à Eric.

— Je sais que tu me choisirais plutôt que ton travail, mais cela reviendrait à choisir entre Richard et moi, ce qui n'est juste pour aucun de vous. Peu importe combien tu m'aimes, il est ton premier amour et jamais je ne m'immiscerai entre vous. Si j'avais su que tu étais en couple, je n'aurais jamais cherché à te séduire. Tu le sais. Depuis que nous sommes ensemble, chaque jour est une bénédiction pour moi, mais désormais, tout le monde est au courant et ça change tout. Je ne peux pas vous laisser vous déchirer à cause de moi. Je vous aime trop pour vous faire endurer cela. Si je ne suis plus là quand tu te réveilleras, ce sera pour cette raison. Je refuse de vous mettre dans cette position. Je n'en ai pas le droit. Je vous suis trop redevable.

Il prit une inspiration tremblante, s'efforçant d'étouffer la panique qui s'éveillait en lui à l'idée d'abandonner la vie en laquelle il avait commencé à croire avant qu'une mission ne tourne mal, l'obligeant à passer des mois en enfer. Il ne devait pas se focaliser là-dessus ou il perdrait les pédales, et alors toutes ses craintes deviendraient réalité à cause de son incapacité à se maîtriser.

Il se pencha en avant et embrassa doucement Tim sur sa joue barbue. C'était bizarre de ne pas obtenir de réponse. Lors des rares matinées où Eric se levait avant lui, Tim tournait toujours la tête pour lui rendre son baiser, même s'il dormait. Au moins, sa peau était chaude. Il était peut-être inconscient, mais il était en vie et s'il était en vie, alors il pourrait se rétablir. Il se réveillerait dans un jour, ou deux jours, ou une semaine, puis recommencerait à gronder Eric en lui disant qu'il n'était qu'un idiot, tout en s'assurant qu'il le prenne au second degré et sache qu'il était loin d'en être un.

V

En entendant la porte de la chambre s'ouvrir, Eric détourna son attention de Tim. Il s'attendait à retrouver un membre de l'équipe médicale ou Richard, mais fut surpris de voir Victoria entrer. Cela n'aurait pas dû le surprendre. Tim était généralement responsable de l'équipe lorsqu'ils étaient envoyés en mission ; Victoria et Tim se vouaient une confiance aveugle qui allait au-delà de l'amitié. Tim avait eu une jumelle, mais elle était mort-née. Même si lui et Victoria ne se ressemblaient pas du tout physiquement, il avait dit à Eric qu'il ressentait un lien particulier avec elle, comme si elle était la sœur dont il avait été privé. Ce manque avait été comblé le jour où Victoria était entrée dans sa vie. Il n'y avait jamais rien eu de sexuel entre eux – Tim n'était pas intéressé par les femmes et Eric était presque certain que Victoria n'était intéressée par personne –, mais leur amitié avait été instantanée et infaillible.

— Comment va-t-il ?

— Il a connu des jours meilleurs, répondit-il avec un sourire entendu. Mais le médecin dit qu'il va s'en sortir.

— C'est une bonne nouvelle.

Elle donna un léger coup de hanche contre son épaule. Il soupira et libéra la chaise. Elle s'installa dans une position inconfortable, même si elle semblait parfaitement à son aise.

— Tu peux t'asseoir sur le lit pour me raconter la suite.

Eric s'installa sur le rebord du lit et posa ses doigts sur le poignet de Tim. Il entendait ses battements de cœur grâce au moniteur cardiaque, mais il avait besoin de sentir son pouls régulier sous ses doigts. Après avoir passé des mois à survivre aux hallucinations et à la torture, il avait besoin de vérifier que son cœur battait à l'aide de plusieurs de ses sens. Il fit un résumé de la situation à Victoria.

— Tu es venue seule ?

— Non, toute notre équipe est ici, ainsi que les membres de l'équipe qui menait la mission en Syrie avec Tim. Heikkinen veut t'interroger. Westin et Sanders essayent de l'en empêcher. Ils nous rejoindront plus tard, s'ils finissent par trouver Horn pour qu'il se charge d'elle. Au moins, il a le pouvoir de lui dire d'aller se faire voir.

— Il est parti nous chercher un endroit où dormir. Nous allons devoir rester ici un moment. Même si j'aimerais qu'il en soit autrement, Tim va mettre du temps à se remettre de ses blessures.

— Hé, fit-elle en poussant sa cuisse avec son pied pour attirer son attention. Nous ferons tout ce qui est nécessaire. Tu le sais, n'est-ce pas ? Nous sommes une famille. Toi, moi et Tim.

Eric se mit à rire. Maintenant qu'elle l'avait sorti du chaos qui avait envahi son esprit, il pouvait mettre ses doutes de côté et la taquiner.

— Tu sais que tu vas devoir commencer à intégrer Richard à cette liste.

Elle leva les yeux au ciel.

— Ce n'est pas parce que vous couchez tous les deux avec lui que je dois le traiter différemment. Ma relation avec Tim est particulière.

— Je sais, mais maintenant que l'équipe est au courant, ça change la donne. Peut-être que nous ne serons plus obligés de nous montrer si prudents.

Tim et lui n'avaient jamais été très démonstratifs l'un envers l'autre en présence de Victoria, même quand ils n'étaient qu'entre eux, mais il n'avait pas non plus ressenti le besoin de réprimer son envie de le toucher. Lui prendre la main, lui faire un petit câlin, lui mettre un coup de coude, des petits gestes qui prouvaient qu'un lien particulier existait entre eux sans pour autant le crier sur tous les toits. Il n'avait jamais eu la possibilité de connaître cela avec Richard, sauf s'ils n'étaient que tous les trois. Il ne pouvait le faire avec Tim que lorsqu'il n'y avait personne d'autre que Victoria dans les alentours. C'était épuisant.

La porte s'ouvrit à nouveau pour accueillir Westin et Sanders. Eric leur adressa un sourire, même s'il lui paraissait bien vide. Il ne connaissait pas Westin comme il connaissait Victoria, mais cet homme avait risqué sa vie pour venir à son secours, ce qui méritait bien sa sympathie. Le reste viendrait avec le temps.

— Comment ça va, Newton ? demanda Sanders.

— On fait aller.

— Vous avez enfermé Heikkinen dans un placard ? demanda immédiatement Victoria.

— Nous avons croisé Horn, répondit Sanders. Il nous en a libérés. Je ne sais pas ce qu'il a l'intention de faire d'elle, mais elle n'est plus en chemin vers ici.

— Tant mieux, dit Eric.

Il devrait l'affronter un jour ou l'autre, mais il retarderait l'échéance aussi longtemps que possible sans rendre la situation plus compliquée. Pour le moment, la dernière chose dont il avait besoin était de revivre ces quatre mois passés en enfer.

— De toute manière, que croit-elle pouvoir obtenir de toi? demanda Sanders.

— Je n'en ai pas la moindre idée. Je ne me *rappelle* pas leur avoir dit quoi que ce soit, alors ce n'est pas comme si je pouvais lui faire part des renseignements qu'ils ont obtenus grâce à moi. Mais vous savez comment elle est. Elle suit le règlement à la lettre, même si ça ne mène nulle part.

— Parfois, je me demande comment elle a fait pour devenir le bras droit de Horn. Ce qui est certain, c'est qu'elle n'a pas obtenu son poste en couchant avec lui.

Cela fit rire tout le monde, dont Eric, parce que même si Richard et Tim lui avaient dit qu'ils aimaient parfois inviter un troisième homme à se joindre à eux, Eric n'en avait jamais eu la preuve.

— Je pense qu'il voulait avoir accès à ses relations et que la seule manière de la convaincre de rejoindre notre organisation était de lui offrir un poste important, répondit Eric. Nous essayons de ne pas parler de travail à la maison, mais il a laissé fuiter deux ou trois remarques qui m'ont fait réfléchir.

— C'est tout à fait probable. J'ai entendu dire qu'elle occupait un bon poste à la CIA. Personne ne semble savoir pourquoi elle est partie.

— Je n'ai pas de réponse à cette question, dit Eric. Je suppose que Horn connaît la raison de son départ, mais je n'ai jamais rien entendu d'officiel ou d'officieux, ni même de rumeurs. Elle occupait déjà ce poste lorsque j'ai rejoint l'équipe, ce qui n'aide en rien. Je lui dis ce qu'elle veut savoir quand elle me pose des questions et le reste du temps, je fais de mon mieux pour qu'elle ne me remarque pas.

— Pour ce que ça vaut, je lui ai dit qu'elle ne gagnerait rien en te brusquant, intervint Westin pour la première fois depuis qu'ils étaient arrivés. Lorsque nous sommes entrés dans la planque pour te secourir, j'ai bien regardé l'endroit où ils te retenaient et il n'y avait rien à voir. Il n'y avait que ce trou dans lequel ils te gardaient, la pièce qui servait manifestement de chambre de torture et deux autres pièces pour les gardes. Je pense que personne ne restait dans cet endroit en continu, alors à moins qu'ils aient dit quelque chose d'intéressant en ta présence, je ne vois pas ce qu'elle va pouvoir tirer de tes propos.

— Ils me bandaient les yeux la plupart du temps quand ils me transportaient quelque part. Je n'ai vu que la pièce dans laquelle ils m'ont torturé et la pièce dans laquelle ils me retenaient quand ils ne me torturaient pas. Je pourrais reconnaître quelques visages, si vous avez laissé la vie sauve à certains d'entre eux, mais je ne vois pas en quoi ce serait utile.

— Newton ! les interrompit brusquement Richard.

Eric reconnut ce ton de voix, même s'il doutait que ses collègues perçoivent la nuance. Richard n'était pas en colère. S'il utilisait ce ton, c'était pour se retrouver seul avec Eric afin de pouvoir discuter en privé.

— Oui, monsieur ?

— Au rapport. Maintenant.

Il se retourna et s'éloigna avant qu'Eric puisse répondre. Il garda une expression neutre, mais son équipe connaissait désormais la vérité et à en croire le sourire en coin de Sanders, personne n'était dupe.

— Profite bien de ta fessée, lança Sanders avec un sourire entendu.

— Personne ne donne la fessée comme le commandant, dit-il avec un sourire espiègle.

Au moment de passer la porte de la chambre, il se retourna et ajouta :

— Merci. À vous trois. Vous n'étiez pas obligés de m'aider avec Heikkinen.

— Repose-toi, dit Victoria. Tu as toujours une sale tête.

Eric le ressentait. Il n'avait peut-être pas pire mine que lorsqu'il venait de s'échapper, mais il n'avait pas récupéré autant qu'il l'avait espéré.

— Oui, je vais me reposer, promit-il. On se voit demain ?

— Je vais rester quelques heures avec Tim, dit Victoria.

La tension résiduelle que ressentait Eric disparut en entendant ces mots. Il savait que l'hôpital était un endroit sûr. Il savait que les médecins ne laisseraient rien lui arriver. Mais savoir que Victoria était près de lui le rassurait davantage.

— Nous ferons un roulement, ajouta Westin. Dors autant que nécessaire. Nous ne le laisserons pas seul.

Eric sourit malgré l'émotion qui lui serrait la gorge et longea le couloir pour rejoindre Richard qui l'attendait.

— Vous vouliez me voir, monsieur ?

— Allons-y.

Il suivit Richard hors de l'hôpital et monta dans leur voiture de location. Richard les conduisit jusqu'à un petit bungalow installé sur la base militaire, à dix minutes de l'hôpital.

— Monsieur ?

Sans compter le moment de faiblesse qu'il avait eu le jour précédent, Eric lui parlait toujours de façon formelle jusqu'à ce que Richard s'engage sur un terrain plus familier.

— Ce sera notre maison tant que nous serons ici, expliqua Richard.

Il ouvrit la porte du bungalow et lui fit signe d'entrer le premier. Une fois qu'ils furent seuls, Richard se tourna vers lui pour l'observer avec ce regard intense qui faisait de lui l'homme le plus craint dans la *Strike Force Omega*. Bien sûr, il avait un effet totalement différent sur Eric, parce qu'il savait quelles émotions se cachaient derrière ce regard perçant. Il laissa échapper un léger soupir. Il était de nouveau en sécurité.

— Tu as une sale tête.

— Toi et Victoria… Toujours en train de m'insulter.

— Viens là, dit Richard sur un ton plus affectueux.

Eric se blottit dans ses bras.

— J'ai une bonne et une mauvaise nouvelle. Boling dit que nous pouvons rester aussi longtemps que nécessaire.

— C'est la bonne nouvelle. Pouvons-nous prétendre que la mauvaise n'existe pas ?

— Nous ne pouvons pas nous libérer des contrats que nous avons signés. Nous pouvons les superviser depuis ici, mais si nous nous sommes engagés à mener une mission à bien, nous sommes obligés de le faire.

— Je ferai tout ce qu'il faudra, dit-il immédiatement.

— Je n'en ai jamais douté, Pêche.

Richard fit glisser ses grandes mains le long des bras d'Eric. Quand son équipe l'avait rejoint dans la chambre de Tim, Eric avait eu l'impression de se détendre, mais le réconfort que Richard était en train de lui apporter était bien plus apaisant.

— Laisse-toi aller. Tu n'es plus en service pendant quelques heures.

— Seigneur, ça va me faire du bien. Et toi ?

Il savait qu'il était en train de supplier. Il savait qu'il prenait ses désirs pour des réalités. Richard avait une opération militaire complète à mettre en place. Il ne pouvait pas tout laisser tomber parce qu'Eric ne se sentait pas en confiance. Il arrivait que Tim puisse le faire, mais pas Richard.

— Je ne suis plus en service depuis que j'ai passé le pas de cette porte.

Eric releva subitement la tête.

— Sérieusement ?

— Sérieusement, oui. J'ai failli te perdre. Je refuse de te laisser seul.

Eric se laissa guider jusqu'à la cuisine.

— Prends une douche, ordonna Richard. Je vais préparer le dîner.

— C'est déjà l'heure du dîner ?

— Qui sait ? De toute façon, nos corps ne sont pas en phase avec le fuseau horaire sur lequel nous nous trouvons. Puis si j'en crois le poids que tu as perdu pendant que tu étais retenu en otage, ils n'ont pas dû beaucoup te nourrir. Tu as beaucoup de repas à rattraper. Va te laver. Je refuse de me mettre au lit avec toi si tu sens la transpiration.

— Ce ne serait pas la première fois, jubila Eric.

— Peut-être. Pourtant, ce soir, nous n'allons pas faire les choses dans cet ordre. Douche, dîner, puis nous verrons si tu es apte à faire autre chose.

DÈS QU'ERIC disparut dans la salle de bain, Richard frappa du poing sur le comptoir. Était-il à ce point obnubilé par son travail pour qu'Eric peine à croire que sa journée était réellement terminée ? Bien entendu, Dav le taquinait de temps en temps à ce propos, mais il ne le pensait pas vraiment. Cela avait toujours été plus facile de laisser Dav prendre soin d'Eric étant donné que le jeune homme préférait que ça se passe ainsi. Dav était son autre moitié depuis si longtemps qu'ils n'avaient plus besoin de mots pour se comprendre. Il ne lui était pas venu à l'esprit qu'Eric ne sache pas que Richard faisait le travail de Dav afin que ce dernier puisse rester avec lui.

— Bordel de merde, marmonna-t-il en fouillant dans le congélateur pour vérifier si les anciens habitants de ce bungalow avaient laissé quelque chose à manger.

Il trouva deux plats congelés, prétendument des escalopes à la milanaise. Le dîner ne serait pas sophistiqué, mais avec un peu de chance, il serait mangeable.

— Je leur dis de ne pas foirer alors que je fais bien pire.

C'en était assez. Même si les médecins réveillaient Dav dans moins d'une semaine, comme l'avait mentionné Smithers, il ne serait pas en état de s'occuper d'Eric. Richard aurait beau accumuler les heures supplémentaires, Dav ne serait pas en mesure de faire ce qu'il faisait de mieux. Richard allait devoir déléguer autant que possible et laisser Heikkinen prendre les choses en main afin de s'assurer qu'Eric se rétablisse. Il leur devait au moins ça.

Il alluma le four et attendit qu'il chauffe. Comme s'ils n'avaient pas pu acheter des plats congelés qui se réchauffaient au four à micro-ondes. Il avait fallu qu'ils choisissent ceux qu'il fallait cuire au four. Quand le préchauffage du four fut effectué, il enfourna les escalopes et activa la minuterie. Il ne savait pas combien de temps Eric passerait sous la douche, mais en mettant déjà leur plat au four, il serait presque prêt lorsqu'il sortirait de la salle de bain.

— Alors, que nous prépares-tu à dîner ? demanda Eric en entrant dans la cuisine vingt minutes plus tard.

Ses cheveux étaient encore humides et il n'avait enfilé qu'un pantalon de survêtement qui tenait à peine sur ses hanches. Il était beau à croquer, même avec ses cheveux longs et sa barbe – surtout grâce à eux –, mais malgré son attitude nonchalante, Richard vit l'épuisement, le doute et le mal-être qui subsistaient en plus des signes physiques de maltraitance. Eric était devenu maître en l'art de se contrôler quand il le devait, mais Richard ne voulait pas qu'il ait à le faire en sa présence.

— Rien de bien compliqué. Ce sont des escalopes à la milanaise. Je n'ai pas vraiment eu le temps d'aller faire les courses.

Le rire d'Eric était rouillé, mais sincère. Richard considéra cela comme un progrès.

— C'est cela, oui. Je te pardonne pour cette fois, mais que ça n'arrive plus.

Richard sourit et tendit un bras pour qu'Eric vienne se tenir près de lui en attendant que la minuterie sonne. Il avait l'odeur du shampoing de Richard. Il savait que c'était parce qu'Eric n'avait pas le sien, mais peu importe la raison, cela réveilla sa nature possessive.

— Tu sens bon.

— Tu veux coucher avec moi.

Richard haussa les épaules.

— Tu sais depuis longtemps qu'il te suffit de me rejoindre torse nu afin que je sois prêt à coucher avec toi. Ce n'est pas nouveau.

Eric baissa les yeux sur son torse nu.

— Tu es bien trop facile.

— Non, le contredit Richard lorsque la minuterie sonna. Il me faut l'excellence. Si je voulais faire simple, je coucherais avec les prostitués qui traînent aux alentours de la base.

— Tu les dévorerais. Ils ne tiendraient pas une journée entière.

— Tu as certainement raison. Je m'en lasserais avant même qu'ils fuient. Allons manger.

Eric récupéra deux assiettes et les posa sur la petite table de la cuisine. Une fois que Dav serait assez en forme pour se joindre à eux, ils devraient réfléchir à une autre manière de prendre leur repas, car il n'y avait pas assez de place pour trois à cette table.

— Comment te sens-tu ? demanda Richard une fois installé. Tu as meilleure mine.

— Je ne ressens plus les effets de leur torture. Je suis toujours fatigué et mon corps est douloureux, mais je me sens déjà mieux. Encore un jour ou deux et ce sera comme si jamais rien n'était arrivé.

Richard en doutait, mais il ne remit pas sa parole en doute. Son amant était en train de lui parler. Richard ne ferait rien qui le pousse à arrêter.

— Bien. Ton équipe est heureuse de te retrouver. Ils travaillent mieux quand tu es là.

— Ils me font confiance. Va savoir pourquoi.

Richard savait parfaitement pourquoi. Il l'avait su dès qu'il avait vu Eric en action, mais il savait aussi qu'il ne réussirait jamais à convaincre son amant de sa valeur. Il valait mieux laisser le temps faire son travail.

— Parce qu'ils ont besoin de toi, se contenta-t-il de dire. Tu es prêt à me parler de ce qui s'est passé ?

— Tu m'as dit que ça n'avait pas d'importance.

— Ce n'est pas ce que j'ai voulu dire, dit-il en réprimant son agacement devant cette attitude faussement innocente que prenait Eric.

Il inspira profondément. Eric n'avait pas besoin qu'on lui crie dessus. On allait déjà le faire lors de son interrogatoire. Il n'avait pas à le supporter de la part de Richard.

— Désolé. Je suis un peu sur la défensive.

— Tu n'as pas à l'être. Je suis la seule personne présente dans ce bungalow et j'ai laissé le commandant à la porte. Je veux t'aider, Eric, mais je ne sais pas comment faire. En général, c'est Dav qui prend soin de toi lorsque tu reviens d'une mission difficile, pas moi.

— Je suppose que si je demande à me noyer dans l'alcool, c'est hors de question ?

— Si ça pouvait fonctionner, je pourrais y songer, répondit Richard avec un rire bref. Nous méritons tous les deux un verre après ce que nous avons traversé, mais ça ne résoudra rien. Que ferait Dav s'il était là ?

— Exactement ce que tu es en train de faire. Me nettoyer, me nourrir, me mettre au lit. M'assommer si je n'arrive pas à dormir et être présent si je me réveille en plein cauchemar. Il n'y a pas de formule magique. J'ai simplement besoin de temps et de savoir qu'il sera présent en toutes circonstances.

— Il sera de retour dès qu'il le pourra et, avec un peu de chance, je saurais me montrer à la hauteur jusque-là.

Le sourire que lui adressa Eric était tendre.

— Je sais. Et tu y arriveras.

Richard attira Eric vers lui et glissa son bras autour de ses épaules. Eric s'appuya contre lui et se détendit tellement que Richard se demanda s'il s'était endormi tout en étant assis. Puis Eric tourna la tête et frotta son nez dans le cou de Richard.

— Tu as dit qu'il fallait te mettre au lit, pas t'envoyer au septième ciel, gronda-t-il. Si tu as fini de manger, tu as rendez-vous avec le marchand de sable.

— Vas-tu rester avec moi ?

— Toute la nuit, promit-il. Je vais prendre une douche pendant que tu te mets à l'aise, puis je ne quitterai pas ce lit à moins que les médecins appellent au sujet de Dav. S'ils le font, je te réveillerai afin que tu viennes avec moi.

— Et si autre chose se passe durant la nuit ?

— Heikkinen veut mon poste. Elle peut l'avoir pour la nuit.

— Elle ne m'appellera pas si elle doit envoyer mon équipe en mission.

— Peut-être, mais tu sais très bien qu'Amato le fera.

Eric était en train de remettre sa place au sein de son équipe en question, mais son équipe avait foi en lui. Richard devait simplement se montrer patient jusqu'à ce que l'esprit borné d'Eric accepte enfin leur confiance. Étant donné les antécédents d'Eric et le temps qu'il lui avait fallu pour comprendre que Richard et Dav ne l'invitaient pas à se joindre à eux dans le seul but de se distraire, cela prendrait certainement entre une éternité.

Richard laissa Eric s'installer dans le lit, qui était étonnamment grand, pendant qu'il se rendait à la salle de bain. Eric avait jeté ses vêtements sales au sol, ce qui fit sourire Richard. Dav était le maniaque de service, pas Richard. Il jeta ses propres vêtements par-dessus ceux d'Eric. Ils pourraient les ranger le lendemain matin.

Il modéra la température de l'eau jusqu'à ce qu'elle soit chaude comme il l'aimait et se plaça sous le pommeau de douche, laissant la cascade emporter l'angoisse et l'inquiétude de cette journée. Il devait emmener Eric chez le psychologue, si tant est qu'ils acceptent de le recevoir, puis il allait devoir les obliger à lui dire ce dont Eric avait besoin. Il ne savait pas ce qui serait le plus difficile, mais il le ferait parce que même si Eric affirmait aller bien, Richard percevait sa souffrance et refusait de le laisser surmonter cette épreuve seul. Il avait perdu des camarades à la suite de missions difficiles et celles qui ne laissaient aucune blessure physique étaient les pires. Au moins, s'il y avait des os cassés ou des blessures par balles, les agents avaient une bonne excuse pour prendre le temps de se rétablir. Ils pouvaient prouver qu'ils étaient blessés et en convalescence. Par contre, le préjudice psychologique et émotionnel était plus difficile à surmonter. Même si Eric était revenu déshydraté et épuisé, les blessures physiques infligées à son corps avaient été minimales en comparaison des ravages causés dans son esprit.

Richard savait qu'il était en train de gagner du temps en restant sous la douche et cela pouvait potentiellement causer plus de dommages à la psyché d'Eric. Son amant avait déjà du mal à croire qu'il allait vraiment passer la nuit avec lui. Richard ne voulait pas faire empirer son état. Il se rinça et attrapa une serviette de bain. Il avait oublié d'apporter un boxer propre dans la salle de bain parce qu'il ne prenait jamais la peine d'en porter un après sa douche. Mais il ne voulait pas mettre Eric mal à l'aise. Les terroristes avaient déjà violé son esprit, alors Richard ne souhaitait pas lui faire ressentir une pression quelconque.

Cependant, il n'avait pas d'autre choix que de retourner dans la chambre parce qu'il refusait de mettre le boxer qu'il avait porté toute la journée. Pas maintenant qu'il était enfin propre. Il enroula une serviette autour de sa taille et se sentit totalement ridicule étant donné qu'il n'avait même pas pris la peine de jouer les modestes la première fois qu'Eric avait passé la nuit avec eux. Il partit ensuite récupérer un boxer propre.

— Monsieur fait son modeste ? murmura Eric depuis le lit.

— Prudent, pas modeste, répondit-il sans se retourner alors qu'il enfilait un boxer. Tu as besoin de dormir.

Désormais habillé, il se dirigea vers le lit et s'installa près de son amant. À sa surprise, Eric ne se rapprocha pas immédiatement de lui, mais Richard refusait de se laisser décourager. Il l'attira dans ses bras, puis laissa échapper un soupir de soulagement lorsque leurs peaux se touchèrent. Il promena prudemment ses mains sur le dos et les épaules d'Eric. Il voulait que son partenaire sache qu'il était là et n'irait nulle part, non pas lui causer plus de douleur en aggravant ses coupures et ses hématomes qui étaient en train de guérir.

Eric se détendit dans ses bras, lui laissant espérer qu'il était en train de le réconforter de la bonne manière. Il ne pouvait pas s'en empêcher : il n'arrêtait pas de revenir sur les bras d'Eric. Même avant de considérer l'éventualité de l'inviter à rejoindre le lit qu'il partageait avec Dav, il avait adoré le regarder tirer. Il s'entraînait tous les jours avec son M40, mais sa vraie passion était les armes médiévales. Sa collection d'arcs et d'arbalètes était aussi fournie que celles des musées que Richard avait visités et quand il s'en servait, il était sublime. Chaque partie de son corps était impliquée lorsqu'il armait son arc et tirait. Qu'il tire une ou douze flèches, Richard trouvait cela fascinant et cette pratique avait davantage sculpté les bras d'Eric que le reste de son joli corps. Maintenant qu'il avait du temps et aucune arrière-pensée, il s'attarda sur les courbes de ses bras, suivant ses veines et les pentes de ses muscles. Durant sa captivité, il avait perdu de la masse musculaire et du poids, mais Richard le connaissait : il ne lui faudrait pas longtemps avant de retrouver le corps qu'il avait eu avant d'être enlevé. Eric trembla dans ses bras, alors Richard le serra plus fort et passa ses doigts dans ses longs cheveux noirs. Avec son autre main, il caressa les muscles de son dos, presque aussi bien sculptés que ceux de ses bras.

— Je pourrais passer la nuit entière à te toucher.

— Fais-le, ronronna Eric.

Il ondula légèrement contre la cuisse de Richard, mais ce dernier savait que son amant n'avait pas vraiment la tête à ça.

— Ferme les yeux et je le ferai.

Eric ferma les yeux et Richard continua de le caresser doucement, s'attardant sur les endroits qui semblaient l'apaiser et se déplaçant lorsque son partenaire s'agitait. Parfois, il comprenait la raison de son agitation en réalisant qu'il était en train de caresser une cicatrice laissée par une mission difficile ou par un souvenir douloureux de son enfance. Il y avait aussi des fois où il ne comprenait pas du tout ce qui provoquait l'anxiété de son amant, mais il déplaçait sa main autre part sans poser de question. Il voulait qu'Eric se sente choyé et protégé, pas mal à l'aise par rapport aux parties de son corps que Richard était en train de toucher. La respiration d'Eric finit par devenir régulière et il s'endormit.

SANS SURPRISE, Eric se réveilla plusieurs fois dans la nuit, mais il lui suffisait de sentir la peau de Richard ainsi que ses bras puissants pour se sentir protégé et se rendormir.

VI

— Je n'ai pas besoin de voir un médecin, se plaignit Eric le lendemain matin alors que Richard préparait des œufs pour le petit déjeuner. Je ne suis plus déshydraté et le reste guérira avec le temps.

— Tu peux penser ce que tu veux, mais le Dr Jameson avait peur que certaines de tes contusions soient assez profondes pour atteindre l'os et ce n'est pas une chose à prendre à la légère, répliqua Richard en posant le petit déjeuner sur la table. En plus, nous avons besoin d'un médecin pour obtenir une ordonnance pour aller voir un psy.

— Comme si un psy pouvait m'aider. Ils vont me demander comment je vais. Je vais leur répondre que je vais bien. Ils vont me poser des questions sur la torture. Je vais leur répondre que ce n'était pas agréable. Comme d'habitude, ils vont me dire que je souffre de stress post-traumatique et ça se finira comme à chaque fois.

— Peut-être, pourtant tu as besoin de parler à quelqu'un et les psychologues sont les mieux placés pour t'aider à surmonter ce que tu as traversé.

— Ils ne vont rien dire pour m'aider à aller mieux, répliqua amèrement Eric. Tu sais que je surmonte mes problèmes à ma manière.

— Je sais aussi que Dav ne te lâche pas d'une semelle après une mission difficile. Je veux que tu ailles voir un médecin aujourd'hui, Eric. Nous nous occuperons du psy une fois que tu iras mieux. Ne m'oblige pas à te donner l'ordre de le faire.

— Va te faire foutre, lança-t-il en poussant son assiette. Je vais aller voir ce foutu médecin, mais ne t'attends pas à ce que je dorme ici ce soir. J'ai reçu assez d'ordres de mes ravisseurs.

Richard regarda Eric partir, impuissant et frustré.

— Merde ! marmonna-t-il quand Eric claqua la porte derrière lui. Réveille-toi, Dav. Je suis déjà en train de tout foutre en l'air alors que ça ne fait que quarante-huit heures que tu es inconscient. Je ne vais pas réussir à tenir durant toute ta convalescence sans ton aide.

Il n'allait rien arranger en restant à la maison. Il devait aller prendre des nouvelles auprès de Heikkinen, s'assurer que la situation n'avait pas évolué durant la nuit et lui dire ce qu'elle devait faire concernant les missions dont l'organisation ne pouvait pas se libérer. Par courtoisie, il devait aussi rendre visite au général Boling afin de s'assurer qu'ils aient un toit jusqu'à ce que Dav soit de nouveau sur pied. Il nettoya les restes de leur petit déjeuner et quitta le bungalow. Il allait laisser du temps à Eric pour se calmer et se rendre au chevet de Dav, puis il irait voir comment ses deux partenaires se portaient.

UNE HEURE plus tard, Eric quitta la salle d'examen de la clinique militaire. Ils l'avaient reçu rapidement, ce pour quoi il était reconnaissant, mais il avait tellement d'égratignures, d'hématomes et de blessures que cela avait occupé le médecin pendant bien trop longtemps. Comme il s'y était attendu, le médecin lui avait demandé de se reposer, de surveiller les plaies ouvertes en cas d'infection, de ne pas toucher aux croûtes qui s'étaient formées sur ses plaies et de mettre de la glace sur ses hématomes s'ils gonflaient ou lui faisaient mal. Il avait aussi proposé de lui écrire une ordonnance pour aller voir un psychologue, mais Eric avait refusé.

Poliment, mais il avait refusé. Il détestait parler du désordre qu'il y avait dans sa tête. Ça ne faisait que ressasser ses idées noires.

Finalement, ce rendez-vous avait été relativement indolore, mais il aurait pu se trouver dans la chambre de Tim depuis une heure.

Cependant, il n'aurait pas dû s'en prendre à Richard. C'était un rendez-vous chez le médecin, pas une peine de mort. Ce n'était pas la faute de Richard si Eric ne se sentait en sécurité nulle part ces temps-ci et lorsque des personnes le touchaient, surtout des inconnus, c'était encore pire. Voir Tim le calmerait, même s'il était toujours inconscient. Tenir sa main et le regarder respirer suffiraient. Eric pourrait respirer au même rythme que le respirateur, cela lui permettrait de rester concentré.

La tension dans ses épaules et sa mâchoire se multiplia lorsqu'il entra dans l'hôpital ; l'odeur des lieux était suffisante pour lui donner envie de faire demi-tour et de ressortir sur-le-champ. Mais s'il faisait ça, il ne pourrait pas voir Tim et ce n'était pas admissible. Eric s'était aventuré de manière consciente et sans aucune hésitation dans des zones de conflits armés qui auraient pu lui coûter la vie. Il pouvait entrer dans un foutu hôpital pour voir son amant.

Il passa la réception et se rendit dans l'unité des soins intensifs sans que personne l'arrête. C'était probablement une bonne chose étant donné qu'il n'avait aucun papier sur lui. Il ne s'était même pas interrogé sur la manière dont Richard avait réussi à leur faire passer la sécurité et à entrer sur la base militaire, mais il valait mieux ne pas poser de questions. Il était à mi-chemin du couloir pour atteindre la chambre de Tim lorsqu'une alarme retentit au bureau des infirmières. Il sursauta, chaque muscle de son corps se contractant alors qu'il cherchait l'origine de la menace.

L'hôpital. Il était à l'hôpital, non pas sur un champ de bataille. Les seuls ennemis présents étaient la mort et la maladie ; ses balles ne pouvaient rien contre elles, peu importe s'il visait juste. Une équipe d'infirmières passa devant lui en courant, se dirigeant vers le fond du couloir, où se trouvait la chambre de Tim.

Ce n'était pas Tim. Ça ne pouvait pas être Tim. Le docteur Smith, ou Smitt, peu importe son nom, avait dit qu'il allait s'en sortir. Il entendit des cris, quelqu'un hurler pour qu'on apporte un chariot de réanimation, puis une autre foulée de personnes passa devant lui. Il ne discerna pas la chambre dans laquelle ils entrèrent, les portes devenant floues alors que l'obscurité envahissait sa vision, ne lui laissant voir qu'un tunnel trouble en face de lui. Il secoua la tête. Il ne devait pas paniquer. Il ne le devait pas. S'il ne pouvait pas voir, il ne pouvait pas tirer et s'il ne pouvait pas tirer, il n'était rien.

Il fit quelques pas de plus en chancelant et se rattrapa contre un mur. Où se trouvait la chambre de Tim ? Où était allé le chariot de réanimation ? Étaient-ils entrés dans la chambre de Tim ?

Son téléphone. Ils étaient censés le prévenir si quelque chose arrivait. Victoria avait dit qu'elle passerait la nuit avec lui. Si Tim faisait un arrêt cardiaque, elle l'aurait appelé, non ? Il chercha son téléphone, mais ses mains tremblaient tellement qu'il ne réussit pas à le tenir. Il tomba au sol avec fracas.

Il grimaça et posa un genou à terre pour se cacher. Il entendait des bruits tout autour de lui. Où étaient-ils ? Il devait localiser leurs ennemis afin de les éliminer. S'il ne le faisait pas, ces hommes tireraient sur son équipe et il avait déjà perdu trop de camarades. Il n'en perdrait pas davantage. Il les trouverait et…

Où était son fusil ? Il ne se rendait jamais sur le terrain sans le prendre. Il n'avait pas d'arme. Il devait trouver quelque chose. Il devait se défendre.

Le bruit de l'électrocardioscope et les cris devinrent plus forts. Cette fois-ci, de quelle manière ses ravisseurs allaient-ils le torturer ? Il ne savait pas combien de temps il allait pouvoir tenir, mais l'alternative était de trahir ses amis encore plus qu'il ne l'avait déjà fait, ce qu'il ne ferait jamais consciemment. Il ne leur dirait rien sous la torture. Ils devraient le droguer jusqu'à ce qu'il perde l'esprit et espérer pouvoir obtenir des informations utiles en écoutant ses balbutiements. Il ne leur dirait rien. Il ne le ferait pas. Il ne…

— Monsieur, tout va bien ? Avez-vous besoin d'aide ?

Le son de cette voix – à l'accent américain – le sortit de son cauchemar. Il cligna des yeux pour rétablir sa vision. Un sol en vinyle blanc apparut devant lui, long et propre, loin de la poussière et du sable de sa prison. Il n'était plus au Turkménistan. Allemagne. Il était en Allemagne.

— Davenport, dit-il d'une voix brisée. Est-il… ?

Il ne réussit pas à prononcer les mots. Le simple fait de les penser était déjà assez douloureux. S'il les transformait en paroles, ils deviendraient réalité. Il appuya son dos contre le mur, ignorant la douleur causée par sa peau déchirée et contusionnée, puis il se mit debout. Ses genoux tremblèrent dangereusement, mais il savait comment gérer la douleur. Il serra la mâchoire et contracta ses abdominaux jusqu'à ce que son équilibre revienne.

— Je vais bien. Merci de vous en être inquiété.

Le médecin parut sceptique, mais il n'insista pas, au grand soulagement d'Eric. Il se contenta de le regarder reprendre son chemin vers la chambre de Tim. Au moins, ces bruits électroniques infernaux avaient cessé.

Il faillit à nouveau perdre l'équilibre. Si l'électrocardioscope ne faisait plus de bruit, cela signifiait que l'intervention était terminée. La personne qui avait fait un arrêt pouvait être morte. Il força ses pieds à avancer plus vite jusqu'à ce qu'il atteigne la chambre de Tim. Il s'appuya contre la porte, respirant avec difficulté alors qu'il promenait son regard à travers la pièce, analysant chaque recoin d'un seul coup d'œil ; c'était ce qui faisait de lui un si bon tireur d'élite.

Tim était allongé à l'endroit même où Eric l'avait laissé, l'électrocardioscope bipant régulièrement alors que le respirateur envoyait de l'air dans ses poumons et réceptionnait l'air usé. Victoria était assise près du lit, en train de lire. Il se laissa retomber contre la porte.

— Eric ?

— J'ai entendu l'alarme se déclencher au bureau des infirmières. Je croyais que c'était pour Tim, mais à ce que je vois, ce n'était pas lui. J'ai juste besoin d'une minute afin que cette montée d'adrénaline se dissipe.

— Où est Horn ?

— Je ne sais pas. Je ne l'ai pas vu depuis que j'ai quitté la maison ce matin. J'ai dû me rendre à la clinique militaire pour voir si mes blessures guérissaient bien.

— N'esquive pas ma question, *pesche*.

Il avait la sensation désagréable qu'elle venait de l'appeler « Pêche » en italien. Ses collègues n'allaient plus le lâcher avec ça. Eric était prêt à jouer les innocents afin que sa collègue oublie le sujet sur lequel elle faisait une fixation, sauf que ça ne fonctionnait jamais avec Victoria. Mais il pouvait toujours tenter sa chance.

— De quoi est-ce que tu parles ?

— Je sais comment tu deviens après une mission délicate et je sais que Davenport ne te quitte pas des yeux pendant les quarante-huit heures qui suivent, même s'il te laisse quand même sortir de votre lit. Cette mission est la pire que tu aies connue et pourtant tu es ici, en train de prétendre que tout va bien. Tu ne t'es même pas encore rasé la barbe.

Il ne pouvait pas le faire. Même si ses mains arrêtaient de trembler assez longtemps pour qu'il puisse le faire sans se trancher la gorge – ce qui était impossible à cet instant, mais qui aurait pu être faisable la nuit dernière, quand Richard était là – se raser lui-même revenait à admettre que Tim ne pouvait pas le faire. S'il patientait, Tim se réveillerait et viendrait dans la salle de bain, lui demanderait de s'asseoir et couvrirait son visage de mousse. Il trouverait une lame de rasoir quelque part – probablement dans la trousse de toilette de Richard –, puis il ferait disparaître la barbe de son visage, ce qui emporterait aussi l'angoisse, la terreur et la douleur de la torture. Eric pourrait enfin tourner la page. Cependant, s'il le faisait lui-même, s'il renonçait à ce rituel…

Non. Il ne le pouvait pas. Cela ne dérangerait personne qu'il laisse pousser sa barbe et ses cheveux encore quelques semaines. Les agents de la *Strike Force Omega* n'étaient pas obligés de se conformer aux standards militaires. Il pouvait avoir un style aussi négligé qu'il le souhaitait jusqu'à ce qu'il en décide autrement.

— Tu ne t'attendais quand même pas à ce que je perde mon temps à me raser alors que Tim est allongé dans un lit d'hôpital, si ?

— Je m'attendais à ce que tu prennes soin de toi en sachant que j'étais ici, en train de veiller sur lui. Ou bien, si tu n'en étais pas capable, à ce que Horn prenne soin de toi.

Eric avait espéré… Cela n'avait pas d'importance. Il savait que Richard se souciait de ce qui pouvait lui arriver, ne serait-ce que par rapport à Tim qui serait contrarié si quelque chose lui arrivait. Ils passaient du bon temps au lit, eux trois. Il savait que Tim et Richard faisaient l'amour sans lui et cela ne le dérangeait pas. Ils étaient ensemble depuis longtemps. D'ailleurs, Tim et lui faisaient parfois l'amour quand Richard n'était pas là parce qu'il était retenu au travail ou affecté à une mission qui ne les impliquait pas. Il lui était arrivé de penser à faire l'amour seulement avec Richard, mais cela semblait toujours plus cohérent lorsque Tim était aussi là. Comme la nuit dernière. Richard l'avait tenu dans ses bras alors qu'il s'endormait, ce qui était agréable, mais cela ne l'apaisait pas de la même manière. Cela ne lui permettait pas de se vider l'esprit et d'être assez détendu pour ne plus penser durant quelques instants. Cela ne le ramenait pas à la *maison*.

Il était en piteux état, couvert d'hématomes et d'entailles. Lorsqu'une mission difficile prenait fin, il avait l'habitude de plaisanter en disant qu'il avait connu pire, mais cette fois, ce n'était pas le cas. Il avait participé à des missions délicates, mais aucune n'était comparable à celle-ci. Il comprenait pourquoi Richard ne le désirait pas. Il était loin d'être au mieux de sa forme, même si la douleur s'était estompée et était devenue tolérable. Avec un peu de chance, l'intérêt de Richard reviendrait lorsque le corps d'Eric serait un peu moins meurtri et qu'ils auraient davantage de garanties concernant le rétablissement de Tim. Eric pouvait vivre sans sexe. Par contre, après quatre ans de relation, il trouvait difficile de vivre sans intimité.

Une infirmière entra, le sortant de ses pensées.

— Désolée de vous déranger, mais je dois changer les pansements de M. Davenport.

— Devons-nous quitter la chambre ?

Eric partirait s'il y était obligé, mais il venait d'arriver et son emprise sur la réalité était encore précaire. Regarder Tim ne fonctionnerait certainement pas aussi bien que de lui faire l'amour, mais c'était mieux que rien.

— Non, restez simplement éloigné du lit afin que je puisse faire mon travail.

Victoria se leva et offrit sa chaise à Eric.

— Je vais aller dormir un peu. Je reviens dans quelques heures pour prendre de tes nouvelles.

Eric hocha la tête et s'installa sur la chaise, faisant bien attention à ne pas envahir l'espace de l'infirmière. Il ne voulait pas l'empêcher de faire son travail, mais il avait besoin de voir l'étendue des blessures de Tim. Le médecin avait fait le compte-rendu de son état et donné son pronostic, mais elle n'avait pas donné de détails. Elle avait expliqué qu'il avait de multiples blessures par balles, sans spécifier combien et à quels endroits, sauf pour celle qui avait perforé son poumon.

Il tressaillit lorsque l'infirmière retira la couverture pour dévoiler les pansements qui se trouvaient sur la partie inférieure du corps de Tim. Il comptait en même temps qu'elle changeait les pansements, notant chacune des cicatrices laissées par l'opération chirurgicale. Douze. Douze putains de balles. De la bile remonta le long de sa gorge. Il savait ce qu'une seule balle pouvait infliger au corps humain. Il était tireur d'élite. Il pouvait tuer quelqu'un d'une seule balle à six endroits différents. Heureusement, aucune des blessures qui marquaient le corps de Tim n'avait été fatale, mais cela ne rendait pas le traumatisme plus supportable. Il avait de la chance d'être en vie.

Eric le savait depuis le début, mais cette prise de conscience le frappa encore une fois. Il ferma les yeux, laissa sa tête retomber en arrière et respira profondément pour se calmer. Tim était là. Il était en sûreté. Il allait se rétablir. Il se répéta ces mots tel un mantra. S'il les répétait assez longtemps, il pourrait finir par y croire.

Eric fut étonné d'entendre la porte s'ouvrir et entra immédiatement en mode « paré au combat ». Il n'avait pas son fusil, mais il savait se défendre sans lui. S'ils pensaient qu'il allait se laisser tuer, ils allaient être surpris.

— Eric ?

La voix de Richard transperça le voile qui lui disait de combattre ou de fuir et Eric se laissa retomber dans la chaise. Richard semblait aussi exténué que lui, mais Eric réprima son envie de le réconforter. D'une part, l'infirmière se trouvait toujours dans la pièce, et plus important encore, Eric n'était pas prêt à lui pardonner la manière dont il avait menacé de lui ordonner d'aller voir un médecin ce matin. Tim lui botterait les fesses et lui dirait qu'il était en train de se comporter comme un enfant de deux ans piquant une crise de colère, mais le ton que Richard avait utilisé l'avait frappé comme une gifle au visage. Richard avait dit qu'il avait laissé le commandant sur le pas de la porte, qu'il n'était plus que son amant une fois dans la maison, mais cette voix avait été celle du commandant, non celle de son amant, et ce sentiment de trahison ne l'avait pas encore quitté.

— Elle est en train de changer ses pansements, dit-il en guise de réponse.

Richard trouva une autre chaise et la tira près de celle d'Eric. Ils ne se touchèrent pas tant que l'infirmière était dans la pièce, mais lorsque tout fut enfin en place et que l'infirmière s'en alla, Richard prit la main d'Eric dans la sienne.

— Je suis désolé, dit-il. Je te demande toujours de ne pas foirer et cette fois, c'est moi qui foire.

— Je sais que tu essayes de m'aider, répondit-il en haussant les épaules.

Même si son attitude l'avait blessé, il n'en avait pas vraiment douté, mais Richard s'y était pris de la mauvaise manière.

— Et je m'en sors très mal, marmonna Richard.

Eric prit une profonde inspiration pour essayer de se calmer. Ses émotions étaient en émoi, totalement hors de contrôle et il détestait cela. Il détestait ne pas avoir le contrôle, que ce soit physiquement ou mentalement. Les psychologues disaient que c'était un symptôme habituel du stress post-traumatique avec lequel il devait apprendre à vivre. La plupart du temps, il les détestait d'avoir dit cela, mais grâce à cette information, il avait appris à identifier les moments où il se comportait de manière irrationnelle et à se maîtriser. Il prit une autre inspiration et se libéra de sa colère. Il avait appris une autre leçon en écoutant leur ramassis de conneries : aussi difficile que ce soit pour lui, il n'était pas le seul à souffrir. Il avait le droit de se sentir un peu à cran à la fin d'une mission délicate, mais ses partenaires aussi. Il connaissait ses amants. Richard et Tim avaient dû être morts d'inquiétude pendant sa captivité. Richard avait vu Tim tomber à terre, impuissant, et n'avait pas pu le rejoindre immédiatement, car il avait dû superviser l'opération qui allait sauver la vie d'Eric. La seule chose qu'avait attendue Eric était de voir Tim à l'hôpital, tout comme Richard. Le seul sentiment que Richard ne partageait pas avec Eric à l'égard de Tim était la culpabilité.

— Je ne t'ai pas non plus soutenu comme il le fallait.

— C'est toi qui as été torturé durant des mois.

— Et c'est toi qui as failli tout perdre. Quand ils me retenaient, je ne faisais que survivre. Je ne pensais à rien d'autre que ne pas parler et préserver mon énergie pour ce qu'ils me feraient la fois suivante. Je ne pouvais pas espérer être secouru. Je ne pouvais rien faire d'autre que survivre un jour à la fois. Par contre, toi… Tu as continué de vivre en cherchant ce qui était allé de travers et avait mené à mon enlèvement, puis tu as remué ciel et terre pour me retrouver. Et ensuite, tu as vu Tim tomber. Je suis brisé. J'ai toujours été brisé, ce n'est pas nouveau. Ce qui se passe n'est qu'un autre incident de parcours pour moi.

— Je ne veux plus que tu sois brisé. Je veux que tu te sentes en sécurité et que tu sois capable de faire confiance à Dav, de me faire confiance et peut-être même de finir par faire confiance à ton équipe. Je veux que tu redeviennes un seul bloc.

Eric afficha un sourire triste.

— Je ne sais pas si c'est encore possible. Le genre de choses qui me sont arrivées ne s'oublie pas. Tu ne peux qu'apprendre à vivre avec elles. Et nous allons toujours être amenés à nous rendre sur le terrain. Ces choses vont continuer de se produire. Je serai toujours brisé.

— Dans ce cas, je continuerai à aider Dav à ramasser les morceaux.

— Seigneur, c'est du grand n'importe quoi, dit Eric dans un rire rouillé. Je suis démoli en long, en large et en travers, Tim s'est fait tirer dessus à douze reprises et tu es coincé avec nous. Bizarrement, je ne pense pas que tu avais signé pour ça.

Richard attrapa le menton d'Eric et l'obligea à rencontrer son regard.

— Ce n'est pas à toi de décider ce pour quoi j'ai signé, tu m'entends ? Je faisais ce métier bien avant que tu viennes au monde et j'ai vu les pires choses que tu peux imaginer, voire certaines qui ne te traverseraient même pas l'esprit malgré ce que tu viens de vivre. Tu penses que Dav et moi ne sommes pas brisés ? Nous étions tellement brisés qu'il a fallu que tu entres dans nos vies pour que nous restions sains d'esprit.

— Si je suis celui qui est sain d'esprit, alors vous devez être de vrais cinglés.

— Ce n'est pas ce que j'ai dit, gronda Richard.

Le ton de sa voix fit durcir la verge d'Eric après l'avoir entendue pendant quatre ans dans leur chambre ainsi qu'en salle de réunion.

— Je n'ai pas dit que tu étais celui qui était sain d'esprit. J'ai dit que tu étais celui qui nous gardait sains d'esprit, tout comme j'espère que nous te permettons de garder les idées claires. Alors je vais continuer de prendre soin de toi, nous allons tous les deux prendre soin de Dav et j'aimerais que tu prennes soin de moi. Je sais que je n'étais pas un choix pour toi, contrairement à Dav, mais je t'aime. Ça me rendait fou de savoir que tu étais retenu prisonnier. J'aurais donné n'importe quoi pour me trouver à ta place, je leur aurais donné n'importe quoi pour te retrouver si j'avais eu la garantie qu'ils te relâcheraient sans t'avoir fait de mal. Tu ne passeras jamais au second plan. Tu es mes deux mains et je serais aussi perdu sans toi que je le serais sans Dav.

Eric se précipita en avant et embrassa Richard. C'était la seule chose à laquelle il avait pensé, la seule manière qu'il avait trouvée de répondre à ses paroles. Il attrapa son visage pour approfondir leur baiser, bien décidé à lui montrer qu'il ne pensait pas ainsi, qu'il le désirait, qu'il l'aimait aussi. Les mains de Richard se resserrèrent autour de ses poignets lorsqu'il prit le contrôle du baiser, mais la sensation d'être piégé était trop pesante pour Eric. Il se libéra de son emprise et s'éloigna, haletant.

— Non…

Il fallut un moment à Eric pour cesser de paniquer et retrouver la parole.

— Ne me tiens pas les poignets.

Richard l'observa avec un regard intense.

— Ont-ils…

— Non, mais les psychologues disent que tout nouveau traumatisme fait remonter les anciens à la surface. L'une des choses qui déclenche une réaction de panique chez moi est le fait d'être ligoté, maintenu ou incapable de bouger.

Son pire cauchemar était de se réveiller avec les poings liés.

— Comment se fait-il que je ne sois pas au courant?

— Parce que la plupart du temps, j'arrive à me maîtriser. Victoria et Tim le savent et font de leur mieux pour que je ne me réveille jamais attaché. Nous ne jouons pas à ce genre de jeux dans notre chambre. Le problème n'a simplement jamais été soulevé.

— Et pourtant, Amato est au courant. Le problème a dû « être soulevé » assez souvent.

— Elle est au courant parce qu'elle et Tim m'ont retrouvé à Vladivostok.

Il n'avait pas besoin de raconter les détails de cette opération à Richard. Celui-ci avait lu le dossier expliquant de quelle manière Eric avait été retenu par un groupe de dissidents participant au trafic d'armes et torturé avant d'être secouru. Il avait considéré cette mission comme la pire de sa vie jusqu'à celle-ci. Eric avait fait des avances à Tim peu de temps après avoir été jugé apte à reprendre du service.

— Ils étaient avec moi quand je me suis réveillé dans l'avion. Les médecins m'avaient attaché parce que je donnais des coups et ils avaient peur que j'arrache l'intraveineuse. Je ne l'ai pas supporté. Tim m'a calmé le temps que Victoria puisse me détacher et depuis, ils font en sorte que ça n'arrive plus. J'ai demandé à Tim de ne pas inclure ce détail dans le rapport. Je ne pense pas que quelqu'un profiterait de cette faiblesse, mais je ne voulais pas prendre le risque que ça arrive.

— Je peux comprendre que tu n'aies pas voulu que ce soit mentionné dans le dossier, mais nous sommes ensemble depuis quatre ans, Eric.

— Je t'ai déjà dit que je ne savais pas comment me comporter en couple.

Richard soupira.

— Si je ne te tiens pas par les poignets, est-ce que je peux t'embrasser ? C'est ce que j'essayais de faire quand tout est parti en vrille.

— Tu peux tenir tout ce que tu veux en dehors de ça, dit-il en se penchant vers lui.

Comme ils s'embrassaient par-dessus ces chaises rigides, leur baiser était maladroit et ils n'avaient aucun moyen de se rapprocher l'un de l'autre. Cela aurait été faisable sur un lit ou un canapé, mais il avait enfin l'impression d'être à la maison, réconforté et protégé. Eric soupira et laissa Richard prendre le contrôle du baiser ; il se laissa faire non pas parce qu'on lui volait un baiser, mais parce qu'il l'offrait de son plein gré à l'une des trois personnes au monde auxquelles il vouait une confiance aveugle.

VII

Ils entendirent frapper à la porte et se séparèrent immédiatement. Richard ne lâcha pas la main d'Eric, mais il se rassit dans sa chaise. La plupart des membres de la *Strike Force Omega* était désormais au courant de leur relation, mais cela ne voulait pas dire qu'il voulait qu'on le voie embrasser Eric en entrant dans la pièce. Certaines choses devaient rester privées. Et si c'était un employé de la base militaire et non l'un de ses agents, ils avaient encore moins besoin de voir cela.

— Entrez.

Selon Richard, le soldat qui glissa sa tête à travers l'embrasure de la porte ne devait pas avoir plus de dix-neuf ans. Il semblait aussi nerveux qu'une nouvelle recrue lors de son premier jour au camp d'entraînement. Richard garda une expression sévère. Il avait une réputation à maintenir et ce gamin avait besoin de s'endurcir s'il n'avait même pas le cran d'entrer dans une chambre d'hôpital.

— Oui?

— Excusez-moi, monsieur, mais le général Boling m'a demandé de venir vous trouver, dit le soldat de l'armée de l'air en se balançant d'une jambe sur l'autre. Il est désolé de devoir vous déranger, mais il dit que c'est urgent.

— Où est-il?

Près de lui, Eric tressaillit, mais Richard ne réagit pas. Il s'occuperait d'Eric quand le soldat serait parti.

— Dans son bureau, monsieur. Je vais vous y emmener.

— Je sais où se trouve son bureau, répliqua-t-il sèchement.

Cela ne faisait qu'une demi-heure qu'il l'avait quitté.

— Pardonnez-moi, monsieur, mais il m'a donné l'ordre de vous escorter jusqu'à lui.

— Alors, attendez-moi dehors. Je dois m'assurer que mes agents vont bien.

Il réprima son envie de lui passer un savon qu'il n'oublierait pas de sitôt. Ce n'était pas de sa faute si Boling avait choisi ce moment pour jouer au petit chef.

— Oui, monsieur, dit le soldat avant de quitter la chambre.

Dès que la porte se referma derrière lui, Richard se tourna vers Eric.

— Je suis désolé. Je pensais avoir satisfait Boling en passant le voir ce matin. Je peux te laisser seul le temps d'aller voir quelle mouche l'a piqué ?

Eric hocha la tête. Richard n'avait pas envie de le quitter parce que sa posture suggérait qu'il n'était pas vraiment à l'aise avec cette idée. Malheureusement, ils étaient à la merci de Boling et le resteraient jusqu'à ce que Dav soit assez en forme pour quitter l'hôpital. Bien sûr, il serait plus simple de rester sur la base pendant sa rééducation, mais si cela était impossible, ils trouveraient un autre endroit où aller. Par contre, il serait difficile de transférer Dav vers une autre unité de soins intensifs dans son état actuel.

— Je reviens le plus vite possible.

— Nous serons là.

Richard jura intérieurement en embrassant Eric une dernière fois avant de quitter la chambre. Le soldat se tenait au garde-à-vous près de la porte. S'il avait été d'humeur charitable, Richard l'aurait complimenté sur son attitude. Au lieu de ça, il passa devant lui en l'ignorant et rejoignit sa voiture pour retourner au bureau de Boling, situé sur la base. Le gamin n'aurait qu'à le suivre. Richard allait faire un aller-retour rapide sans sacrifier sa dignité ou son autorité.

— Qu'y a-t-il de si important que ça ne puisse pas attendre ? demanda-t-il en entrant dans le bureau de Boling quelques minutes plus tard. J'étais en train de prendre des nouvelles de Davenport.

— Le général Collins, au Pentagone, souhaiterait s'entretenir avec vous. J'ai activé le mode silencieux de la téléconférence en attendant votre arrivée.

Richard aurait certainement dû se sentir soulagé que Collins n'ait pas entendu son élan de colère, mais il n'en avait rien à faire. Il refusait d'être poussé à faire quoi que ce soit par qui que ce soit. Il suivrait leurs règles aussi longtemps qu'ils comprendraient qu'il le faisait par choix et non par obligation.

— Finissons-en.

Il s'installa de l'autre côté du bureau, en face de Boling, puis le général tourna l'écran vers lui et activa le son et le micro.

— Général Collins, vous vouliez me parler ?

— J'ai entendu dire que vous aviez mené une opération non autorisée alors même que vous étiez en train de superviser l'opération en Syrie. Est-ce vrai ?

— Mes agents ont mené leur mission à bien en Syrie, souligna Richard. Cela a valu de graves blessures à l'un des membres de l'équipe. Je ne vois pas en quoi ça vous regarde que je fasse secourir l'un de mes agents qui avait été capturé durant l'une de vos opérations parce que *votre* équipe ne l'avait pas protégé.

Il aurait été envoyé devant la cour martiale s'il avait parlé de cette manière à l'un de ses supérieurs dans la marine ; c'était l'une des raisons pour lesquelles il l'avait quittée. Il en avait eu assez de faire attention à ses paroles. Désormais, il prenait leur argent et menait ses opérations comme bon lui semblait, du moment qu'il finisse par atteindre leurs objectifs. Si sa manière de faire ne leur plaisait pas, cela n'avait aucune importance ; il était certain qu'un de leurs alliés ferait appel à ses services.

— Je n'apprécie pas votre attitude, Horn.

— Et je n'apprécie pas que mes agents payent pour les erreurs commises par les vôtres. Aviez-vous autre chose à me dire Général ?

— Je veux le rapport de l'entretien avec l'agent que vous avez secouru. Il devrait déjà être sur mon bureau.

Richard vit rouge. Cet enfoiré pensait avoir le droit de demander des comptes à Eric alors que leurs erreurs lui avaient valu quatre mois de torture. Si cela ne tenait qu'à Richard, il empêcherait Collins d'avoir accès au rapport de l'entretien. Si Dav ne se trouvait pas dans un hôpital militaire, Richard n'aurait pas hésité à dire au général d'aller se faire foutre, mais si Collins ordonnait à Boling de couper les ponts avec eux, Dav serait dans le pétrin. Il allait devoir se montrer coopératif et lui remettre le rapport, d'autant plus qu'Eric effectuait une opération gouvernementale lorsqu'il avait été capturé. Cependant, il n'était pas obligé de se précipiter. Eric passerait cet entretien lorsque Richard aurait la certitude que cela n'empirerait pas son état. Il ravala sa réplique agressive et s'efforça de lui répondre de manière mesurée.

— Nous interrogeons toujours M. Newton. Il n'était pas apte à faire un rapport juste après sa libération, que ce soit physiquement ou psychologiquement. Nous compléterons le rapport lorsque j'aurai la certitude que cela ne puisse pas nuire davantage à la santé de mon agent, puis je vous l'enverrai. Nous sommes en train de terminer la rédaction du rapport sur la Syrie – concernant l'opération qui rentre dans le cadre de vos fonctions. Nous le remettrons au général Boling dans la journée. Je suis certain qu'il vous en enverra une copie.

Le mécontentement se lisait sur le visage de Collins, mais Richard y était habitué. La plupart des employés du Pentagone avec lesquels il travaillait se rappelaient encore de leur expérience sur le terrain et l'écoutaient quand il parlait, mais Collins était prétentieux. Richard prenait un malin plaisir à le faire sortir de ses gonds.

— Faites attention, Horn. Vous êtes à la limite de l'irrespect.

— Oui, monsieur.

— Vous pouvez y aller, lança-t-il.

Comme si Richard accordait de l'importance à ses ordres…

Richard ne prit pas la peine de le saluer. Il se leva de sa chaise et quitta le bureau de Boling. Il devait retrouver Heikkinen et s'assurer que le rapport sur la Syrie était terminé. Elle savait parfaitement comment tourner ses phrases pour satisfaire leurs supérieurs. Plus vite il la trouverait, plus vite il retrouverait Eric et Dav. Sa place était auprès d'eux.

Il ne fallut que vingt minutes à Eric pour que les murs commencent à se refermer sur lui. S'il s'était trouvé à la maison ou avait prévu ce séjour en Allemagne, il aurait emmené sa tablette, ou un livre, ou quelque chose pour passer le temps. Mais dans l'état actuel des choses, son esprit n'était occupé par rien d'autre que les pensées sombres qui ne le quittaient presque jamais. En temps normal, il aurait mieux planifié sa journée, réfléchi à ses options, mais son cerveau ne semblait toujours pas fonctionner. S'il restait au chevet de Tim, il aurait une autre crise de panique. Il avait eu de la chance avec la précédente. Il s'en était sorti sans frapper qui que ce soit et le médecin qui l'avait trouvé n'avait pas remarqué qu'il se dissociait de la réalité. Il pourrait ne pas avoir autant de chance la prochaine fois. Il devait rester maître de lui-même ou bien il finirait à l'asile et ne serait pas présent pour aider Tim à se rétablir. Comme cette éventualité n'était pas acceptable, il allait devoir trouver un moyen de faire face jusqu'à ce que Tim soit assez fort pour l'aider à son tour.

Il considéra l'éventualité de laisser un mot à l'attention de Richard pour lui dire où il se rendait, mais après sept années passées à se déplacer dans l'ombre, il était devenu méfiant lorsqu'il s'agissait de laisser des traces. Richard le connaissait suffisamment pour deviner que s'il n'était pas au chevet de Tim, il était parti au stand de tir. Encore fallait-il que le stand de tir dispose d'un fusil qu'il puisse emprunter et utiliser, parce qu'il ne savait pas ce qui était arrivé au sien après avoir quitté la planque dans laquelle il avait été retenu en otage. Il se rappelait l'avoir eu dans les mains quand il était monté dans l'hélicoptère, mais tout ce qui s'était passé ensuite était flou. Il perdait la main. Il devait se reprendre ou bien Richard ne lui ferait plus confiance pour se rendre sur le terrain. Eric pouvait supporter – avait supporté – beaucoup de choses, mais il ne savait pas comment il s'en sortirait s'il venait à perdre sa place au sein de l'équipe.

Il avait espéré que Richard passerait la journée avec lui et le garderait occupé, même si ce n'était que pour veiller sur Tim ensemble. Il ne s'était pas attendu à ce qu'il le fasse pour lui, mais il avait espéré que le lien entre Richard et Tim était assez fort pour le garder ici. Il aurait dû se douter que ça n'arriverait pas.

Dès que cette pensée lui traversa l'esprit, il réalisa qu'il ne se montrait pas juste envers Richard. Ignorer la convocation d'un général n'était pas une chose que l'on faisait à la légère. L'état de Tim n'avait pas évolué durant la nuit. Peu importe combien Eric souhaitait que Richard reste avec eux, sa présence ne changerait rien à l'état dans lequel se trouvait leur amant. Rien ne justifiait qu'il ignore la demande du général. Pourtant, Eric aurait voulu qu'il l'envoie paître. Il devrait déjà être content que son partenaire lui ait demandé s'il pouvait le laisser seul au lieu de se contenter de partir dès que le soldat avait débarqué.

Il se pencha au-dessus de Tim et embrassa tendrement son front, poussant ses cheveux blonds loin du bandage.

— J'ai besoin d'aller tirer, mais je reviendrai te voir plus tard. Récupère pendant mon absence, d'accord ? Je t'aime.

Une fois de retour sur la base, il lui fallut quelques minutes pour se rappeler où se trouvait le stand de tir. Cela faisait longtemps qu'ils n'étaient pas venus sur cette base militaire allemande. Il renseigna son nom et son affiliation, puis le sergent responsable du stand de tir se fit un plaisir de lui présenter les fusils à disposition et de le préparer. Ils ne possédaient aucune arme qui sortait de l'ordinaire, comme Eric avait espéré en trouver, mais quelques-uns des fusils étaient des modèles avec lesquels il n'était pas vraiment familier. Avec toutes les pensées qui s'entrechoquaient dans sa tête, il avait besoin de relever un défi en apprenant à maîtriser un fusil ou un pistolet qu'il n'avait pas l'habitude d'utiliser. Il avait besoin de se concentrer sur quelque chose. À la maison, il avait une armoire remplie de mousquets, fusils, arcs, arbalètes et autres armes anciennes qui lui permettaient de se surpasser, mais ses armes étaient aux îles Caïmans. Il n'était pas près d'y retourner, du moins pas avant que Tim soit assez en forme pour quitter l'hôpital. Tim et lui pourraient convaincre Richard qu'il valait mieux que Tim termine sa rééducation à la maison plutôt qu'en Allemagne ou sur une base militaire aux États-Unis, mais cela avait peu de chance de fonctionner. Selon Richard, cela mettrait la *Strike Force Omega* en danger parce qu'il faudrait faire venir un kiné aux îles Caïmans et superviser leurs opérations depuis leur maison.

Comme il avait du temps, Eric décomposa le fusil et le rassembla. C'était une arme standard, n'ayant subi aucune des modifications personnelles apportées par tous les snipers qu'il avait rencontrés pour s'assurer que le fusil fonctionne comme ils le voulaient. Mais cela ferait l'affaire pour aujourd'hui. Il ne se préparait pas à partir en mission. Il évaluait sa capacité à maîtriser le plus rapidement possible un fusil qu'il ne connaissait pas.

Une fois qu'il eut terminé d'apprendre tous les secrets que la fabrication de l'arme avait à lui révéler, il se mit en position derrière la ligne de tir et visa le tonneau. Le tonneau dériva légèrement sur la gauche. Il compensa et tira une seule balle. Quand il ramena la cible pour vérifier son tir, le trou de la balle était à peine à un centimètre du centre. S'il avait tiré sur une cible vivante, cela aurait été un tir qui aurait entraîné la mort, mais il n'était pas sur le terrain. Quand on était au stand de tir, ne pas réussir à tirer en plein centre était inacceptable. Il remit sa cible en place et visa une nouvelle fois, gardant à l'esprit le premier impact de sa balle. Quand il tira, la balle toucha le plein centre. Il tira encore, plusieurs fois d'affilée. Ce fusil n'était pas une mitrailleuse, créée pour tirer beaucoup de balles sur une large étendue, mais Eric s'enorgueillissait de savoir comment éliminer plusieurs cibles rapidement sans perdre sa précision. Ce stand de tir n'était pas équipé pour effectuer ce genre d'entraînement, mais c'était suffisant pour le moment.

RICHARD SURVOLA le rapport de la mission en Syrie et se tourna vers Heikkinen.

— Bien. Faites parvenir ce rapport à Boling afin que je n'aie plus Collins sur le dos.

— Oui, monsieur.

— Y a-t-il autre chose ? Je dois aller voir Davenport et Newton.

— La mise en place de nos futures missions progresse comme prévu. Nous devons encore nous entretenir avec Newton.

— Nous avons déjà eu cette conversation. Nous ferons l'entretien quand il sera rétabli.

— Avec tout le respect que je vous dois, monsieur, plus nous attendons, plus il risque d'oublier ce qui s'est passé.

— On n'oublie pas quatre mois de torture.

— Je me moque de connaître les détails de ce qu'ils lui ont fait subir. D'ailleurs, je me moque aussi de ce qu'il a pu leur dire parce que nous avons des protocoles en place pour gérer ce genre de problème. Je veux savoir ce qu'il a appris à leur sujet pendant qu'il était retenu.

— Il ne parle ni arabe ni farsi, alors je doute qu'il ait entendu quoi que ce soit d'utile.

— Mais s'ils l'ont interrogé, alors ils ont dû lui parler un peu en anglais pour lui poser des questions. Nous devons savoir ce qu'ils lui ont demandé. Ces informations pourraient nous en apprendre davantage sur leurs projets que n'importe quel service de renseignements dont nous disposons actuellement.

Quand bien même Richard refusait de mettre la pression à Eric, il gardait Heikkinen dans son équipe pour son professionnalisme. Grâce à son expérience au sein de la CIA, son approche des renseignements était différente de celle des autres membres de la *Strike Force Omega*. Lorsqu'elle interrogerait Eric, elle réussirait à obtenir chaque petite information utile. Mais ce n'était pas encore le moment. Eric était trop à fleur de peau pour subir ce genre d'interrogatoire.

— Bientôt, dit-il, comme elle attendait une réponse. Pas aujourd'hui, probablement pas demain, mais peut-être vendredi.

Cela lui laissait deux jours pour découvrir comment apaiser Eric. Dav ne s'était jamais vraiment épanché sur la manière dont il l'aidait à se remettre d'une mission difficile. Richard aurait dû lui demander plus de détails au lieu de se contenter de faire son travail afin que Dav puisse rester auprès d'Eric. Il n'avait pas prévu qu'un jour Dav ne soit plus disponible. Il aurait dû s'y préparer.

— Plus nous attendrons, plus il aura de mal à se rappeler. Sans compter que ses souvenirs nous seront moins utiles parce que ses ravisseurs auront eu le temps de modifier leurs projets, l'avertit Heikkinen.

— Je vous ai dit vendredi, répliqua-t-il sèchement en se levant de sa chaise.

Il se dirigea vers la porte. Il devait sortir d'ici avant de dire une chose qu'il regretterait, comme lui dire de ficher le camp. Même si elle le rendait parfois complètement fou, elle savait comment faire son métier et il avait besoin d'elle. Mais pas maintenant.

— Entendu, monsieur.

Richard continua son chemin. Elle avait accepté ses ordres. Le reste pouvait attendre. Il rejoignit sa voiture d'un pas raide et retourna à l'hôpital, mais lorsqu'il arriva, Eric n'était plus dans la chambre de Dav. Il frappa du poing contre le mur. Il savait qu'il n'aurait pas dû partir, mais Eric ne lui avait donné aucune raison de rester. Et maintenant, il n'était plus là.

— Où est-il allé, Dav? demanda-t-il en sachant qu'il n'obtiendrait pas de réponse.

Le silence qui suivit sa question lui rappela la longueur du chemin qu'il leur restait encore à parcourir. Il devait trouver Smithers, lui demander si l'état de Dav s'était amélioré et s'il allait bientôt pouvoir se passer du respirateur. Il avait besoin de conseils et Dav était le seul qui pouvait lui en donner. Puis il allait devoir trouver Eric et comprendre ce qu'il faisait de mal, parce que la situation était en train de lui échapper.

Une chose était certaine : après l'échange durant lequel il avait tenu les poignets d'Eric, il allait devoir se montrer prudent et laisser son amant prendre les rênes lors de leurs interactions. Il voulait l'aider, mais il ne devait pas lui imposer ses choix. La dernière chose qu'il souhaitait était de déclencher une crise de panique chez Eric en lui donnant des ordres. Dans le cadre professionnel, il n'avait pas d'autre choix, mais il éviterait de faire à nouveau cette erreur dans leur vie privée.

Smithers entra dans la chambre avant qu'il puisse partir à sa recherche.

— Comment va-t-il? demanda-t-il en indiquant le lit de Dav d'un geste de la main.

— Remarquablement bien, compte tenu de l'étendue de ses blessures. Sa poitrine est dégagée, son pouls est régulier. Tout laisse à penser qu'il va se rétablir en un rien de temps.

— Quand pourrez-vous retirer le respirateur?

— Plus il restera endormi, mieux ce sera, insista Smithers.

— Oui, je sais, mais plus il restera endormi, pire sera la situation quand il se réveillera. Il est notre pilier.

— Même si nous retirons l'appareil, il ne va rien faire d'autre que dormir pendant un moment, le prévint-elle.

— Je sais, mais au moins, il pourra me dire ce que je fais de mal et comment je peux régler le problème.

— Nous ne pourrons pas retirer le respirateur avant deux jours, finit-elle par dire sous le regard insistant de Richard. Il a survécu à un grave traumatisme. Sa convalescence va être assez compliquée. Je ne veux pas compromettre ses chances de se rétablir en me précipitant. La bonne nouvelle est que son appareil digestif fonctionne à nouveau. Cela prouve que son corps est en train de guérir. Je sais que ce n'est pas ce que vous attendiez, mais c'est un grand pas dans la bonne direction.

— Merci, docteur. Tenez-moi au courant de l'évolution de son état.

Ce n'était pas la réponse que Richard était venu chercher, mais c'était mieux que rien. Honnêtement, il était agréablement surpris par la vitesse à laquelle il guérissait. Maintenant, il devait trouver Eric et voir s'il pouvait faire quelque chose pour arranger la situation.

— Entendu.

Richard quitta l'hôpital et monta en voiture, réfléchissant encore à l'endroit où aurait pu se rendre Eric. Il était possible qu'il soit retourné dans leur logement temporaire, mais c'était peu probable. Compte tenu de la manière dont Eric passait son temps libre, il était probablement allé au stand de tir. Tirer lui permettrait de s'occuper les mains et l'esprit pour tuer le temps. Après quatre années de vie commune, Richard n'en savait peut-être pas assez sur son amant, mais il savait qu'il n'aimait pas rester inactif. Cette base militaire ne possédait pas de lieux de divertissement, alors le stand de tir était sa meilleure option.

Il traversa la base, entra dans le stand de tir et vit Eric installé au dernier couloir. Richard s'arrêta pour l'admirer, une fois encore émerveillé par la beauté pure de l'homme qui se trouvait devant lui. Il l'avait toujours vue, bien entendu – son métier était de remarquer les détails –, mais aujourd'hui, il pouvait se contenter de l'admirer. Eric enchaînait les tirs avec une concentration inébranlable. Richard n'avait pas besoin de voir la cible pour savoir que chaque balle atteignait le plein centre. Eric ne manquait jamais sa cible, surtout pas dans un stand de tir où tout était sous contrôle.

Eric fit une pause quelques minutes plus tard pour retirer les cheveux de ses yeux. Richard ne l'avait jamais vu porter ses cheveux aussi longs, mais c'était à lui de décider s'il voulait les couper. Même à cette distance, Richard vit que le corps de son amant était détendu, contrairement à la nuit dernière ou à ce matin, dans la chambre de Dav. Eric avait réussi à se détendre ici, dans un endroit où il maîtrisait la situation.

Il n'était pas aussi détendu que lorsqu'il tirait avec ses arcs, mais c'était déjà bien.

Cela donna une idée à Richard. Il ne savait pas s'il était difficile de faire venir l'une des armes de l'arsenal d'Eric jusqu'en Allemagne, mais il pouvait certainement trouver un endroit qui vendait ce genre d'armes dans le coin. Même si ce qu'il trouvait était la copie conforme d'une arme qu'Eric possédait déjà, cela lui permettrait d'avoir un arc durant son séjour ici. Le recul d'un fusil demandait un effort musculaire pour être absorbé, mais ce n'était rien en comparaison à la puissance exigée par les arcs d'Eric. Richard savait utiliser la plupart des arcs à poulies, mais les arcs médiévaux qu'Eric avait collectionnés et restaurés pesaient plus de quarante-cinq kilos. Richard ne savait pas s'il trouverait ce genre d'armes ici, mais il pouvait au moins chercher. Il était prêt à tout pour continuer de voir Eric aussi calme qu'il l'était en ce moment.

Il allait immédiatement commencer les recherches. En attendant de trouver un arc, il allait devoir s'assurer qu'Eric garde autant de contrôle possible sur sa vie jusqu'à ce que la méfiance dans son regard disparaisse et que la tension dans son corps s'apaise.

VIII

QUELQUES HEURES plus tard, Richard s'avoua vaincu pour la journée. La législation allemande sur les armes exigeait que Richard et Eric possèdent chacun leur permis de port d'armes pour pouvoir acheter un arc. Non seulement cela gâcherait la surprise, mais il espérait ne plus être en Allemagne lorsque les papiers administratifs seraient enfin finalisés. Il allait devoir trouver un autre moyen d'obtenir ce dont il avait besoin parce qu'en se rendant à l'hôpital avant l'heure du dîner, il retrouva Eric au chevet de Dav, tendu.

— Pêche, l'appela-t-il en lui adressant ce qu'il espérait être un sourire rassurant. As-tu appris la bonne nouvelle ? La sonde gastrique était claire ce matin, ce qui signifie que son estomac a repris du service. Son corps essaye de reprendre toutes ses fonctions.

— Est-ce que ça veut dire qu'ils vont bientôt le réveiller ?

— Ses poumons ne fonctionnent pas encore, mais le médecin a dit que c'était un premier pas dans la bonne direction et que c'était bon signe que ce soit arrivé si rapidement. Ils ne savent pas encore à quel moment ils retireront l'appareil. Tout dépendra de la vitesse à laquelle il guérira. Je sais que c'est difficile, mais nous ne devons pas compromettre sa convalescence sur le long terme en nous précipitant.

— Non, bien sûr que non, acquiesça Eric.

La voix de celui-ci semblait éteinte. Bon sang, il avait espéré que son passage au stand de tir l'aurait davantage apaisé. Il devait vraiment trouver un arc.

— Tu veux dîner ? demanda-t-il quand son estomac gargouilla. Nous n'avons toujours rien à la maison, mais nous pourrions aller à la cantine jusqu'à ce que nous puissions nous rendre en ville pour faire les courses.

Il avait été trop focalisé sur l'idée de trouver un arc à Eric pour penser à leurs besoins les plus basiques. Dav se serait fait une joie de le rappeler à l'ordre. Richard ferait en sorte de ne jamais lui en parler une fois qu'il serait réveillé.

— D'accord, dit Eric en haussant les épaules avant de se lever.

— Hé, qu'est-ce qui se passe ? demanda Richard en le prenant dans ses bras.

Il observa attentivement Eric au cas où celui-ci voudrait se libérer. S'il le fallait, il le laisserait partir, mais Richard avait besoin du réconfort que lui apportait cette étreinte, même si son amant n'en ressentait pas le besoin.

Eric haussa de nouveau les épaules.

— Je ne suis pas habitué à ne rien avoir à faire. Je sais qu'il y aura de quoi faire quand Tim commencera sa rééducation, mais j'en suis arrivé à un point où j'aimerais presque qu'on nous confie une mission pour pouvoir faire autre chose que rester assis à fixer les murs.

— Il y a des choses que nous pourrions faire. Nous allons devoir nous entretenir avec Heikkinen. Elle est en train de s'impatienter. J'ai réussi à la retenir quelques jours, mais nous ne pourrons pas reporter cet entretien éternellement.

Eric laissa échapper un rire désabusé.

— Ce n'est pas exactement de cette manière que j'ai envie de passer mon temps.

— Je sais, mais nous devons le faire. Es-tu prêt à partir en mission ?

Machinalement, Eric faillit répondre qu'il l'était ; Richard pouvait le voir dans son langage corporel. Cependant, il s'arrêta avant de prononcer les mots.

— Je ne suis pas complètement rétabli physiquement, mais je suis prêt à me rendre sur le terrain. Il va me falloir du temps pour récupérer la masse musculaire que j'ai perdue à cause du manque de nourriture et d'exercice.

— Tu peux utiliser la salle de sport de la base si tu veux faire de l'exercice, lui rappela Richard. Je ne sais pas si leurs équipements sont de bonne qualité, mais c'est toujours mieux que rien. Il y a peut-être un centre de remise en forme à l'hôpital si tu veux faire une pause dans la journée sans avoir à conduire jusqu'à la base.

— Je sais. C'est juste que…

— Ce n'est pas la même chose, termina Richard lorsque son partenaire ne précisa pas sa pensée.

Cela était en partie dû au fait que Richard soit celui qui tente de l'aider à la place de Dav, mais ils allaient devoir s'en accommoder.

— Tu es prêt à partir ? Nous pourrions aller dîner, puis regarder un peu la télévision. Nous pouvons faire ce que tu veux.

— Dîner me fera du bien. Nous pourrions aussi prendre une ou deux bières.

— Nous en achèterons sur la route.

VINGT MINUTES plus tard, ils étaient à la maison avec de la bière. Ils avaient décidé de se doucher avant de se rendre à la cantine pour dîner.

— Par quoi veux-tu commencer ? La bière ou la douche ? demanda Richard.

— Les deux.

— Vas-y. Je te l'apporte.

— Merci.

Eric disparut dans la petite salle de bain pendant que Richard s'occupait de la bière. Il rangea le reste du pack dans le réfrigérateur et en décapsula une pour Eric.

En entrant dans la salle de bain, il s'arrêta un instant pour admirer la vue alors qu'Eric se penchait pour ajuster la température de l'eau au robinet de la baignoire. Son jean se resserra sur son fessier, donnant de délicieuses idées à Richard, mais la discussion qu'ils avaient eue au sujet du contrôle planait encore sur son esprit. Il palpa fermement le derrière d'Eric pour lui lancer une invitation, mais n'alla pas plus loin.

— Prends ta douche. Je prendrai la mienne après.

— D'accord.

Sa voix semblait un peu étrange, mais il ne dit rien de plus, alors Richard ne s'attarda pas là-dessus. Il ne voulait pas qu'Eric se sente obligé de faire quoi que ce soit.

ERIC GRIMPA dans la baignoire et attendit que la porte se ferme.

— Et merde ! marmonna-t-il.

La main que Richard avait posée sur son derrière lui avait donné de l'espoir, mais son amant avait fini par disparaître, le laissant seul avec ses pensées chaotiques. Il avait espéré que la situation était en train de s'arranger en voyant que Richard continuait de venir le retrouver au lieu de le laisser seul, mais Tim lui manquait, car il savait toujours ce qu'il fallait dire ou faire pour qu'il se sente mieux. Richard faisait de son mieux. Eric le savait, mais ce n'était pas pareil. Tim aurait su ce dont il avait besoin sans même qu'il ait besoin de parler ; il l'aurait enveloppé dans un cocon d'amour et de tendresse, si bien que ses doutes se seraient envolés. Apparemment, Richard n'avait pas appris les tours de magie de Tim, même si Eric aurait aimé qu'il en soit autrement.

Tim suivait toujours le même procédé quand ils se réfugiaient dans un lieu sûr ou qu'ils récupéraient à la suite d'une mission : il sortait la viande qu'il trouvait sur place et la mélangeait avec des légumes pour cuisiner un bouillon chaud et délicieux qui avait le goût de l'amour et de la sécurité, même si les ingrédients n'étaient jamais les mêmes. Ensuite, après avoir terminé de manger, Tim le prenait dans ses bras et lui faisait l'amour, doucement et passionnément, jusqu'à ce qu'il ne puisse plus respirer, que son cerveau s'éteigne, que tous ses doutes s'estompent et qu'il *sache* au plus profond de lui-même que Tim l'aimait et qu'il ne l'abandonnerait jamais.

Le dîner devrait attendre jusqu'à ce que Tim sorte de l'hôpital puisque préparer lui-même ce bouillon ou demander à Richard de le faire n'aurait pas l'effet escompté. Mais au moins, il pouvait compter sur Richard pour le baiser comme il se devait. Au fil de ces quatre dernières années, Richard n'avait jamais manqué une occasion de prendre Eric, sauf quand Tim l'avait devancé, bien entendu. Même si ce n'était pas l'acte sensuel et passionné qui lui mettait du baume au cœur, ce serait toujours mieux que rien.

Il termina de se doucher et s'essuya, puis il enfila un pantalon de survêtement et un tshirt pour aller dîner. Il se doutait que Richard les lui retirerait rapidement une fois le dîner terminé, mais c'était une bonne chose. Il avait besoin d'une bonne partie de jambe en l'air spontanée pour se débarrasser de ce sentiment de trahison incessant. Il arriverait peut-être à passer une nuit libre de tout cauchemar. La nuit dernière, sentir les bras de Richard autour de lui l'avait aidé. Avec un peu de chance, cela fonctionnerait aussi ce soir.

— Tu te sens mieux ? demanda Richard lorsqu'Eric le rejoignit dans le salon.

Il leva sa bouteille de bière et trinqua avec Eric, puis il déposa un léger baiser sur ses lèvres. C'était un baiser prudent, non pas l'un de ceux qui annonçaient une nuit de folie. Cela dit, ils n'avaient pas encore mangé.

Eric était tireur d'élite. Il savait se montrer patient.

— Propre, en tout cas, répondit-il pour ne pas avoir à mentir.

— Puis-je faire quoi que ce soit pour aider ?

Il pouvait faire un tas de choses, mais si Eric devait les lui demander, cela n'aurait aucun effet. Ces choses l'aidaient non pas par rapport au geste en lui-même, mais parce qu'il connaissait leur signification. Quand

Tim déposait un bol de bouillon devant lui, cela signifiait qu'ils étaient en sécurité pour le moment, qu'ils étaient ensemble et que Tim prenait soin de lui comme il avait l'habitude de le faire. Quand Tim l'emmenait au lit et vénérait son corps, cela signifiait que Tim l'aimait et ne l'abandonnerait pas, peu importe si la mission s'était mal déroulée. Quand Tim le rasait, cela signifiait qu'Eric pouvait se laisser aller et mettre sa vie entre les mains de l'une des rares personnes auxquelles il faisait confiance pour ne pas retourner la lame contre lui pour quelques dollars ou par pur plaisir morbide. Eric pourrait demander à Richard de faire ces choses, mais elles n'auraient aucun effet.

— La bière aide. La nourriture aussi. J'ai simplement besoin de temps.

— Nous en avons. Aussi longtemps que Dav restera à l'hôpital, nous n'aurons rien d'autre que du temps.

C'était en partie le problème. Eric pouvait patienter des heures sur le terrain, lorsque l'adrénaline permettait à chaque terminaison nerveuse de son corps de rester en alerte et que la nécessité de couvrir son équipe éveillait tous ses sens, peu importe le temps qu'il passait assis dans son nid, attendant de pouvoir tirer la balle qui mettrait un terroriste hors d'état de nuire ou sauverait la vie de l'un de ses amis. Mais une fois qu'il était de retour sur la base, cette patience disparaissait.

— Si rester assis à l'hôpital devient trop monotone, tu peux faire d'autres choses, proposa Richard. Même si tu ne pars pas en mission pour être présent lors du réveil de Dav, tu peux toujours nous aider à mettre en place nos stratégies. Ça ne fera pas travailler ton corps, mais ça gardera ton esprit occupé.

Richard le connaissait bien. Eric marmonna silencieusement.

— Excuse-moi. Je suis de mauvaise compagnie ce soir.

— Je ne suis pas là pour que tu me divertisses. Je suis là parce que je t'aime et que je veux passer du temps avec toi. Compris ?

— Oui.

La sonnette les interrompit. Richard partit voir qui sonnait à la porte, laissant Eric seul avec ses doutes ; il tenta de s'en débarrasser. Richard s'était inquiété pour lui lorsqu'il était aux mains des terroristes ; il était resté avec lui à l'infirmerie ; il l'avait tenu dans ses bras la nuit dernière, empêchant les cauchemars d'envahir son esprit. Peut-être que Richard ne le connaissait pas aussi bien que Tim, mais il *faisait* de son mieux. Tim n'avait pas non plus toujours su comment s'y prendre.

— Nous avons de la compagnie, annonça son partenaire en revenant accompagné de Victoria, Westin et Sanders.

— Nous sommes passés vous chercher pour aller dîner, dit Sanders. Nous ne vous avons pas vus de la journée, mais nous nous sommes dit que vous feriez certainement une pause pour manger.

Ainsi s'envola son espoir de dîner tranquillement avec Richard et de terminer la soirée par une longue séance de jambes en l'air. Ils auraient de la chance s'ils arrivaient à se libérer du reste de l'équipe avant minuit.

— Bien, dit Eric.

Il espérait que Richard tape du pied et leur dise de partir, mais il se contenta de hocher la tête et posa sa main sur le bras d'Eric pour le guider vers la porte. *Et merde.*

Il suivit le reste de l'équipe hors du bungalow, essayant de ne pas penser au mal-être qu'il ressentait à l'idée de devoir retarder le seul de ses rituels qu'il espérait pouvoir obtenir. Il avait connu des missions au terme desquelles il n'avait pas bénéficié immédiatement de ses rituels parce que c'était imprudent, parce que Tim ou lui était à l'hôpital, parce qu'ils n'avaient pas trouvé de rasoir, ou pour un tas d'autres raisons. Cependant, on ne lui avait jamais volé son corps et son esprit comme l'avaient fait ces terroristes avec leurs drogues, leurs mensonges, leur torture et cela l'empêchait de réfléchir rationnellement à la situation. C'était effrayant.

RICHARD S'ASSIT près d'Eric à la cantine. Ce dernier s'était installé dos au mur. Richard espérait que sa présence à son côté lui offrait un sentiment supplémentaire de sécurité. Avec Amato, Sanders et Westin de l'autre côté de la table, Eric était aussi entouré et protégé que possible. Mais cela ne semblait pas apaiser sa nervosité. Richard se demanda s'ils avaient bien fait de sortir. Il aurait dû offrir une bière à l'équipe, puis les renvoyer chez eux. Même s'il n'y avait rien à manger au bungalow – parce qu'il avait été plus occupé à chercher des arcs qu'à faire les courses –, tout ce qu'il aurait pu dénicher aurait été préférable au fait de regarder Eric se renfermer sur lui-même.

— Aucune nouvelle opération en vue pour nous, patron ? demanda Sanders.

Vu la manière dont Eric tressaillit à cette question, Richard aurait bien mis un énorme coup de pied aux fesses à Sanders qui l'aurait envoyé jusqu'en Syrie.

— Pas encore. Heikkinen supervise celles que nous avions déjà acceptées, mais elles ont été confiées à d'autres équipes. Nous tentons toujours de découvrir ce qui a mal tourné durant la mission de Davenport. En peu de temps, deux de nos missions ont connu des conséquences inacceptables. Je ne m'engagerais dans aucune nouvelle mission tant que je n'aurais pas la certitude que Collins et ses potes ne nous envoient pas sur des missions suicides. Notre travail a toujours été de mener leurs opérations quand ils ne le peuvent pas, mais je n'ai aucune intention de récupérer les opérations dont ils ne veulent pas.

— Tout à fait d'accord, intervint Amato.

Westin semblait mal à l'aise.

— Avez-vous quelque chose à partager avec vos camarades, Westin ?

— En toute honnêteté, je n'en sais rien. Lorsque je faisais partie de l'armée et que je coordonnais des opérations avec vous, on ne m'a jamais rien dit de manière officielle, mais en y réfléchissant, des choses étranges se passaient. Avec qui travaillez-vous en ce moment ?

— Aujourd'hui, je me suis fait remonter les bretelles par Collins en personne, dit-il en riant brièvement. Il voulait le rapport sur la Syrie et les notes de l'entretien avec Eric. Je lui ai dit d'aller se faire voir.

— Sérieusement ? demanda Westin.

— Pas vraiment, non, mais je lui ai dit qu'il ne les aurait que lorsque nous en aurions terminé. Je ne vais pas me plier à ses moindres volontés. Je veux juste faire le nécessaire afin que Dav puisse rester à l'hôpital.

— Retardez la remise des dossiers aussi longtemps que possible, dit Westin. Laissez-moi discuter avec mes amis qui se trouvent au sein de l'armée. J'ai un mauvais pressentiment.

— Je suis certain que nous pouvons convaincre Collins en lui disant que l'état d'Eric n'est pas encore assez stable pour qu'il soit interrogé, dit Richard.

Eric laissa échapper un rire amer.

— Je peux jouer les victimes. Dites-moi juste quand arrêter.

Richard s'empêcha de jurer. Il ne doutait pas de sa faculté à jouer n'importe quel rôle. Il n'avait jamais remis en question les ordres de Richard et Dav sur le terrain. Mais, cette fois, ce rôle était bien trop proche de la réalité.

— Pas besoin de jouer un rôle, lui assura Richard. Comme d'habitude, nous passerons l'entretien et nous analyserons les informations. Cependant, nous n'enverrons pas ce dossier tant que nous ne saurons pas si Collins se paye notre tête. C'est à cause d'eux que tu as été capturé. Je ne les laisserai pas en tirer des bénéfices. Pas tant que je ne saurais pas ce qu'ils ont l'intention d'en faire.

Bon sang, il avait besoin que Dav se réveille. C'était lui qui était doué pour tout ce qui touchait à l'espionnage. Heikkinen avait cela dans le sang, mais Richard n'était pas totalement convaincu de sa loyauté. En temps normal, Dav gardait un œil sur elle, mais c'était désormais au tour de Richard de le faire, tout comme le reste puisque Dav ne serait pas de retour avant un moment. Il tourna les yeux vers Eric, qui se tenait pratiquement plié en deux ; il se demanda comment il était censé continuer à jongler avec toutes ces balles sans finir par en faire tomber une au sol.

Eric avait accepté de sortir avec l'équipe, alors Richard avait suivi le mouvement, malgré son envie de les jeter dehors. Il avait fait l'effort de modérer sa nature dominatrice en ne donnant pas d'ordre. Il faisait de son *mieux* et pourtant, il avait ressenti un sentiment d'échec avant même d'avoir passé la porte.

Ils finirent de dîner et se levèrent tous ensemble pour retrouver la nuit tombante. Au moins, le mois d'avril était déjà assez avancé pour qu'il ne fasse pas un froid glacial. Ils n'avaient pas prévu de se retrouver dans une ville située au nord de l'Europe lorsqu'ils étaient partis en mission. Sanders et Westin voulurent marcher auprès d'Eric, mais Amato les arrêta.

— Sanders, tu resteras à l'hôpital ce soir. Westin prendra la relève demain matin jusqu'à ce qu'Eric ou Horn arrive.

Sanders lui adressa un drôle de salut militaire, mais il prit la direction du parking.

— Westin, je veux savoir tout ce qui te paraissait suspect quand tu étais à l'armée, même ce que tu crois avoir entendu, reprit-elle. Personne ne s'en prend à mon équipe.

Westin regarda Richard pour obtenir son approbation, mais la loyauté d'Amato n'était pas à débattre. Elle pouvait sonder l'esprit de Westin ce soir, puis Heikkinen et lui pourraient écouter ce qu'il avait à dire demain. Ils verraient plus tard s'il y avait des choses à creuser.

Ce fut ainsi qu'il rentra seul avec Eric jusqu'au bungalow.

— Il est encore tôt, dit Richard en entrant dans la maison. Tu aimerais faire quelque chose en particulier ?

Eric haussa les épaules.

— Le simple fait d'être ici me convient.

Richard partit s'installer sur le canapé pour laisser Eric décider de ce qu'il voulait faire. Richard mourait d'envie d'emmener Eric au lit et d'y rester, de préférence en l'entendant gémir et jouir pendant une semaine, mais il ne pouvait pas lui faire ça. Il ne prendrait pas les décisions à sa place. Les terroristes l'avaient déjà assez fait. Richard refusait de faire la même chose. Il ne pouvait même pas suggérer l'idée parce qu'Eric était encore trop docile. Une fois que son amant retrouverait sa nature espiègle et qu'il ne se gênerait pas pour dire non, alors Richard lui ferait part de ses suggestions.

Eric le rejoignit sur le canapé après une longue minute. Il attrapa la télécommande et changea de chaînes jusqu'à ce qu'il tombe sur un match de football. Il jeta la télécommande sur la table et s'avachit dans le canapé, assez près de Richard pour que celui-ci s'autorise à passer un bras autour de ses épaules. Il ne l'attira pas contre lui afin qu'il ne se sente pas restreint dans ses mouvements, mais l'invitation était assez claire pour qu'Eric approche s'il en ressentait l'envie. Quelques instants plus tard, Eric était endormi.

Richard en profita pour se rapprocher de lui, l'installant de manière à ce que sa tête repose contre son torse. Richard ferma les yeux et s'endormit aussi, enveloppé par le parfum du shampoing d'Eric et la chaleur de son corps.

Deux heures plus tard, il se réveilla en sursaut lorsqu'Eric se mit à hurler et s'agiter dans ses bras.

— Du calme, dit Richard sans le secouer, mais en tentant de le réveiller en douceur. Tu es en lieu sûr, Eric. Je suis là. Allez, réveille-toi.

Eric repoussa violemment ses mains, alors il n'essaya pas de le toucher à nouveau.

— Écoute-moi, Pêche. Ce n'est qu'un cauchemar. Reprends tes esprits, l'encouragea-t-il en espérant que le son de sa voix suffirait à lui ramener Eric.

Les yeux d'Eric s'ouvrirent, mais Richard savait que celui-ci ne le voyait pas ; il était encore emprisonné dans le cauchemar qui était en train de le tourmenter. Désormais, ce regard vide apparaîtrait dans les cauchemars de Richard jusqu'à sa mort, tout comme la scène dans laquelle Dav se vidait de son sang et que les médecins lui annonçaient l'heure de sa mort.

Entendre son surnom sembla sortir Eric de son cauchemar. Richard retint cette information pour plus tard.

— Ça va ? demanda-t-il quand le regard d'Eric se posa sur lui.

— Oui, c'était juste un mauvais rêve, répondit-il d'une voix rauque.

— Tu veux en parler ?

Eric fit non de la tête.

— Tu veux aller au lit ? Ce sera plus confortable.

Cette fois, Eric hocha la tête. Richard l'accompagna dans la chambre et le mit au lit, puis il se glissa à son tour sous les draps en espérant qu'il n'y aurait pas d'autres cauchemars cette nuit.

IX

Le lendemain matin, quand ils finirent de manger, Richard se tourna vers Eric.

— Serais-tu prêt à commencer ton entretien aujourd'hui ?

Eric ne put s'empêcher de tressaillir à l'idée de devoir revivre quatre mois d'enfer, mais c'était un passage obligatoire.

— Je n'ai pas du tout envie de le faire, mais le fait de savoir que ça va finir par me tomber dessus est bien pire. Donne-moi l'heure et le lieu de mon rendez-vous avec Heikkinen. Même si nous ne finissons pas aujourd'hui, nous aurons au moins commencé. Nous devons découvrir si Collins se sert de nous.

— Ce n'est pas la seule chose sur laquelle elle va se focaliser durant l'entretien. Elle pense que nous pouvons en apprendre davantage sur les terroristes en analysant le genre de questions qu'ils t'ont posé. Elle ne va pas se contenter de parler de ce qui a mal tourné et causé ton enlèvement. Elle va vouloir connaître les moindres détails.

Bordel, Eric aurait donné n'importe quoi pour pouvoir passer quelques minutes avec Tim afin qu'il puisse l'apaiser avant l'interrogatoire. Il frotta sa main tremblante contre sa barbe en bataille qui n'avait pas vraiment poussé malgré le fait qu'il ait passé quatre mois sans se raser. Étant donné l'état dans lequel il se trouvait, il ne pouvait pas se raser lui-même. En plus, s'il se rasait, cela reviendrait à dire qu'il doutait du futur rétablissement de Tim. C'était une boucle sans fin. Il allait simplement devoir attendre que Tim se réveille et retrouve assez de forces pour le faire à sa place. Malheureusement, il ne pouvait pas attendre que Tim se réveille et réalise l'un de leurs rituels avant l'entretien. Il allait devoir trouver un moyen de tenir le coup. Et peut-être beaucoup, beaucoup boire ce soir.

— Ça va aller, finit-il par dire. C'est comme retirer un pansement. Il faut en terminer rapidement en le faisant vite et bien.

— Tu veux que je t'accompagne ?

Eric fut tenté d'accepter. Richard mettrait un terme à l'entretien si cela devenait trop intense, mais s'il était présent dans la salle, Eric n'arrêterait pas de s'inquiéter de la réaction qu'il aurait en entendant ses propos. L'idée que Richard ou Tim soit torturé, impuissant, et qu'Eric doive entendre le récit de sa captivité lui donnait envie de vomir. Il ne pouvait pas infliger cela à Richard alors que ça ne ferait aucune différence, sauf pour son propre équilibre. Richard avait des choses plus importantes à faire de sa journée.

— Je vais me débrouiller.

Richard afficha une expression tellement étrange en entendant sa réponse qu'Eric passa un bras par-dessus la table pour lui serrer la main.

— Merci de me l'avoir proposé.

— Je te proposerai toujours mon aide quand je le peux, lui assura Richard.

Ce n'était pas de paroles réconfortantes dont Eric avait besoin, mais il ne pouvait s'en prendre qu'à lui-même. Il avait toujours su qu'il passait au second plan sur la liste des priorités de Richard. Il se leva et posa ses couverts dans l'évier. Il ne pouvait pas rester assis plus longtemps en face de son partenaire sans craquer. Il avait tellement envie – *besoin* – que Richard prenne un jour de congé, laisse tomber le monde extérieur et le fasse passer au premier plan pendant quelques heures. Mais cela n'arriverait pas. Ça ne pouvait même pas arriver dans ses rêves les plus fous. Si Eric ne sortait pas immédiatement de la maison, il allait finir par le supplier de rester. En quittant la pièce, il n'aurait pas à essuyer un refus.

— Je me rendrais certainement au stand de tir ou à l'hôpital quand j'en aurais terminé avec Heikkinen. À tout à l'heure.

Il atteignit la porte et entendit Richard appeler son nom. Eric se retourna et rencontra le regard sombre de son amant.

— Ne foire pas.

Eric sourit en entendant cet avertissement familier, puis il passa la porte. Il ne savait pas où trouver Heikkinen. Il avait été trop obnubilé par l'état de Tim pour demander à quel endroit dormaient les membres de son équipe, encore moins les employés qui faisaient partie de l'organisation, mais qu'il ne fréquentait pas.

— Eric !

Il fut surpris d'entendre la voix de Victoria dans l'allée des bungalows. Eric ne put s'empêcher de sursauter, mais espéra qu'elle était assez éloignée pour ne pas le remarquer.

Il aurait dû se douter que non.

— Tu es nerveux ce matin, dit-elle en posant doucement une main sur son bras. L'état de Tim a-t-il empiré ?

— Pas que je sache. C'est seulement que je n'ai pas l'habitude de ne rien faire. En général, Tim est celui qui attend que je me rétablisse, pas le contraire. Et je dois m'entretenir avec Heikkinen aujourd'hui, si tant est que je la trouve.

— Tu es prêt à le faire?

Eric haussa les épaules.

— Retarder cet entretien ne changera rien tant que Tim sera à l'hôpital. Il ne peut pas vraiment m'accueillir à la maison en étant inconscient.

Le regard de Victoria se fit perçant.

— Tu n'as pas qu'un seul amant. Horn pourrait faire tout ce que Tim fait en temps normal. Je sais que nous avons dîné ensemble la nuit dernière, mais il aurait pu te préparer le bouillon avant-hier soir. Et je sais qu'il a un rasoir.

— Nous vivons dans un logement qui nous est prêté et nous avons passé tout notre temps à l'hôpital. Ce n'est pas comme s'il y avait des aliments qui traînaient dans le bungalow pour préparer un bouillon. En plus, il n'est pas bon cuisinier. Quand nous sommes à la maison, Tim et moi nous occupons généralement de la cuisine.

Victoria serra la mâchoire, son expression si sombre qu'Eric s'éloigna.

— Je ne suis pas en colère contre toi, chéri, mais j'aurai quelques mots à dire à Horn la prochaine fois que je le verrai.

— Victoria, ne fais pas ça.

Il se détendit. Tant que sa collègue utilisait un surnom affectueux pour s'adresser à lui, ça signifiait qu'il n'allait pas avoir d'ennuis.

— Tout va bien, reprit-il.

— Il ne t'a pas préparé de bouillon. C'est du *bouillon*, pas un plat gastronomique. Je suis certaine qu'il pourrait trouver ce qu'il faut dans le coin. Je passerai à l'hôpital vers 16 h pour venir te chercher et je te ferai un bouillon puisque ton amant n'a pas pris la peine de le faire.

— Victoria, il n'est pas au courant, d'accord? Tim est celui qui me cuisine toujours un bouillon et la plupart du temps, Richard n'est même pas là. Il fait de son mieux.

— Eh bien, ce n'est pas assez.

— Je t'attendrai à 16 h.

Il était plus simple de lui céder que de se disputer avec elle.

— Nous allons surmonter cette épreuve, continua-t-il. Hier, l'appareil digestif de Tim a recommencé à fonctionner et ça ne peut aller qu'en s'améliorant. Tout ira bien une fois qu'il sera à nouveau sur pied.

Elle ne semblait pas convaincue, mais elle abandonna le sujet.

— Je vais t'emmener jusque chez Heikkinen. Tu veux de la compagnie ?

— Non, ça va aller.

— Mauvaise réponse. Tu as passé des mois seul à subir des tortures. Tu n'as pas à l'être durant l'entretien.

— Victoria.

— Eric, l'imita-t-elle en lui lançant un regard noir. Si tu ne prends pas soin de toi et que ton stupide amant ne le fait pas non plus, alors je le ferai.

— Ne t'en prends pas à lui. Il fait de son mieux. Nous n'avions pas réfléchi à une alternative dans l'éventualité où Tim passerait à deux doigts de la mort, d'accord ?

— Ce sont tes amants. Vous ne devriez pas avoir besoin d'une alternative. Allons-y.

Eric se laissa guider à travers la base jusqu'à une maison qui n'était pas très différente de celle qu'il partageait avec Richard.

— Boling a laissé Heikkinen s'installer ici. C'est isolé et il y a assez d'espace pour y installer un bureau.

Eric la suivit sur la terrasse pour rejoindre l'entrée. Il n'était pas certain que ce soit une bonne idée qu'elle l'accompagne, mais il ne réussirait jamais à la convaincre de partir. Elle était têtue et il aimait cela chez elle. Victoria frappa à la porte et Heikkinen leur ouvrit.

— Si vous avez du temps à m'accorder ce matin, j'aimerais m'entretenir avec vous, dit-il avant que Victoria prenne la parole.

— Entrez, dit Heikkinen.

Elle regarda Victoria avec surprise quand celle-ci suivit Eric à l'intérieur.

— Pourquoi êtes-vous ici, Amato ?

— Pour soutenir mon ami, répondit-elle sur un ton qui ne tolérerait aucun débat.

— De toute manière, elle finira par entendre tout ce que je vais vous dire, ajouta Eric lorsqu'il vit l'expression bornée de Heikkinen. Je ne lui cache rien.

— Très bien. Voulez-vous boire quelque chose avant que nous commencions ? Du café ? Du thé ? De l'eau ?

— De l'eau, répondit-il. Je ne tiens plus en place quand je bois trop de caféine et j'ai déjà bu une tasse de café au petit déjeuner.

Heikkinen apporta un verre d'eau sur la table de la cuisine et lui indiqua de s'asseoir.

— Je vais enregistrer notre entretien afin de pouvoir me concentrer sur les questions que je vous pose. Cela me permettra d'en tirer des conclusions plus tard sans avoir à vous rappeler si mes notes sont incomplètes. Je ne peux pas vous promettre que je ne demanderai pas à vous revoir si j'ai de nouvelles questions, mais l'enregistrement nous permettra de ne pas avoir à aborder le même sujet deux fois.

Avant chaque entretien, elle faisait toujours le même discours, mais il s'était entretenu assez souvent avec elle pour savoir qu'elle pensait vraiment ces mots et faisait de son mieux pour que l'entretien soit le moins douloureux possible pour toutes les personnes concernées.

LA VOIX d'Eric se brisa lorsqu'il tenta de répondre à la question de Heikkinen. Il but une autre gorgée d'eau, mais cela n'arrangea rien.

— Ça suffit, intervint Victoria en éteignant l'enregistreur. Ça fait quatre heures que ça dure. Vous avez assez de contenu pour vous occuper pendant quelques jours. Si vous avez besoin de plus d'informations, vous pourrez continuer de l'interroger plus tard.

— Nous n'avons pas encore terminé, contesta Heikkinen.

— Si, nous en avons terminé.

Eric eut des frissons dans le dos en entendant le ton que Victoria emprunta. Il secoua la tête, essayant de fuir ses souvenirs et de revenir au temps présent.

— Ça va, Victoria. J'ai simplement besoin de faire une pause et je pourrais continuer.

— J'ai dit que nous en avions terminé, insista Victoria. Tu n'as même pas l'instinct de survie d'un petit pois. Nous allons nous rendre à l'hôpital pour voir Tim, puis nous irons manger un bouillon. Tout le reste peut attendre demain.

— Les petits pois n'ont pas de cerveau, répliqua Eric.

— Exactement.

Elle se leva et attrapa le dos de sa chaise, l'obligeant à se lever ou à se retrouver au sol.

— Si vous avez d'autres questions, notez-les. Vous pourrez les lui poser après-demain.

— Vous enfreignez le règlement. J'en toucherai un mot au commandant.

— Allez-y, faites-le, répliqua Victoria.

Eric entendit le sous-entendu : *il prendra ma défense*. Il espérait qu'elle avait raison.

Il la suivit hors de la maison, sous le soleil de midi. Il cligna plusieurs fois des yeux et s'en voulut de ne pas avoir pris ses lunettes de soleil. Durant toute sa captivité, ses ravisseurs l'avaient retenu dans la quasi-obscurité ou dans le noir le plus complet et l'éclat du soleil le rendit aveugle pendant un instant. Son rythme cardiaque accéléra alors qu'il plissait les yeux pour tenter de retrouver sa vision.

— Newton !

Il tourna brusquement son attention vers Victoria. Il cligna rapidement des yeux, mais son visage resta flou.

— Tiens, dit-elle en posant ses lunettes de soleil sur le visage d'Eric.

Elles n'étaient pas bien ajustées, mais elles protégeaient ses yeux. Il essaya de réguler sa respiration en retrouvant sa vision, mais l'adrénaline avait envahi son corps ; ses mains tremblaient et il ressentait le besoin de fuir. Il s'écarta lorsqu'elle posa une main sur son dos.

— Eric. Respire !

Il secoua la tête. Il était en hyperventilation. Il n'arrivait pas à contrôler ses poumons.

— Pose ta main sur mon dos, ordonna Victoria. Cale-toi sur ma respiration.

Eric la chercha à tâtons. Sa main trouva une partie de son corps, mais elle lui asséna un coup de coude dans les côtes.

— Mon dos, idiot. Pas mes seins.

Il laissa échapper un rire, malgré le fait qu'il était encore en crise de panique.

— Je suis gay, tu te rappelles ?

— Ce n'est pas une raison pour que je te laisse me peloter, dit-elle avant de déplacer la main d'Eric sur sa cage thoracique. Maintenant, respire avec moi.

Il se focalisa sur le gonflement de ses côtes et synchronisa sa respiration à la sienne.

Ses poumons le brûlèrent et il prit une vive inspiration avant qu'elle ait fini d'expirer une première fois, mais elle se contenta de lui tapoter la main et continua de respirer de façon régulière. Il réussit à retrouver sa concentration et inspira doucement et profondément. C'était mieux. C'était ce qu'elle voulait. Il expira avec elle et inspira à nouveau. Son pouls se rétablit doucement et respirer en même temps qu'elle devint moins difficile. Il n'avait aucune idée du temps qu'ils avaient passé à faire cet exercice avant qu'il se sente assez à l'aise pour retirer sa main et s'écarter d'elle.

— Merci.

— Qu'est-ce qui a déclenché cette crise ?

Il se demanda comment elle avait réussi à comprendre aussi rapidement ce qui lui arrivait, mais tous les agents avaient des souvenirs qu'ils préféraient oublier.

— Le soleil était trop brillant. Il m'a ébloui et pendant une seconde, j'étais à nouveau là-bas au lieu d'être ici.

— Alors, garde mes lunettes de soleil. J'en ai une autre paire quelque part.

— Je ne suis pas certain qu'elles s'accordent avec mon style.

— Crétin.

— Quoi ? Tu es jalouse ? dit-il en regardant par-dessus son épaule.

— Arrête, Eric, dit-elle gentiment. Ça ne sert à rien de te cacher. Je sais ce qu'on ressent quand on perd pied et qu'on ne contrôle plus du tout ce qui se passe. Tu n'as pas à faire semblant avec moi.

— C'est comme ça que je tiens le coup.

— Je sais, mais à quel prix ?

Il haussa les épaules. Il pouvait lui répondre de manière désinvolte, mais elle verrait clair à travers son jeu. De toute façon, il ne trouva aucune réplique.

— Si tu as une voiture, pourrais-tu m'amener à l'hôpital ?

— Oui, allons-y.

Elle l'accompagna jusqu'à la chambre de Tim, mais elle s'arrêta au pas de la porte.

— Je serai là pour 16 h, lui rappela-t-elle. Ne m'oblige pas à te chercher partout.

— Je serai ici, promit-il. Tim a passé des journées et des nuits entières à mon chevet. J'en ferai autant pour lui.

Lorsque le médecin quitta la pièce, Eric se laissa retomber dans la chaise, soulagé. Hier, son appareil digestif ; aujourd'hui, ses fonctions rénales… Le corps de Tim était en train de reprendre du service. Si la radio de son thorax ne révélait rien d'inquiétant, ils retireraient le respirateur dans moins de deux jours. Une longue convalescence l'attendrait encore, dont la rééducation suite à sa blessure au genou causée par l'une des balles, mais il serait conscient et parlerait. Il allait s'en sortir.

On ouvrit une nouvelle fois la porte et cette fois, Westin entra.

— Amato a parlé de cuisiner un bouillon pour le dîner. Tu es au courant?

— Oui. C'est une de nos traditions avec Tim. Quand nous rentrons au refuge après une mission, il prépare un bouillon à partir de ce qu'il trouve dans les placards.

Cette tradition remontait encore plus loin, à l'époque où il faisait partie d'un gang, voire même à sa mère, mais il n'avait partagé ces souvenirs avec personne d'autre que Tim. Il les partagerait peut-être un jour, mais Westin ne serait pas son premier confident.

— Ça me semble être une bonne tradition. Vas-tu te joindre à nous?

— Victoria ne me laisse pas vraiment le choix, mais oui, je serai là. Elle va venir me récupérer à 16 h.

— Bien. Elle s'inquiète pour toi.

— Désolé de ne pas avoir passé plus de temps avec vous, mais comme Tim…

— Ne t'inquiète pas, l'interrompit Westin. Je comprends que tu aies besoin de passer du temps ici avec Davenport et à la maison avec Horn. Bon sang, je n'arrive pas à croire que je viens de dire ça. Par contre, tu dois aussi prendre soin de toi. On peut inviter Horn à se joindre à nous, si ça te dit.

— Je ne sais pas ce qu'il a prévu de faire ce soir. Je ne l'ai pas vu depuis que j'ai quitté la maison ce matin. Hier soir, il a dit qu'il essayerait de découvrir si Collins se payait notre tête. Je ne sais pas s'il aura fini avant l'heure du dîner.

— Eh bien, envoie-lui un message et invite-le. Je suis désolé de passer en coup de vent, mais Heikkinen veut me voir pour passer en revue les détails de chaque mission afin que nous ne retombions pas dans le même piège. Je ne veux pas la faire attendre.

Eric afficha un sourire et lui fit signe de partir. Une fois seul, il se tourna vers Tim.

— Tu m'as dit que Westin était un véritable enfoiré, mais tu ne m'as jamais que c'était une mauviette.

Tim ne bougea pas d'un poil.

— Il est 16 h, Eric.

Eric leva les yeux vers la porte. Victoria était appuyée contre le chambranle de la porte, habillée de manière décontractée.

— Déjà ?

— Oui, déjà. Allons-y.

— Je devrais attendre que le médecin revienne. Elle était en train d'effectuer quelques tests et selon les résultats, ils pourraient réveiller Tim dès demain.

Victoria secoua la tête.

— Tu devrais venir avec moi et me laisser te préparer du bouillon. Même si les tests sont positifs, cela ne changera rien ce soir. Tu dois me laisser prendre soin de toi. Tim se portera très bien jusqu'à l'arrivée de Horn ou jusqu'à ton retour, que ce soit ce soir ou demain.

Il observa Tim, inconscient et immobile. Il ne savait probablement pas qu'Eric était ici, mais même s'il le savait, il l'encouragerait à écouter Victoria.

— D'accord, allons-y.

Elle le conduisit jusqu'à la maison que Richard et lui partageaient.

— L'équipe est installée dans les quartiers et il n'y a aucun endroit où cuisiner, alors nous passerons la soirée ici. Comme ça, si Horn retrouve ses esprits et rentre à la maison, il pourra se joindre à nous.

— Lâche-le, Vic. Tu parles de lui comme s'il avait fait quelque chose de mal. Il ne fait que son travail, comme il l'a toujours fait.

— Je ne sais pas si tu es idiot ou simplement altruiste, mais j'en ai assez. Je ne dirais plus rien puisque tu ne m'écoutes pas.

Eric ne savait pas comment expliquer que ce n'était ni de la stupidité ni de l'altruisme. C'était simplement la manière dont leur relation fonctionnait. Richard aimait assez Tim pour laisser une place à Eric. Ses sentiments envers Eric étaient assez forts pour qu'il s'inquiète de son sort, mais ce qui lui importait vraiment était son travail et Tim, dans cet ordre. Eric l'avait su dès le départ. Il l'acceptait et vivait avec.

— Tu es venu pour le bouillon ?

— Oui, dit Westin en entrant dans la cuisine. C'est une recette spéciale de Davenport ?

— Quelque chose comme ça, oui, répondit Victoria en se dirigeant vers la gazinière et en remuant le contenu de la grande marmite.

Eric se demanda comment elle était entrée, mais il n'était pas utile de poser la question. De toute manière, elle ne répondrait probablement pas.

Westin la suivit, décidé à observer sa façon de faire, mais elle se retourna en brandissant sa cuillère en bois ; il se ravisa et dévia vers le réfrigérateur.

— Tu veux une bière, Newton ? Ou quelque chose de plus fort ?

— Je veux bien une bière, répondit-il.

Il valait mieux qu'il évite de boire des alcools forts. Il avait déjà fait une crise dans la journée et l'alcool fort ne faisait que les empirer.

Westin récupéra deux bières dans le réfrigérateur et en lança une à Eric. Celui-ci l'attrapa sans problème, la décapsula et en but une grande gorgée. Elle était tellement bonne qu'il en prit une deuxième gorgée.

— Belle descente, Newton, lança Sanders lorsqu'Eric termina sa deuxième gorgée. Tout va bien ?

— En dehors du fait que j'ai passé ma matinée avec Heikkinen à essayer de découvrir si j'avais involontairement révélé aux terroristes des informations qui ont failli coûter la vie à mon petit ami ? répliqua-t-il avec un rire désabusé. Bien sûr, tout va bien dans le meilleur des mondes.

— Oh, c'est la soirée des lamentations ? demanda Sanders. Si nous nous engageons sur ce terrain, je vais avoir besoin de quelque chose de plus fort que de la bière.

— Ferme-la ! grogna Eric.

— Non, non, insista Sanders. C'est une bonne idée. Ça va nous permettre de nous rapprocher les uns des autres. Nous pouvons nous saouler et parler de la tristesse que sont nos vies, parce que je parie que nous avons tous des histoires à raconter, aussi tragiques les unes que les autres. Qu'en penses-tu, Amato ? Tu veux participer ?

— Tais-toi, Sanders, ordonna Victoria.

— Bien, notre effrayante collègue ne veut pas jouer. Et toi, Westin ? Tu as passé vingt ans à l'armée. Je parie que tu as dû voir des choses horribles.

— J'ai compris, l'interrompit Eric. Je sais que je ne suis pas le seul qui a connu des périodes sombres. Je n'ai jamais pensé le contraire, alors ne me fais pas la morale, mais quoi qu'il en soit, j'ai traversé des moments difficiles. J'ai le droit à un bon petit plat préparé par la seule personne qui est en mesure de le faire, d'accord ?

— Je comprends que Davenport ne puisse pas te le préparer étant donné l'état dans lequel il se trouve, mais qu'en est-il de Horn ? demanda Westin. Quelle est son excuse ?

Eric aurait aussi aimé connaître la réponse à cette question.

— Il devait travailler sur le cas de Collins, aujourd'hui.

— Mais c'était aujourd'hui. N'aurait-il pas pu le faire… ?

— Westin, ferme-la, intervint Victoria. Ce ne sont pas tes affaires et si tu gâches tous les efforts que j'ai fait pour que Newton se sente mieux, je te ferai regretter d'avoir quitté l'armée.

Westin lâcha l'affaire et leva doucement les mains.

— Je me tais. Combien de temps reste-t-il avant que le repas soit prêt ?

— Une heure, répondit-elle. N'as-tu pas un rapport à remettre à Heikkinen ? À moins que tu l'aies rendu sans que je m'en aperçoive ?

Westin devint tout pâle et disparut à travers la porte d'entrée.

— Merci, dit Eric. Il est un peu envahissant quand il n'y a personne pour faire tampon.

— On s'y habitue, dit-elle en haussant les épaules. Quand tu te sentiras un peu mieux, je suis certaine que tu l'apprécieras. Au-delà de ses airs fanfarons, ce n'est pas un mauvais gars.

— Tu as des vues sur Westin ? plaisanta Eric.

— Ne me cherche pas, Newton. Je peux te mettre au tapis dans tes bons jours et pour le moment, on dirait qu'un simple coup de vent pourrait te faire tomber. Je ne ferais qu'une bouchée de toi.

Ces mots le firent rire. C'était ce dont il avait besoin : être traité normalement et non pas comme quelque chose de cassé ou de fragile.

— Seigneur, je t'aime tellement.

— L'amour est une faiblesse, répliqua Victoria.

Mais il entendit l'affection dans sa voix.

Eric termina sa bière et posa la bouteille dans un coin de la cuisine. Il en boirait une autre en dînant, mais il ne voulait pas terminer saoul au point d'avoir un autre flashback ou de s'endormir sur le canapé. Peut-être que s'il restait éveillé, Richard lui ferait enfin l'amour ce soir.

Une heure plus tard, alors que Victoria était en train de servir le bouillon, Richard n'était toujours pas arrivé à la maison. Eric refusait de perdre espoir. Il était arrivé plus d'une fois à Richard de terminer tard, mais cela ne l'avait pas empêché de rentrer à la maison et de se jeter sur Eric et Tim comme un homme affamé.

— Où est Horn ? demanda Victoria quand elle posa un bol devant Eric.

— Je ne sais pas.

Il n'avait pas envoyé de message à Richard comme Westin l'avait suggéré. Il n'avait pas voulu lui imposer ce dîner.

— Je l'ai vu chez Heikkinen quand je suis allé rendre mon rapport, dit Westin. Je lui ai demandé s'il voulait se joindre à nous, mais il a dit qu'il avait passé sa journée à supporter les facéties du Pentagone et qu'il allait se rendre à l'hôpital pour voir Tim. Il avait besoin d'un peu de tranquillité et de calme.

— Je ne pense pas qu'il ait utilisé le mot «facéties», dit Eric en essayant de ne pas montrer qu'il se sentait rejeté.

Il savait que le Pentagone était la bête noire de Richard. Eric avait passé plus d'une soirée à l'écouter se plaindre de leur idiotie avant de l'aider à se débarrasser de sa frustration, mais Tim avait toujours été présent et apparemment, même inconscient, sa compagnie était préférable à celle d'Eric.

— Non, tu as raison, mais ma mère me laverait la bouche au savon si elle m'entendait jurer devant une dame.

— Ta mère n'est pas là et il y a peu de chances que ça me froisse étant donné que c'est moi qui apprend de nouveaux gros mots aux soldats, répliqua Victoria. Connaissant Horn, j'imagine qu'il a dû parler de «ramassis de conneries».

La gêne qui se lut sur le visage de Westin valait presque la peine de ne pas compter Richard parmi eux.

— Excusez-moi un instant, dit Eric à Victoria et Westin avant de se rendre de l'autre côté de la pièce pour pouvoir envoyer un message à Richard à l'abri des regards.

Nous dînons ensemble. Tu pourrais nous rejoindre.

Je vais rester au chevet de Dav pendant un moment.

Eric grimaça, mais il s'efforça de ne pas le prendre personnellement.

Tu veux que je revienne à l'hôpital ?

Son téléphone vibra presque immédiatement avec une réponse.

Non, profite de ta soirée. Je peux veiller sur Dav. Tu as besoin de passer du temps avec ton équipe.

Eric avait envie de dire à Richard que c'était la mauvaise réponse, mais en formulant sa phrase comme une proposition, il lui avait donné la possibilité de refuser.

Tu es certain ?

Certain. Amuse-toi bien.

Eric attendit un instant de plus. Il fut soulagé d'entendre son téléphone vibrer.

Ne foire pas.

— Avons-nous autre chose que de la bière ? Finalement, j'aimerais boire quelque chose de plus fort.

X

LE LENDEMAIN matin, Eric se réveilla seul dans son lit avec un goût de vomi dans la bouche et un crâne qui semblait dix fois trop petit pour contenir son cerveau. Il grogna et se tourna sur le côté, heureux que son estomac ne fasse pas des siennes. Il vacilla hors de son lit et se rendit dans la salle de bain, remplit un verre d'eau et essaya d'en boire une gorgée. Quand il comprit qu'il ne vomirait pas, il en but un peu plus et se regarda dans le miroir. Seigneur, il était dans un sale état. Ses yeux étaient rouges et tellement cernés qu'on aurait dit qu'il s'était battu, sa peau était jaunâtre, il avait les traits tirés autour de la bouche et portait toujours ce semblant de barbe dont il ne pourrait pas se débarrasser tant que Tim ne serait pas réveillé. Pas étonnant que Richard ne le désire pas.

Il fit couler l'eau de la baignoire et continua de boire en attendant qu'elle soit à bonne température. Il allait se doucher, préparer un petit déjeuner avec ce qui traînait dans la maison, puis il espérait trouver Richard pour lui demander ce que le médecin avait dit la nuit dernière.

L'eau chaude lui brûla la peau, mais elle lui remit aussi les idées en place. Il essaya de se rappeler si Richard était rentré la nuit dernière, mais ses souvenirs étaient flous. Quelqu'un l'avait mis au lit, mais cela ne voulait pas dire que c'était Richard. Cela pouvait être Westin ou Sanders. Par contre, Amato l'aurait laissé végéter sur le canapé, le sol ou n'importe quel endroit sur lequel il était tombé de fatigue.

Pourquoi avait-il autant bu la nuit dernière ? Même si Richard avait fini par rentrer à la maison, Eric n'aurait pas pu faire l'amour avec lui. Il n'aurait pas été en état de passer à l'acte. Il ne pouvait s'en prendre qu'à lui-même de s'être réveillé seul dans son lit.

Il frotta énergiquement ses cheveux, puis se savonna le corps – son corps maigre qui avait perdu toute sa tonicité et sa masse musculaire. Peut-être qu'il irait courir après avoir mangé, s'il arrivait à avaler quelque chose. Richard avait dit qu'il pouvait utiliser la salle de sport de la base s'il voulait faire de la musculation – il n'arriverait jamais à tirer à l'arc dans sa condition. Ou peut-être réussirait-il à convaincre Victoria de combattre avec lui. Vu son état, elle le mettrait à terre en un rien de temps, mais cela lui permettrait de déterminer son niveau actuel. Ainsi, il saurait quel chemin il lui restait à parcourir pour retrouver sa forme habituelle. Il ne savait pas si Richard aurait bientôt une autre mission à leur confier, mais il refusait d'être un handicap pour son équipe. Il devait se montrer à la hauteur. Ou bien il devait partir avant de causer plus de problèmes.

Dès que cette pensée lui traversa l'esprit, elle ne le quitta plus. Lorsqu'il avait été assez grand pour ne plus être placé en famille d'accueil, il s'était fait la promesse de ne plus jamais rester dans un lieu où il n'était pas désiré. Avant de sortir avec Tim et Richard, il avait eu conscience qu'on l'avait engagé pour sa qualité de tir et cela avait été suffisant. Mais aujourd'hui, il ne pourrait plus s'en contenter. Si Richard en avait vraiment terminé avec lui, il ne pouvait pas rester. Il ne pouvait pas prétendre que leur admiration professionnelle était suffisante alors qu'il connaissait la sensation de s'endormir dans leurs bras, de les embrasser, de leur faire l'amour et de les aimer. Non, si Richard en avait terminé avec lui, il devait s'en aller avant que cette rupture détruise le peu d'estime de soi qu'il lui restait.

Passer des heures sous la douche ne l'aiderait pas à retrouver sa forme. Qu'il reste ou qu'il parte, il devait être au meilleur de sa forme, alors il arrêta l'eau et s'essuya. Il enfila un pantalon de survêtement et un t-shirt, puis se rendit dans la cuisine, espérant y trouver Richard. Il n'était que 8 h, assez tôt pour que Richard soit encore en train de prendre son petit déjeuner.

Victoria était la seule personne installée à table.

— Tu as vu Richard ?

— Non. Il est rentré hier soir, mais tu étais déjà endormi. Je ne l'ai pas vu ce matin.

Eric ne soupira pas.

— Il est peut-être parti à l'hôpital.

— Oui, peut-être. Que vas-tu faire ce matin ?

— Prendre mon petit déjeuner, puis courir ou faire de la musculation. À moins que tu veuilles combattre avec moi.

— Ce serait un bon entraînement pour toi.

C'était ce qui l'inquiétait. Il ouvrit le réfrigérateur et trouva une boîte d'œufs. Cela lui donnerait des protéines pour le petit déjeuner et calmerait son mal de crâne.

— Tu veux des œufs ?

— J'ai pris mon petit déjeuner à la cantine, mais si tu prépares du café, j'en veux bien une tasse.

Eric vérifia s'il y avait du café, mais la cafetière était vide et froide. Si Richard s'en était préparé ce matin, cela remontait à des heures.

Il démarra une nouvelle cafetière et cassa des œufs dans un bol pour préparer des œufs brouillés. La cafetière siffla et grésilla alors que l'eau chauffait et s'infiltrait dans les tuyaux, coulant à travers les grains pour embaumer l'air de l'odeur du paradis. Eric attendit que la plaque électrique soit chaude et pesta contre l'armée de l'air pour avoir investi dans des plaques électriques bon marché. À la maison, ses œufs auraient été cuits en moins de temps qu'il fallait à cette plaque pour chauffer. Il réussit malgré tout à finir de préparer son petit déjeuner. Il versa une tasse de café à Victoria, s'en versa une à lui-même, puis il attaqua ses œufs, espérant que cela atténuerait ses maux d'estomac et non le contraire.

Ils ne discutèrent pas. Il nettoya rapidement sa vaisselle et se tourna vers Victoria.

— Je suis prêt.

— Allons-y.

Elle l'emmena jusqu'à la salle de sport de la base, dans laquelle se trouvait un tapis pour s'entraîner au corps à corps. Il retira ses chaussures et ses chaussettes, puis attendit qu'elle fasse de même. Leur absence ne la rendait pas moins redoutable, mais cela lui donnait au moins l'impression d'avoir une chance.

Elle le mit au tapis en moins de deux minutes.

Eric leva les yeux vers elle alors qu'il était aplati au sol, sur le dos, puis il grogna.

— Qu'est-ce qui t'arrive, Newton ? Ça fait des années que je ne t'ai pas battu avec autant de facilité. Ce n'est peut-être même jamais arrivé.

— Je dois être moins en forme que je le pensais.

Il n'avait pas l'intention de lui dire que son esprit était occupé à s'inquiéter au sujet de ses amants et de leur relation qui tombait en ruines.

— On dirait bien, oui. Je t'ai déjà vu combattre mieux que ça alors que tu étais blessé. Que se passe-t-il ?

— Rien, répondit-il en haussant les épaules.

— Je l'avais remarqué.

Il lui suffit de plisser les yeux pour qu'Eric se crispe sous elle sans même qu'elle ait besoin de lever le petit doigt.

— Je ne vois pas comment il pourrait se passer quelque chose si tu t'évanouis avant qu'il rentre à la maison, déclara-t-elle.

— Je ne vois pas comment il pourrait se passer quelque chose si Tim est à l'hôpital et que Richard préfère rester à son chevet plutôt que de rentrer à la maison pour dîner.

Pour la peine, elle lui donna un coup sur la tête.

— Hier, j'étais en colère contre Horn parce que tu étais blessé et qu'il ne prenait pas soin de toi. Maintenant, je me demande si je ne devrais pas aussi être en colère contre toi.

— Pour quelle raison? demanda-t-il, même s'il connaissait déjà la réponse.

Il aurait dû s'y attendre. Après tout ce qu'il avait fait, il ne méritait rien d'autre que leur colère et leur dérision.

— Pourquoi Horn n'a-t-il pas préparé du bouillon, Eric? Pourquoi ne savait-il pas de quoi tu avais besoin après une mission difficile? D'ailleurs, même s'il ne savait pas quoi faire, pourquoi ne lui as-tu pas dit?

Eric se crispa, n'ayant même pas besoin qu'elle le frappe pour sentir le reproche.

— Ça n'a aucune valeur si j'ai besoin de le demander.

Trois personnes avaient fait des choses pour lui sans qu'il ait besoin de les demander : sa mère, Victoria et Tim. Quant au reste du monde, il avait dû «mériter» leur attention et cela avait toujours eu un prix : la gifle de son père, les corvées supplémentaires lorsqu'il agissait mal dans ses familles d'accueil, les mensonges, les trahisons... la liste était sans fin. Richard faisait des efforts. Eric le savait, mais le premier amour de Richard serait toujours la *Strike Force Omega*. Même quand Eric partait seul en mission sous le commandement d'un autre responsable – ce qui n'arrivait plus souvent ces temps-ci – et qu'à son retour, il racontait à Tim ce qui lui était arrivé, son amant lui parlait des longues soirées que Richard avait passées au QG, jamais de ce que Richard et lui avaient fait ensemble en son absence. Cela n'avait jamais vraiment dérangé Eric, car Tim était toujours présent et Richard lui accordait son attention lorsqu'il était à la maison. Ce marché lui avait paru assez juste pour ce qu'il obtenait en retour.

— C'est le plus gros ramassis de conneries que tu m'aies dit, répliqua Victoria. Est-ce que tu essaies de le repousser?

— Il ne peut pas prendre le risque d'être avec moi. Je ne peux pas lui faire ça. Sa raison de vivre est la *Strike Force Omega*. Je ne ferais jamais le poids s'il devait choisir entre elle et moi. D'ailleurs, je ne voudrais pas gagner face à elle. Nous avons besoin de lui, car s'il quitte son poste, ce sera terminé. Tu imagines Heikkinen aux commandes?

À en croire la grimace que fit Victoria, elle était d'accord sur le fait que cette option ne soit pas envisageable.

— C'est lui qui t'a dit ça?

Eric fit non de la tête. Richard n'avait pas eu besoin de le lui dire. Eric n'avait eu aucun mal à s'en rendre compte par lui-même.

— Hier, il a dit à Westin qu'il avait passé sa journée à supporter les conneries du Pentagone, puis il ne nous a pas rejoints pour dîner. Il n'a pas eu besoin de me le dire.

— Il était peut-être trop fatigué pour supporter les pitreries de Sanders après avoir passé sa journée à affronter le Pentagone. Sanders est difficile à supporter même dans un bon jour. Il voulait peut-être simplement passer une soirée tranquille avec son amant.

Eric aurait aimé que ce soit vrai, mais il avait demandé à Richard de venir dîner et avait essuyé un refus.

— Il a dit qu'il allait rester à l'hôpital avec Tim. Il m'a dit de bien m'amuser.

Victoria leva les yeux au ciel. Elle réfléchissait certainement à l'idiotie des hommes.

— Tu es en train de me dire que dans ton jargon, «s'amuser» signifie boire jusqu'à plus soif et perdre connaissance avant même que ton partenaire rentre à la maison? Eric, je ne prétends pas comprendre l'amour. Je n'ai jamais compris comment ça fonctionnait, mais si je peux voir que tu es en train de tout foutre en l'air, alors c'est qu'il y a vraiment un problème.

— Oui, c'est tout moi.

Elle ne lui apprenait rien. Il enchaînait les erreurs depuis que ces terroristes l'avaient capturé. Il avait simplement besoin qu'elle l'accepte afin de pouvoir disparaître avant que la situation empire davantage. L'équipe chercherait certainement à le retrouver, mais s'il faisait tout pour qu'on ne le retrouve pas, seule Victoria en serait capable.

— Je suis un raté. Ils s'en sortiront mieux sans moi.

— Ce n'est pas ce que je voulais dire, répliqua-t-elle en le frappant à nouveau. Avant cette semaine, je n'étais pas au courant pour Horn, mais Tim n'a jamais considéré que sa vie serait meilleure sans toi. Il m'a convoquée juste après que tu as été capturé. J'ai vu à quel point il souffrait de savoir que tu étais entre les mains des terroristes. J'ai vu la manière dont Horn a réagi lorsque nous avons atterri sur le porte-avions après t'avoir secouru. Il ne se comportait pas comme si tu étais un poids pour lui. Il se tenait comme un mur entre toi et le reste du monde pendant que tu étais inconscient. Il a mis sa réputation en jeu lorsque Heikkinen a essayé de s'engager avec lui dans un bras de fer. Hier, j'étais en colère contre lui et je le suis toujours parce qu'il a laissé la situation s'envenimer, mais je suis tout autant en colère contre toi pour avoir été obtus.

— Si tu as l'intention de m'insulter, je préfère partir, dit-il en essayant de se libérer.

Cependant, Victoria ne le laissa pas faire. Elle le cloua au sol.

— Je ne t'insulte pas. Je te mets une raclée parce que tu t'es comporté comme un idiot et je te demande une explication. Donne-moi une seule bonne raison de ne pas appeler Horn pour qu'il vienne te récupérer afin de te ramener immédiatement à la maison.

Parce que si elle le faisait, Eric ne serait pas en mesure d'exécuter son plan.

— Ne… Ne fais pas ça, Victoria. Je l'ai trahi. J'ai failli tuer Tim. Je ne sais toujours pas si j'ai révélé des informations importantes aux terroristes. Ils méritent une personne en laquelle ils peuvent avoir confiance.

Victoria lui donna un coup sur le torse.

— Je n'ai jamais entendu d'excuses si lamentables. Va prendre une douche et ne pense même pas à quitter la salle. J'ai déjà réussi à te remettre les idées en place une fois. Je continuerai de le faire tant que ce sera nécessaire.

Eric se laissa tomber sur le tapis et se demanda combien de temps il lui faudrait pour trouver un moyen de s'échapper sans qu'elle le voie. Il avait voulu patienter jusqu'à ce que Tim soit vraiment tiré d'affaire, mais si Victoria avait décidé de s'en mêler, il ne pouvait pas se permettre d'attendre. Il ne pouvait pas laisser Richard et Tim payer pour ses erreurs.

Le fracas des haltères tombant au sol mit Eric sur le qui-vive.

Je dois partir, je dois m'enfuir, je dois partir, je dois partir.

Eric se redressa d'un coup, haletant. Il était en sécurité. Il était assis sur le sol d'une salle de sport à Ramstein. Victoria l'avait laissé ici pour aller prendre une douche. Quelqu'un était simplement en train de soulever des haltères.

Je dois partir.

Il prit une profonde inspiration pour essayer de se calmer. Il n'était pas obligé de s'enfuir comme un trouillard, peu importe ce que lui disaient les voix dans sa tête. Il devait partir. Il avait déjà pris sa décision. Mais il devait s'organiser et le faire de manière réfléchie. S'enfuir immédiatement ne résoudrait rien parce qu'il n'était pas préparé. Il n'avait même pas son vrai passeport, encore moins un faux qui lui permettrait de disparaître dans la nature.

Je dois m'enfuir, je dois partir, je dois partir.

Il secoua la tête, essayant de libérer son esprit de cette voix paniquée, mais elle était profondément ancrée en lui.

Je dois m'enfuir, je dois partir, je dois partir, je dois m'enfuir !

Eric baissa les yeux sur ses mains tremblantes. Même s'il voulait fuir, il ne pouvait pas le faire dans cet état. Il n'était pas certain de pouvoir se lever vu la manière dont son corps tremblait. Il prit à nouveau une profonde inspiration et se concentra sur le souvenir qui lui avait permis de se calmer ces quatre dernières années : sa première nuit avec Richard et Tim.

Durant un instant, la voix de Tim fit taire celle qui lui disait de fuir ; il lui expliquait que Richard et lui étaient ensemble et que s'il voulait être avec lui, il devait aussi accepter d'être avec Richard. Eric n'avait pas eu le temps de répondre parce que Richard était apparu devant lui, avait réitéré l'offre et l'avait embrassé comme Eric en avait rêvé depuis des années.

Il aime assez Tim pour céder à la moindre de ses envies, même celle d'être avec toi.

Non, Richard l'avait aussi désiré. Il avait voulu l'embrasser et Eric lui avait rendu son baiser parce qu'il n'avait pas pu résister à cet homme, même si son monde venait de chavirer. Tim s'était ensuite placé derrière lui, le coinçant entre Richard et lui, puis il l'avait calmé d'une simple caresse et lui avait chuchoté à l'oreille combien il avait rêvé du moment où ils se retrouveraient tous les trois. Eric avait alors cessé de penser.

Je dois partir. Ils ne veulent pas de toi. Ils n'ont jamais voulu de toi.

Il eut du mal à retrouver le fil de ses souvenirs. Peu importe ce qu'ils ressentaient aujourd'hui, ils l'avaient désiré. C'était indiscutable. Les trois hommes s'étaient rendus dans les quartiers de Richard et Tim, même si Eric ne comprenait toujours pas comment ils étaient arrivés jusque-là, puis ses deux amants l'avaient déshabillé. Depuis, il avait assez souvent fait l'amour avec eux pour savoir qu'ils échangeaient quelques caresses entre eux, mais durant cette première nuit, il ne l'avait pas remarqué. Cette nuit-là, il avait eu l'impression d'être au centre de leur attention et cela l'avait embrasé comme rien ne l'avait fait auparavant. Il avait essayé d'explorer leurs corps, mais ses amants étaient trop déterminés.

Il ne voulait pas partir. Il avait besoin de ses amants. Il avait besoin d'être à nouveau dans ce lit avec ses deux partenaires tournés vers lui, Eric installé confortablement entre eux, baisé tour à tour par l'un et par l'autre, Tim le pénétrant par derrière, puis se retirant pour permettre à Richard de s'enfoncer en lui par-devant, puis Tim le prenant à nouveau par derrière, chaque changement d'angle faisant connaître un plaisir intense à Eric jusqu'à ce qu'il ne puisse plus tenir. Richard n'avait pas non plus tenu longtemps. Tim s'était à nouveau retiré pour laisser Richard lui procurer du plaisir, mais Richard ne s'était pas arrêté, le martelant jusqu'à ce qu'ils jouissent tous les deux comme des geysers. Eric s'était excusé auprès de Tim, mais ce dernier avait simplement ri et les avait fait rouler de sorte qu'Eric se retrouve allongé sur Richard. Il avait alors baisé Eric au-dessus du corps de Richard jusqu'à ce qu'il jouisse à son tour.

Ils t'utilisent. Tu dois partir. Tu dois fuir.

Non, ce n'était pas le cas. Eric ne s'était pas senti utilisé. Au contraire, il avait eu l'impression d'être l'homme le plus désirable du monde. Richard avait continué de le toucher et de l'embrasser partout où il le pouvait, murmurant des compliments à son oreille. Tim n'était pas non plus resté silencieux, disant à Eric que cela faisait longtemps qu'il rêvait de l'avoir dans leur lit, embrassant son cou, ses épaules, promenant ses mains sur ses fesses, racontant tout ce qu'il prévoyait de lui faire, tout ce qu'ils feraient la prochaine fois. Eric avait alors su, sans l'ombre d'un doute, que ce qui était en train de se passer entre eux n'était ni temporaire ni un simple coup d'un soir, malgré ce qu'ils avaient laissé entendre pour le convaincre de venir jusqu'à chez eux.

Je dois partir, je dois m'enfuir, je dois partir, je dois partir, je dois partir !

Eric prit sa tête entre ses mains pour essayer de faire taire cette voix. Ce n'était pas vrai. Ce n'était pas lui. Il n'agissait pas comme ça. Il ne pouvait pas… De la bile remonta le long de sa gorge, ce qu'il avait mangé au petit déjeuner voulant ressortir. Il se recroquevilla sur le côté, essayant de tenir le coup.

— Victoria !

XI

Victoria entendit quelqu'un hurler son nom avec une telle angoisse qu'elle se rua hors du vestiaire. Eric était allongé au sol en position fœtale et se balançait.

— Eric, qu'est-ce qui ne va pas ? demanda-t-elle en vérifiant son pouls.

Eric fuit le contact ; il était assez conscient pour savoir qu'une personne l'avait touché.

— Que se passe-t-il ? demanda Westin en apparaissant près d'elle.

Elle aurait pu être agacée de ne pas l'avoir vu arriver, parce que personne ne devrait pouvoir la prendre par surprise, mais elle était trop soulagée de voir une personne en laquelle elle pouvait avoir confiance.

— Je dois partir, je dois partir, je dois m'enfuir. Je ne peux pas partir, je dois rester. Je ne peux pas… Je ne peux pas.

— Va trouver Horn, ordonna Victoria. Je ne sais pas ce qui s'est passé, mais Eric est en train de perdre les pédales. Dis-lui tout ce que tu veux. Il faut qu'il vienne. Tu peux même le kidnapper si tu veux, mais ramène-le ici. Le plus vite possible. Et si tu vois Sanders, dis-lui de venir aussi.

Westin se rendit au vestiaire. Quand il réapparut, il avait son téléphone à la main. Victoria se concentra sur Eric, essayant de trouver un moyen de l'aider. Elle ne savait pas ce qui se passait dans sa tête ni dans celle de Horn, mais elle avait déjà sermonné Eric. Horn était le prochain sur sa liste… dès qu'il montrerait le bout de son nez.

Westin commença par envoyer un message à Sanders parce qu'il savait que son équipier était dans les quartiers. Horn pouvait être n'importe où. Dès que Sanders lui répondit qu'il était en chemin, Westin chercha le numéro de Horn parmi ses contacts.

— J'espère que c'est urgent, Westin.

Le ton de voix de Horn était toujours aussi impatient.

— À vous de me le dire, ironisa-t-il. Votre petit ami est en train de faire une crise de panique sur le sol de la salle de sport. Amato pense que votre présence pourrait l'aider, alors vous pouvez venir de votre plein gré ou bien je peux utiliser la force. En tout cas…

— Ne me menacez pas, Westin. Je suis en chemin vers la base. Je serai là dans dix minutes. Ne laissez pas partir Eric et empêchez-le de se faire du mal.

Westin ne prit pas la peine de répondre. Il avait un peu de Valium dans son sac, car son psychologue lui en avait prescrit pour traiter son stress post-traumatique. Il n'en avait jamais pris, refusant que son pronostic lui dicte ce qu'il devait faire, mais il demanderait à Victoria si elle pensait qu'il serait bon d'en donner un comprimé à Eric.

Westin croisa Sanders en se rendant vers leurs quartiers.

— Je vais récupérer un médicament. Préviens Amato que Horn est en chemin.

Sanders lui adressa un salut militaire rapide en gage de réponse.

Westin rejoignit sa chambre et récupéra les comprimés dans son sac. De retour à la salle de sport, il approcha de l'équipe beaucoup plus doucement qu'il ne le faisait en temps normal. Il refusait peut-être de reconnaître tous les signes de son propre traumatisme, mis à part les plus irréfutables, mais il était assez sensé pour ne pas vouloir déclencher le traumatisme de quelqu'un d'autre, surtout s'il sortait d'une crise.

Sanders et Amato étaient installés de chaque côté d'Eric sans pour autant le toucher. Ils étaient assez proches pour intervenir en cas de nécessité. Westin s'assura qu'il était dans le champ de vision d'Eric, puis il approcha et donna un petit coup à Amato pour qu'elle se rapproche du visage de leur coéquipier et qu'il puisse prendre sa place à la gauche d'Eric.

— Horn est en chemin, répéta Westin au cas où Eric aurait besoin qu'on le lui rappelle.

À son grand désarroi, Eric ne sembla même pas l'entendre.

Westin remit la boîte de comprimés à Victoria.

— Ils ont probablement expiré, mais pas depuis longtemps. Je sais que je n'arriverais pas à lui en faire avaler un, mais peut-être qu'il acceptera si c'est toi.

— Pas tant que Horn ne sera pas arrivé. Il a besoin de voir ça. Je ne sais pas comment nous en sommes arrivés là, mais il doit voir que la situation a dégénéré pour comprendre que les choses doivent changer.

— Tu penses que c'est de la faute de Horn ? demanda Sanders.

Victoria fit non de la tête.

— Je sais que c'est de la faute des terroristes, mais je pense que ni Horn ni Eric ne se sont rendu compte de la gravité de la situation. Même moi, qui suis la mieux placée pour le remarquer, je ne m'en suis pas rendu compte.

— Pourquoi ça ? demanda Westin.

— C'est confidentiel, répondit-elle machinalement.

— N'avons-nous pas dépassé ce stade ? insista Westin. Sérieusement. C'est comme si nous vivions ensemble. Nous allons encore combattre ensemble. Plus nous en saurons sur ce qui déclenche des crises de panique chez nos coéquipiers, moins nous courrons le risque d'en provoquer une. Aucun de nous n'a besoin de vivre avec cette angoisse.

Victoria l'observa durant un long moment.

— J'ai grandi dans une secte. Pensez à David Koresh, mais en cent fois pire. On avait le cerveau tellement retourné qu'on aurait pu croire que le ciel était rempli de merde si c'était lui qui nous l'avait dit. J'ai deux ou trois souvenirs que je peux identifier comme étant réels. Tout le reste est… douteux. Je sais ce qu'on ressent quand on est détruit, quand on ne possède rien qui nous appartient vraiment. J'ai déjà vécu la situation dans laquelle se trouve Eric. Je pensais qu'il était en train de mettre tout cela derrière lui, mais apparemment, j'avais tort.

— Comment pouvons-nous l'aider ? demanda Sanders.

Victoria soupira.

— En mettant du plomb dans son crâne. Nous devons lui montrer qu'il a une place dans l'équipe et dans sa relation avec Horn et Davenport. Nous devons faire notre possible pour qu'il sache qui il est et pourquoi il se bat. Je pensais que le fait de combattre contre moi allait l'aider. Il s'est peut-être senti mieux pendant que nous combattions, mais ce n'était pas suffisant.

— Eric, appela Sanders avec sincérité. Tu sais que tu n'es pas seul, n'est-ce pas ? Il y a quelques personnes ici qui tiennent à toi.

Eric ne réagit pas aux paroles de Sanders et continua de se balancer avec la tête entre les mains. Il avait cessé de marmonner, mais il semblait ne pas entendre un mot en dehors de ses propres pensées.

— Donne-lui du Valium, dit Westin. Horn a dit qu'il serait là dans dix minutes. Cinq minutes ont dû passer depuis. Le Valium ne réussira pas à l'endormir immédiatement et peut-être que quand il se réveillera, il aura les idées un peu plus claires.

— Je ne sais pas s'il acceptera que je lui en donne, mais je vais essayer.

Elle fit glisser un comprimé dans sa main et le tendit à Eric. Il ne sembla pas la voir et continua de se balancer de manière compulsive.

— Eric, mon chéri, insista-t-elle. J'aimerais que tu prennes ce médicament.

Aucune réaction.

— Eric. Je t'en prie. Tu nous fais peur. Tu dois prendre ce médicament pour pouvoir te calmer et t'endormir. Richard ne va pas tarder à arriver. Nous resterons près de toi jusqu'à ce qu'il arrive.

Eric releva légèrement la tête en entendant le prénom de Richard, mais il ne prit pas le comprimé qu'elle lui tendait. Il regarda autour de lui, mais comme il ne vit pas Richard, il enfouit à nouveau sa tête entre ses mains et recommença à se balancer.

— Je pense que nous allons devoir attendre Horn.

RICHARD LANÇA une pluie d'injures lorsqu'un taxi lui coupa la route. Landstuhl ne comptait qu'environ neuf mille habitants, mais on aurait dit qu'ils avaient tous décidé de sortir de chez eux au même moment. Bande d'enfoirés. Ne comprenaient-ils pas qu'il y avait une urgence ? Richard ne savait pas de quel genre de crise il s'agissait, mais Westin n'aurait pas appelé si cela n'avait pas été grave.

— Espèce de crétin ! hurla-t-il en donnant un coup de volant pour éviter un camion de livraison qui venait de déboîter sur sa voie. Tiens bon, Eric, continua-t-il, même s'il savait qu'Eric ne pouvait pas l'entendre. J'arrive aussi vite que possible.

Il maudit la vérification d'identité à l'entrée de Ramstein et traversa la base à toute vitesse. Il se gara devant la salle de sport et laissa la voiture garée en double file. Si on lui mettait une amende, il la paierait sans broncher. Ce n'était que de l'argent.

Il se précipita dans la salle de sport en courant le plus vite possible. Sanders, Westin et Amato étaient assis autour d'Eric et ne le touchaient pas. Ils formaient un cercle de protection autour de lui. Il prit un moment pour remercier le ciel qu'ils soient restés auprès de lui jusqu'à ce qu'il arrive, puis il se focalisa sur Eric.

— Depuis combien de temps est-il dans cet état ?

— Nous vous avons appelé dès que nous l'avons trouvé, répondit Westin. Il faut donc compter le temps que vous avez mis à venir jusqu'ici et les quelques minutes qu'il a fallu à Amato pour comprendre que quelque chose n'allait pas.

— A-t-il dit quelque chose? demanda Richard en approchant du groupe et en restant dans le champ de vision d'Eric.

— Pas depuis que nous l'avons trouvé, répondit Amato. Quand je me suis approchée de lui, il marmonnait : «*Je dois partir, je dois m'enfuir, je ne peux pas partir*», comme s'il était en train de lutter contre lui-même. Écoutez, Commandant, malgré tout le respect que je vous dois, je ne sais pas ce qui se passe entre vous deux en ce moment, mais vous êtes en train de tout faire foirer.

— Merci, Amato, mais j'ai des yeux, répliqua-t-il sèchement. Vous pourrez vous en prendre à moi plus tard, une fois que nous lui aurons trouvé de l'aide.

— Tenez, dit Westin en lui tendant une boîte de comprimés. La date d'expiration est un peu passée, mais ça l'endormira si vous arrivez à lui en faire avaler un ou deux.

Richard plissa les yeux en regardant la boîte de Valium. Ce n'était vraiment pas la solution idéale suite aux mois qu'Eric avait passés à ne plus être maître de ses choix, mais il la rangea dans sa poche en dernier recours. Il s'agenouilla devant Eric et lui caressa la joue.

— Eric? Que se passe-t-il?

Eric le fixa, son regard vide.

Merde. Si cela ne fonctionnait pas, il devait essayer autre chose.

— Parle-moi, Newton, ordonna-t-il.

Il ne savait pas si cela fonctionnerait sur lui, mais ça fonctionnait toujours sur Dav.

Cela lui valut quelques clignements d'yeux, puis le regard d'Eric s'éveilla et il déglutit. Richard ne put attendre plus longtemps. Il attrapa Eric par les épaules et le serra dans ses bras.

— Tu es là, dit Eric.

Sa voix était tellement brisée que Richard avait envie de partir à la recherche de ces terroristes et de tuer tous ceux qu'Amato et les autres avaient laissés derrière eux pour avoir fait traverser cette crise de panique à Eric, sauf qu'il se sentait en partie responsable.

— Je suis là, Pêche, murmura-t-il dans ses cheveux.

Il entendit les membres de l'équipe s'éloigner, leur laissant un peu d'intimité sans pour autant partir.

— J'aurais dû être là plus tôt.

— Je suis démoli de l'intérieur.

— Ce n'est rien. Nous pouvons nous en arranger. Nous ferons tout ce qu'il faut pour t'aider, d'accord ? Mais tu dois nous dire ce qui t'arrive, que ce soit à moi, à Victoria ou à Dav quand il ira mieux. Peu importe à qui tu te confies, tu dois en parler à quelqu'un.

— Je dois partir, murmura Eric. Je n'arrête pas d'entendre ces mots dans ma tête. Je dois partir, je dois m'enfuir. Je ne veux pas partir, Richard, mais je n'arrive pas à la faire taire.

— Tu as fait une crise de panique, dit-il, même s'il n'était pas certain que ce terme soit approprié. Westin a apporté des comprimés pour t'aider à te calmer, mais tu dois les prendre afin que cela agisse. Peux-tu faire ça pour moi ?

— Ça va me faire dormir, geignit-il.

— Certainement, mais tu as besoin de dormir. Tu es encore épuisé. Je ne te quitterai pas des yeux jusqu'à ce que tu te réveilles, peu importe ce qui arrive.

— Même si on nous confie une mission ?

— Surtout si on nous confie une mission. S'il arrive quelque chose, je suis presque certain que je pourrais monter un poste de commandement depuis ici et que tes équipiers seraient prêts à s'en occuper.

— C'est bien vrai, lança Westin depuis l'autre bout de la pièce.

Richard le fusilla du regard, mais cela sembla rassurer Eric puisqu'il hocha la tête.

— Seulement un. Je ne veux pas être complètement sonné.

Richard prit un comprimé et le lui donna. Avant même qu'il ne le demande, Sanders lui tendit une bouteille d'eau. Il hocha la tête en guise de remerciement et la donna à Eric.

— Nous devrions peut-être aller dans un endroit plus confortable avant qu'il perde connaissance, suggéra Westin.

En temps normal, un comprimé n'aurait pas suffi à l'endormir, mais vu l'état de fatigue et de faiblesse dans lequel l'avaient laissé ces mois de torture, Richard ne serait pas surpris de le voir perdre connaissance.

— Nous pourrions le porter, mais je pense qu'Eric préférerait savoir à quel endroit il va se réveiller avant de s'endormir. N'est-ce pas, Eric ?

— Oui, répondit-il.

— Dans ce cas, debout, dit Richard. La voiture est garée à l'entrée. Nous allons te ramener à la maison afin que tu puisses dormir, puis nous resterons près de toi.

Richard enroula un bras autour de la taille d'Eric alors qu'il se relevait avec difficulté, puis ils se dirigèrent vers la sortie. Les trois autres suivirent.

Richard rencontra leur regard et leur adressa un signe de tête pour les remercier, mais quand Eric tomba contre lui, il se focalisa sur son partenaire. L'installer dans la voiture se révéla périlleux. Le faire sortir de la voiture en arrivant à la maison fut encore plus compliqué, mais comme Eric accepta l'aide de Victoria, ils réussirent à le traîner jusque dans la chambre. Richard laissa ses agents derrière lui, dans le salon. Il s'occuperait d'eux plus tard.

Eric s'effondra sur le lit, la fatigue et le médicament faisant clairement effet.

— Repose-toi.

Il aida Eric à se dévêtir pour qu'il se sente plus à l'aise, puis il le borda.

— Je serai là. Je n'irai pas plus loin que dans la pièce voisine.

Eric hocha la tête et lui dit :

— Je t'aime.

Richard se pencha et l'embrassa doucement.

— Je t'aime aussi. Maintenant, dors un peu et ensuite, nous trouverons une solution. Je ne te laisserai pas fuir.

Eric sourit une dernière fois avant de laisser la fatigue l'emporter.

Une fois que Richard fut certain qu'Eric était endormi, il se glissa hors du lit et se rendit dans le salon où l'attendait le reste de l'équipe. Il tira la porte de manière à ne pas perturber le sommeil d'Eric, sans pour autant ne pas pouvoir l'entendre s'il se réveillait.

Richard s'installa sur une chaise en face de ses agents, depuis laquelle il voyait ce qui se passait à l'intérieur de la chambre.

— Quelqu'un peut me dire ce qui a causé cette crise ?

— J'ai ma petite idée, répliqua Westin.

Richard savait déjà que ce qu'il entendrait n'allait pas lui plaire, mais Amato le coupa.

— Je l'ai emmené à la salle de sport pour qu'il s'entraîne à se battre contre moi.

Sa voix n'était pas plus douce que celle de Westin, mais au moins, elle parlait sur un ton neutre, non pas désobligeant.

— Quand vous n'êtes pas rentré la nuit dernière, il a bu comme un trou. Ce matin, il s'est réveillé seul. Je lui ai fait prendre son petit déjeuner et je l'ai convaincu de venir à la salle de sport avec moi. Il ne s'entraîne plus.

— Il était gravement déshydraté et affamé, l'interrompit Richard. Je lui ai demandé de ne pas faire trop d'efforts pendant deux ou trois jours.

— Nous avons combattu une première fois et quand j'ai compris qu'il n'était pas du tout rétabli, je lui ai demandé de m'expliquer pourquoi, continua-t-elle comme si Richard n'avait pas parlé. Nous nous sommes disputés.

— À quel propos ?

— À propos de vous. Il a cette idée fixe que vous choisiriez votre travail plutôt que lui. Je lui ai dit qu'il se comportait comme un idiot, que j'allais vous trouver et vous ramener près de lui. Je suis allée au vestiaire pour me doucher et me changer afin de partir à votre recherche et vous traîner jusqu'ici pour l'aider, mais avant d'avoir eu le temps de me changer, je l'ai entendu hurler mon nom. En entrant dans la salle, j'ai assisté à la fin de sa crise.

— Maintenant, je sais ce qui est arrivé, mais vous ne m'avez toujours pas dit pourquoi vous pensiez que c'était arrivé.

Amato se pencha en avant, son regard scintillant dangereusement.

— Savez-vous quelle est la plus grande peur d'Eric, Horn ?

— Perdre le contrôle ou que quelqu'un le lui prenne, répondit-il immédiatement. Il y a deux jours, il a failli faire une crise quand je lui ai tenu les poignets.

— Vous ne le connaissez pas du tout, hein ? remarqua Amato dans un soupir. Bien, voici votre première leçon en Newton. Non, il n'aime pas qu'on restreigne ses mouvements, mais il peut le supporter du moment qu'on ne le prend pas par surprise, tout comme il peut supporter la douleur, la torture et toutes les choses horribles qui peuvent arriver quand on travaille dans l'ombre comme nous. Il y a une chose – *une seule chose*, Horn – qu'il ne peut pas supporter : être abandonné. De son point de vue, vous l'avez laissé tomber comme une vieille chaussette. Vous avez de la chance qu'il n'ait pas déjà fui.

— Que veux-tu dire par « fuir » ? demanda Westin.

— Disparaître, répondit Sanders. Se volatiliser. Il saurait comment faire. J'imagine qu'il aurait accès à toutes les ressources nécessaires pour se forger une nouvelle identité – une fausse carte d'identité, des comptes bancaires, tout ce qui est nécessaire.

— Il a tout préparé, confirma Amato. Ça fait des années qu'il a tout mis en place, avant même que je rejoigne l'équipe. Il renaîtrait sous le nom de Frank Porter. Il n'en avait plus parlé depuis que sa relation avec Tim et vous était devenue sérieuse, mais c'est ce qu'il marmonnait pendant sa crise de panique. Je dois partir, je dois m'enfuir.

— Putain, dit doucement Richard en assimilant tout ce qu'il venait d'entendre.

Il avait failli perdre Eric par pure stupidité.

— Ce serait bien de lui faire comprendre qu'il est désiré, dit Amato. Du moins, ça aurait été bien de le faire. Je parie que vous l'avez ramené à la maison, que vous l'avez bordé, puis que vous avez attendu qu'il fasse le premier pas.

— Comment savez-vous… ?

— Parce que si vous l'aviez ramené à la maison et que vous lui aviez montré que vous le désiriez, nous n'aurions pas ce problème.

Richard était agacé qu'elle ait raison.

— Je vais avoir besoin d'aide, dit-il, les mots lui brûlant la langue. Ce que je vais vous dire est tellement confidentiel que je ne devrais même pas être au courant, mais je ne peux pas gérer ça tout seul, pas tant que Dav est dans un lit d'hôpital.

Il les regarda chacun droit dans les yeux, souhaitant plus que jamais que Dav soit présent pour l'aider à gérer ce groupe de mécréants. Dav jouait bien mieux le rôle du bon flic que Richard, mais sa routine de méchant flic n'allait pas fonctionner avec eux. Pas maintenant.

— Le Pentagone cherche à nous nuire, de préférence en s'en prenant à Eric, mais il serait heureux d'obtenir n'importe laquelle de nos têtes. Heikkinen leur a envoyé le rapport sur la Syrie avant que je lui donne mon approbation.

Il avait fini par approuver ce rapport, mais elle n'avait pas attendu son accord avant de l'envoyer.

— J'ai peur qu'elle fasse la même chose avec son rapport sur la captivité d'Eric. Ça ne leur plaît pas que nous soyons à Ramstein et encore moins de devoir payer les frais médicaux de Dav pour une mission qu'ils n'auraient jamais dû autoriser. Si je fais le moindre faux pas, Eric et Dav vont le payer et je ne peux pas laisser faire ça.

Amato ouvrit la bouche pour l'interrompre.

— Mais…, continua Richard, lui faisant signe de se taire. Je ne peux pas continuer à être sur tous les fronts parce que si je le fais, Eric va s'enfuir ou s'autodétruire et je ne peux pas non plus laisser faire ça.

— Que pouvons-nous faire pour vous aider ? demanda Sanders.

— Je ne sais même pas, admit Richard.

— Laissez-moi faire des recherches sur le Pentagone, offrit Westin. Vous allez devoir me donner accès à tous les enregistrements de vos conversations avec eux, mais je suis probablement le mieux placé pour déchiffrer le double discours militaire. Et dans le pire des cas, je connais quelques personnes qui ont une dette envers moi.

Richard accepta. Westin était intervenu en faveur de leur équipe lorsqu'Eric avait disparu et leur avait remis une vidéo des ravisseurs, ce qui avait été leur seule piste à l'époque.

— J'ai besoin de trouver un moyen d'accéder à notre système de manière sécurisée. Tous nos dossiers se trouvent sur nos serveurs aux îles Caïmans, mais si j'y accède via le réseau militaire, ils pourraient nous pirater et nous aurions de vrais ennuis. En temps normal, j'aurais demandé à Heikkinen de s'en charger, mais je n'ai plus totalement confiance en elle.

— Ça me prendra un ou deux jours, mais je peux m'en charger, intervint Amato. Ce n'est pas mon domaine de prédilection, mais j'en ai appris suffisamment pour pouvoir le faire sans que l'armée s'en rende compte.

— Bien. Je ne peux pas amener Eric avec moi en réunion et prendre soin de lui correctement. Travailler depuis notre bungalow me permettra de gérer ce qui ne peut être fait que par moi tout en veillant sur lui.

— Vous ne pensez pas qu'il ira mieux en se réveillant ? demanda Sanders.

— Non. J'espère qu'il ira mieux, mais je préfère me dire que ce ne sera pas le cas parce que j'ai déjà fait l'erreur de penser qu'il allait bien. Je n'ai pas l'intention de me planter une deuxième fois. Qu'en pensez-vous, Amato ? Vous semblez mieux le cerner que moi.

Maintenant qu'il s'en était rendu compte, il ferait tout afin que la tendance s'inverse, mais pour le moment, il accepterait tous les conseils qu'on pouvait lui donner.

— Savez-vous ce qu'il a voulu savoir quand il a retrouvé ses esprits ? demanda Amato en guise de réponse. Si je m'étais déjà sentie détruite de l'intérieur. Vous savez que je connais ce sentiment. Alors, croyez-moi quand je vous dis que le chemin est long pour se reconstruire. Je n'avais personne sur qui compter lorsque ça m'est arrivé, jusqu'à ce qu'Eric me trouve et me ramène ici. Si j'étais la personne dont il avait besoin, je ferais tout ce qui est en mon pouvoir pour l'aider. Je lui dois au moins ça. Malheureusement, je ne suis pas cette personne, alors je vais faire de mon mieux pour qu'il obtienne ce dont il a besoin. Je pense que rester près de lui est la meilleure chose que vous puissiez faire, à moins de prendre un congé sabbatique et de le traîner dans un lieu isolé pendant un mois entier.

— Vous n'êtes pas obligé de faire cavalier seul, Commandant, ajouta Sanders. Eric est notre coéquipier. Nous ne pouvons peut-être pas lui donner ce que vous êtes en mesure de lui apporter, mais nous ferons de notre mieux pour vous aider afin que vous soyez là pour lui.

— Il vous suffit de nous dire ce dont vous avez besoin, ajouta Westin.

Richard observa l'expression de leurs visages : celle de Sanders était sincère ; celle de Westin était aussi blasée que d'habitude, mais avec cette lueur de folie qui apparaissait dans ses yeux lorsqu'il voulait résoudre un problème ; quant à Amato… il ne l'avait jamais vue plus vulnérable qu'à cet instant, son regard le suppliant de lui rendre son meilleur ami.

— Bien, nous avons un plan. Il ne nous reste plus qu'à le mettre en marche.

XII

Pour la cinquième fois en deux minutes, Richard jeta un œil vers la porte entrouverte et cessa de prétendre qu'il s'intéressait à autre chose qu'à Eric, endormi dans cette pièce sombre. Le reste de l'équipe était partie. S'il arrêtait de faire semblant de travailler pour aller tenir Eric dans ses bras jusqu'à ce qu'il se réveille, puis continuer de l'étreindre une fois qu'il serait réveillé, personne n'en saurait rien.

L'équipe d'Eric serait en colère de ne pas le trouver dans la chambre et Heikkinen était la seule autre personne susceptible de passer le voir. Elle frapperait à la porte et s'il ne répondait pas, elle irait le chercher ailleurs. Aujourd'hui, il n'avait pas de temps à lui accorder et en avait encore moins pour Boling et le Pentagone. Si l'état de Dav évoluait, l'hôpital appellerait plutôt que de venir frapper à sa porte. Il n'avait aucune raison de rester assis dans le salon.

Il entra dans la chambre et se mit en sous-vêtement. Parfois, Dav le taquinait en lui disant que les boxers blancs étaient la seule chose qu'il avait gardé de ses années passées chez les SEALs, mais quand Richard avait proposé d'investir dans des sous-vêtements différents, Dav avait refusé en insistant sur le fait que le blanc contrastait trop bien avec la couleur de sa peau pour pouvoir y résister. Comme Eric avait partagé cet avis, il avait décidé de ne pas changer cette habitude. Il était prêt à tout pour satisfaire ses amants.

Cette fois-ci, ses bonnes intentions s'étaient retournées contre lui. Ces deux derniers jours, il avait fait tout son possible pour satisfaire Eric, seulement pour se rendre compte qu'il avait tout fait de travers. Dav lui donnerait une bonne leçon quand il se réveillerait, même si Richard comptait se racheter avant cela. Il avait fait l'erreur d'attendre qu'Eric fasse une crise avant de lui demander ce qui l'angoissait, mais il ne pouvait pas revenir en arrière. Tout ce qu'il pouvait faire était aller de l'avant. Il s'était toujours sorti des pires situations depuis qu'il était entré chez les SEALs. Il pouvait gérer celle-ci.

Il pensa au paquet qui se trouvait dans le coffre de sa voiture – la raison pour laquelle il était parti ce matin. Il avait prévu de revenir avant l'heure du déjeuner et de surprendre Eric. Il irait le chercher plus tard, lorsqu'il n'aurait plus à s'inquiéter de ce qui se passerait si son amant se réveillait seul. Il ne voulait plus jamais revoir ce regard vide sur le visage d'Eric.

Il grimpa sur le lit et s'enroula au mieux autour du corps d'Eric afin qu'en se réveillant, il se sente en sécurité contre son corps. Il glissa un bras sous sa nuque. Même dans son état comateux, Eric roula vers lui et blottit son visage dans le cou de Richard. Sa barbe en bataille frotta contre la clavicule de Richard et lui donna envie de se gratter. Il ne fallait pas qu'il oublie de demander à Eric pourquoi il la gardait. Il ne se rappelait pas l'avoir vu porter la barbe plus de quelques heures après une mission.

Merde. Il avait vu la manière dont les mains de son partenaire tremblaient. Il ne pouvait probablement pas se raser seul.

— Je ne suis qu'un idiot, Pêche, dit-il dans le silence.

Il le répéterait lorsqu'Eric se réveillerait, puis autant de fois que nécessaire pour lui faire comprendre que tout cela n'était pas intentionnel, que ce n'était que de l'ignorance. Même si l'ignorance n'était pas une excuse après quatre ans passés ensemble. Il aurait dû insister pour apprendre tous les rituels d'Eric afin de les connaître aussi bien que ceux de Dav, mais il n'avait jamais imaginé que Dav pourrait ne plus être là. Il s'était tellement habitué à gérer leur organisation seul pendant que Dav prenait soin d'Eric qu'il n'avait pas su comment s'y prendre lorsqu'Eric avait eu besoin de *lui*.

Eric remua contre lui. Richard souleva sa tête pour voir son visage. Ses yeux étaient encore fermés, mais son corps commençait à s'agiter sous les couvertures. Richard avait assisté plusieurs fois à son réveil après qu'il eut été sous sédatif et savait reconnaître les signes lorsqu'il luttait contre le Valium. Il relâcha son étreinte pour qu'Eric ne se sente pas confiné en se réveillant, mais il garda son corps pressé contre le sien pour qu'il sente sa présence. Comme si Eric n'avait eu besoin que de cela pour trouver la force de se réveiller, ses yeux s'ouvrirent, leur couleur noisette étant la bienvenue.

— Comment te sens-tu ?

— Vaseux, répondit-il après un moment.

— Tu veux un peu de café ?

— Pas encore. Je ne sais pas si mon estomac le supporterait. L'équipe est encore là ?

— Non, ils sont tous partis travailler. Du thé, peut-être ?

— Peut-être, oui, répondit-il en se redressant lentement.

— Doucement, dit Richard en s'asseyant près de lui pour soutenir son poids. Entre la gueule de bois, la crise de panique et le Valium, tu dois y aller doucement.

— Je connais mes limites, grommela-t-il.

— Je sais, mais j'ai failli te perdre parce que tu es allé au-delà de tes limites. Je ne ferai plus la même erreur, dit-il avant d'attirer Eric contre lui et de l'embrasser sur le crâne. J'ai fait énormément d'erreurs que je ne répéterai plus.

— Comme quoi ?

Eric semblait plus curieux que vexé ; Richard considéra cela comme un bon signe.

— Comme te donner une raison de douter de mon amour pour toi. Je sais que je n'arrive pas à la cheville de Dav, mais ça ne veut pas dire que j'ai moins de sentiments pour toi que lui. C'est simplement que… je ne sais pas de quelle manière le montrer.

— Il n'y a pas de bonne manière de le montrer. Reste simplement auprès de moi.

Ces mots balayèrent les dernières inquiétudes de Richard concernant les besoins de son amant. Eric lui avait suffisamment parlé de sa famille et de la vie qu'il avait menée avant de rejoindre la *Strike Force Omega* – sans compter ce qu'il avait lu dans son dossier – pour qu'il croie ce que lui avait dit Amato concernant les peurs d'Eric, mais il avait quand même eu besoin de l'entendre de vive voix.

— Je serai toujours là.

— Promis ?

— Promis, dit-il en scellant sa promesse par un doux baiser. Je suis désolé si je t'ai laissé croire le contraire.

Eric haussa les épaules et se gratta distraitement le torse.

— Bon sang, j'ai besoin d'une bonne douche.

— D'abord, tu vas prendre un thé. Tu prendras une douche quand je n'aurais plus peur que tu tombes ou que tu perdes connaissance à cause du Valium.

Eric laissa échapper un rire bref.

— Tu pourrais te joindre à moi.

— Oh, mais j'en ai bien l'intention.

Imaginer toute cette peau mouillée était suffisant pour qu'il envisage de ne pas prendre de petit déjeuner afin de se rendre directement à la douche, mais le manque de communication les avait entraînés dans ce pétrin.

— Après le thé.

— C'est toi qui vas devoir supporter mon odeur.

Cela fit rire Richard.

— Je t'ai vu rentrer couvert de sang et de crasse après tes missions. Un peu de sueur ne va pas me repousser, Pêche. Viens. Allons voir si nous trouvons un peu de thé.

Eric enfila un t-shirt et un pantalon de survêtement, ce qui dissimula son torse et ses jambes magnifiques, mais Richard n'avait pas l'intention de souligner qu'ils étaient seuls. Si Eric ne se sentait pas à l'aise pour se promener en boxer dans la maison, Richard n'allait pas le forcer. Il allait se faire un plaisir de lui retirer ses vêtements plus tard. Il suivit Eric dans le salon sans prendre la peine de s'habiller. Il garda les rideaux fermés pour éviter que quelqu'un d'autre que son amant ne le voie.

Richard fouilla dans les tiroirs jusqu'à ce qu'il trouve des sachets de thé qui étaient dans un drôle d'état. Il fallait vraiment qu'il aille faire les courses. Il alluma la bouilloire et s'installa à table, face à Eric, en attendant que l'eau chauffe.

— Westin s'est porté volontaire pour faire des recherches et voir s'il peut trouver des documents prouvant que Collins nous a piégés au cours de ta mission, de la mission en Syrie, voire même d'autres missions durant ces derniers mois. Amato essaye d'établir une connexion sécurisée afin que je puisse travailler depuis la maison au lieu d'avoir à utiliser les serveurs de Boling. Quant à Sanders, il a dit qu'il allait s'occuper de Heikkinen. Grâce à eux, je suis libéré de tous nos problèmes les plus urgents. Je ne sais pas si j'aurais pu empêcher ta crise de panique en arrivant plus tôt, mais je serai là si ça se reproduit.

— À ce propos…, commença Eric.

— Une seconde, l'interrompit Richard. Le thé est prêt.

Richard versa deux tasses de thé et ajouta du sucre dans celle d'Eric.

— Bien, dit-il en reprenant place à table. Dis-moi tout.

Eric but une gorgée de son thé et resta silencieux un instant avant de commencer.

— J'entends une quantité de voix déraisonnables dans ma tête, dit-il doucement. J'entends encore mon père me hurler que je n'étais pas désiré, le patriarche d'une de mes familles d'accueil me dire que je n'arriverais jamais à rien avec une telle attitude, les membres du gang me dire que je ne vaux rien parce que je refuse de les aider à voler. J'ai appris à les ignorer parce que je sais que ce sont des mensonges.

Le fait de savoir que l'enfance d'Eric n'avait pas été joyeuse n'atténuait pas la douleur de l'entendre en parler de manière si détachée, cependant Richard ne l'interrompit pas. Eric parlait doucement, mais délibérément et Richard avait bien l'intention d'entendre ce qu'il avait à lui dire. Il resserra ses mains autour de sa tasse et attendit.

— Puis il y a ces autres voix, continua-t-il. Celles qui n'appartiennent à personne et qui ne sont pas liées à un moment précis de ma vie. Ce sont de vraies garces parce qu'elles parlent pour moi ; c'est mon instinct. Elles me disent d'endurcir mon cœur, de toujours me tenir prêt à fuir. Elles me disent de ne pas accorder ma confiance à qui que ce soit parce que personne n'en a jamais été digne. Elles me disent que personne ne m'aimera jamais assez pour rester parce que même ma mère m'a abandonné.

— Eric…

Eric secoua la tête, alors Richard se tut, même si ces mots lui brisaient le cœur. Cette semaine, Richard avait ajouté à sa peine, même s'il ne l'avait pas fait volontairement.

— La plupart du temps, je les ignore aussi. Toi et Tim m'avez permis de les faire taire, même si je n'ai pas réussi à les ignorer aujourd'hui.

Il tendit un bras par-dessus la table pour décrocher les doigts de Richard de la tasse et les entrelacer avec les siens.

— Maintenant que je t'ai dit que je me battais tout le temps contre ces voix, la suite va te paraître invraisemblable, mais ce que j'ai vécu aujourd'hui était différent. La voix était la même, les mots étaient les mêmes, mais en général, je les ignore ou je pense à toi et à Tim, puis elles disparaissent. Cette fois, elles n'ont pas disparu. Plus j'essayais de les ignorer, plus fortes elles devenaient jusqu'à ce que je ne puisse plus penser à autre chose qu'à m'enfuir.

— As-tu une idée de la raison pour laquelle les voix étaient plus brutales aujourd'hui ? Ou de la manière dont nous pouvons éviter que cela se reproduise ?

— Je ne sais pas. C'était complètement irrationnel. Je sais que c'était irrationnel, mais je ne pouvais rien y faire. Maintenant que je suis assis ici, que je te regarde, que je te touche, je me rends compte que j'ai connu quelques moments d'irrationalité ces deux derniers jours. Ce n'était pas aussi violent, mais le fait d'avoir bu hier soir est un bon exemple. Maintenant que tu es devant moi, je *sais* que c'était stupide et que tu aurais été heureux de me voir, mais la nuit dernière, j'étais convaincu que tu ne voulais plus entendre parler de moi.

— Non, dit-il en tirant sur la main d'Eric pour qu'il se lève et fasse le tour de la table. Jamais je ne penserai ça.

Il installa Eric sur ses genoux et l'embrassa passionnément.

— Je pensais te donner ce dont tu avais besoin.

— Et d'après toi, de quoi avais-je besoin? demanda Eric en se laissant aller dans les bras de Richard comme s'il n'allait jamais les quitter.

— Tu as paniqué quand je t'ai tenu par les poignets. Tu as survécu à des mois de torture. Je pensais que tu avais besoin d'avoir le contrôle sur ta propre personne et sur notre couple. Je pensais devoir te laisser faire le premier pas vers moi pour que tu ne te sentes pas obligé d'accepter mes avances. Alors quand tu as montré un intérêt pour sortir avec l'équipe, pour combattre avec Amato, pour n'importe quoi, je t'ai encouragé à le faire. Ça m'a tué de ne pas rentrer à la maison hier soir et de ne pas pouvoir faire autre chose que dormir auprès de toi, mais si c'était ce que tu souhaitais, si tu avais plus besoin d'eux que de moi, j'étais prêt à te le donner, peu importe ce que ça me coûtait. Je suis tellement désolé de t'avoir fait douter de ta place dans ma vie.

Cette fois, ce fut Eric qui l'embrassa, le baiser devenant si intense et passionné que Richard faillit perdre le contrôle et le plaquer sur la table. Eric fit l'amour à sa bouche et Richard le laissa faire, suçant cette langue qui envahissait son espace personnel. Ce baiser était profond, humide et obscène. Eric gémit et se déplaça sur les genoux de Richard, se frottant contre son érection grandissante.

— Putain, jura Richard en rompant leur baiser. Tes lèvres sont aussi dangereuses que la précision de tes tirs.

Cela lui valut un rire, même si ce n'était pas la réaction qu'il avait escomptée. C'était toujours mieux que de voir le regard grave et hanté que son amant avait depuis son réveil.

— Tu devrais rire plus souvent.

— Je n'ai pas eu l'occasion de beaucoup rire ces derniers temps.

— Nous allons y remédier. Nous allons discuter de ce dont tu as vraiment besoin. Il faut que j'arrête de spéculer et que tu arrêtes de penser que je ne veux pas de toi. Nous allons arranger la situation.

— C'est un ordre, monsieur?

— Si nécessaire, oui.

— Petit enfoiré, dit-il avec un sourire. Abuser de ton autorité pour obtenir des faveurs personnelles.

Richard faillit répliquer en disant qu'il protégeait toujours ses employés, mais il se souvint des paroles d'Amato : Eric pensait qu'il choisirait son travail plutôt que lui.

— Je protège ce qui m'appartient, choisit-il de dire. Et si je me souviens bien, tu as ajouté ton matricule à ma chaîne. Selon moi, ça veut dire que tu m'appartiens, corps et âme.

— Ne me laisse pas l'oublier, supplia Eric.

Toute son espièglerie disparut lorsqu'il enfouit son visage dans le cou de Richard. Celui-ci resserra son étreinte, puis fit remonter son autre bras le long du dos d'Eric pour lui tenir la tête.

Ils restèrent dans cette position un long moment. Richard n'avait pas l'intention de mettre un terme à leur étreinte. Si Eric avait besoin d'être assis sur ses genoux et serré dans ses bras, Richard resterait dans cette position aussi longtemps que nécessaire. Eric finit par lever la tête et rencontrer son regard.

— Je pense que je ne dois pas rester seul, dit-il d'une voix timide que Richard n'avait jamais entendue. Être entouré de personnes me permet d'ignorer plus facilement mes doutes.

— Je n'irai nulle part, promit-il. Si quelque chose se produit et que je suis le seul à pouvoir m'en occuper, nous pourrons t'emmener à l'hôpital afin que tu sois avec Dav ou bien faire venir tes collègues à la maison. Nous trouverons une solution. Nous ferons tout ce qu'il faut, Eric. Il faut simplement que nous sachions ce dont tu as besoin.

Eric récupéra sa tasse sur la table.

— Je... Ça va te paraître idiot.

— Arrête. Rien de ce qui peut t'aider ne me paraîtra idiot, d'accord ? Dav sait ce qu'il faut faire sans que tu aies besoin de le lui dire, alors je faisais toujours en sorte qu'il puisse rester avec toi quand tu avais besoin de lui. Malheureusement, peu importe le nombre d'heures supplémentaires que je ferais, il ne se réveillera pas plus vite, alors tu es coincé avec moi. Et je n'ai pas la moindre idée de ce que je dois faire.

— C'était pour cette raison que tu n'étais jamais là quand j'avais besoin de toi ?

— Tu avais besoin de Dav, alors je faisais mon possible pour qu'il puisse rester avec toi, répondit-il, surpris d'entendre de l'amertume dans sa voix. Je ne pouvais peut-être pas t'aider directement, mais je pouvais au moins te donner ça.

Eric resta silencieux si longtemps que Richard se demanda s'il avait encore fauté.

— Tu pensais vraiment que je ne voulais pas de toi ? demanda enfin Eric.

— Je n'ai jamais cru que tu ne voulais pas de moi, mais tu n'as jamais eu besoin de moi comme tu as besoin de Dav. S'il n'avait pas été là, tu n'aurais jamais fait attention à moi.

— Aurais-tu fait attention à moi s'il ne s'était pas attardé sur mon cas ?

— Je ne sais pas. Mais tu as cessé de passer au second plan dès que tu as accepté de vivre une relation avec nous deux. Je suis désolé de ne pas avoir trouvé un moyen de te le faire comprendre. Dav est habitué à ma façon de faire. Il sait ce que je fais et pour quelle raison je le fais sans que je sois obligé de lui expliquer. Tu as intégré notre vie avec tellement d'aisance que ça ne m'est jamais venu à l'esprit que tu puisses ne pas me comprendre.

— Il est peut-être temps que nous arrêtions de parler en version cryptée. Chacun de nous a imaginé des choses à propos de l'autre et regarde où ça nous a menés.

— Je suis partant si tu l'es aussi.

XIII

ERIC PRIT une dernière gorgée de son thé et reposa la tasse sur la table.

— Je suis partant.

Il ondula sur les genoux de Richard d'une manière qui aurait pu sembler provocante si cela avait été intentionnel. Puis il frotta sa joue contre l'épaule de Richard, sa barbe crissant agréablement contre sa peau.

— Pourquoi as-tu une barbe? demanda-t-il en lui caressant la joue. Tu n'en as jamais porté une.

Eric tendit une main devant Richard pour qu'il puisse voir comme elle tremblait.

— Tout va bien lorsque je suis sur le terrain ou dans un stand de tir. L'entraînement prend le dessus, mes instincts s'éveillent et je suis aussi stable qu'une pierre. Si je tentais de me raser maintenant, je me trancherais probablement la gorge.

Richard s'en était douté. Il prit cette main tremblante dans la sienne et la souleva jusqu'à sa bouche. Il embrassa chacune de ses jointures avant de sucer ses doigts.

— Si Dav était ici, il le saurait. Est-ce qu'il t'aiderait à te raser?

Eric fit oui de la tête.

— Me fais-tu confiance pour le faire?

Eric fit à nouveau oui de la tête.

— Alors, allons dans la salle de bain. Mon rasoir est là-bas.

Il n'était pas certain qu'approcher du cou d'Eric avec un rasoir coupe-chou était une bonne idée, mais il n'en avait qu'un et c'était pratiquement le seul rasoir que Dav utilisait, surtout en mission. Si Eric ne se sentait pas à l'aise, Richard achèterait un rasoir de sécurité en allant faire les courses.

Eric se leva immédiatement et se laissa guider jusque dans la chambre. Richard le serra contre lui pendant un moment, puis il lui caressa les bras. Plus tard, il lui offrirait la surprise qu'il était parti récupérer ce matin, mais pour l'instant, il allait se concentrer sur les besoins d'Eric.

— Retire ton t-shirt. Pas la peine de le mouiller et de le couvrir de mousse à raser.

Eric était assez excité pour adresser un sourire coquin à Richard.

— Tu veux juste me voir nu.

— J'y compte bien, oui.

Mais il fallait commencer par le début, ce qui signifiait raser Eric et le mettre sous la douche. L'odeur de sueur ne repoussait peut-être pas Richard, mais il préférait tout de même Eric lorsqu'il était propre. Il attrapa l'ourlet du t-shirt et le souleva. Eric leva les bras afin que Richard puisse le lui retirer et le jeter au sol. Seigneur, Eric était sublime. Richard pourrait passer des heures à l'admirer, sa peau bronzée enveloppant fermement ses muscles. Il avait peut-être moins de muscles que d'habitude, mais cela ne le rendait pas moins appétissant. Il attira Eric dans ses bras, se délectant de la sensation d'une peau douce contre la sienne, puis il laissa ses mains se promener le long de son dos et de son torse. Il en profita pour pincer un téton marron, puis l'autre, mais qui pouvait le lui reprocher ? Eric haleta et se frotta contre la hanche de Richard, qui sentit l'érection grandissante de son amant. Cela le fit rire.

— Je suppose que ça signifie que Dav te baise après t'avoir rasé.

Eric fit non de la tête.

— Ça lui arrive parfois, mais cette fois, ce n'est que pour toi.

Richard secoua la tête en pensant à la folie que cela représentait pour deux hommes d'une quarantaine d'années d'essayer de suivre le rythme d'un homme aussi jeune qu'Eric, mais cela n'atténua pas son excitation à l'idée que son amant le désire. Eric était toujours réceptif à son toucher, mais Dav était toujours présent. Richard ne se rappelait pas avoir fait l'amour une seule fois à Eric sans que Dav soit près de lui. Ou derrière lui. Ou sous lui. Ou…

Ce n'était pas important. Il devait rester concentré et raser la barbe d'Eric. Ensuite, ils prendraient une douche et Richard le baiserait jusqu'à n'en plus pouvoir. Ce qu'ils avaient pu faire ou ne pas faire par le passé n'avait aucune importance.

— Va dans la salle de bain. Sinon, je vais finir par te baiser contre le mur.

— Tu dis ça comme si c'était une mauvaise chose.

Eric recula d'un pas et fit glisser son pantalon de survêtement au sol, ce qui le laissa en boxer. Il voulut le retirer aussi, mais Richard l'arrêta.

— Ce n'est pas une mauvaise chose et si c'est ce dont tu as envie, je suis certain que nous pourrons te satisfaire une fois que nous aurons fait disparaître ce semblant de barbe.

Eric retint son souffle et quand Richard l'observa de plus près, il vit que ses pupilles étaient dilatées et que sa verge bombait l'avant de son boxer. Richard sourit et avança d'un pas lent vers son partenaire, satisfait d'être celui qui avait réussi à l'exciter à ce point.

— Va dans la salle de bain. Maintenant.

Eric recula dans la salle de bain et s'installa sur l'abattant des toilettes. Richard fouilla dans sa trousse de rasage et récupéra sa mousse à raser, son rasoir et une serviette.

— Ça ne te dérange pas que j'utilise ce rasoir? demanda-t-il en lui montrant le rasoir coupe-chou. Je n'ai que celui-ci.

— Je sais. Je t'ai déjà vu te raser. Tim utilise le même genre de lame quand il me rase.

Eric s'adossa contre le réservoir des toilettes et pencha la tête en arrière afin que son visage et son cou soient bien dégagés.

Richard le fixa du regard pendant un moment. Bon sang, il avait eu de la chance. Eric aurait dû prendre ses jambes à son cou après toutes les erreurs que Richard avait accumulées cette semaine. Au lieu de ça, il était assis devant lui, les yeux fermés et le cou à découvert, à l'aise à l'idée que Richard approche une lame de rasoir près de sa gorge. Il attrapa la mousse à raser et en versa dans sa paume. Sa main trembla lorsqu'il l'étala sur la mâchoire d'Eric. Bordel. S'il continuait, il n'allait plus être en mesure de le raser.

Eric ne sursauta même pas lorsque la mousse entra en contact avec sa peau.

— Ne bouge pas.

— Je n'en avais pas l'intention, dit Eric en souriant légèrement.

Richard posa ses mains sur les épaules d'Eric et fit disparaître ce sourire espiègle en l'embrassant. Au diable la mousse à raser. Il pourrait l'essuyer plus tard.

— Mmh… Continue.

— Une fois que tu ne seras plus couvert de mousse à raser, dit Richard en s'essuyant la bouche. Ça n'a pas bon goût.

Eric rigola.

— Je suppose que je peux attendre jusque-là.

Richard retardait le moment où il poserait la lame sur son cou et s'il n'accélérait pas le mouvement, Eric lui demanderait ce qu'il attendait. Cela ne serait bon pour aucun d'eux. Il voulait qu'Eric se sente protégé et aimé, non pas qu'il se demande ce qui lui prenait tant de temps. Il prit la mâchoire d'Eric dans la paume de sa main pour lui stabiliser la tête et posa le rasoir près de son oreille gauche. La lame racla contre sa peau lorsqu'il la fit glisser le long de la ligne de sa mâchoire. Il l'essuya sur la serviette et répéta le mouvement un peu plus haut.

Eric laissa son visage reposer un peu plus lourdement dans la paume de Richard. Ce dernier sentit une tension qu'il n'avait pas remarquée jusqu'ici disparaître lorsque la lame descendit le long de sa joue.

Quel genre de crétin était-il pour ne pas l'avoir remarqué ? Il savait à quoi ressemblait Eric lorsqu'il était totalement détendu, mais il avait été tellement absorbé par son travail qu'il n'y avait pas prêté attention. Eric n'avait pas été apaisé, pas du tout.

Maintenant, il l'était. Seigneur, qu'avait-il fait ?

Les yeux d'Eric s'ouvrirent.

— Richard ?

— Je suis là, Pêche. Je nettoie la lame.

Il retira la mousse de la lame et termina de raser cette joue avec trois autres passages. Il humidifia un gant de toilette avec de l'eau chaude et retira la mousse et les poils qui lui restaient sur le visage. Il devait encore raser son menton, sa moustache, son autre joue et son cou, mais cela devrait encore attendre un peu. Il avait besoin d'un autre baiser, sans qu'il y ait de mousse cette fois-ci.

— Ce n'est pas le rasoir, remarqua Eric.

— Petit malin, va.

Richard s'installa à califourchon sur Eric et l'embrassa profondément. Eric gémit et enroula sa langue autour de la sienne. Ils continuèrent de s'embrasser et Eric glissa ses bras autour de Richard pour lui palper les fesses. Richard rompit le baiser et chassa ses mains.

— Nous allons d'abord finir de te raser.

Eric fit claquer l'élastique du boxer de Richard.

— Retire-moi ça. Quand tu auras terminé de me raser, je pourrais rester sagement assis et te sucer.

C'était tentant, mais Richard était censé faire comprendre à Eric qu'il avait envie de lui, pas l'inverse. Cependant, vu la manière dont son partenaire se laissait aller entre ses mains, il avait peut-être déjà atteint cet objectif.

Il se mit debout et obéit à son amant en retirant son sous-vêtement. Une fois qu'il aurait terminé de le raser, ils s'arrangeraient pour le reste.

Eric s'humecta les lèvres et Richard eut envie de revoir sa position sur le sujet. Eric était exceptionnellement doué avec sa langue.

Il se secoua un bon coup. Plus tard. Une fois qu'il aurait pris soin d'Eric, Eric pourrait s'occuper de lui.

Il étala de la mousse à raser sur l'autre joue d'Eric, remarquant la manière dont les yeux de celui-ci se fermèrent dès qu'il le toucha. Et quand Richard prit sa joue gauche dans sa paume pour soutenir sa tête, Eric se détendit complètement. Richard s'assura de mettre autant de temps et de soin à s'occuper de sa deuxième joue. Il voulait qu'Eric se sente en sécurité. Il voulait qu'Eric se sente aimé. Ils avaient prononcé ces mots un nombre incalculable de fois, tous les trois de différentes manières, mais la parole était facile. Si tout ce dont Eric avait eu besoin était de mots, il ne se serait pas écroulé ce matin. Il avait besoin de croire au plus profond de lui-même que Richard serait toujours présent, peu importe les circonstances.

Quand Richard nettoya sa joue et tendit le bras pour attraper la mousse à raser, Eric attrapa son poignet et le maintint en place. Il lui adressa un clin d'œil suggestif qui fit déferler une vague de chaleur dans son corps, puis il se pencha en avant et lécha le gland de Richard.

— Putain !

Eric poussa Richard et se leva. Il se dandina de manière sexy pour retirer son boxer.

— Tu veux que je me retourne ? le taquina-t-il.

— Je veux que tu poses tes fesses à l'endroit où elles étaient et que tu me laisses finir ce que j'ai commencé, gronda Richard.

Eric se rassit, mais garda son sourire espiègle. Richard était étonné par le changement d'attitude que quelques coups de rasoir avaient provoqué.

Sauf que c'était bien plus que de simples coups de rasoir. Eric était enfin à la maison, sain et sauf, auprès d'une personne qui ne l'abandonnerait jamais. Richard avait toujours travaillé dur afin que Dav puisse lui apporter ce réconfort, se contentant d'agir dans l'ombre. Mais désormais…

— Dav et moi devrons nous battre pour désigner celui qui te rasera la prochaine fois.

Eric leva un regard vif et affamé vers lui.

— J'ai deux joues. Vous aurez chacun la vôtre.

— Ou bien il pourra me remercier en me laissant rester avec toi pour toutes les fois où je l'ai couvert en faisant des heures supplémentaires. Il me doit bien ça. Si ça ne te dérange pas que je sois celui qui prend soin de toi.

— Est-ce que ça a l'air de me déranger ? répliqua Eric dans un rire.

Des pupilles dilatées, une verge dressée, un regard rieur et l'esquisse d'un sourire… En le voyant, personne ne douterait qu'il était satisfait d'être ici, mais cela ne changeait rien au fait qu'Eric se tourne toujours vers Dav en premier.

— Non, pourtant ça ne veut pas dire que tu voudras toujours de moi lorsque Dav sera de nouveau disponible.

— L'objectif n'est-il pas que je puisse vous avoir tous les deux ? demanda-t-il avec sérieux. Que je ne sois pas obligé de choisir ?

Richard ne put répondre. Il n'avait pas les mots pour le faire. De toute façon, ce n'était pas le moment de discuter. Il prit la joue d'Eric dans sa paume et étala de la mousse à raser sur son menton et sa moustache. Eric resta parfaitement immobile pendant que Richard le rasait et nettoyait son visage.

— J'ai presque terminé. Il ne me reste plus que ton cou.

— Tu ne m'as pas répondu.

Eric ne bougea pas, n'ouvrit même pas les yeux lorsque Richard étala de la mousse le long de son cou et par-dessus sa pomme d'Adam.

— Non, tu n'as pas à choisir, répondit-il en commençant à raser le restant de sa barbe.

— Bien, parce que je n'en ai jamais eu l'intention.

Richard résista à l'envie de demander à Eric d'être plus clair, de le rassurer davantage. Pour l'instant, il devait se concentrer sur le bien-être de son partenaire. Eric et lui ne devaient pas douter des sentiments qu'ils éprouvaient l'un pour l'autre en même temps, surtout tant que Dav était inconscient. Il fit disparaître la dernière ligne de poils et prit une minute pour nettoyer sa lame et la ranger correctement. Maintenant qu'il avait terminé, il mourait d'envie de faire l'amour, mais il avait besoin de prendre un moment pour respirer.

Il rangea toutes ses affaires et quand il se tourna vers Eric, celui-ci l'observait avec attention. Richard lui tendit les bras. Il n'eut même pas le temps de cligner des yeux qu'il accueillit les quatre-vingts kilos d'un sniper contre son torse ; Eric l'étreignit fermement et se blottit contre lui comme si la plus légère distance entre eux pourrait causer la fin du monde.

— Je suis là, murmura-t-il dans les cheveux d'Eric. Je ne t'abandonnerai pas.

Eric planta ses doigts dans le dos de Richard, ses ongles rongés éraflant sa peau.

— Tu veux prendre une douche ? demanda Richard.

— Pas sans toi.

Eric lécha la peau de Richard jusqu'à atteindre sa bouche d'une manière qui aurait pu paraître obscène, sauf que c'était bien trop agréable pour être décrit de la sorte. Richard se sépara de lui pour faire couler l'eau. Lorsqu'elle fut assez chaude, il déclencha le pommeau de douche et entraîna Eric avec lui dans la baignoire.

Aussitôt, Eric poussa Richard contre la faïence froide. Richard le laissa prendre les commandes, appréciant de voir que son amant avait envie d'être avec lui. L'eau tombait sur eux en cascade, chaude et abondante, alors qu'Eric promenait ses mains sur chaque partie du corps de Richard qu'il pouvait atteindre. Richard lui rendit la pareille, découvrant le corps de son partenaire comme au premier jour. Certaines choses étaient les mêmes – le léger creux à la base de sa colonne vertébrale, juste à la naissance de la courbe de ses fesses – et certaines choses avaient changé – les cicatrices infligées par la torture qui s'entrecroisaient sur son dos. Il ne devait pas s'attarder là-dessus. Eric avait survécu assez longtemps pour être secouru. Les cicatrices ne s'estomperaient peut-être jamais, mais elles témoignaient de la force de caractère du jeune homme, cette force que Richard ne lui laisserait pas oublier.

— Merde ! jura Eric, attirant l'attention de Richard. Pas de préservatif.

Richard inversa leurs positions de sorte qu'Eric se retrouve plaqué contre le mur.

— Je n'ai pas besoin de préservatif pour te faire hurler.

Eric laissa retomber son front contre la faïence lorsque Richard enroula ses doigts autour de sa verge, lui procurant un tunnel dans lequel se masturber. Eric tendit une main pour faire de même, mais Richard la chassa.

— Plus tard, souffla Richard.

Il garda une bonne prise sur le membre de son amant et poussa contre ses fesses, sa verge glissant le long de la raie d'Eric et frappant ses bourses. Eric grogna, donnant envie à Richard de se doucher rapidement et de sortir de la salle de bain pour pouvoir récupérer les préservatifs et le lubrifiant, mais il n'était pas certain d'avoir assez de patience pour préparer Eric correctement après tant de temps. Il décida finalement de se presser davantage contre lui.

— Garde les jambes serrées.

Eric regarda par-dessus son épaule, perplexe, mais Richard garda les pieds fermement posés de chaque côté des siens, le maintint en place et s'enfonça entre ses cuisses, atteignant ses bourses.

Eric se stabilisa contre le mur, puis commença à onduler au même rythme que Richard. Le désir le frappa comme un raz de marée et ses genoux faillirent céder. Ils étaient en train de faire l'amour ensemble et tout allait bien.

Richard voulut s'assurer qu'Eric éprouve autant de plaisir que lui et synchronisa ses caresses avec le mouvement de ses hanches jusqu'à ce qu'ils soient au même rythme. Les yeux de Richard se révulsèrent alors que sa main se resserrait autour du membre d'Eric, puis il jouit dans un grognement.

— Seigneur, c'était presque aussi bon que de te pénétrer, gronda-t-il. Tu es parfait.

Machinalement, Eric fit non de la tête pour démentir ses propos, mais Richard refusait de le voir se dénigrer ainsi. Il accéléra la vitesse de ses caresses.

— Je t'interdis de me contredire, gronda-t-il. C'est à moi de décider ce qui est parfait pour moi. Je l'ai trouvé deux fois dans ma vie. Une première fois chez les SEALs et une deuxième fois il y a quatre ans, quand tu as intégré notre vie. Tu es ce dont j'ai besoin, Eric Newton, même avec tes problèmes. Je t'interdis de l'oublier !

Richard le mordit entre l'épaule et le cou, à l'endroit où se terminait le col de son uniforme. Il n'en avait rien à faire. Cette marque serait visible. Cette morsure suffit à déclencher la jouissance d'Eric. Il trembla sous la force de son orgasme et Richard le caressa jusqu'à ce qu'il soit complètement vidé et détendu contre le mur.

Richard continua de mordiller son cou tout en faisant attention à ce qu'ils ne perdent pas l'équilibre suite à cette montée d'endorphine. Eric finit par se retourner et attirer Richard contre lui. Il souleva la tête pour réclamer un baiser que Richard s'empressa de lui offrir, ayant l'impression d'avoir *enfin* fait quelque chose de bien pour son jeune amant.

XIV

ERIC RESTA appuyé contre le mur pendant que Richard les nettoyait. Se débarrasser de sa barbe – et de tout ce qu'elle représentait – l'avait apaisé et l'acte sexuel l'avait épuisé de la meilleure des manières. Pour la première fois depuis que Victoria l'avait sorti de cet enfer, il avait l'impression de pouvoir se laisser aller. Il était avec Richard, sain et sauf.

Et s'il avait de la chance, il réussirait à convaincre Richard de l'emmener au lit pour recommencer.

Eric se redressa lorsque Richard cessa de le savonner et entreprit de se savonner lui-même avec le gant. Eric le lui retira et commença à le frotter.

Le corps de Richard n'était constitué que de muscles recouverts d'une peau douce et sombre. Eric ne se lassait pas de le toucher. Ses ravisseurs avaient été des maîtres dans l'art de la privation des sens, lui donnant faim de tout sauf de douleur. Le fait de pouvoir désormais toucher et sentir la peau de Richard, douce comme du satin sous ses doigts, provoqua une étincelle dans la toundra glacée de son âme brisée. Il s'approcha de cette source de chaleur, soufflant jusqu'à ce qu'elle devienne une flamme. Il était à la maison. Il était en sécurité. Richard avait pris soin de lui et le désirait encore, même s'il était détruit de l'intérieur.

Un sanglot remonta depuis sa poitrine, mais il l'anéantit sans pitié. Il pouvait se délester de la peur, de la douleur, du doute, de toutes les horreurs qu'il avait traversées et de cette angoisse de ne jamais être retrouvé. Ils *l'avaient* retrouvé. Richard et Tim avaient remué ciel et terre pour trouver l'endroit où il était retenu et l'en sortir. Ils étaient venus à son secours et jamais rien ne les empêcherait de venir le secourir à nouveau.

Dans l'obscurité de sa prison, alors que les semaines étaient devenues des mois, il avait eu peur que Tim soit le seul à s'inquiéter de son sort et que seul, il ne soit pas assez fort pour le retrouver. Mais ensemble, rien ne pouvait les arrêter à part la mort. Il se demandait même si ses amants ne défieraient pas la mort juste pour pimenter la situation.

— Eric ?

La voix de Richard, grave et chaude comme de la mélasse – une comparaison qui ferait probablement rire Richard étant donné que la carrière militaire de son père avait permis à sa famille de voyager à travers le monde, sauf dans le sud profond des États-Unis –, ramena Eric dans le présent, face à ce corps sexy et musclé qui était encore pressé contre le sien.

Son état mental n'était peut-être pas aussi stable qu'il le pensait.

— Je suis là. C'est juste que tout est un peu flou. C'est certainement à cause du Valium.

— Nous pouvons retourner au lit si tu veux dormir encore un peu, proposa Richard.

— Ou nous pouvons retourner au lit et faire autre chose, dit-il avec un sourire espiègle.

Ces mots provoquèrent un rire chez Richard.

— Une seule fois ne te suffit pas, Pêche ?

— Une seule fois ne me suffit jamais.

— Laisse ton vieil homme faire une pause. D'habitude, nous sommes deux à nous occuper de toi, le taquina Richard.

— Tu n'es pas vieux.

Il observa son partenaire des pieds à la tête. Personne ne penserait que c'était un jeune homme. Son visage était marqué par le temps et la préoccupation résultant des batailles qu'il avait livrées, mais ses larges épaules et les poteaux qui lui servaient de cuisses n'appartenaient pas à un « vieil homme », peu importe ce qu'il en disait.

Richard rit et l'embrassa, d'un baiser léger et taquin qui éveilla toutes les terminaisons nerveuses d'Eric. Il pourrait dire que c'était parce qu'il était en manque d'affection, mais c'était bien plus que cela. Il se blottit à nouveau dans les bras de Richard et pressa leurs corps ensemble. Richard tendit le bras et arrêta l'eau.

— Au lit. Maintenant.

Eric trembla à cette pensée. Richard l'enveloppa dans une serviette et l'essuya. La peau d'Eric se mit à picoter et des frissons parcoururent son corps alors qu'il cherchait à approfondir le contact.

— Bon sang, tu es tellement réceptif, marmonna Richard.

Eric gémit et se laissa davantage aller dans les bras de son amant.

Une fois tous les deux séchés, Richard poussa Eric hors de la salle de bain et sur le lit. Ce dernier se laissa tomber sur les couvertures et attira Richard au-dessus de lui. Il haleta et se cambra sous lui, mais ses pensées lui échappèrent.

— Hé, regarde-moi.

Eric essaya de se concentrer sur le visage de Richard, mais sa vision vacillait entre le clair et le flou.

Richard secoua la tête et se déplaça afin de s'allonger près de lui plutôt que de rester au-dessus de lui. Eric gémit lorsque leurs peaux frottèrent l'une contre l'autre. Il tendit les bras vers Richard, mais ce dernier lui attrapa les mains. Il aurait dû avoir peur, mais c'était Richard. Richard ne lui ferait pas de mal.

— Non, je ne te ferai pas de mal, mais si tu bredouilles comme ça en ayant pris un seul Valium, soit tu as encore de l'alcool dans le sang, soit tu n'es pas aussi en forme que nous le pensions, dit-il avant de faire tourner Eric sur le côté et de se glisser derrière lui en cuillère. Nous allons rester ici et laisser le sommeil faire son travail. Je serai là quand tu te réveilleras. Nous verrons comment tu te sens et nous aviserons.

— Promis ? demanda-t-il d'une voix qui lui semblait distante.

Richard embrassa son cou à l'endroit où il l'avait mordu.

— Oui, promis. Dors, Pêche. Je veille sur toi.

L'estomac d'Eric se dénoua. Si Richard veillait sur lui, il pouvait se laisser emporter par le sommeil.

La chaleur pénétra l'esprit brouillé d'Eric. Il resta en place, immobile, et attendit que sa notion de l'espace lui revienne. Il prit une lente inspiration afin que personne ne se rende compte qu'il était réveillé. Plus longtemps ils penseraient qu'il était endormi, mieux ce serait.

L'odeur épicée de la peau de Richard emplit ses narines, chassant la tension qui l'avait envahi.

Il était au lit avec Richard. Il était en sécurité.

Il avait fait une crise de panique. Richard était resté avec lui. La douche avait-elle été un rêve ? Non, ils étaient nus. Il sentait la peau de Richard contre la sienne, derrière lui. Il frotta sa joue contre le drap. Richard l'avait rasé. Puis il s'était douché avec lui et lui avait fait l'amour. Il s'en souvenait.

— De retour avec moi ?

— Presque. C'est un peu flou, mais je pense me souvenir de tout.

— De quoi te souviens-tu ?

— Nous avons discuté, tu m'as rasé, nous avons pris une douche, tu m'as fait jouir. Par contre, je ne me rappelle pas être venu au lit.

— Nous nous sommes affalés sur le lit, puis nous nous sommes endormis. Rien de bien spectaculaire.

Richard déposa un baiser dans le cou d'Eric, lui rappelant qu'il l'avait mordu à un endroit découvert. Une vague de chaleur le traversa à l'idée que Richard avait envie de lui et se moquait que les autres le sachent. Il se frotta contre Richard, sentant la naissance d'une érection contre son fessier. Il était temps de passer au deuxième round.

Richard donna un coup de reins pour répondre à son invitation, faisant glisser sa verge entre les fesses d'Eric. Ils étaient en parfaite symbiose et cela le rendait fou.

— Bon Dieu, gronda-t-il. Dis-moi que tu as tout ce qu'il faut à portée de main. J'ai besoin que tu me prennes, maintenant.

— Tu as de la chance, chuchota Richard à son oreille, ce qui l'embrasa encore plus. Mais nous l'avons déjà fait de manière rapide et brutale sous la douche. Maintenant que nous avons épanché notre soif sexuelle, nous allons prendre notre temps et apprécier le moment.

— J'apprécie toujours le moment, protesta Eric.

— Nous allons quand même prendre notre temps.

Eric grogna et blottit son visage dans l'oreiller. Leur séance sous la douche avait peut-être apaisé ses angoisses, mais ça n'avait pas épanché son besoin d'être serré très fort et baisé à n'en plus pouvoir. Cependant, il connaissait ce ton de voix. La plupart du temps, Richard était un amant accommodant, prêt à accepter ce que Tim ou Eric suggérait, mais de temps en temps, le commandant prenait le dessus et ses amants ne pouvaient faire autrement que de se conformer et de le laisser prendre les rênes. En général, il mettait la patience et la maîtrise d'Eric à rude épreuve, mais il finissait toujours par le faire monter au septième ciel. À cet instant, même s'il avait envie de jouir au plus vite, perdre la tête serait encore plus jouissif.

Richard mordilla le cou d'Eric, sa barbichette venant adoucir la brûlure de sa morsure. Eric pencha la tête, l'invitant silencieusement à continuer. Il accepterait une autre marque si Richard était d'humeur possessive ou bien davantage de tendresse si c'était ce qu'il voulait lui offrir. Peu importe ce qu'il ferait, son attention était un baume pour son esprit.

Ses sens étaient en ébullition. Il était submergé par les douces caresses administrées par Richard sur le haut de son corps, ses bras, son torse, un pincement au téton, suivi par de longues caresses délicates sur son abdomen. Avant d'atteindre la verge d'Eric, il le tourna sur le dos. Eric se crispa sous l'excitation en voyant la lueur ardente dans les yeux de son amant.

— Qu'as-tu l'intention de faire ?

— Pas grand-chose. Simplement, embrasser chaque parcelle de ton corps.

— Chaque parcelle ?

Richard lui sourit et la lueur dans son regard fit trépigner Eric d'impatience.

— La moindre parcelle.

Richard commença par le front d'Eric, effleurant de ses lèvres les rides qui marquaient son inquiétude et ne s'effaçaient plus ces derniers temps. Eric ne les aimait pas, mais elles ne semblaient pas déranger ses amants, alors il n'y faisait plus attention. Il n'avait besoin d'être désirable qu'à leurs yeux.

— Dav dit toujours qu'il peut connaître le déroulement d'une mission ou l'étendue de tes blessures en observant le nombre de rides sur ton front et leur profondeur, remarqua Richard en traçant les lignes du doigt. Ces derniers mois ont été terribles, n'est-ce pas ?

— À ce point ? essaya-t-il de plaisanter.

— Mais c'est terminé, promit Richard avant de l'embrasser sur la bouche. Désormais, je vais prendre soin de toi

Et il le faisait très bien. Eric se détendit à ce contact, appréciant le fait de se trouver ici avec Richard après tous les doutes qu'il avait eus et les erreurs qu'il avait commises. Il n'avait pas tout foutu en l'air. Il le devait en grande partie à son équipe qui lui avait mis un bon coup de pied au derrière et à Richard qui l'aimait assez pour lui pardonner. Il poussa les coudes de Richard, voulant que celui-ci repose de tout son poids sur lui. Il voulait sentir le torse de son amant frotter contre le sien, la pression de ses hanches, le contact entre leurs deux corps.

— Je vais avoir du mal à t'embrasser partout si je ne peux pas bouger, dit Richard.

— Alors, embrasse-moi où tu peux et fais autre chose. Je me moque de ce que tu fais. Tout ce qui compte, c'est que tu sois avec moi.

— Je suis là. Quand je ne suis pas près de toi, c'est parce que j'ai le devoir de me rendre autre part, pas parce que je veux te fuir.

— Continue de me le rappeler. J'ai tendance à l'oublier.

— Oui. Dorénavant, je le saurais.

Richard inclina le visage de son amant pour embrasser ses paupières, sa barbichette se prenant dans les cils d'Eric.

— Ta vision est tellement précise depuis une certaine distance. Ça fait de toi un atout sur le terrain, non seulement grâce à ta précision au tir, mais aussi parce que tu remarques tous les détails que personne d'autre ne voie. N'oublie pas de regarder ce qui se trouve juste sous ton nez.

Eric se sentit gêné par ce compliment. Lorsqu'une mission prenait fin, Richard et Tim lui disaient toujours « bon travail », faisant parfois référence à des actions qui s'étaient bien déroulées grâce à lui, mais ce genre d'éloge était différent et le mettait mal à l'aise.

— Ça n'a rien de spécial.

— Bien sûr que si. Arrête de me contredire.

— Moins de blablas, plus de sexe, suggéra-t-il.

— Mes compliments te mettent-ils mal à l'aise ? demanda sérieusement Richard. Ce n'est pas mon but. J'essaye de te prouver que je te vois et que je fais attention aux détails, pas seulement à la vue d'ensemble.

Eric ne savait pas comment répondre à cela, alors il esquiva le sujet en glissant une main le long du dos de son amant pour atteindre ses fesses. Richard réagit de façon prévisible et poussa contre son entrejambe.

— C'est bien mieux.

— D'accord, souffla Richard. Mais ne crois pas que je vais oublier. Je continuerais de lister une ou deux choses que j'aime chez toi chaque fois que nous ferons l'amour et je n'arrêterais pas avant d'avoir tout dit.

— Ça ne devrait pas prendre longtemps, plaisanta Eric.

— Non, juste le restant de nos vies. Parce que, chaque jour qui passe, je découvre de nouvelles choses que j'aime chez toi.

— Désolé, c'était une mauvaise blague.

— En effet, mais ne nous attardons pas là-dessus. Tu veux du sexe. Je vais t'en donner.

Eric avait envie de lui répondre que ce n'était pas de sexe dont il avait envie, mais d'attention. Il voulait que toute la concentration que Richard mettait généralement dans leurs missions soit tournée vers lui et seulement lui. Mais il n'était qu'un homme… Il n'allait pas refuser une partie de jambes en l'air !

Richard se souleva et roula sur le côté pour récupérer le lubrifiant et un préservatif à l'endroit où il les avait rangés. Eric s'octroya une pause pour l'admirer. Bien entendu, il avait déjà vu Richard nu, mais cette vue ne manquait jamais de lui couper le souffle. Richard Horn vêtu était une force de la nature. Chaque personne qui lui avait tenu tête pourrait le confirmer. Richard Horn nu était le fantasme d'Eric Newton en chair et en os – du moins, l'un de ses fantasmes. Il tendit la main vers son amant, mourant d'envie de le toucher, mais elle fut capturée par la main plus large de Richard qui la souleva jusqu'à ses lèvres. Richard traça la longueur de ses doigts avant de sucer chacun d'eux, sa barbichette chatouillant chaque jointure. Eric ressentit l'effet de cet acte sensuel jusque dans sa verge, mais cette réaction était autant due au contact en lui-même qu'au regard que lui adressait Richard. On aurait dit que Richard se trouvait exactement à l'endroit où il voulait être et qu'il ne s'imaginait pas faire autre chose que ce qu'il était en train de faire à cet instant précis. Il s'attarda sur les cornes formées par la pratique du tir à l'arc, malgré qu'elles se soient estompées ces derniers mois, et Eric devina les pensées de Richard concernant l'importance de ces mains.

Une fois qu'il eut terminé avec une main, il attrapa l'autre et répéta le procédé.

— Tu vas me tuer, grogna Eric.

— Non, je vais juste te faire l'amour jusqu'à ce que tu perdes connaissance, puis je te tiendrai dans mes bras jusqu'à ce que tu te réveilles.

Il déposa des baisers le long du bras d'Eric jusqu'à atteindre la peau sensible qui se trouvait dans le creux de son coude. Eric trembla et laissa échapper un hoquet de surprise lorsque la barbichette de Richard chatouilla sa peau et le fit frissonner.

— Tu aimes ça, remarqua Richard en souriant. En temps normal, tu es trop pressé pour que nous puissions en profiter comme il faut.

— Oui, j'adore ça.

Ses mots devinrent un gémissement lorsque Richard lécha le creux de son coude.

— Mais si je dois choisir entre ça et baiser, je préfère baiser, termina-t-il.

— Tu n'as pas à choisir. Nous n'allons pas nous lasser de toi parce que tu ne t'offres pas à nous immédiatement.

— Ce n'est pas ce que je dis.

Pour une fois, ce n'était pas ses incertitudes qui étaient en cause.

— C'est simplement que j'aie tellement envie de toi que je ne veux pas attendre.

— Je ne vais nulle part, promit-il. Et nous retrouverons bientôt Dav.

— Je n'ai toujours pas envie d'attendre.

Cela fit sourire Richard.

— Je vais faire en sorte que tu ne regrettes pas d'avoir attendu.

Il déposa une ligne de baisers sur le biceps d'Eric jusqu'à atteindre son épaule et sa clavicule. Eric se tourna sur le dos, s'offrant tout entier à son amant. Richard en profita, se soulevant au-dessus de lui sur un seul bras pour caresser la poitrine d'Eric de l'autre. Il mordit un téton et pinça l'autre de ses doigts, provoquant un gémissement chez Eric.

— Ne te retiens pas, Pêche. Laisse-moi découvrir ce qui te plaît.

— Je ne me retiens pas, haleta-t-il lorsque Richard mordilla sa peau. Bordel ! Je vais jouir avant même que tu me pénètres.

Richard toucha sa verge si légèrement qu'Eric aurait pu croire qu'il s'agissait d'un courant d'air plutôt que de sa main. Un courant électrique traversa son corps.

— Bon Dieu, Richard !

— Tu veux que j'arrête ? le taquina-t-il.

Eric attrapa la main de Richard et la plaqua sur son sexe.

— Je veux que tu me touches.

Richard caressa le membre deux fois avant de le libérer et de glisser sa main entre les jambes d'Eric pour jouer avec ses bourses. Il continua de les malaxer tout en déposant des baisers le long du torse d'Eric, prenant son temps. Il avait un objectif clair en tête.

Quand Richard se trouva devant le sexe d'Eric qui s'agitait contre son abdomen, il s'immobilisa et leva les yeux. Il enfonça ses doigts entre ses fesses et toucha son entrée.

— J'ai promis d'embrasser chaque parcelle de ton corps.

Eric fit non de la tête.

— Plus tard. Contente-toi de… me sucer. S'il te plaît ?

Richard s'exécuta et prit son gland dans sa bouche. Eric perdit tout contrôle. Tout ce qui suivit n'était que chaleur, salive, bestialité, succion et perfection absolue. Il ondula sur le lit, cherchant à atteindre son apogée, mais elle resta élusive jusqu'à ce que Richard humidifie l'un de ses doigts et le presse contre son entrée.

Il n'en fallut pas plus : son corps convulsa alors que son orgasme s'éternisait, toute la tension, la peur et l'inquiétude de ces derniers mois se déversant hors de lui jusqu'à ce qu'il n'en reste plus rien. Richard leva la tête et essuya le coin de sa bouche avec le drap avant de se soulever pour l'embrasser. Le vide était comblé. L'amour, la sécurité et tout ce qu'il n'avait jamais pensé mériter s'infiltrèrent en lui et s'enveloppèrent autour de son cœur.

Il sentit des larmes lui brûler les yeux. Il les chassa, tellement habitué à ne pas dévoiler ses émotions qu'il les contint sans réfléchir, mais Richard le remarqua et l'embrassa une nouvelle fois, plus profondément.

— Tu me crois, maintenant ?

— Oui, même si tu peux tenter de me convaincre quand tu veux.

— Je suis déjà impatient d'y être.

Eric ne put résister. Il attrapa le visage de Richard et l'attira dans un autre baiser, profond, cherchant sa propre saveur sur la langue de son amant tout en ignorant la brûlure provoquée par la barbichette de Richard maintenant qu'il était fraîchement rasé. La verge de son amant poussa contre sa hanche, alors il enroula ses doigts autour d'elle et la caressa langoureusement. Il le ferait jouir dans une minute, quand il aurait la force de se séparer du pur plaisir que lui procurait la bouche de Richard. À en croire la manière dont ce dernier pénétrait son poing et l'embrassait avec fougue, cela ne semblait pas le contrarier.

Finalement, le besoin de se montrer aussi généreux envers Richard que celui-ci l'avait été envers lui le poussa à rompre le baiser.

— Que puis-je faire pour toi ?

— Tu n'as pas à faire quoi que ce soit.

— Je sais, mais tu es sacrément sexy et tu viens de me faire ressentir des sensations incroyables. Je veux que tu te sentes aussi bien que moi. Qu'est-ce que tu veux ?

— Tout ce que tu feras sera agréable.

Eric se souleva sur un coude et poussa Richard à l'épaule.

— Ça ne répond pas à ma question. Qu'est-ce que tu veux ? demanda-t-il en ponctuant chaque syllabe d'un coup de doigt sur son sternum.

Les yeux marrons de Richard se dilatèrent, son regard devenant si sombre qu'Eric crut pouvoir retrouver une érection instantanément.

— Ta langue entre mes fesses.

Un désir pur envahit à nouveau Eric.

— Dans ce cas, tourne-toi afin que je puisse me mettre au travail.

Richard s'installa à quatre pattes pour s'offrir à Eric. Celui-ci lui écarta directement les fesses afin d'atteindre son objectif. Son partenaire sentait si bon. Il sentait tout le temps bon, mais cette fois-ci, c'était différent avec tout ce désir émanant entre eux et l'odeur forte de musc qui planait dans l'air pendant qu'Eric léchait son orifice. Il suça et lécha cette peau sensible, appréciant les sons qui se précipitaient hors de la bouche de Richard – souffles, gémissements et injures se mêlaient au prénom d'Eric dans une litanie enivrante qui lui permit de retrouver une érection en l'entendant.

Eric continua de le lécher, de le pénétrer avec sa langue, de faire tout ce qui était en son pouvoir pour pousser Richard vers l'orgasme. Quand il sentit les signes avant-coureurs de sa jouissance, il se retira.

— Bordel, pourquoi t'arrêtes-tu ?

Eric poussa Richard, le faisant basculer sur le dos, puis il s'installa à califourchon sur lui. Il attrapa le lubrifiant et un préservatif à l'endroit où ils avaient été laissés, puis il déroula le préservatif sur le membre de Richard. Il déversa quelques gouttes de lubrifiant sur la protection et le caressa rapidement pour bien le recouvrir. Il se souleva et s'empala sur lui sans aucune préparation. Il ressentit une brûlure, mais c'était ce dont il avait besoin ; il voulait s'assurer qu'il était bien ici, avec Richard, en vie, en sécurité et choyé.

Il chevaucha énergiquement Richard, ne se préoccupant pas de son propre plaisir. Il avait simplement envie de voir son partenaire perdre le contrôle en sachant que c'étaient ses mains, sa bouche et son canal qui avaient provoqué cette réaction. Comme Richard était déjà au bord de l'orgasme un instant plus tôt, il ne suffit que de quelques pénétrations avant qu'Eric sente une explosion de chaleur en lui. Il continua de chevaucher son amant à travers les répliques de son orgasme jusqu'à ce que Richard tende les bras et l'immobilise. Il s'effondra alors sur son large torse et respira profondément, laissant les odeurs familières et charnelles l'envelopper dans un cocon protecteur.

XV

Richard étreignit fermement Eric, bien décidé à ne pas le lâcher tant que celui-ci ne serait pas prêt, mais il allait bien devoir jeter le préservatif. Mais pas maintenant. Pour l'instant, il avait des choses plus importantes auxquelles penser, comme embrasser le crâne d'Eric et s'assurer qu'il était à l'aise. Eric ne semblait pas pressé de bouger, alors Richard se résigna à rester collant. Il déplaça le corps d'Eric – toujours plus léger qu'il n'aurait dû l'être – de façon à ce qu'il soit plus confortablement installé sur son torse, puis il respira.

La paix.

Il ne l'avait pas beaucoup connue durant sa vie avec tous les déménagements que sa famille avait effectués lorsque la marine transférait son père de base en base. Il avait visité plus de pays à dix-huit ans que la plupart des gens dans leur vie entière, et c'était avant qu'il n'intègre à son tour l'armée et soit déployé. Il avait participé aux deux guerres en Irak ainsi qu'à celle qui se déroulait encore contre le terrorisme. Quand il avait quitté la marine, il avait continué à travailler sur des opérations militaires. Il n'avait jamais mené une vie paisible. Il baisait aussi dur qu'il combattait et son lien avec Dav avait été la seule chose qui lui avait permis de rester sain d'esprit durant la plus grande partie de sa vie. Il y avait eu de jolis moments parmi les horreurs auxquelles ils avaient assisté – la cérémonie qui s'était tenue à Tahiti pour sceller leur engagement, avec pour seul témoin la mer qu'ils aimaient tant ; la première fois qu'ils avaient regardé Eric tirer à l'arc ; le baptême de la nièce de Dav auquel avait été convié Richard parce que sa famille ne pouvait pas imaginer qu'il ne se joigne pas à la fête – ainsi que des moments de satisfaction, pourtant ils étaient rares.

Même si Dav était toujours inconscient à l'hôpital, Richard savait que ce moment ferait toujours partie de sa liste de souvenirs précieux. Eric s'était aisément intégré dans leur vie, mais Richard avait toujours cru qu'Eric n'était là que pour Dav. Aujourd'hui, il n'avait pas ressenti cela, malgré la maladresse avec laquelle il avait effectué une routine que Dav aurait pu faire les yeux fermés. Eric ne l'avait pas regardé comme un remplaçant. Il l'avait regardé comme un preux chevalier venu à sa rescousse.

Eric remua au-dessus de lui et leva la tête.

— Si je m'endors, je ne vais pas réussir à dormir ce soir.

— Dans ce cas, ôte tes fesses toutes maigrichonnes de là, dit-il en les empoignant pour adoucir ses mots. De toute façon, tu as besoin de manger.

— Il y a une heure, tu ne te plaignais pas de mes fesses toutes maigrichonnes.

— Et je m'y attaquerais dès que j'en aurais l'occasion, mais tu dois manger. Au fait, j'ai quelque chose pour toi.

— Des cadeaux ? demanda-t-il avec impatience.

Richard lui donna une tape sur la hanche.

— Oui, mais tu ne l'auras qu'une fois que je serais lavé et que nous aurons mangé.

Eric poussa sa hanche contre la main de Richard, ce qui lui rappela combien Eric avait besoin d'attention. Désormais, il savait comment lui en donner. Son ignorance n'aggraverait plus la situation.

— Tu veux prendre une autre douche ?

— Vas-tu encore me baiser contre le mur ?

Richard laissa échapper un petit rire.

— Même si je t'aime énormément, je ne suis pas certain de pouvoir retrouver une érection si vite, Pêche. Mais si quelqu'un peut essayer d'accomplir ce miracle, c'est bien toi. Ou bien nous pouvons prendre une douche rapide, manger, déballer ton cadeau et aller voir comment se porte Dav. Puis ce soir, je te baiserais aussi longuement et brutalement que tu en as envie.

Le regard d'Eric devint vitreux. Richard s'humecta les lèvres en imaginant leur soirée.

— Tu t'allongeras sur le lit et je passerais une heure à ne faire que jouer avec toi. Je caresserais ton entrée jusqu'à ce que tu me supplies d'y insérer un doigt. Je passerais une autre heure à te préparer jusqu'à ce que tu sois totalement prêt à m'accueillir. Tu seras tellement affamé que tu prendras tout ce que j'aurais à t'offrir. Je pourrais faire entrer ma main entière en toi et tu en demanderas encore.

Le corps d'Eric se détendit entièrement au fil de ses paroles, comme s'il anticipait déjà les caresses de Richard. Bordel, il avait encore envie d'Eric. Il était trop tôt pour qu'il ait une nouvelle érection, mais s'il passait autant de temps à préparer Eric qu'il venait de le promettre, il serait prêt. Et s'il ne l'était pas – ce qui était peu probable, mais sait-on jamais ? –, il lui ferait une fellation. Eric avait toujours aimé pénétrer sa bouche. D'ailleurs, il ne s'était jamais plaint d'une simple masturbation non plus, mais Richard voulait aller plus loin. Il voulait se plonger dans le corps d'Eric, s'y enfouir et ne jamais plus en ressortir.

— La nourriture peut attendre.

La rugosité dans la voix d'Eric faillit faire oublier à Richard toutes ses bonnes intentions, mais même si les rides sur le front d'Eric s'étaient atténuées grâce au repos et au sexe, il était toujours aussi maigre.

— Je ne vais nulle part. Nous avons le temps de manger avant de revenir faire l'amour.

L'estomac d'Eric gargouilla son accord.

— Bien, grommela-t-il. Mais dans ce cas, je te prendrai quand on reviendra.

Si c'était la volonté d'Eric, Richard se mettrait à quatre pattes avec le derrière en l'air dès qu'ils passeraient la porte. Mais pour l'instant, Eric avait besoin de manger, ce qui voulait dire qu'il fallait prendre une douche et se rendre à la cantine parce qu'il ne restait certainement rien de comestible dans la maison.

— Tu veux prendre ta douche avec moi ? demanda Richard en faisant basculer Eric sur le matelas.

— Je n'ai pas besoin de prendre une douche pour faire réchauffer le bouillon d'hier soir. Victoria en a préparé assez pour nourrir vingt personnes alors que nous n'étions que quatre. Je peux simplement enfiler un short.

Richard avait oublié le bouillon. Une raison de plus d'être reconnaissant envers Amato.

— Fais-en réchauffer assez pour nous deux. Je vais me rincer et je te rejoins dans quelques minutes. J'ai besoin de mettre autre chose qu'un boxer si je veux aller récupérer ton cadeau dans la voiture.

Eric hocha la tête et roula hors du lit. Richard le suivit du regard lorsqu'il traversa la pièce. Plus tôt, il avait senti les blessures qui cicatrisaient sur son dos. Les cicatrices ne semblaient pas descendre en dessous de sa taille, mais il avait des hématomes sur les fesses et les jambes, les traces noires et bleues bien visibles malgré sa peau brune. On aurait dit des marques laissées par une canne suite à une séance de torture que Richard n'avait pas été assez rapide pour empêcher. Il pouvait encore entendre la voix grondante de son grand-père : « *Nous comptions nos victoires au nombre de bombardiers qui rentraient à la maison. Ils sont* tous *revenus à la maison.* » Il avait ramené Eric à la maison avec l'aide de Dav et de l'équipe, mais il avait mis beaucoup trop de temps et Eric en avait payé le prix.

Comme s'il avait senti son regard, Eric se retourna.

— La vie peut être injuste. Tu le sais depuis longtemps. Ne te sens pas responsable des actions des autres ou bien tu finiras par devenir fou.

— Ils t'ont battu, dit-il, impuissant.

— Oui. Ils m'ont brûlé, ils m'ont lacéré, ils ont enfoncé des limes sous mes ongles, ils m'ont transformé en pique-aiguille humain et en une centaine d'autres choses, toutes plus atroces les unes que les autres. Il y a des jours où j'essayais de les provoquer en espérant qu'ils me tueraient parce que je ne voulais pas vivre un jour de plus pour subir leur sadisme. Il y a des jours où je pleurais de douleur en me demandant si je retrouverais un jour ma liberté. Je sais que tu as fait tout ce qui était en ton pouvoir pour me sauver parce que je suis ici, à nouveau libre. Je sais aussi que si cela avait été possible, tu aurais subi chaque minute de cette torture pour m'épargner. *Voilà* ce qui m'a permis de survivre au pire. Je me roulais en boule parce que les nuits sont glaciales dans le désert et je m'imaginais que toi et Dav étiez avec moi, en train de me serrer dans vos bras et d'absorber toute la douleur. Ce n'étaient peut-être que des hallucinations. Ce n'était peut-être qu'une énième preuve que mon cerveau est détraqué. Cependant, je pouvais sentir vos mains sur moi qui me rassuraient et ça m'a permis de tenir assez longtemps afin que vous débarquiez et que vous me fassiez sortir de là.

— Que Dieu bénisse ton cerveau détraqué, dit-il avant de se précipiter hors du lit et de rejoindre Eric. Je déteste chaque chose qu'ils t'ont fait subir. Je déteste que tu aies dû souffrir ne serait-ce qu'une minute, mais je suis heureux que tu sois sain et sauf et que tu aies réussi à rester sain d'esprit en pensant à nous.

Il se pencha pour embrasser Eric et grogna quand ce mouvement plaqua leurs corps l'un contre l'autre. Comment Eric pouvait-il être en érection après si peu de temps ? Il allait peut-être vraiment le nourrir et le ramener au lit pour jouer encore quelques heures. Il fallait bien qu'il trouve *quelque chose* pour l'épuiser.

Par habitude, il faillit mettre une fessée à Eric pour l'envoyer dans la cuisine afin qu'il réchauffe un bol de bouillon et commence à manger, mais le souvenir des hématomes l'en empêcha. Finalement, il se contenta de le pousser gentiment.

— J'arrive dans une minute.

Eric lui attrapa la main.

— Ne me traite pas différemment à cause de ce qu'ils ont fait. Si tu changes d'attitude envers moi, ils auront gagné.

— Je ne te traite pas différemment parce qu'ils t'ont violenté. Je décide de ne pas te faire mal en donnant une tape affectueuse sur ton derrière meurtri. Ce n'est pas la même chose.

— Pour moi, ça l'est.

Il se libéra des bras de Richard, attrapa un boxer et disparut dans l'autre pièce.

— Et merde.

Richard faillit se lancer à sa poursuite, mais il avait besoin de remettre de l'ordre dans ses idées. Il se rendit dans la salle de bain et se nettoya rapidement tout en essayant de trouver une moyen d'expliquer sa réticence de manière à ce qu'Eric l'accepte. Il n'avait toujours pas trouvé la bonne formulation lorsqu'il enfila un jean et entra dans la cuisine.

— Ça sent bon.

— J'ai réchauffé deux bols. Le tien est sur le plan de travail.

Richard récupéra son bol et le rejoignit à table. Il en prit deux cuillérées, puis il posa sa cuillère.

— Tu as dit que ces hommes étaient des sadiques et prenaient plaisir à te faire du mal.

— Oui. Parfois de manière littérale. L'un d'eux aimait se masturber quand il en avait terminé avec moi et m'éjaculer dessus. Ensuite, il me jetait un seau d'eau froide à la figure pour effacer toutes les traces.

Richard frissonna à ces mots.

— Je ne suis pas un sadique. Ça ne me dérange pas de faire preuve d'un peu de brutalité au lit. Je me suis même essayé à la fessée une ou deux fois – au-delà d'une ou deux claques, bien sûr –, mais c'était il y a longtemps, avec un partenaire qui avait besoin de ce genre d'action pour atteindre l'orgasme. Personnellement, ça ne m'excite pas. Alors quand je vois des hématomes sur ton corps – peu importe comment ils sont arrivés là –, je vais faire attention à ne pas y toucher jusqu'à ce qu'ils guérissent parce que je n'aime pas te faire du mal. Je fais la même chose pour Dav quand il a des entailles ou des hématomes. Je ne te traite pas différemment parce que tu as été torturé. Si je suis prudent, c'est parce que tu as des hématomes et que je ne veux pas te faire mal. Une fois qu'ils auront disparu, ce sera différent. Je recommencerai à te mettre une fessée comme j'en ai l'habitude.

— Je comprends ce que tu dis, dit-il doucement. Si je m'étais entraîné avec Victoria et que j'en étais ressorti avec des hématomes ou bien une blessure physique due à une mauvaise chute, nous ne serions pas en train d'avoir cette conversation. Mais dans ce cas, c'est différent. Même si ça me fait mal, j'ai besoin de ne pas me sentir brisé. Ils ont pris quatre mois de ma vie. J'ai besoin de savoir qu'ils ne m'ont rien pris d'autre.

Richard comprenait ce qu'essayait de dire Eric, mais il ne savait pas comment réagir.

— Ils ne t'ont rien pris d'autre. Pas à mes yeux. Je ferai tout pour te le prouver, mais tu vas peut-être devoir m'expliquer comment faire. Ou du moins, me prévenir quand mes actions te font douter. Je ne peux pas te dire que je me comporte comme d'habitude puisque je n'ai pas la même routine avec toi que celle que tu partages avec Dav, alors il va falloir que tu communiques avec moi. J'aurais beau te répéter à longueur de journée que je te vois toujours de la même façon, mes mots n'auront aucun poids si tu te sens différent.

— Merci. Je te préviendrais si ça arrive.

Il mangea le reste de son bouillon et repoussa son bol.

— Je crois t'avoir entendu parler de cadeaux.

— D'un cadeau. Seulement un. Laisse-moi terminer mon bol et j'irai le chercher.

Eric gigota sur sa chaise en attendant que Richard termine de manger.

— Je reviens tout de suite.

Il se rendit jusqu'à la voiture et ouvrit le coffre pour récupérer délicatement le paquet emballé qu'il était parti chercher ce matin. L'antiquaire ne savait plus quoi faire de ce drôle de morceau de bois qui se trouvait dans son arrière-boutique, mais Richard avait immédiatement compris de quoi il s'agissait. Il le rapporta à l'intérieur et le tendit à Eric.

Eric le déballa sans trop faire attention au papier et resta ébahi devant ce qu'il trouva à l'intérieur.

— C'est de l'if, dit Eric. C'est un véritable arc, pas une reproduction moderne.

— L'homme auquel je l'ai acheté l'a remporté lors d'une vente aux enchères près de Verdun. La famille qui le vendait ne savait pas d'où il venait. Cet homme n'était pas un spécialiste en armes médiévales et n'avait pas la moindre idée de son année de fabrication.

— Pour l'instant, moi non plus, mais il est superbe. Il a besoin d'être restauré avant de pouvoir être utilisé, mais je peux m'en charger, dit-il avec de l'émerveillement dans la voix.

— J'en déduis qu'il te plaît ? le taquina Richard.

— Je l'adore.

Il souleva l'arc comme s'il y avait une corde prête à accueillir une flèche, puis il le posa et baissa les yeux sur ses bras.

— L'arc n'est pas le seul qui va avoir besoin d'être restauré avant que je puisse m'en servir. Je n'arriverais jamais à l'armer dans mon état actuel.

— Tu sais où se trouve la salle de sport. Tu y étais ce matin. Tu peux faire de la musculation jusqu'à ce que nous retournions à la maison et ensuite, tu pourrais t'entraîner avec des arcs plus légers. Et avant que tu dises quoi que ce soit, ils ne t'ont pas pris tes bras. Tu peux retrouver ta force musculaire.

— J'irais peut-être m'entraîner demain. Pour l'instant, je dois m'occuper de choses plus importantes.

— Comme quoi ?

— Toi, répondit-il avec un sourire en coin. Je dois te remercier comme il se doit pour ce cadeau. Enfin, si tu es d'attaque…

— Je le suis, mais d'abord, allons voir Dav. Notre lit sera toujours là quand nous rentrerons, mais les heures de visite seront terminées. Et avant que tu te fasses des idées, je ne suis pas en train de le faire passer avant toi. Je pense que tu as aussi envie de le voir.

Eric fit taire son instinct qui essayait de prendre le dessus sur sa raison. Richard avait passé la nuit avec lui, même si Eric avait été trop saoul pour en profiter, s'était levé ce matin pour lui acheter un arc ancien et avait passé le reste de la matinée et le début d'après-midi à prendre soin de lui. Il l'avait rasé, lui avait fait l'amour deux fois, l'avait tenu dans ses bras pendant qu'il dormait et avait déjeuné avec lui. Puis il avait promis qu'il serait là pour Eric ce soir, demain et tous les jours qui suivraient.

Mais il aimait aussi Tim, tout comme Eric. Eric n'était pas déraisonnable au point de demander à Richard de le nier ou de négliger Tim maintenant que sa crise de panique était passée. Tim ne se rendrait peut-être pas compte qu'ils étaient là, mais rien n'était moins sûr. Peut-être qu'en se rendant à l'hôpital, ils apprendraient que le médecin était prêt à retirer le respirateur. Ou bien le médecin leur donnerait des nouvelles qui leur permettraient d'avoir une idée du jour où Tim reprendrait connaissance. Ils pouvaient aller à l'hôpital et revenir ce soir pour faire l'amour. Ou pas. Ils pourraient dîner et observer l'arc de plus près afin qu'Eric sache de quelle manière il devait être restauré. Ils pourraient aller à la salle de sport pour courir, faire de la musculation ou combattre l'un contre l'autre. Il pourrait demander à Richard de lui couper les cheveux. Ils pourraient passer la soirée ensemble, apaisés après avoir rendu visite à Tim.

— Oui, j'aimerais passer à l'hôpital. La dernière fois que j'y suis allé, le médecin espérait que l'appareil respiratoire ne soit plus utile dans les jours à venir. Nous devons être présents lorsqu'ils le retireront afin que Tim ne se réveille pas entouré d'inconnus.

— Ça n'arrivera pas. Nous serons présents quand il aura besoin de nous, tout comme il est présent quand nous avons besoin de lui. Tout comme je serai là si tu as besoin de moi.

— Je ne sais pas comment être un pilier pour vous, admit-il, se sentant égoïste en prononçant ces mots. Vous n'avez jamais semblé avoir besoin de mon soutien et maintenant que c'est le cas, je me sens sacrément ingrat.

— Arrête.

Richard l'embrassa profondément, glissant sa langue entre ses lèvres afin qu'il ne puisse plus parler. Eric s'agrippa à lui, telle une plante absorbant de l'eau après une longue période de sécheresse. Richard prolongea ses caresses, glissant ses mains le long de son dos comme s'il savait à quel point Eric avait besoin de ce contact pour rester ancré dans la réalité, à quel point il avait besoin d'affection. Depuis quand avait-il besoin d'autant d'attention ?

Cela n'avait pas d'importance. Il avait peut-être toujours eu besoin d'attention. Ou bien c'était la conséquence de la torture qu'il avait subie. Ou bien c'était l'absence de Tim qui le troublait. En tout cas, il en avait désespérément besoin. Si Richard ne venait pas de dire qu'ils devraient aller voir Tim – et il *savait* qu'il se sentirait mieux après l'avoir vu –, Eric essayerait de l'entraîner jusque dans leur lit. Il pourrait convaincre son amant de le suivre, mais que cela dirait-il de lui ?

Richard finit par rompre le baiser, mais garda Eric plaqué contre lui.

— Veux-tu prendre une douche avant d'y aller ?

— Ça te dérange si je me balade en sentant le sexe et ton après-rasage ?

Richard sourit, son expression vive et féroce faisant à nouveau brûler Eric de désir.

— Jamais je ne me plaindrais d'une telle chose et ça pourrait aider Tim à se réveiller. On dit que les odeurs ont un lien très profond avec le cerveau et si on me demandait quelles odeurs représentent notre foyer, ce serait celles que tu portes.

— Alors je vais juste enfiler mes vêtements.

Eric se sépara de lui à contrecœur, mais Richard ne le laissa pas s'en aller seul et le suivit jusque dans la chambre. En ouvrant le sac de vêtements que Richard avait rapporté pour qu'il ait de quoi s'habiller après avoir été secouru, il se rendit compte qu'il ne lui restait plus qu'un treillis propre.

— Je vais devoir faire une machine. Je n'ai presque plus rien à me mettre.

— Il doit y avoir une laverie dans le coin. Il est temps que j'en fasse une aussi. Nous pourrons nous en occuper une fois que nous aurons vu Dav.

La normalité de la situation – s'inquiéter d'avoir des vêtements propres au lieu de s'inquiéter de savoir si Tim allait se rétablir ou si lui-même allait avoir une crise de panique – le tranquillisa. Il enfila un pantalon et un t-shirt, puis il adressa un sourire à Richard.

— Allons voir comment se porte notre héros.

XVI

Lorsqu'ils entrèrent dans la chambre de Tim, il n'y avait ni médecins ni infirmières, mais Eric prit cela comme un bon signe. Si quelque chose n'allait pas, la pièce grouillerait de monde. Il aurait préféré que Tim soit réveillé, mais le doux sifflement du respirateur était rassurant à sa manière. Et avec un peu de chance, l'appareil ne serait bientôt plus qu'un mauvais souvenir.

Eric avança de deux pas, puis se rappela qu'il n'était pas venu seul et que Richard était encore plus impliqué que lui dans cette histoire par rapport aux nombreuses années que Tim et lui avaient passées ensemble. Il se retourna et vit que Richard le suivait.

— Vas-y, l'encouragea Richard. Je suis juste derrière toi. Il avait assez de place dans son cœur pour nous imaginer ensemble tous les trois, alors je pense qu'il y a assez de place à son chevet pour nous deux.

— Nous ne le méritons pas, hein ? demanda-t-il en tirant une chaise en plastique au pied du lit afin de laisser de l'espace à Richard pour s'installer à son chevet.

— Probablement pas, non. Il nous dirait que ça n'a rien à voir avec ce que nous méritons. Quelle est cette phrase qu'il n'arrête pas de citer à propos de la vie et de la mort ?

— Nombreux sont les vivants qui mériteraient la mort, et les morts qui mériteraient la vie, répondit Eric.

— Exact. Je n'ai jamais vraiment compris en quoi cela était lié à ce que nous méritons, mais il le dit depuis nos années en camp d'entraînement.

— Tu n'as toujours pas lu *Le Seigneur des anneaux* ? Comment peux-tu ne pas l'avoir lu alors que ça fait vingt ans que vous êtes ensemble ?

— J'ai été légèrement occupé, rétorqua-t-il en souriant. J'ai fait partie des SEALs, j'ai supervisé toutes nos opérations, sans oublier que je me suis démené pour que Dav obtienne des congés afin de prendre soin de toi quand tes petites fesses terminaient à l'hôpital.

— Voilà ce que nous allons faire pendant son rétablissement. Nous allons lui lire ses livres préférés.

— Si c'est si important pour toi, alors faisons-le.

— C'est important pour lui. Il a commencé à me les lire après ma première mission délicate. Tu te souviens ? Je souffrais d'une lésion du ligament croisé antérieur et je suis resté immobilisé durant des semaines. Quand je suis sorti du bloc opératoire, il s'est installé à mon chevet et m'a fait la lecture. Avec le temps, j'ai retrouvé ma concentration et j'ai pu lire seul, mais il s'installait tout de même près de moi et nous lisions quelques chapitres, puis nous en discutions. C'est ce qui m'a empêché de devenir fou pendant ma convalescence. La sienne va être tellement plus longue et difficile.

— Tu en as une copie ?

— J'ai plusieurs versions papier à la maison, mais j'ai aussi la version numérique sur ma Kindle. Par contre, je ne sais pas où elle est. Je ne l'ai pas prise quand nous sommes partis mener la mission durant laquelle j'ai été capturé, alors il se peut qu'elle soit à la maison. À moins que Tim ait pensé à la ranger parmi les affaires que vous transportiez pour me les donner une fois que vous m'auriez retrouvé. Franchement, je n'ai pas cherché.

— Si le livre se trouve sur ta Kindle, nous pouvons le télécharger sur un autre appareil. On peut même le télécharger sur le téléphone que je t'ai donné. Nous pourrons le faire ce soir, comme ça nous aurons le livre sur nous le jour où Dav reprendra connaissance et comprendra ce que nous lui lisons.

— Un autre morceau de chez nous.

Eric se caressa instinctivement le visage et se laissa réconforter par le fait de ne plus avoir de barbe. Il capta le regard de Richard et lui adressa un sourire timide et incertain. C'était un rituel idiot, mais il l'apaisait. Et maintenant, Richard en faisait partie.

— Il te suffit de le demander.

La voix de Richard était pleine de promesses. Son amant ressentait le même désir profond que celui qui s'éveillait chez Eric chaque fois qu'il pensait à l'un de ses partenaires.

— Tu n'es pas obligé d'attendre que je le demande. Tu peux me raser quand tu veux.

— Où je veux ? demanda Richard en envahissant son espace personnel.

Eric s'imagina allongé sur le lit, les jambes écartées, pendant que Richard passait le rasoir coupe-chou sur ses bourses. Il déglutit difficilement.

— Où tu veux.

La porte s'ouvrit derrière eux, brisant ce moment, mais Richard ne s'éloigna pas. Eric laissa échapper un souffle tremblant. Cela faisait tellement longtemps qu'ils maintenaient une relation professionnelle – et encore ! – en public qu'il s'était attendu à ce que Richard enfile son masque, mais il ne l'avait pas fait. Il ne cachait pas leur proximité.

— Commandant Horn, M. Newton. Je voulais justement vous voir, annonça Smithers en passant la porte. M. Davenport se rétablit bien plus vite que nous ne l'avions espéré. À moins que son état ne régresse cette nuit, nous retirerons la machine demain matin et nous cesserons de lui administrer les médicaments qui le gardent inconscient. Nous avons déjà diminué la dose pour nous assurer que son corps prend la relève et qu'il respire seul. Par précaution, nous voulons le garder en observation pendant encore quelques heures.

— Que de bonnes nouvelles, dit Richard.

Eric se contenta d'acquiescer. Il savait que retirer le respirateur n'était que la première étape, mais il avait fait de son mieux pour ne pas s'emballer en pensant que les médecins pourraient encore attendre des jours, voire des semaines avant de le faire et que ces délais ne signifiaient pas que Tim allait mourir. Ils signifiaient simplement qu'il était en train de guérir. Mais entendre qu'il n'allait plus avoir besoin de l'aide de l'appareil et qu'il allait peut-être se réveiller dès le lendemain…

Il n'arrivait pas à croire ces mots. Il fit un pas vers le lit, s'éloignant de Richard et du médecin. La main inerte de Tim semblait plus chaude lorsqu'il glissa ses doigts autour d'elle. Son imagination lui jouait certainement des tours, mais avant, lorsqu'il avait tenu la main de Tim, elle avait semblé raide et froide, comme si Tim avait été à deux doigts de mourir. Maintenant, c'était comme s'il était en train de dormir, comme s'il suffisait à Eric de le secouer légèrement pour qu'il se réveille. Il observa le visage de son amant pour y chercher des différences. Sa peau était-elle vraiment moins jaunâtre ou bien Eric se projetait-il maintenant qu'il y avait de bonnes nouvelles ? Les pansements étaient toujours présents, sauf celui sur son front, protégeant les sutures des blessures causées par des balles et soignées par des médecins à l'aide de leurs scalpels. Ces blessures n'avaient pas disparu, même si Smithers espérait pouvoir retirer le respirateur. Il allait devoir patienter des semaines ou des mois avant de reprendre du service, mais il *semblait* aller mieux.

— Eric ?

La voix de Richard le sortit de son observation détaillée.

— Quoi ?

— Le médecin est parti. Elle a dit que nous pouvions rester aussi longtemps que nous le souhaitions sans faire attention aux heures de visite, mais elle a ajouté que ce n'était pas une obligation. Ils ne feront rien de plus avant demain matin, peu importe s'il se porte bien. Si tu es d'accord, nous pouvons rester encore un petit moment, puis nous irons faire des courses pour avoir de quoi manger à la maison. Puis tu pourras commencer à réfléchir à la manière dont tu veux restaurer ton arc.

Eric hocha la tête, mais il enregistra à peine ce qu'était en train de lui dire son amant. Il avait fait des projets pour ce soir. Richard avait promis de lui faire toutes sortes de choses incroyables et coquines, mais c'était avant qu'ils aient parlé au médecin, avant qu'ils sachent que Tim allait se réveiller le lendemain. Comment pouvait-il penser à autre chose ?

Il s'empêcha de refuser de manière catégorique avant qu'une réponse négative ne lui échappe. Il avait fait tellement d'erreurs avec Richard. Il avait envie de tout laisser tomber et de rester près de Tim, mais il se rappela que pendant quatre années, il avait encouragé Richard à penser qu'il n'était pas important. Il l'avait fait sans en avoir conscience, mais désormais, il le savait. Il ne pouvait pas reprendre ses mauvaises habitudes. Richard et lui venaient à peine de commencer à construire leur propre relation. S'il refusait de quitter cette chambre, il n'aurait aucune excuse.

— Oui, nous pouvons faire ce que tu veux.

— Je ne peux pas lire dans tes pensées comme le fait Dav. Parle-moi, Eric. Que se passe-t-il dans ta tête ?

— Je…

Eric éprouva des difficultés à mettre de l'ordre dans ses idées ; elles fusaient dans tous les sens et refusaient de s'éclaircir. Comment Tim réussissait-il à les satisfaire tous les deux ? Il se laissa tomber dans la chaise au pied du lit et se frotta le visage.

— Une partie de moi veut rester ici avec Tim. Je veux prendre une couverture, poser ma tête sur sa jambe et ne plus bouger jusqu'à ce qu'il rouvre les yeux. Même s'il ne dit rien. Même s'il est totalement shooté à cause des antidouleurs et qu'il ne peut rien faire d'autre que cligner des yeux, je veux être là.

— Il n'y a rien de mal à vouloir être avec ton partenaire lorsqu'il est à l'hôpital. J'ai passé beaucoup de temps ici depuis qu'il a été admis.

— Mais je ne veux pas que tu aies l'impression d'être moins important que lui à mes yeux. Je ne veux pas te repousser. Tu t'es démené pour me trouver un *vieil arc anglais*. Ça mérite un peu de reconnaissance.

— Tu m'as déjà remercié. C'est de la reconnaissance.

— J'avais l'intention de faire mieux que ça. J'avais prévu de te faire une fellation, même si c'était toi qui allais finir au-dessus de moi à la fin de la soirée. Après tout, tu m'as fait plein de promesses.

— Et je compte bien tenir chacune d'entre elles, mais je ne suis pas obligé de le faire ce soir. La raison pour laquelle notre trio fonctionne, c'est parce que nous avons toujours su nous adapter en fonction de la personne qui réclame le plus d'attention. D'accord, cette personne est souvent toi, mais c'est parce que tu exerces le métier le plus dangereux. Mais souviens-toi de la fois où j'ai contracté la grippe et que toi et Dav vous êtes occupés de moi. Ou la fois où Dav a été blessé à la tête et que ses médicaments l'ont rendu dingue pendant plusieurs jours. Ce matin, quand tu as fait une crise de panique, tu avais besoin de quelque chose que j'étais en mesure de te donner, alors je l'ai fait. Nous avons fait des projets afin que je continue à te donner ce dont tu as besoin, mais les projets peuvent changer. Ce dont tu as besoin à cet instant, c'est d'être présent pour Dav. Ce que tu n'as pas compris, c'est que j'ai besoin de la même chose. Pas parce que je n'ai pas envie de toi, mais parce que Dav a besoin de nous. Alors nous pouvons rester, à moins que tu penses être victime d'une autre crise de panique si je ne te ramène pas à la maison et que je ne tiens pas toutes mes promesses.

Eric se mit à rire malgré lui.

— Si tu as l'intention de ne pas tenir ces promesses, ça pourrait me poser un problème, mais je peux attendre un jour ou deux. Ça va te paraître idiot, mais si nous rentrions et que nous faisions l'amour ce soir, j'aurais l'impression que…

— Nous le délaissons, termina Richard. Et tu aurais raison. Il nous botterait certainement les fesses en nous entendant dire une chose pareille, mais tu as raison, dit-il avant de regarder l'heure sur sa montre. Il est 16 h. Nous pouvons lui tenir compagnie pendant un moment, puis nous irons faire les courses, préparer le dîner, télécharger tes livres et essayer de dormir. Demain matin, nous reviendrons ici le plus tôt possible pour être présents à son réveil.

— Ça me semble être un bon plan.

— Très bien. S'il s'avère que notre plan ne tient pas la route, alors nous ferons ce que nous avons toujours fait.

— Nous improviserons, dit Eric en souriant.

— Et personne ne le fait mieux que toi.

— JE CONNAIS toutes les histoires de Tim, mais je ne connais aucune des tiennes, dit Eric une fois qu'ils furent rentrés à la maison les bras chargés de courses.

Surpris, Richard leva brusquement les yeux des courses qu'il était en train de ranger dans les placards. Ce supermarché n'avait pas offert un choix de marchandises aussi varié que celui dans lequel ils avaient l'habitude de se rendre chez eux, mais ce serait déjà mieux que la nourriture servie à la cantine ou les plats surgelés.

— De quoi est-ce que tu parles ? Mes histoires ne sont pas différentes de celles de Dav puisque je fais partie de la plupart d'entre elles.

— Mais elles m'ont toutes été racontées de son point de vue, dit-il en vidant son dernier sac de courses et en s'appuyant contre le comptoir.

De manière inconsciente, il venait de mettre son corps fin en évidence. On aurait pu penser qu'Eric avait finalement décidé de faire l'amour ce soir, mais même si le simple fait de le regarder pouvait faire naître une érection chez Richard, il savait qu'Eric ne le provoquait pas de manière intentionnelle. Le jeune homme s'était assez souvent montré provocateur pour que Richard remarque la différence. Cela ne l'empêcha pas de prendre le temps de l'admirer.

— Je veux entendre tes histoires, même si elles relatent les mêmes événements. Je veux les voir à travers tes yeux.

— Que veux-tu savoir ?

— Ça n'a pas d'importance. Je veux simplement les partager avec toi.

— Réfléchis-y pendant que nous préparons le dîner et je te dirai ce que tu veux savoir.

Dav était meilleur conteur que lui ; il avait toujours une histoire à raconter, parfois amusante, parfois sérieuse, mais toujours adaptée à l'ambiance du moment. Encore une de ces choses que Richard lui déléguait bien volontiers.

Ce soir, ce ne serait pas possible.

Ils préparèrent rapidement le dîner. Ce n'était rien de sophistiqué, simplement de la poitrine de poulet sautée à la poêle et des légumes vapeur, mais il s'agissait de produits frais qu'ils avaient cuisinés ensemble, ce qui faisait de ce dîner l'un des meilleurs que Richard ait mangé ces derniers mois.

— Je vais prendre une douche, annonça Eric lorsque la vaisselle fut terminée. Tu veux te joindre à moi ?

Richard faillit refuser. Il s'était déjà douché deux fois dans la journée et n'avait pas vraiment besoin de le faire une troisième fois, mais Eric le lui avait proposé.

— Avec plaisir.

Eric se déshabilla naturellement en marchant vers la chambre, laissant derrière lui une traînée de vêtements. Richard le suivit, mais ne se déshabilla pas avant d'être entré dans la salle de bain. Ce serait plus simple pour ramasser ses affaires plus tard, même si Dav n'était pas là pour se plaindre de leur désordre. Quand Eric se pencha au-dessus de la baignoire, Richard se figea en voyant les hématomes qui recouvraient son corps, mais il se ressaisit malgré son effroi et lui frappa doucement le derrière.

— Attention, Pêche. Tu vas me donner des idées.

Eric se redressa et lui adressa un sourire entendu par-dessus son épaule, mais même si son expression était sincère, elle n'était pas brûlante comme lorsqu'il voulait faire l'amour. Richard se plaça derrière lui et le serra fermement à la taille.

— Ça va ?

— Je n'arrête pas de me dire que Tim pourrait être réveillé demain soir. Je ne dois pas oublier que même s'il n'est plus sous thérapie ventilatoire, ça ne signifie pas qu'il reprendra immédiatement connaissance. Ça pourrait prendre plusieurs jours. Bordel, ça pourrait même prendre des semaines.

— C'est possible, oui, mais ça pourrait aussi prendre une heure. Tout ce que nous pouvons faire, c'est nous rendre à l'hôpital et voir ce qui se passe. Le métabolisme de Dav a tendance à se remettre rapidement des effets des médicaments. Lors de ses précédents passages au bloc, il s'est toujours réveillé plus vite que les médecins ne l'avaient prédit.

Ils entrèrent dans la baignoire et firent couler l'eau. Ils furent arrosés d'eau chaude. Richard voulut prendre le gant de toilette, mais Eric le devança et le recouvrit de savon.

— Tu vas te savonner toi-même ?

— Non, je vais te savonner. Tu as passé toute la journée à prendre soin de moi. Laisse-moi te rendre la pareille.

— Tu n'es pas obligé, répondit automatiquement Richard.

— J'en ai *envie*. Je ne m'y sens pas obligé. Je te le promets.

Richard resta immobile et laissa Eric lui frotter le corps. Eric l'avait déjà fait par le passé – même si Dav avait toujours été avec eux –, mais l'ambiance n'avait pas été la même. Il s'agissait toujours d'une sorte de préliminaire. Non pas que cela ait déplu à Richard. Il ne se plaindrait jamais de sentir les mains d'Eric sur son corps, pour quelque raison que ce soit. Ce soir, il ne s'agissait pas de préliminaires. Ce geste n'était pas léger et taquin, accompagné par le sourire machiavélique d'Eric et l'impassibilité de Dav. Il n'y avait plus cette urgence qu'ils avaient ressentie lors de la dernière douche qu'ils avaient prise ensemble. Pourtant, le poids de cet instant lui pesait sur les épaules. Ce n'était pas des préliminaires. Cette intimité était tellement plus forte que l'acte sexuel en lui-même que Richard n'avait pas de mots pour la décrire. Même lorsque son amant laissa tomber le gant de toilette et promena ses mains savonneuses sur le membre de Richard et entre ses cuisses pour atteindre ses bourses, cela n'avait rien de sexuel. Quand Eric termina, Richard lui rendit la pareille en faisant attention à ce que ses caresses restent tendres et affectueuses plutôt qu'excitantes. Eric se laissa aller contre lui, sa verge à peine semi-érigée, ce qui lui prouva qu'il adoptait la bonne tactique.

Il aurait pu s'inquiéter d'avoir perdu la main, mais pas ce soir. Ils n'avaient pas besoin de passer à l'acte ce soir. Ni même de faire l'amour. Leurs corps se trouvaient peut-être sous cette douche, mais Richard savait que le cœur et les pensées d'Eric se trouvaient encore à l'hôpital, tout comme les siens. Le réconfort que chacun puisait chez l'autre leur permettait de trouver la force de survivre à l'attente. Ils avaient encore un long chemin à parcourir avant d'arranger les choses entre eux, mais s'inquiéter pour Dav n'impactait pas négativement leur relation, ce qui était une bonne chose.

Une fois qu'ils furent tous les deux propres, Richard arrêta l'eau et attrapa une serviette pour essuyer Eric. Son amant le laissa faire, dans le même silence pesant, mais il attrapa la serviette quand Richard entreprit de s'essuyer à son tour. Vu le réconfort que cela lui avait apporté de prendre soin d'Eric, il ne lui refusa pas le même en retour. Ils finirent de s'essuyer et retournèrent dans la chambre. Eric se dirigea vers son sac, certainement par habitude, parce que quand Richard lui attrapa la main, il s'arrêta immédiatement.

— Viens te mettre au lit. Je veux qu'il n'y ait aucune barrière entre nous ce soir, pas même un sous-vêtement.

Eric le suivit dans le lit et se blottit dans ses bras. Richard se laissa imprégner par la sensation de cette peau douce et de ce corps solide. Peu importe ce qui arriverait à Dav, demain ou dans le futur, Richard ne serait jamais seul. Eric serait près de lui pour le meilleur, pour le pire, et pour tout le reste, le soutenant tout en cherchant le même soutien auprès de lui.

— Parle-moi de la première fois où tu as vu Tim.

— La première fois que je l'ai vu ou la première fois que je l'ai remarqué ?

— Les deux.

Richard se replongea dans le passé, essayant de se souvenir de la première fois où il avait posé les yeux sur Timothy Davenport.

— Ça devait être sur le chemin du camp d'entraînement. Dès le départ, nous avons été affectés à la même unité. J'étais le seul homme noir de l'unité et beaucoup de personnes ont pris la liberté de me faire des remarques par rapport à cela. Ils n'ont pas pris la peine de me demander d'où je venais ou quelle était mon histoire. Ils ont simplement supposé que j'étais un petit voyou des banlieues. Savoir que mon grand-père faisait partie des Red Tails [2] et que mon père avait reçu la Purple Heart [3] lors de son engagement durant la guerre du Vietnam n'aurait probablement rien changé. Ils se fichaient royalement de savoir que j'avais obtenu de meilleurs résultats qu'eux et que l'on réfléchissait déjà à me faire passer officier grâce à mon concours d'entrée. Ils ne voyaient que ma couleur de peau. Un jour, un groupe a commencé à avancer vers moi et j'ai tout de suite compris que ça allait mal se terminer. Je suis doué au combat – je l'étais déjà à cette époque –, mais tu ne peux pas lutter quand tu te retrouves en infériorité numérique. Avant que ça dégénère, un gars est apparu près de moi et s'est présenté. Henry James. L'homme le plus stupide qui ait jamais vécu sur cette terre, mais il était foncièrement loyal. Il s'était assis près de moi parce que je ne semblais pas connaître plus de monde que lui.

Je n'ai jamais su si Dav avait demandé à James de me rejoindre à table – il dit que ce n'était pas lui, mais je ne le crois pas – ou s'il avait simplement profité de l'opportunité pour faire déguerpir ces crétins. Mais je ne l'ai pas rencontré ce jour-là. Je ne connaissais même pas son nom avant l'appel et durant l'appel, j'étais incapable d'associer les noms que j'entendais avec les visages qui m'entouraient. J'ai fini par le rencontrer environ une semaine plus tard. James nous a présentés à la cantine.

2 Unité de l'US Air Force composée exclusivement de pilotes afro-américains en 1941.

3 Une des plus prestigieuses médailles américaines, elle honore les militaires blessés ou tués au combat.

— Qu'est-il arrivé à James ? Je ne vous ai jamais entendu parler de lui.

— Il a été tué lors de notre premier déploiement en tant que SEALs. Il s'est interposé entre Dav et une grenade. Nous n'avions même pas commencé notre opération, mais aucune partie de l'Irak n'était sûre à cette époque. « Une loyauté sans faille ». Ce sont les mots que nous avons utilisés pour le décrire lors de son enterrement – ses parents nous ont demandé de faire un discours – et c'est ce qu'ils ont fait inscrire sur sa pierre tombale.

Il secoua la tête à ce souvenir.

— Étiez-vous ensemble à ce moment-là ?

— Pas de manière officielle. Ni même de manière officieuse, à vrai dire. C'était avant le DADT [4] et même durant le DADT, nous avons dû faire attention à ne pas nous faire griller. C'est l'une des raisons pour lesquelles nous avons quitté la marine. Plus personne ne pouvait nous dire que nous ne pouvions pas être ensemble. Plus personne ne pouvait se plaindre de notre homosexualité ou de notre fraternisation ou de notre décision de vivre une relation à trois. Les seules personnes qui ont leur mot à dire sur notre relation, ce sont nous.

— Mais au fond de toi, tu savais que tu avais des sentiments pour lui ?

— Je pense qu'une partie de moi le savait, admit-il. Même si son seul objectif en empêchant ces soldats de s'en prendre à moi était d'éviter que toute notre unité ne soit de corvée de latrines durant la première semaine d'entraînement, ce qui compte, c'est qu'il les ait stoppés. Grâce à lui, je n'ai pas été tabassé, je n'ai pas gagné la réputation d'un fauteur de troubles et je n'ai pas mis en danger le poste d'officier que je convoitais. La moitié de ces crétins n'ont pas supporté la difficulté du camp d'entraînement et l'autre moitié a terminé en bas de l'échelle. Quant à James, Dav et moi, nous sommes partis nous entraîner pour devenir des SEALs.

— Quand as-tu fini par comprendre ?

— La première fois que je l'ai vu mettre quelqu'un à terre. J'avais déjà appris à le connaître. Nous mangions ensemble dès que nous le pouvions. Je savais qu'il était bien plus qu'un joli minois. Il n'aurait pas eu tant de succès s'il n'avait pas eu de l'esprit en plus de son physique, mais je n'avais pas vu ce qui se cachait derrière son masque. Un jour, je suis tombé sur lui alors

4 La loi « don't ask, don't tell », autrement dit « ne rien dire, ne rien demander », avait été votée par le Congrès en 1993 et interdisait à toute personne homosexuelle de servir dans l'armée américaine. Elle imposait donc le silence aux militaires gays.

qu'il était en train de mettre une raclée à l'un des crétins qui continuaient de me lancer des remarques racistes dès que le commandant avait le dos tourné. Il n'a même pas versé une goutte de sueur pour le mettre à terre. Une fois son adversaire au sol, il s'est penché et a murmuré quelque chose à l'oreille de cet abruti. Je n'étais pas censé l'entendre, mais j'étais plus proche qu'il ne le pensait. « *Si tu le traites encore une seule fois de nègre, tu auras droit à une correction bien plus violente que ce petit avant-goût. N'oublie pas que cet homme est bien meilleur que tu ne pourras jamais espérer l'être.* » Quand il s'est relevé, il m'a regardé dans les yeux et m'a adressé un sourire ordinaire, comme si nous nous apprêtions à prendre le thé, comme s'il ne venait pas de mettre la raclée de sa vie à un homme parce que ce dernier m'avait insulté. Je suis tombé amoureux et je n'ai plus jamais regardé en arrière.

— Ça ne m'étonne pas de lui, dit Eric en rigolant. On pourrait presque dire que la seule différence entre ton histoire et la mienne, c'est qu'il portait un costume au lieu d'un uniforme quand il n'a fait qu'une bouchée du gars qui m'a traité de bâtard.

— Je sais, dit-il en déposant un baiser sur son crâne. Il m'a parlé de cette soirée. Il m'a dit que la dernière fois qu'il avait ressenti un tel élan de rage, c'était au camp d'entraînement. Je l'ai taquiné en lui disant qu'il cherchait à me remplacer par un modèle plus récent et il est devenu tout rouge. C'est à ce moment-là que j'ai décidé d'apprendre tout ce qu'il y avait à savoir à ton sujet. Si je devais partager son affection avec une autre personne, elle avait intérêt à être digne d'un homme comme lui.

— Je ne comprends pas pourquoi tu ne t'es pas contenté de me tuer et de dissimuler le corps, marmonna Eric.

— Parce qu'il ne cherchait pas à me remplacer. Il avait autant envie d'être avec toi que de nous voir ensemble. Si je n'avais pas été d'accord, il ne serait jamais passé à l'acte, même si tu avais passé des heures à le séduire. Lorsque tu as fait le premier pas, j'étais déjà en passe de tomber amoureux de toi alors que je ne faisais que t'observer de loin. Quand l'occasion de construire quelque chose de plus sérieux s'est présentée, j'ai sauté dessus.

— Je pense que je n'en comprendrais jamais la raison, mais je suis ravi que tu aies pris cette décision.

Richard releva le visage de son partenaire et l'embrassa.

— Arrête ou je vais finir par te demander pourquoi tu acceptes de te coltiner un vieux con comme moi.

Par contre, il n'avait pas besoin de lui demander pourquoi il était tombé amoureux de Dav.

— Tu n'es pas vieux.

— Et tu n'es pas stupide. Et nous sommes tous les trois brisés d'une manière ou d'une autre, alors je dirais que ça nous rend égaux.

Eric se laissa retomber contre son épaule.

— Nous devrions essayer de dormir. Demain, la journée va être longue.

— Je t'aime, murmura Eric.

— Je t'aime aussi, Pêche.

XVII

— BONJOUR, M. Newton. Bonjour, Commandant Horn, les salua le Dr Smithers en venant à leur rencontre le lendemain matin.

On était le samedi. Cela ne faisait même pas une semaine qu'Eric avait été secouru. Cette mésaventure lui semblait tellement lointain.

— Les infirmières de nuit ont noté que M. Davenport avait respiré à plusieurs reprises sans l'aide de la machine. Nous diminuerons la dose de Propofol après avoir changé ses pansements. Donnez encore quelques minutes aux infirmières, puis vous pourrez entrer le voir.

Eric fit les cent pas dans le couloir, devant la porte de la chambre de Tim, en attendant que les infirmières terminent. Il avait hésité à se plaindre lorsque le Dr Smithers avait insisté pour qu'ils attendent à l'extérieur – il avait déjà vu des blessures et Tim en tenue d'Adam –, mais il savait à quel genre de femme il avait affaire. Elle ne cèderait pas et Richard n'avait aucune autorité ici. Du moins, pas assez pour ne pas prendre ses ordres en compte.

À cet instant, Eric enviait Richard. Il était installé sur une des chaises qui longeaient le couloir et lisait ses e-mails sur son téléphone portable comme s'il ne se souciait de rien. Eric savait que ce n'était en partie qu'une illusion, que Richard avait cette image d'homme calme et imperturbable à préserver. Ils avaient passé la nuit à discuter, blottis l'un contre l'autre sous les couvertures alors que les heures avaient défilé. Eric ne se rappelait pas s'être endormi, mais il se rappelait son réveil, ce qui signifiait que l'épuisement avait fini par l'emporter. Pourtant, Richard n'avait pas semblé reposé lorsqu'ils avaient préparé du café et des œufs pour le petit déjeuner. Cependant, en le voyant maintenant, Eric n'aurait jamais soupçonné qu'il était épuisé s'il ne l'avait pas remarqué ce matin. Richard ne laissait paraître aucun signe de fatigue, d'impatience ou d'inquiétude.

Eric, au contraire, était au bord du gouffre. L'état de Tim avait évolué dans le bon sens durant la nuit et diminuer la dose d'anesthésiant pour lui permettre de respirer seul était une procédure standard. Il n'y avait rien à craindre. Mais c'était Tim qui se trouvait de l'autre côté de ce mur. Eric ne serait pas apaisé tant que Tim n'aura pas ouvert les yeux.

L'infirmière ouvrit la porte après ce qui sembla durer une éternité.

— Vous pouvez entrer.

Eric savait que rien n'avait changé depuis la nuit dernière – du moins, rien de visible –, mais il se précipita quand même à l'intérieur. Il devait le voir de ses propres yeux. Il s'installa au chevet de Tim, suivi de près par Richard. Le respirateur sifflait toujours de manière régulière, mais le bruit paraissait plus doux. Était-ce bon signe? Cela voulait-il dire qu'ils avaient changé de mode afin que Tim puisse respirer davantage seul?

— Hé, fit Richard en lui donnant un léger coup d'épaule. Pas de panique. S'il n'était pas prêt, les médecins n'auraient pas diminué la dose de médicaments. Eux aussi veulent qu'il se rétablisse.

— Pas autant que moi, dit-il avant de lâcher la main de Tim pour attraper celle de Richard. J'ai l'impression d'avoir à nouveau cinq ans et de supplier qu'on me dise que le père Noël existe.

— Je ne peux faire revenir le père Noël, mais je peux te promettre une chose : il est en train de guérir. Écoute sa respiration. Parfois, il inspire seul. Tu l'entends?

Eric se concentra sur la respiration de Tim. Inspiration, expiration. Une. Inspiration, expiration. Deux. Inspiration, expiration. Trois. Inspiration, expi... Inspiration.

— Il a inspiré. Je l'ai entendu.

— Oui.

— Il va se réveiller, dit-il en serrant la main de Richard plus fort.

— Oui. Hier soir, tu as téléchargé ses livres. Fais-lui la lecture. Ça va l'aider à revenir à la maison.

Eric parcourut les applications de son téléphone et trouva enfin celle qu'il cherchait. Il ne faisait pas aussi bien la lecture que Tim, mais ça n'avait pas d'importance.

— Au fond d'un trou vivait...

L'HEURE DU déjeuner passa sans que l'un d'eux quitte le chevet de Tim. Victoria arriva un peu après 13 h avec un sac de sandwichs.

— Tiens. Tu n'aideras pas Davenport en mourant de faim, dit-elle en lançant le sac à Eric. Il y a un banc dehors. Tu devrais aller te poser là-bas et manger.

— Merci, mais nous pouvons manger ici. Ils ont décidé d'arrêter de la sédation.

— Tu as besoin de faire une pause.

— Je ferai une pause quand Tim sera réveillé.

— Horn, ordonnez-lui de faire une pause.

Eric lui fit un doigt d'honneur, mais Richard se contenta de faire non de la tête.

— Je ne l'obligerai à rien et je ne bougerai pas non plus.

— Vous êtes ridicules. Ça fait des jours qu'ils lui injectent des médicaments lourds et ils viennent seulement de diminuer la dose. Il ne va pas se réveiller le temps que vous sortiez déjeuner et même s'il le fait, l'équipe médicale vous demandera de sortir le temps de retirer le tube qui se trouve dans sa trachée. Vous le savez très bien.

— Nous n'attendons pas simplement qu'il se réveille, dit Eric. Nous voulons être près de lui, peu importe ce qui arrive.

— Imbéciles, dit-elle en secouant la tête avant de partir.

— Tu penses qu'elle a raison ? demanda Eric.

— À propos de quoi ?

— De tout.

— Elle a raison quand elle dit que Dav ne va probablement pas se réveiller dans les deux prochaines heures et que s'il se réveille, ils nous mettront dehors le temps de le calmer et de retirer le respirateur. Ils ne le sédatent pas sans raison. Par contre, je ne pense pas que ce soit une raison pour que nous partions. Je veux aussi rester ici. Pas parce que j'ai peur qu'il se réveille le temps que je m'absente, mais parce que je ne veux pas m'absenter jusqu'à ce qu'il se réveille.

— Je suis content de ne pas être le seul.

— Tu n'es pas le seul.

—Nous avons remarqué que M. Davenport respirait de plus en plus souvent sans l'aide de la machine, dit Smithers en passant vérifier l'état de Dav à la fin de son service. Nous avons encore diminué la dose d'anesthésiant. On ne s'attend pas à ce qu'il se réveille avant demain matin, car même si ses reins reprennent du service, il a besoin de temps pour métaboliser les substances qui se trouvent dans son organisme. Cependant, nous allons réduire l'assistance du respirateur. Son pouls, son taux d'oxygène dans le sang et sa tension artérielle respectent toutes les limites de sécurité. Si son état reste stable durant la nuit, nous devrions pouvoir l'extuber demain matin.

— Nous n'allons pas partir, déclara Richard.

— Je n'en attendais pas moins de vous. Malheureusement, je n'ai aucun lit d'appoint. Je suis désolée.

— Nous avons dormi dans de pires conditions. Si vous aviez un ou deux oreillers à nous prêter, ce serait gentil. Si vous n'en avez pas, nous ferons avec les moyens du bord.

— Je vais voir ce que je peux vous trouver.

Elle bidouilla les boutons de l'appareil. Richard entendit presque immédiatement le changement de rythme. Au lieu de faire un bruit régulier, la machine sifflait, puis s'arrêtait. Il retint sa respiration en attendant que le corps de Dav s'adapte. Reprendrait-il sa respiration seul, de manière spontanée? Durant l'après-midi, il avait parfois respiré en décalage avec le respirateur, mais cette fois-ci, c'était différent. Sa poitrine se gonfla et se dégonfla.

— Bien, dit Smithers en hochant la tête. Essayez de dormir. Demain sera peut-être une journée éprouvante.

— Il respire par lui-même, murmura Eric après qu'elle est partie.

— Oui.

Il prit Eric dans ses bras et le serra fort. Il ne s'était pas autorisé à mettre des mots sur les peurs qui l'avaient accompagné depuis que Dav était tombé à terre. Il avait dû se montrer fort pour Eric, pour l'équipe et même pour Dav. Il ne pouvait pas laisser la situation lui échapper parce que l'amour de sa vie était à l'hôpital. Dav ne lui aurait jamais pardonné. Pourtant, il avait eu peur, mais désormais, Dav respirait seul, chacune de ses respirations n'étant pas effectuée par la machine. Ils étaient en train de le réveiller. Il allait s'en sortir et lorsqu'il le ferait, Richard pourrait enfin lui parler, lui demander son avis sur la situation avec Collins et son aide avec Eric. Les choses allaient mieux entre eux depuis la crise de panique d'Eric, mais Richard ne croyait pas une seconde qu'ils en avaient terminé avec ses problèmes. Même lorsqu'une mission se déroulait parfaitement bien, Eric revenait parfois déphasé. Dav l'avait appelé de nombreuses fois pour lui dire qu'il n'allait pas pouvoir assister à une réunion parce qu'Eric avait besoin de lui. Richard avait alors pris le relais parce que c'était ainsi que Dav et lui fonctionnaient, mais il fallait que ça change. Dav n'allait pas être en mesure de prendre soin de lui-même pendant un moment, encore moins d'Eric. Cependant, même quand il serait de nouveau sur pied, Richard ne voulait pas reprendre le second rôle. Il voulait apporter à Eric ce dont il avait besoin, l'apaiser et lui permettre de se sentir protégé et choyé. Il n'avait pas réalisé à quel point il en avait envie jusqu'à ce qu'il ait une chance de le faire. Il avait failli tout foutre en l'air, mais maintenant, il était impliqué dans sa vie.

Une infirmière entra avec des oreillers et des couvertures.

— Ce n'est pas grand-chose, mais ça vous permettra peut-être de dormir un peu mieux.

— C'est parfait. Merci.

Eric posa l'oreiller près du genou de Dav, puis il se pencha en avant et posa sa tête contre sa jambe. Malgré ses inquiétudes, Richard sourit et caressa la tête d'Eric. Les longues mèches de cheveux noir s'agrippèrent à ses doigts, le faisant sourire davantage. Il recouvrit le dos d'Eric d'une couverture et s'installa dans l'autre chaise, près de lui. Eric tourna la tête et lui adressa un léger sourire, qui n'était en rien comparable au sourire espiègle qu'il affichait en temps normal. Richard se pencha et l'embrassa tendrement. Il n'avait pas réussi à lui rendre le sourire – du moins, pas encore –, mais il pouvait lui garantir qu'il n'affronterait pas ce qui allait arriver seul. Que Dav se réveille le lendemain matin, ou jamais – *bon sang, faites qu'il se réveille* –, ou dans une heure, ou dans un mois, ou dans un an, Richard serait auprès d'Eric à chaque instant. S'il le fallait, Heikkinen pourrait superviser leurs opérations jusqu'à son réveil. D'ailleurs, il était prêt à lui remettre la direction de l'organisation pour toujours. Dav et lui avaient assez d'économies pour vivre sans avoir à travailler. Ils mourraient d'ennui bien avant d'être à court d'argent.

Eric gémit contre l'oreiller. Ce n'était pas un ronflement ni un geignement, mais ce n'était pas non plus un son paisible. Cela sortit Richard de sa réflexion concernant toutes les possibilités futures et le ramena au moment présent. Il posa sa main sur la nuque d'Eric, espérant que ce contact calmerait ce qui était en train de troubler son sommeil. Il tendit son autre main pour toucher le poignet de Dav par-dessus l'intraveineuse. Sa peau était froide, mais elle se réchauffa rapidement sous ses doigts. Son cœur battait de manière rassurante –baboum, baboum, baboum. Sa poitrine gonflait tous les trois battements de cœur. Cette régularité berça Richard. Si quelque chose n'allait pas, tout ne serait pas si constant. Demain, ils arrêteraient la thérapie ventilatoire et Dav pourrait se réveiller.

RICHARD S'ÉTIRA lorsqu'Eric se leva durant la nuit.

— Ça va?

— Je dois aller aux toilettes.

La voix d'Eric était empreinte de fatigue, mais il réussit à rejoindre la porte qui menait aux toilettes. Richard se rendit compte qu'elles devaient être aménagées pour les familles des patients parce que Dav ne serait plus en soins intensifs lorsqu'il serait assez en forme pour les utiliser. Quelques instants plus tard, on tira la chasse d'eau et Richard entendit l'eau couler dans l'évier. Eric ouvrit la porte, illuminé de derrière par la lumière de la salle de bain, si bien que Richard vit sa silhouette, mais pas son expression.

— Je te dirais bien de revenir au lit, mais ce n'en est pas vraiment un.

— J'ai dormi dans de pires conditions.

— Ah oui ? Quel est le pire endroit où tu as dormi ?

Il était peut-être en train d'ouvrir la boîte de Pandore en s'engageant sur ce terrain, mais si Eric était prêt à lui répondre, Richard en connaîtrait un peu plus sur sa vie. Même s'il devait entendre des horreurs, il voulait apprendre à le connaître. Eric revint s'installer sur la chaise et enveloppa la couverture autour de lui, mais il ne reposa pas immédiatement sa tête sur l'oreiller.

— Le trou dans lequel ils me retenaient avant que tu envoies Amato n'était pas des plus agréables, mais je pense que le pire était mon poste de surveillance à Vladivostok. Étant donné que c'était au mois de novembre, il faisait déjà sacrément froid. J'étais niché sur le toit d'un entrepôt. J'avais fait en sorte de m'habiller aussi chaudement que possible sans que ça limite mes mouvements, mais ça faisait trois heures que je patientais là-haut. Victoria était l'élément qui courait le plus de risques durant cette mission puisqu'elle devait rencontrer notre contact. De mon côté, je couvrais ses arrières. Je me suis mis à piquer du nez en attendant le signal qu'ils devaient me donner avant d'entrer. C'est une bonne chose que Victoria l'ait donné à cet instant. S'endormir dans ce genre de climat est une bonne manière de ne jamais se réveiller. Et avant que tu t'énerves, Tim m'a déjà fait la leçon pour ne pas avoir demandé des renforts en découvrant à quel point j'étais frigorifié. Le problème avec l'hypothermie, c'est que ça t'empêche de réfléchir clairement avant même de s'attaquer au reste de ton corps.

Richard se souvenait de cette mission. C'était la première fois qu'Eric n'était pas rentré à l'heure. Dav avait été dans tous ses états. Ils n'avaient jamais abandonné l'un des leurs et Dav refusait de déroger à cette règle. Le fait qu'ils n'aient pas eu la moindre idée de l'endroit où se trouvait Eric pour pouvoir le ramener à la maison n'avait fait qu'empirer la situation. Dav avait fouillé chaque recoin de la ville pour le retrouver. Richard n'avait pas été présent quand l'équipe l'avait trouvé, mais il n'avait jamais vu Dav aussi en colère que lorsqu'il avait fini par rentrer à la maison. Richard avait alors compris combien Dav était sérieux à propos d'Eric. Les émotions qu'il avait ressenties pour ce jeune homme avaient été bien plus profondes que celles qu'on ressentait pour un simple frère d'armes.

— C'est ce merdier qui m'a fait prendre conscience que Dav était sérieux à ton sujet.

— Alors chaque seconde en valait la peine. Je serais prêt à revivre ce cauchemar du moment que je sais que toi et Tim m'attendez de l'autre côté.

— Nous serons toujours là.

Eric s'appuya contre l'épaule de Richard et cala ses pieds sur le lit. Richard se déplaça légèrement pour qu'Eric trouve une position plus confortable et ferma les yeux. La chaleur et le poids du corps de son amant reposaient sur lui et Dav était à portée de bras. Cette chaise était peut-être la plus inconfortable au monde, mais Richard n'en avait rien à faire, pas tant que ses deux partenaires étaient en vie et près de lui.

— CE MATIN, nous allons procéder à l'extubation, annonça Smithers après avoir lu le dossier de Tim. Tous ses signes vitaux sont bons. Pour le moment, nous allons lui laisser le drain thoracique, mais comme le tuyau de ventilation va être retiré, il n'y aura aucune raison de le garder sous sédatifs. Nous allons continuer de lui donner de la morphine pour la douleur, mais il sera en état de se réveiller et de s'endormir à sa guise. Évidemment, il va continuer à beaucoup dormir durant ces prochaines semaines. Son corps a encore du chemin à parcourir avant d'être tout à fait guéri. Nous allons le garder en observation en cas d'infection, mais le fait que ses reins et son appareil digestif fonctionnent à nouveau est une grande amélioration, tout comme le fait qu'il respire seul.

— Et maintenant, il va pouvoir se réveiller pour nous dire qu'il guérit, dit Eric.

— En effet. Je suis certaine qu'il aura beaucoup de choses à dire. Je sais à quel genre d'homme j'ai affaire. Il va se plaindre de chaque petite chose qu'on lui interdira de faire, même de celles qui sont si logiques qu'il ne devrait même pas rechigner. Je vous fais confiance pour vous assurer qu'il ne retarde pas sa convalescence en faisant trop d'efforts.

— Qu'est-ce qui vous fait croire qu'il nous écoutera ? plaisanta Richard.

Smithers sourit.

— Parce que vous avez envie qu'il guérisse au mieux pour pouvoir retourner à la maison sans aucune restriction. Plus il écoutera mes instructions, plus vite ce moment arrivera. Chaque point de suture qui saute et chaque muscle froissé ne feront qu'allonger sa période d'observation.

— Nous ferons de notre mieux, dit Eric.

— Je sais. Maintenant, si vous voulez bien sortir le temps que nous retirions le tuyau. Ensuite, vous pourrez revenir et rester près de lui jusqu'à son réveil.

Sans réfléchir, Eric attrapa la main de Richard en sortant de la pièce. Richard la serra doucement et ne la relâcha pas. Soudain, Eric se souvint qu'ils se trouvaient dans un hôpital militaire et que des personnes pourraient les voir. Il voulut s'écarter.

— Comme je te l'ai dit avant-hier, nous avons quitté la marine afin que personne ne puisse nous dire que nous ne pouvions pas être ensemble. Nous n'avons pas crié notre amour sur tous les toits jusqu'ici et nous ne voulons peut-être pas le faire, mais je n'ai aucune raison de ne pas tenir ta main. C'est une source de réconfort aussi importante pour moi que pour toi.

Eric laissa échapper un souffle de soulagement. Il n'avait pas vraiment cru que son partenaire recommencerait à prétendre qu'ils n'étaient pas ensemble, mais son cœur fut apaisé de l'entendre dire de manière aussi franche.

Ils attendirent de voir Smithers sortir et leur dire qu'ils pouvaient rejoindre Tim durant de longues minutes. Seule la main de Richard dans la sienne l'empêcha de faire les cent pas. Cela ne faisait-il que vingt-quatre heures qu'ils s'étaient rendus à l'hôpital pour apprendre que le ventilateur allait être retiré ? Depuis qu'on l'avait sauvé, le temps semblait altéré ; il passait rapidement, puis ralentissait sans prévenir. Il s'appuya davantage contre Richard pour essayer de rester ancré dans le présent. Cependant, il dut se laisser emporter par ses pensées parce qu'il sursauta en entendant la porte s'ouvrir.

— Vous pouvez entrer.

En pénétrant dans la chambre, la première chose qu'Eric remarqua fut le silence. Le sifflement constant du respirateur avait disparu. Il y avait encore trop de fils et de tuyaux accrochés à Tim pour qu'Eric soit totalement soulagé, mais ces appareils ne servaient qu'à surveiller l'évolution de son état, non pas à le garder en vie.

— M. Davenport n'est plus sous thérapie ventilatoire et il respire seul, dit Smithers.

— Dans combien de temps se réveillera-t-il ? demanda Eric, la voix rauque. Il déteste qu'on l'endorme. Si vous pensez qu'il ne s'en rend pas compte, détrompez-vous.

— Nous avons arrêté de lui donner du Propofol. En fonction de la rapidité avec laquelle son métabolisme peut éliminer ce qu'il en reste, il pourrait se réveiller dans les heures qui viennent, mais ça pourrait mettre un peu plus longtemps. Vous pouvez rester avec lui, mais je vous demanderais de ne pas déranger les infirmières si elles viennent lui rendre visite.

Eric hocha la tête. Il avait connu cette situation assez de fois pour savoir comment ça fonctionnait. Il s'approcha du lit de Tim, du côté où n'était pas installée son intraveineuse et prit sa main. Il n'avait plus qu'à attendre. Cela pourrait prendre dix minutes, dix heures ou dix jours, mais il ne bougerait pas d'ici jusqu'à ce que les yeux bleus de Tim s'ouvrent. Même s'ils se refermaient immédiatement, il voulait les voir afin de s'assurer que Tim l'aime toujours. Il ne lui suffirait que d'un regard pour savoir si Tim le tenait pour responsable de l'issue chaotique de l'opération qui l'avait envoyé ici. Richard lui avait dit qu'il ne pouvait pas être tenu pour responsable, mais il n'en croirait pas un mot tant que Tim ne le lui dirait pas de vive voix. Après tout, c'était lui qui avait atterri à l'hôpital pratiquement mort.

— Merci, dit Richard. Nous allons rester près de lui.

— Quand il se réveillera, demandez à quelqu'un de me prévenir. Nous connaissons la gravité de ses blessures physiques, mais nous ne saurons pas s'il souffre de lésions cérébrales tant qu'il n'aura pas repris connaissance.

Le cœur d'Eric se serra. Des lésions cérébrales.

Il avait été tellement focalisé sur le rétablissement physique de Tim qu'il n'avait pas imaginé qu'il puisse y avoir d'autres problèmes.

— Y a-t-il des chances que ce soit le cas ? Il n'avait aucun traumatisme crânien.

— C'est exact, mais il a fait un arrêt cardiaque avant d'être stabilisé à l'hôpital en Israël. Ça n'a duré qu'un court instant et il a profité d'un massage cardiaque tout au long de son arrêt, mais chaque fois que le cœur s'arrête, le cerveau n'est plus alimenté en oxygène, ce qui peut causer des dommages en très peu de temps. La rapidité avec laquelle il récupère est un bon signe, mais je ne peux rien exclure tant que nous ne l'aurons pas examiné correctement, ce que je ne peux pas faire tant qu'il n'est pas réveillé.

— Nous vous préviendrons immédiatement, dit Richard.

Smithers quitta la pièce. Dès que la porte se referma derrière elle, Eric attrapa Richard.

— Ne t'en fais pas, le rassura-t-il. Ce n'est pas parce que c'est une possibilité que ça va arriver. Cela fait des années que Dav déjoue tous les pronostics.

— Le vent finit toujours par tourner.

— Hé, fit-il en lui relevant la tête pour le regarder dans les yeux. Arrête de t'inquiéter. S'il souffre de lésions cérébrales, nous nous en accommoderons, mais tant que nous n'en avons pas la preuve, concentrons-nous sur les faits. Il n'a plus recours au respirateur et ils ont décidé d'arrêter la sédation. Il va se réveiller et il va aller parfaitement bien. Ensuite, il va nous botter les fesses parce que nous nous inquiétons trop pour lui.

— S'il se porte assez bien pour me botter les fesses, je me pencherais en avant et je le laisserais faire, dit Eric dans un rire triste.

— Si tu te penches en avant, il pensera à autre chose qu'à te botter le derrière.

— Ha. Je préférerais qu'il me baise, alors ça tombe bien.

Richard sourit et se pencha pour embrasser Eric.

— Ça finira par arriver. Même s'il se réveille aujourd'hui, ce ne sera certainement pas pour ce mois-ci, mais ça finira par arriver. Il recommencera à nous donner des ordres avant même que tu aies le temps de dire « ouf ».

— Je suis impatient d'y être.

— Moi aussi.

Richard s'installa sur l'autre chaise, assez proche pour que son partenaire puisse sentir la chaleur de son corps, puis il veilla avec lui au chevet de Dav.

XVIII

Eric se réveilla en sursaut et regarda frénétiquement autour de lui avant de
se rappeler qu'ils étaient à l'hôpital en train d'attendre que Tim se réveille.

— Je me suis endormi ?

— Pas vraiment. Tu piquais du nez, alors je t'ai donné un oreiller sur
lequel te reposer, même si tu n'étais pas vraiment endormi. Disons que tu
reposais tes yeux. La nuit a été longue et nous n'avons pas fermé l'œil.

Eric secoua la tête. Autrement dit, il s'était endormi. Il se rapprocha
de Richard, ignorant la gêne occasionnée par le fait de se retrouver assis
entre deux chaises. Il pouvait supporter cet inconfort si cela signifiait qu'il
pouvait être plus proche de lui.

Richard lui sourit et l'embrassa. Eric souffla et laissa Richard prendre
le contrôle du baiser, non pas parce qu'on le lui volait, mais parce qu'il
l'offrait de son plein gré à l'une des trois personnes au monde auxquelles il
vouait une confiance aveugle.

Un toussotement rauque attira son attention. Il rompit le baiser et se
tourna vers le lit où dormait Tim. Sauf que Tim ne dormait plus. Ses yeux
étaient ouverts, son regard confus sous l'effet des médicaments, mais ils
étaient ouverts.

Un sentiment de culpabilité l'envahit. Il était censé veiller sur Tim,
pas se faire plaisir avec Richard. C'était à cause de lui que son amant avait
atterri dans ce lit d'hôpital et maintenant, il ne faisait même pas le nécessaire
pour l'en sortir. Il se crispa dans les bras de Richard, essayant d'empêcher
sa vision de s'obscurcir comme elle le faisait avant chaque crise de panique.
Il ne pouvait pas se laisser submerger maintenant. Il devait se concentrer sur
Tim et sur rien d'autre. Il ne pouvait pas craquer et donner plus de souci à
Richard. Tim était en vie et réveillé.

Il bondit sur ses pieds. S'il restait assis, il paniquerait. Il tomberait
en ruines pendant que le médecin chercherait à savoir si Tim souffrait de
lésions cérébrales ou de quoi que ce soit d'autre. Il devait sortir d'ici. Il
reviendrait plus tard, quand il pourrait tenir le coup et se montrer fort pour
Tim. Ses partenaires n'avaient pas le temps de prendre soin de lui.

Je dois m'enfuir.

Non, il ne fuirait pas, même si ces satanées voix intérieures auraient aimé qu'il le fasse. Il allait simplement...

Les infirmières. Ils étaient censés prévenir les infirmières que Tim était réveillé. Il ne fuyait pas, il allait prévenir les infirmières. C'était aussi simple que ça. Il ne fuyait pas. Il ne voulait pas fuir les deux hommes qu'il aimait. Ils l'aimaient et voulaient qu'il soit présent.

— Eric ?

La voix de Richard transperça le brouillard qui avait paralysé son esprit.

— Je... Je vais aller chercher les infirmières.

— Qu'est-ce qui lui prend ? marmonna Richard en le voyant se sauver.

Il voulait partir à sa poursuite parce que la voix d'Eric n'avait pas été stable. Il allait probablement prévenir les infirmières que Dav était réveillé, mais ce n'était pas la raison pour laquelle il était parti. Richard ne comprenait peut-être pas Eric aussi bien que Dav, mais il était sûr de lui. Cependant, avant d'aller le retrouver, il devait voir comment se portait Dav.

Dav essaya de parler, mais il se remit à tousser. Richard lui donna deux glaçons qui se trouvaient dans une tasse que les infirmières avaient laissée au cas où Dav se réveillerait. Il attendit que sa crise de toux passe.

— Eric ?

La voix de Dav se brisa sur ce mot, mais c'était bien *sa* voix. Pâteuse, un peu terne – ce qui était à escompter –, mais c'était la sienne. Il n'avait peut-être pas tous ses souvenirs. Il souffrait peut-être de troubles moteur et allait devoir réapprendre à utiliser d'autres membres que ses jambes, dont les muscles avaient subi de graves dommages, mais il avait reconnu ses deux conjoints. À partir de là, ils pouvaient surmonter n'importe quoi.

— Nous l'avons retrouvé, répondit-il en imaginant que c'était ce que voulait savoir Dav. Amato et son équipe ont mis une raclée aux terroristes et l'ont secouru juste après que tu es tombé en Syrie. Il est un peu amoché, mais nous avons retrouvé notre Pêche.

— Sublimes ensemble.

Étant donné que Dav avait du mal à parler, ses mots fusionnèrent entre eux, mais Richard comprit ce qu'il avait essayé de dire. Son partenaire avait toujours adoré regarder Eric et Richard ensemble. Il finissait toujours par se joindre à eux, mais il avait plus d'une fois commencé par se mettre en retrait et regarder Eric et Richard se donner du plaisir.

— Il ne va pas bien. J'essaye d'être là pour lui, mais je galère comme lorsque nous étions en camp d'entraînement. J'ai l'impression d'être un soldat incompétent et stupide.

Le regard de Dav s'éclaircit légèrement et il sourit.

— Aime-le.

— Je l'aime. Tu sais que je l'aime.

Dav secoua la tête.

— Montre-lui.

— J'essaye, mais on dirait que je ne fais qu'empirer la situation chaque fois que je tente quelque chose.

Il avait eu un peu plus de succès ces deux derniers jours. Il avait pensé être sur la bonne voie jusqu'à ce qu'Eric s'enfuie quelques minutes plus tôt.

— Tu m'as toujours dit que tu prenais soin de lui, mais tu ne m'as jamais expliqué comment.

— N'abandonne pas.

— Jamais, promit-il.

Il aurait été utile que Dav soit un peu plus spécifique. Cependant, il venait juste de reprendre connaissance. Richard continuerait d'avancer à tâtons jusqu'à ce que Dav puisse lui expliquer comment s'y prendre.

— Je ne l'ai pas abandonné quand il était aux mains des terroristes. Je n'ai aucune intention de l'abandonner maintenant.

— Il ne doit pas l'oublier.

— M. Davenport, vous êtes de retour parmi nous, s'exclama le médecin.

Son arrivée interrompit leur échange. Richard recula d'un pas et vérifia si Eric se trouvait derrière l'équipe médicale, mais il n'était pas là.

— Dav ? appela Richard.

Il ne voulait pas le laisser seul avec les médecins alors qu'il venait de se réveiller, mais plus le temps passait, plus il ressentait le besoin de voir comment allait Eric. Quelque chose avait cloché dans son attitude quand il s'était sauvé.

— Trouve-le. Ramène-le.

Richard hocha la tête. Ces mots étaient la permission dont il avait besoin pour quitter la chambre. Il se dirigea vers la porte.

— Richard.

Richard s'arrêta et regarda derrière lui.

— Ne foire pas.

Richard se mit à rire parce qu'il savait que c'était la réaction que Tim avait voulu provoquer chez lui, mais pour la première fois depuis d'innombrables années passées à mettre des opérations en place, il ne savait pas quelle stratégie adopter ni quelles étaient ses chances de succès. Sa détresse s'amplifia lorsqu'il ne trouva pas Eric dans le couloir qui longeait la chambre de Dav.

À la maison, il aurait su où trouver Eric. Soit il se serait rendu au stand de tir, soit il aurait trouvé un moyen de se rendre sur le toit. Après tout, il était tireur d'élite, comme il le disait si bien. Il avait besoin de se retrouver en hauteur avec une vue dégagée. Ici, en Allemagne, c'était un peu plus compliqué. Eric ne pouvait pas grimper sur le toit de l'hôpital, du moins pas sans difficulté, mais il y avait de grands arbres à l'extérieur. Ils permettraient à Eric de retrouver cette hauteur qu'il adorait tant, à défaut d'une vue dégagée sur le ciel.

Richard se sentirait vraiment idiot si Eric était simplement parti aux toilettes, mais son instinct lui disait qu'il ne s'agissait pas d'une simple pause. Les yeux d'Eric étaient devenus vitreux, comme la fois où Richard était arrivé à la salle de sport et l'avait trouvé effondré sur le sol.

Il sortit par l'entrée principale de l'hôpital et observa les environs. Si Eric ne voulait pas être retrouvé, Richard ne trouverait aucune trace de lui, mais il espérait qu'Eric n'était pas parti se terrer quelque part. Après une minute, il aperçut la silhouette d'un sniper parmi les branches du plus grand arbre aux alentours. Il s'en approcha en maudissant les agents téméraires qui ne pouvaient pas trouver un endroit plus confortable pour bouder, puis il commença son ascension.

— Tu as effrayé Dav en disparaissant comme ça, dit-il en atteignant la branche qui semblait la plus proche d'Eric et la plus solide. Tu veux bien me dire ce qui s'est passé ?

— Il a failli mourir et au lieu de rester focalisé sur lui jusqu'à ce qu'il se réveille, j'étais en train de t'embrasser. Je ne suis qu'un sale égoïste et maintenant, il le sait.

— Cette pensée n'est pas du tout celle qui lui a traversé l'esprit. Si tu t'arrêtais une seconde pour y réfléchir, tu t'en rendrais compte.

Richard devait garder à l'esprit que les crises de panique n'étaient pas rationnelles. Même si Eric semblait se comporter de manière irrationnelle, son angoisse était réelle.

— Sa première inquiétude était de savoir que tu étais de retour parmi nous. Tu étais toujours retenu en otage quand il a perdu connaissance en

Syrie. Après l'avoir rassuré en lui disant que nous t'avions bien retrouvé, sais-tu quelle est la deuxième chose qu'il m'a dite ?

Eric fit non de la tête.

— Il m'a dit qu'ensemble, nous étions sublimes. Peu importe les inquiétudes que tu as concernant ce qui lui a traversé l'esprit en se réveillant, tu as tort. Il n'est pas en colère. Il était heureux de nous voir, même s'il le sera davantage si tu reviens.

— Saletés de crises de panique, soupira-t-il. J'ai l'impression de tout faire de travers. Je ne sais pas comment vous arrivez à me supporter.

Richard donna un petit coup sur sa cheville.

— Nous avons déjà eu cette discussion et ça ne remonte qu'à deux jours. Il y a plein de choses que tu fais très bien. Nous te « supportons » parce que nous t'aimons et tu dois arrêter de penser que nous n'allons plus nous soucier de toi dès qu'une chose ne se déroulera pas exactement comme tu le souhaites.

— Allons voir Tim.

Eric descendit l'arbre en sautant de branche en branche, laissant Richard crapahuter de manière bien moins élégante vers le sol.

— Nous irons le retrouver dans une minute, dit Richard en attrapant la main de son partenaire avant qu'il puisse retourner vers l'hôpital. D'abord, j'ai besoin d'un autre baiser.

Richard attira Eric contre lui et l'embrassa fougueusement. Son amant haleta, alors il fit durer ce baiser plus longtemps que prévu. Quand il s'écarta pour respirer, les yeux noisette d'Eric étaient brillants et ses lèvres étaient entrouvertes, comme s'il en redemandait. Cette expression était bien plus satisfaisante à voir.

— Tu es à nouveau avec moi ?

— Je pense, oui, répondit Eric. Les murs ont commencé à se refermer sur moi et je ne pouvais plus respirer. Je devais sortir.

— Parce que nous étions en train de nous embrasser lorsque Dav s'est réveillé ?

Sa réaction semblait un peu disproportionnée, mais Richard avait lui-même de drôles de stimuli. Les siens n'avaient simplement pas été déclenchés par la situation actuelle comme l'avaient été ceux d'Eric. Il inspira profondément et s'efforça de ne pas prendre cette crise de panique personnellement. Eric se fiait à Dav depuis des années, mais il apprenait encore à se fier à Richard.

— C'est stupide, n'est-ce pas ?

— Pas si ça déclenche une crise de panique chez toi. Je sais que Dav ne va jamais se plaindre de nous voir ensemble étant donné que c'était son idée, mais chaque personne a sa propre façon de vivre ses flashbacks, ses crises de panique et tout ce qui s'ensuit. Si ce genre de contact déclenche une crise chez toi, je dois le savoir pour me montrer plus prudent.

Il n'arrivait pas à imaginer le fait de ne pas pouvoir embrasser Eric en présence de Dav, mais ils pourraient trouver une sorte d'arrangement qui satisferait tout le monde.

— Non, répliqua fermement Eric. Enfin si, c'est ce qui a déclenché ma crise, mais ça n'a rien à voir avec le fait qu'il nous ait vus en train de nous embrasser. C'est… Je n'arriverais même pas à l'expliquer de manière cohérente.

— Dans ce cas, explique-le de manière décousue. Ou bien, si tu n'as pas envie de l'expliquer, dis-moi ce que je dois faire pour éviter que ça se reproduise.

— Lorsque nous sommes en mission, nous devons analyser une situation qui change de manière continuelle et décider quelle est notre priorité à chaque instant.

Richard hocha la tête pour l'encourager à continuer.

— Depuis notre arrivée à l'hôpital hier matin et chaque instant depuis, notre priorité était Tim et ce dont il aurait besoin à son réveil. Non pas que t'embrasser ne soit pas important, mais ce n'était pas le plus important.

— C'est aussi pour cette raison que nous avons passé la nuit à raconter des histoires sur Dav au lieu de baiser à n'en plus pouvoir. Je comprends.

— Sauf que je me suis égaré et que j'ai cessé de faire attention à Tim.

Richard arrivait presque à comprendre la logique de sa réflexion. Presque.

— Tu te rends compte qu'il ne s'agit pas d'une mission, n'est-ce pas ? Ce n'est pas une question de vie ou de mort. Et même si ça l'était, Dav ne nous en voudrait pas de chercher du réconfort auprès de l'autre.

— Oui, mais dès que tu m'embrasses, je ne pense plus à rien d'autre, marmonna Eric.

À tout autre moment, les mots d'Eric auraient gonflé son ego, mais Eric ne semblait pas satisfait de l'influence que Richard avait sur lui.

— Je vois. Alors maintenant, que faisons-nous ?

— Comment ça ?

— Dav va avoir besoin de temps avant d'être assez en forme pour faire l'amour avec nous. Il pourra certainement nous embrasser, mais il ne pourra pas faire grand-chose de plus. Si ça signifie que tu ne veux pas que je te touche jusqu'à ce qu'il puisse se joindre à nous, j'ai besoin que tu me le dises tout de suite.

Si c'était ce que voulait Eric, Richard en serait profondément blessé, mais il s'en arrangerait. Il ne le ferait pas de bon cœur, mais il respecterait son choix.

— Quoi ? Mais non ! Voilà, c'est exactement la raison pour laquelle j'ai fui. C'est la raison pour laquelle j'aurais dû fuir depuis longtemps. Peu importe ce que je fais, je finis toujours par foutre le bordel.

— Arrête, ordonna Richard.

Il chassa les dernières lueurs de son amertume. Il ne serait d'aucune aide s'il laissait apparaître la souffrance et la colère qu'Eric avait provoquées en lui.

— Tu n'as pas le droit de fuir. Si ce n'est pas ce que tu voulais dire, alors dis-moi ce que tu voulais vraiment dire.

— Je ne sais pas. Je ne savais pas que ça allait déclencher une crise jusqu'à ce que ça se produise. Je ne sais pas comment gérer tout ça en même temps. Je vous aime tous les deux à la folie, mais je n'arrive pas à me montrer attentionné envers l'un de vous sans avoir l'impression de délaisser l'autre. Si je fais attention à toi, je ne fais pas attention à Tim. Je veux faire attention à toi, mais je ne veux pas l'ignorer.

— Imagine que j'entre dans la chambre d'hôpital avec toi, que j'embrasse Tim, que je lui demande comment il va et que je lui tienne la main pendant qu'il me répond. Te sentirais-tu délaissé ?

— Pas tant que je suis présent et que je peux lui parler aussi en lui tenant l'autre main. Ça ne me dérangerait que si vous tentiez de me mettre à l'écart.

— Alors, fais-nous un peu confiance. Oui, nous étions en train de nous embrasser quand Dav a ouvert les yeux, mais dès que nous avons compris qu'il était réveillé, nous l'avons inclus. Peut-être pas dans notre baiser, mais dans notre environnement. Il ne s'est pas senti délaissé parce que nous nous embrassions. Il était heureux de nous voir ensemble. Tant que tu ne m'ignoreras pas, je ne me sentirais pas délaissé lorsque tu passeras du temps avec lui. Vivre une relation à trois est délicat. Le fait que Dav soit blessé rend cela encore plus compliqué. Ne rends pas la situation encore plus difficile qu'elle ne l'est déjà, d'accord ?

— J'ai l'impression que c'est plus facile à dire qu'à faire, ironisa-t-il.

Richard laissa échapper un rire.

— Tu en vaux la peine. *Nous* en valons la peine. Ne nous fuis pas. Nous pouvons tout supporter sauf ça.

Eric déglutit difficilement, sa pomme d'Adam clairement visible.

— Je ne fuirai plus.

—Alors, allons voir Dav. Le médecin doit avoir terminé de l'examiner.

LES MAINS d'Eric tremblaient toujours autant lorsqu'il se retrouva devant la chambre que lorsqu'il s'était sauvé, mais la main de Richard se referma fermement sur la sienne et lui donna le courage d'entrer et d'affronter la réaction de Tim. Le médecin n'était pas dans la pièce et les yeux de Tim étaient fermés. Eric s'en voulut d'avoir manqué l'opportunité de lui parler, mais il s'était réveillé une fois. Il se réveillerait à nouveau.

— Il n'était pas en colère contre moi?

— Pas du tout. Pourquoi le serait-il?

— C'est probablement ma faute s'il est dans ce lit.

— Non, il y a très peu de chances que ce soit ta faute. Aucun détail de cette mission n'avait été décidé avant ton enlèvement, alors même s'il s'agit du même groupe terroriste, qu'ils ont entendu parler de cette mission et qu'ils ont fait le lien entre sa mission et la tienne, tout cela ne serait qu'une énorme coïncidence. Même s'ils ont fait le lien, tu n'as pas pu leur révéler quoi que ce soit parce que tu ne connaissais rien de cette opération. Je sais qu'ils t'ont retourné le cerveau, mais tu dois me faire confiance.

— Tu pourrais mentir pour m'empêcher de paniquer.

— Non. Je t'ai sermonné assez de fois ces dernières années pour que tu saches que je n'y vais pas de main morte quand un agent fait échouer une mission. Je ne te sermonnerais peut-être pas immédiatement parce que nous t'avons enfin retrouvé et que je suis infiniment reconnaissant que tu sois en vie, mais je ne te mentirais pas.

Eric observa le visage de Richard, son regard sombre plus sérieux que jamais. Il avait déclaré plus d'une fois que Richard mentait comme il respirait, mais il y avait des signes qui le trahissaient et désormais, Eric les connaissait : la manière dont il serrait la main droite en glissant son pouce à l'intérieur de son poing, la façon dont il se tenait parfaitement immobile, sans faire le moindre mouvement alors qu'il était d'habitude tellement agité qu'il ne pouvait pas rester assis. Oui, Eric savait quand il mentait, mais les mains de Richard pendaient le long de son corps, ses doigts frappant contre sa cuisse. Qu'il ait raison ou tort, il pensait vraiment les mots qu'il venait de prononcer. Eric prit une longue inspiration tremblante et essaya de se libérer de son sentiment de culpabilité.

— Et eux mentiraient, dit-il en pensant à tout ce que ses ravisseurs avaient raconté.

Certaines de leurs paroles avaient été assez crédibles pour qu'Eric finisse par se demander si le reste de ce qu'ils disaient était vrai, mais son équipe était venue à son secours. Richard avait supervisé cette mission de sauvetage tout en surveillant celle de Tim. Richard et Tim n'avaient pas cessé de croire en lui et s'il n'y avait pas eu de mission en Syrie, ils auraient participé à son sauvetage avec le reste de l'équipe. Il en avait douté pendant qu'il avait été retenu en otage, mais il n'en doutait plus. Il ne pouvait pas en douter.

— Oui, ils mentiraient. Ils auraient dit n'importe quoi pour te faire craquer.

— Ils ont failli réussir.

— Mais tu es sain et sauf et ils sont morts. Et Dav est en train de guérir. Ça va prendre du temps, mais la situation reviendra bientôt à la normale.

Tim remua sur le lit, ce qui attira son attention. Il embrassa rapidement Richard afin de ne pas lui donner l'impression qu'il comptait moins à ses yeux, puis il s'approcha de Tim. Richard fit le tour du lit et prit la main de leur partenaire dans la sienne. Eric fit de même parce qu'il ne pouvait pas imaginer une meilleure façon pour Tim de se réveiller : avoir ses deux amants à ses côtés, tenant chacun une main.

Tim cligna doucement des yeux.

— 'ric ? balbutia-t-il.

— Je suis là. Nous sommes ici tous les deux.

Tim se tourna vers Richard.

— Tu n'as pas foiré.

Richard se mit à rire, d'un rire profond et rauque. C'était la plus belle chose qu'Eric avait entendue depuis un moment.

— Non, je n'ai pas foiré.

Tim se tourna vers Eric. Ses yeux bleus étaient légèrement vitreux, mais expressifs.

— Bien.

XIX

— Tu vas bien ? demanda Dav.

Eric laissa échapper un rire brut, mais sincère, ce qui réchauffa le cœur de Richard.

— Je ne suis pas sur un lit d'hôpital avec un tas de blessures par balles.

Dav haussa les épaules, mais fit immédiatement la grimace.

— Tu es encore relié à certains tuyaux, dit Richard. Reste tranquille.

— Parle-moi, Eric, ordonna Dav.

Eric attendit un instant avant de répondre.

— Je suis… de retour. L'équipe m'a secouru. Richard t'en a déjà parlé. Victoria m'a préparé du bouillon, Richard m'a aidé à me raser et je récupère. Je dois encore gagner dix kilos de muscles et retrouver mon endurance avant de pouvoir être à nouveau au meilleur de ma forme, mais je peux le faire.

Ces détails n'avaient rien de nouveau pour Richard, mais la facilité avec laquelle il rapporta les faits lui fit comprendre qu'il leur restait encore un long chemin à parcourir. Il ignora son élan de jalousie. Dav et Eric avaient eu des années pour consolider leur relation, avant même qu'Eric ne devienne leur amant. Il ne pouvait pas obtenir cette même relation en quelques jours et ne pouvait s'en prendre qu'à lui-même. Il aurait pu apprendre à connaître Eric plus tôt.

— Et le reste ?

— Les crises de panique ont fait leur retour. Ce n'est pas vraiment surprenant étant donné tout ce que j'ai traversé et le fait que tu aies été inconscient à mon retour. Ce n'est pas vraiment la meilleure manière de faire une transition douce.

Le regard vitreux de Dav se posa sur Richard.

— Ne le laisse pas seul.

— Je sais. Amato m'a fait comprendre que je m'y prenais mal.

— Combien de temps suis-je resté inconscient ?

— Une semaine. Étant donné que je t'ai vu te vider de ton sang, ça relève du miracle.

— Le pronostic?

— As-tu discuté avec ton médecin quand elle est passée te voir? demanda Eric.

— Elle m'a surtout posé des questions. Tout est un peu flou dans mon esprit.

Il leva les mains comme s'il s'attendait à ce qu'elles soient recouvertes de fourrure. Dav avait toujours eu de drôles de réactions à la morphine.

— Tu n'as pas de fourrure. La dernière fois que nous avons discuté avec le médecin, elle espérait que tu te rétablisses physiquement, même si ton genou est bousillé. Ils l'ont opéré, mais tu sauras toujours que la pluie va tomber avant nous. Maintenant que tu n'es plus sous thérapie ventilatoire, c'est la pire nouvelle. Les balles ont causé des dommages musculaires à tes deux jambes, mais ça guérira. En revanche, la rééducation va être un véritable enfer.

Dav hocha la tête. Richard doutait qu'il se souvienne davantage de cette conversation que de celle qu'il avait eue avec le médecin. Ça n'avait pas d'importance. Ils pourraient lui répéter la même chose une fois que les médecins auraient diminué la dose de morphine. Dav ne se souviendrait peut-être pas de leur échange, mais il posait toutes les bonnes questions, utilisait leurs codes et faisait parler Eric. Il avait encore un long chemin à parcourir, mais il ne souffrait manifestement pas de lésions cérébrales. Richard n'avait pas besoin que Smithers le lui dise.

— Nous serons à tes côtés tout au long du processus, dit Eric. Peu importe combien de temps ça prendra.

Dav observa attentivement Eric.

— À quand remonte la dernière fois que tu as dormi?

— J'ai fait des petites siestes durant la nuit.

— Ce n'est pas ce que je t'ai demandé.

— Hier matin, répondit Richard. Il y a deux jours, il a fait une crise de panique. Nous avons réussi à le calmer et il a dormi un moment avant que nous venions à l'hôpital. Hier, quand ils nous ont annoncé qu'ils allaient diminuer la dose de morphine pour pouvoir retirer le respirateur, nous ne pouvions plus partir. Nous voulions être ici quand tu te réveillerais.

— Je ne vais pas rester éveillé longtemps. Tu sais que la morphine me met KO.

— Laisse-les gérer la douleur pendant encore quelques jours, insista Richard. Ensuite, tu pourras refuser si tu veux. Laisse ton corps récupérer autant que possible afin de ne pas faire une rechute. Aucun de nous ne le supporterait.

— Nous voulons que tu guérisses au plus vite pour revenir à la maison, ajouta Eric.

— Encore quelques jours, acquiesça Dav. Mais si je suis ici en train de dormir, vous devez rentrer et dormir dans votre lit. Arrêtez de dormir ici.

— Du moment que ton état n'empire pas, dit Eric.

— Mon état n'empirera pas. J'ai envie de m'endormir dans vos bras.

— Seulement de t'endormir ? le taquina Eric avec un regard lubrique.

— C'est tout ce que je serais capable de faire pendant un temps, mais je peux admirer.

Richard trembla à l'idée de faire l'amour avec Eric pendant que Dav les encouragerait. Il savait exactement comment cela allait finir. Dav commencerait par regarder, mais très vite il ferait une suggestion, puis une autre, et la minute suivante, il orchestrerait le tout et ce serait tout bonnement incroyable.

— Ne fais pas de promesses alors que tu vas rester dans ce lit pour Dieu sait combien de temps.

— Vous n'avez pas besoin de moi pour baiser comme des bêtes.

— Non, Richard l'a déjà prouvé, dit Eric d'une voix sensuelle.

Richard tendit sa main au-dessus du corps de Dav et serra celle d'Eric. Dav retira sa main de celle de Richard et la posa au-dessus de leurs mains jointes.

— Bien. Retournez à la maison et prouvez-le encore une fois. Vous pourrez tout me raconter demain.

Eric laissa échapper un rire bref.

— Tu vas critiquer notre technique ?

Le sourire de Dav apparut doucement sur son visage, espiègle et bien trop tentant. Apparemment, Eric pensa la même chose, car il se pencha et l'embrassa délicatement. Quand il se redressa, Richard l'embrassa à son tour. Après avoir passé une semaine à craindre qu'il n'ait plus jamais cette chance, il eut du mal à ne pas approfondir le baiser, mais il ne voulait pas déclencher une alarme et pousser le médecin à remettre Dav sous thérapie ventilatoire. Il voulait que son partenaire se rétablisse.

— Fais-lui un massage de la prostate avant de le prendre, lui conseilla Dav lorsque Richard rompit le baiser.

Il avait utilisé un ton conspirateur, comme s'il était en train de partager un secret, mais il avait perdu tout sens du volume à cause des médicaments et ses mots étaient prononcés bien plus fort que dans un murmure.

— Tu peux le faire jouir deux fois en faisant ça. Si tu prends vraiment ton temps, tu peux même le faire jouir une troisième fois. Il est jeune. Il peut le supporter.

Eric laissa échapper un doux gémissement, ce qui attira l'attention de Dav. Il devint alors tout rouge, ce qui amusa Richard. C'était rassurant de voir que la suggestion de Dav coïncidait si bien avec les promesses qu'il avait faites à Eric avant de venir à l'hôpital. Il ne connaissait peut-être pas tous les secrets de Dav pour rassurer Eric ou l'empêcher d'avoir une crise de panique, mais il savait comment lui procurer du plaisir.

— Tu n'étais pas censé m'entendre.

— Trop tard. Et moi, que suis-je censé lui faire ? Je ne peux pas me contenter de rester allongé sans lui rendre la pareille.

— Te baiser est la seule récompense dont j'ai besoin, dit Richard d'une voix rauque.

S'ils continuaient de parler, Dav allait avoir droit à un spectacle en direct et ce n'était pas une bonne idée, pour tout un tas de raisons.

— C'est vrai que ce jeune homme a un magnifique derrière, acquiesça Dav avant de se tourner vers Eric. Tu pourrais lui faire un anulingus. Il adore ça.

— Je sais.

Eric adressa un clin d'œil à Richard et s'humecta les lèvres. Oh, Eric était en train de le chercher. Richard allait le tourmenter jusqu'à ce qu'il supplie de se faire prendre.

— Tu n'as pas d'autres suggestions ?

Dav tira sur la main d'Eric jusqu'à ce qu'il soit assez proche pour chuchoter à son oreille. Heureusement pour Richard, son sens du volume ne s'était pas amélioré durant ces dernières minutes.

— Ses tétons. Si tu veux lui faire perdre le contrôle, joue avec ses tétons.

Dav n'avait clairement rien perdu de ses souvenirs ou de son caractère. Il avait demandé à Richard de prendre les rênes et de faire jouir Eric à plusieurs reprises, mais il venait de dire à Eric comment lui faire perdre tout contrôle. Vu le sourire que Dav lui adressa, il l'avait fait de manière totalement consciente. Il était fier de sa bêtise. Cependant, Richard lui rendrait la monnaie de sa pièce. Il retournerait à la maison avec Eric et même si cela lui prenait toute la nuit, il lui ferait tout ce que Dav avait suggéré, voire même plus. Demain, il raconterait sa nuit à Dav dans les moindres détails.

Rira bien qui rira le dernier.

— Tu es certain que ça ne te dérange pas que nous partions ? demanda Eric.

Dav bâilla.

— J'vais m'coucher.

La manière dont il avait prononcé ces mots était la preuve que Dav était vraiment à deux doigts de s'endormir. Il s'enorgueillissait de parler de façon claire et concise.

— Je vous aime.

Ses paupières se fermèrent. Eric l'embrassa tendrement. Dav sourit, mais n'ouvrit pas les yeux, alors Richard l'embrassa à son tour et s'éloigna en emportant Eric avec lui.

— Il dormira avant que nous soyons arrivés au fond du couloir.

— Et nous avons des ordres à suivre.

Eric avait dit cela d'une voix rauque, donnant envie à Richard de le plaquer contre le mur et de le prendre ici même. Dav ne leur en voudrait pas s'il se réveillait, mais les infirmières ne seraient pas enchantées de les surprendre dans cette position. Ils seraient à la maison en dix minutes, où ils profiteraient d'une vraie intimité, sans compter qu'ils auraient des préservatifs et du lubrifiant.

En rentrant à la base, Richard fit de son mieux pour se concentrer sur la route plutôt que sur Eric. On aurait dit qu'Eric était en train de vibrer sur le siège passager, tel un mélange d'énergie contenue et de désir ardent. Richard arrivait presque à sentir les vagues de désir qui émanaient de lui. Il était prêt à parier qu'Eric était dur comme de la pierre sous son pantalon. Il faillit tendre une main pour vérifier, mais s'il le faisait, il ne pourrait pas s'arrêter et ils devaient encore passer le poste de surveillance de la base. Mieux valait ne pas passer devant les gardes avec la braguette d'Eric ouverte et la main de Richard enfouie dans son pantalon.

Il présenta ses papiers d'identité à l'entrée de la base et conduisit jusqu'à leur maison en pilotage automatique. Les encouragements de Dav étaient tout ce dont il avait eu besoin pour se libérer de ses derniers doutes concernant la meilleure manière de prendre soin d'Eric. Même drogué, Dav l'aurait prévenu si une autre manière de faire avait été préférable. Eric avait avoué qu'ils n'avaient pas dormi de la nuit et lui avait parlé de sa crise de panique – sans compter le début de celle dont Dav avait été témoin en se réveillant la première fois. Dav savait dans quel état se trouvait Eric. S'il avait mieux valu que Richard l'emmène au stand de tir, à la salle de sport ou chez un psy, Dav l'aurait mentionné au lieu de leur donner des conseils sexuels. Il gara la voiture et attira Eric à lui pour l'embrasser avec autant de passion que possible. Avec l'adrénaline qui parcourait leurs veines maintenant que Dav était réveillé, Richard était prêt à parier qu'il pouvait faire jouir Eric avant même de rentrer à la maison.

Sa concentration se dissipa lorsqu'il entendit frapper à sa portière. Il se retourna avec l'intention de s'emporter contre la personne qui avait osé les interrompre. Amato et Westin se tenaient à l'extérieur de la voiture.

— Bordel.

Il descendit la vitre et les fusilla du regard.

— Qu'est-ce que vous voulez?

— Savoir comment va Davenport et vous faire un rapport sur les missions que vous nous avez confiées, répondit Amato avec les bras croisés, comme pour le mettre au défi de lui répondre.

Leur timing n'aurait pas pu être pire. Il devait écouter ce qu'ils avaient à dire. Il avait une organisation à faire tourner et il ne pouvait pas le faire sans leur aide, surtout tant que Dav était encore à l'hôpital, mais il pouvait déjà sentir Eric se renfermer sur lui-même. Et puis, merde. Il avait déjà fait cette erreur. Il n'allait pas recommencer.

— Davenport n'est plus sous thérapie ventilatoire. Il a ouvert les yeux quelques minutes. Comme nous n'avons pas fermé l'œil la nuit dernière, il nous a demandé de rentrer dormir à la maison. S'il y a une urgence, parlez-en à Heikkinen. Sinon, passez à la maison demain vers 10 h et nous en discuterons.

— Mais, Commandant…

— Demain, Westin, ou parlez-en à Heikkinen.

— Entendu, Monsieur, dit Amato avec un salut militaire totalement dénaturé par le sourire en coin qu'elle lui adressa.

Quelle idiote ! C'était la raison pour laquelle il ne parlait pas de sa vie privée aux autres. Les gens avaient tendance à croire que ça leur donnait tous les droits.

Au moins, elle attrapa Westin par le bras et l'emmena. Il se tourna vers Eric, qui s'était avachi sur le siège passager, ses bras enroulés autour de sa taille.

— Ils sont partis.

Eric sursauta légèrement et regarda vers Richard, ses yeux vitreux.

— Quoi ?

— Ils sont partis. Je leur ai dit de revenir demain matin à 10 h. Je vais devoir m'entretenir avec eux. Je ne peux pas reporter cette réunion indéfiniment, mais je pourrais te conduire à l'hôpital avant qu'ils arrivent si tu veux rester avec Dav le temps que je discute avec eux.

— Je ne… Quoi ?

— Tu es avec moi, Pêche ? demanda-t-il, de plus en plus inquiet.

Eric cligna des yeux.

— Où sont Amato et Westin ?

— Je leur ai dit de revenir demain matin, répéta-t-il avant de sortir de la voiture et d'en faire le tour pour en tirer Eric et le prendre dans ses bras. Rentrons à l'intérieur.

Eric le suivit docilement jusque dans la maison. Quand la porte se referma derrière lui, Eric s'arrêta et secoua la tête, un sourire s'esquissant sur son visage.

— Tu leur as dit de revenir demain matin.

— Oui. J'ai des choses plus importantes à faire cet après-midi. Dav nous a donné des ordres assez clairs. Je refuse de lui dire que nous ne l'avons pas écouté.

Le sourire d'Eric s'estompa. Merde. Son partenaire avait mal interprété ses paroles.

— Et même s'il ne l'avait pas fait, je t'ai dit que le travail ne serait pas ma priorité lorsque tu aurais besoin de moi. Avec ou sans les ordres de Dav, je ne voudrais être nulle part d'autres qu'ici, avec toi. Je te dois un massage lent et long de la prostate.

XX

ERIC PRIT une profonde inspiration pour calmer les tremblements qui s'étaient emparés de lui lorsque Victoria et Westin étaient apparus. Il avait été si sûr de ce qui allait suivre. Richard se serait excusé et lui aurait expliqué qu'il devait leur parler. Après tout, il leur avait confié des missions et devait écouter leur rapport. Le travail passait avant tout. Si Eric savait une chose à propos de Richard, c'était bien celle-ci. Sauf que cela ne s'était pas déroulé comme prévu. Il avait demandé à Victoria et Westin de partir et l'avait fait pour passer du temps avec Eric. Les raisons pour lesquelles il avait pris cette décision – les ordres de Tim ou ses propres promesses – n'étaient pas importantes. Il avait choisi Eric plutôt que son travail.

— Oui, nous devons suivre les ordres. Nous ne devons pas décevoir Tim.

Il entra dans l'espace personnel de Richard et l'attira dans un baiser. Si son geste semblait désespéré, il n'avait qu'à le mettre sur le compte de la peur et de l'inquiétude qu'il avait ressenties ces dernières vingt-quatre heures et du soulagement de voir Tim se réveiller. Ce baiser n'avait rien à voir avec la crise de panique qu'il avait failli avoir dans la voiture. S'il ne l'admettait pas, c'était comme si elle n'était pas arrivée.

Richard répondit à son baiser avec autant de fougue que lui. Eric lui donna accès à sa bouche. Richard plongea à l'intérieur et prit possession de chaque millimètre carré en léchant, mordant et suçant les lèvres et la langue d'Eric. Celui-ci gémit et l'embrassa avec autant de diligence. Il n'arriverait pas à lui faire perdre le contrôle. La plupart du temps, même Tim ne réussissait pas, sauf si Richard le cédait volontairement. Cependant, Eric allait faire de son mieux pour y arriver. Il ne pouvait pas rester allongé et laisser Richard faire tout le travail. Il s'était déjà montré assez égoïste.

En repensant au conseil de Tim, il glissa ses mains sous le t-shirt de Richard et les fit remonter sur son abdomen musclé. Richard resserra son étreinte, mais Eric fit en sorte qu'il reste assez d'espace entre eux pour étaler ses doigts sur le torse de son amant. Richard tressaillit et donna un coup de reins. Bon sang, cela risquait d'être amusant. Il pétrit ce torse musclé tout en s'assurant que ses paumes restent posées contre les tétons de Richard.

— Petit con.

Eric reconnut le ton de sa voix. Richard l'utilisait en réunion lorsqu'Eric avait fait quelque chose qui était à la fois bien trop risqué et étrangement efficace. Lors des réunions, cela provoquait un petit sourire satisfait chez lui, car il savait qu'il avait bien fait son travail, peu importe les dangers encourus. Mais à cet instant, ce ton de voix s'infiltrait jusque dans son âme et l'apaisait. Une simple caresse avait déclenché cette réaction chez Richard. Quels bruits ferait-il si Eric s'appliquait vraiment ?

— Mais je suis ton petit con. Le tien et celui de Tim.

— En effet et quand j'en aurais terminé avec toi, tu ne l'oublieras plus jamais.

Cela convenait parfaitement à Eric. La présence constante de Richard avait fait taire les voix dans sa tête, sauf à deux reprises. Si Richard arrivait à les faire taire pour de bon, Eric ferait tout ce que son amant lui demanderait. Non pas qu'il ne le ferait pas autrement, mais il était prêt à tout pour être débarrassé des doutes qui ne le quittaient pratiquement jamais.

Richard poussa Eric vers la chambre. Eric retira son t-shirt et déboucla sa ceinture en chemin, si bien que lorsque Richard le retourna, il n'eut pas de mal à faire glisser son pantalon et son boxer au niveau de ses genoux. Eric retira ses chaussures et se déshabilla complètement.

— Impatient ? le taquina Richard.

— Après tout ce que toi et Tim m'avez promis ? Oh oui, répondit-il avant d'attraper le t-shirt de Richard. Tu portes bien trop de vêtements.

Richard sourit et son regard étincela quand il le promena le long du corps d'Eric. Celui-ci resta immobile et le laissa en profiter. Il n'était pas d'un naturel pudique. Il l'était encore moins en entendant les suggestions salaces de Tim résonner dans son esprit et en se souvenant des baisers de Richard qui promettaient de les mettre en œuvre.

— Alors, fais ce qu'il faut pour que ça change.

Eric n'avait pas besoin qu'on le lui répète. Il se mit à le déshabiller le plus rapidement possible. Il pourrait s'attarder sur son corps plus tard, une fois que cette magnifique peau serait nue. Pour l'instant, il devait lui retirer ses vêtements et l'amener au lit.

Richard laissa Eric le renverser sur le lit – au meilleur de sa forme, Eric *aurait pu* le battre au corps à corps, mais il était encore trop faible –, mais dès qu'il toucha le matelas, il roula jusqu'à ce qu'Eric se retrouve sous lui. Eric envisagea de lutter pour prendre le dessus, simplement pour s'amuser étant donné qu'il était certain de perdre, mais il ne voulait pas que

Richard ait le moindre doute sur son enthousiasme. Plus tard, lorsque ses crises de panique seraient à nouveau maîtrisées, il l'obligerait à se battre pour obtenir le contrôle.

Eric attrapa Richard d'une main pour l'attirer à lui dans un baiser. Avec l'autre main, il continua à jouer avec les tétons de Richard. Ce dernier haleta contre sa bouche, ce qui le fit sourire. Que personne ne vienne dire que sa précision n'était pas légendaire.

— Je vais regretter que Dav n'ait pas gardé sa langue, grommela Richard.

Eric pinça un téton dressé et son sourire s'élargit lorsque Richard ne put s'empêcher d'onduler contre lui.

— Pas moi.

— Nous verrons si tu chantes le même refrain quand je glisserai mes doigts en toi.

Eric se déplaça suffisamment pour libérer une de ses jambes et la souleva sur le côté. Il ne pouvait pas faire mieux en ayant la moitié du poids de Richard qui reposait sur lui.

— J'attends.

Richard éclata de rire.

— Tu es insatiable.

— Et tu adores ça.

— Parfaitement.

Il se pencha pour embrasser Eric, avec autant de délicatesse cette fois qu'il y avait eu de fougue la fois précédente, même si ce baiser était tout aussi profond et possessif. Eric se laissa submerger par le baiser. Il avait toujours envie de sentir les doigts de Richard dans son canal et de voir combien il pouvait le rendre fou en jouant avec ses tétons, mais ce n'était pas sa priorité. Tim leur avait peut-être demandé de baiser comme des bêtes, mais même Eric n'avait pas besoin qu'on lui explique ce qu'il avait vraiment voulu dire : Tim voulait qu'ils fassent l'amour en y mettant tout leur être.

Il griffa la nuque de Richard et sentit le tressaillement qui parcourut son partenaire. Comme il apprécia cette réaction, il répéta ce geste, mais sur l'un de ses tétons. Cela provoqua non seulement un tremblement, mais aussi un juron.

Richard lui attrapa la main et mordilla le bout de ses doigts.

— À mon tour.

Son partenaire s'étendit à travers le lit, le plaquant contre le matelas. Une semaine plus tôt, voire même un jour plus tôt, Eric se serait agité sous lui parce qu'il aurait ressenti le besoin de s'échapper. Aujourd'hui, ce contact ne faisait que l'exciter davantage. Il se sentait plus en sécurité et protégé dans les bras de Richard qu'à n'importe quel autre endroit. Il se pelotonna contre la couette et mordilla la courbe de l'épaule de son amant.

Richard se mit à genoux, le tube de lubrifiant dans la main. Eric faillit se plaindre lorsqu'il se retrouva libéré de son poids, mais maintenant qu'il était libre de ses mouvements, il pouvait l'aguicher. Il déplaça sa jambe, qui avait été coincée sous le poids de Richard, de l'autre côté de son amant et s'offrit entièrement à lui. Il envisagea de se mettre sur le ventre et de lui proposer son derrière, mais s'il faisait cela, il ne pourrait pas lui donner du plaisir. Il allait devoir se satisfaire de cette position.

Cela dit, Richard l'observait comme s'il était un plat particulièrement savoureux, alors il n'avait certainement pas de quoi s'inquiéter.

Richard lubrifia ses doigts et rangea le tube. Il prit les bourses d'Eric en coupe pour les écarter de son chemin tout en les malaxant, puis il glissa ses doigts le long de la raie d'Eric.

— Lentement ou rapidement ?

Eric se cambra sous cette double caresse. Bon Dieu, son partenaire connaissait trop bien son corps. Il ouvrit la bouche pour répondre, mais Richard caressa son entrée, ce qui provoqua un gémissement chez lui. Il déglutit pour s'éclaircir la gorge, puis réessaya.

— Tim demanderait que nous allions lentement.

— Je sais. De ton côté, tu me demanderais d'aller rapidement et nous finirions par trouver un compromis.

Richard plia son doigt contre son entrée. Ce n'était pas suffisant pour le pénétrer, mais ça l'était pour donner envie à Eric qu'il le fasse.

— Ce soir, Dav n'est pas là pour nous dicter notre rythme, alors à toi de me dire ce que tu veux. Lentement ou rapidement ?

— Commençons par aller rapidement, haleta Eric. Pour m'apaiser. Ensuite, tu pourras aller aussi doucement que tu en as envie.

Les pupilles de Richard se dilatèrent et il prit une vive inspiration.

— Dav a dit que tu pourrais le supporter.

Tim avait bien trop foi en son endurance, mais Eric ne le ferait pas remarquer tant que Richard le dévorerait des yeux. Il fit remonter ses cuisses contre son torse pour soulever ses hanches, chaque partie de son corps dévoilée.

Richard l'observa une seconde de plus, puis il inséra un doigt profondément en lui. Oh, bordel, ça piquait. Il en voulait plus. Il avait besoin de plus. Il avait besoin que Richard…

Un voile blanc s'abattit devant ses yeux lorsque Richard trouva son point sensible et le massa. Il laissa échapper un cri rauque et se jeta contre le matelas.

— Putain! Vas-y, Richard!

Richard courba son doigt et fit augmenter cette pression qui le rendait fou. Bordel. Il avait demandé que ce soit rapide, mais il ne s'était pas attendu à ce que ce soit *si* rapide. Il n'était pas monté en pression à cette vitesse depuis son adolescence. Richard se retira assez longtemps pour ajouter un deuxième doigt. Eric ne sentit presque pas l'étirement, trop impatient de sentir une autre caresse sur sa prostate. Il laissa retomber une de ses jambes pour attraper Richard, ayant besoin de cette connexion, mais Richard attrapa sa main et la reposa sur son genou.

— Reste dans cette position. Bien écarté et suppliant.

— Embrasse-moi? supplia Eric.

Ses mains resteraient à l'endroit où Richard les voulait parce qu'il désirait ce que son amant était en train de lui offrir, mais il avait besoin d'autre chose. Richard se pencha immédiatement et prit possession de sa bouche comme il avait pris possession de son derrière – de manière profonde, brusque et rigoureuse. Le désir bouillonna en lui, menaçant d'exploser. Son enveloppe corporelle semblait étroite, comme si elle avait rétréci ou que la magnitude de son désir s'était développée au-delà de ses limites.

— Tu parles des voix déraisonnables dans ta tête, dit Richard contre son oreille tout en le rendant complètement dingue. La prochaine fois que tu les entendras, pense à ce moment. À ma voix près de ton oreille. À mon corps qui te procure du plaisir. Et souviens-toi de mes mots. Ta place est ici, auprès de nous. Tu es désiré. Tu es choyé. Tu es ce dont nous avons besoin.

Il caressa la prostate d'Eric, plus fort, plus vite, jusqu'à ce qu'il laisse échapper des sanglots de désir.

— Ne l'oublie jamais. À partir de maintenant, cette voix sera celle que tu entendras. La mienne. Seulement la mienne ainsi que celle de Dav. Nous te désirons. Nous t'aimons. Nous avons besoin de toi.

Eric planta ses doigts dans ses mollets pour les maintenir en place et se calmer. Ce n'était pas une illusion. C'était la réalité. Richard était ici avec lui et prononçait ces mots. Richard *pensait* ces mots. Eric planta ces paroles au plus profond de son âme, où elles pourraient prendre racine.

— Oui, supplia-t-il. Dis-le encore.

— Nous aimons chacune des parcelles magnifiques et incroyables qui constituent ta personne. Nous avons besoin de toi ici, auprès de nous, pour que tu nous aimes, pour que nous t'aimions, pour que tu nous protèges. Je t'ai observé la nuit dernière ; tu montais la garde même dans ton sommeil.

Il recourba ses doigts à l'intérieur d'Eric pour appuyer sur sa prostate. Eric se mit à jouir dans un cri rauque, les vagues de son orgasme déferlant les unes après les autres, le secouant jusqu'à ce que son seul lien avec la réalité soit la voix de Richard qui continuait de murmurer à son oreille.

XXI

Richard se réveilla doucement, laissant son esprit s'éveiller, un luxe rare lorsqu'ils n'étaient pas aux îles Caïmans. Sa poitrine lui faisait agréablement mal, prouvant que la nuit dernière, Eric avait suivi les ordres de Dav à la lettre. Cela dit, Eric ne s'était pas réveillé une seule fois après s'être endormi, alors Richard avait aussi dû faire du bon travail.

Travail. Il soupira et s'efforça d'ouvrir les yeux. 8 h 30. Il lui restait encore du temps avant l'arrivée d'Amato et Westin. Il aurait aimé les renvoyer à nouveau chez eux, mais après avoir passé une nuit au chevet de Dav et la nuit dernière auprès d'Eric, cela faisait déjà deux jours qu'il les faisait attendre. Ils comprendraient qu'il remette encore leur réunion à plus tard, mais il ne pouvait pas continuer à se montrer égoïste et à faire passer ses problèmes personnels en priorité sans que cela ait des répercussions sur ses agents. Durant ses années passées chez les SEALs, il avait beaucoup appris, mais s'il devait retenir une chose, c'était qu'il avait une responsabilité envers les personnes qui travaillaient sous son commandement. S'il négligeait ce devoir alors qu'il pouvait l'assumer, il n'avait plus aucun droit de se définir comme un ancien SEAL. Il ne lui faudrait pas longtemps pour écouter leur rapport et ensuite, il pourrait se rendre à l'hôpital pour voir comment allait son partenaire. Et Dav comprendrait. D'ailleurs, il serait plus fâché de savoir que Richard avait reporté la réunion si longtemps que de le voir arriver deux heures après Eric à l'hôpital.

Il espérait seulement qu'Eric comprendrait que c'était son devoir. Il n'était pas en train de choisir son travail plutôt que ses amants. Il prenait simplement soin des personnes qui dépendaient de lui – chacune d'elles. Eric et Dav pouvaient s'occuper l'un de l'autre durant quelques heures, pendant que Richard prenait soin de tous les autres.

Évidemment, c'était de cette manière qu'ils avaient fini dans ce pétrin, mais tant que Dav était à l'hôpital, il n'y avait personne d'autre que lui pour faire le travail. Heikkinen pouvait s'occuper des missions quotidiennes, mais si le Pentagone était en train de les manipuler, Richard devait mener l'enquête. De plus, il avait demandé à Amato d'établir une connexion sécurisée à leurs serveurs, ce que lui seul pouvait gérer. Il ne pouvait pas déléguer cela à Heikkinen.

Eric remua contre lui, sans se réveiller, mais pour s'étirer. Richard se pelotonna sous les couvertures et posa la tête d'Eric sur son épaule. Il pouvait passer encore quelques minutes avec lui avant de devoir se lever et reprendre son rôle de commandant. Il embrassa le haut du crâne d'Eric et prit une profonde inspiration. L'odeur de shampoing et du musc, né de leurs ébats amoureux, réveilla son érection matinale qui avait disparu en pensant au travail. Il caressa les cheveux d'Eric d'une main et enroula l'autre autour de son érection grandissante. Il pourrait réveiller son partenaire, mais s'il le faisait, cela sonnerait le début de sa journée. Il préférait rester allongé dans leur lit, profiter de ce moment de calme et se masturber tranquillement. Ils étaient couverts de semence, alors en ajouter un peu ne ferait pas grande différence.

Il ferma les yeux et repensa à la nuit dernière : le pincement des dents d'Eric sur ses tétons, les gémissements d'Eric chaque fois qu'il effleurait sa prostate, la manière dont Eric le suppliait – encore et encore – de le baiser. Richard avait fini par céder, mais il avait suivi les conseils de Dav en le faisant patienter jusqu'à ce qu'aucun d'eux ne puisse plus tenir.

La chaleur de la main d'Eric sur la sienne le ramena brusquement à la réalité.

— Besoin d'un coup de main ?

L'accent d'Eric était plus prononcé quand il était fatigué ou qu'il venait de se réveiller. C'était un accent doux et traînant de Géorgie. Richard l'adorait.

— Ai-je déjà refusé d'avoir ta main sur mon sexe ?

— Une ou deux fois, mais c'était parce que tu voulais plonger ton sexe en moi.

— Ça pourrait se faire ce matin, dit-il, sans faire le moindre mouvement pour se placer au-dessus d'Eric ou attraper le lubrifiant.

Ils l'avaient déjà fait la nuit dernière. Ce matin, se masturber était une meilleure option. Il se déplaça afin d'attraper le sexe d'Eric. Il le caressa doucement, imitant le rythme de la main d'Eric sur son propre sexe.

Eric tourna la tête et frotta son nez contre sa poitrine. Ce contact n'était pas aguicheur, mais le frottement de la peau d'Eric contre ses tétons sensibles lui coupa le souffle.

— Je vais regretter que Dav t'ait parlé de ça, hein ?

— Je ne sais pas. Tu ne t'en plaignais pas hier soir.

Il ne s'en plaignait pas non plus ce matin. Peu de choses l'excitaient comme une main ou une bouche sur ses tétons, même s'ils étaient sensibles suite à la minutie d'Eric la veille.

— En combien de temps veux-tu que ça se termine ? Parce que si tu continues, je ne vais pas tenir longtemps.

— Cette idée me plaît. Tu es toujours si impassible. J'aime savoir que je peux faire tomber ton masque.

Richard ne regrettait pas les fois où il avait plaqué Eric sur le lit pour le baiser jusqu'à ce qu'il en oublie son nom durant ces derniers jours. Chacun avait eu besoin d'être rassuré sur le fait qu'Eric soit de retour, sain et sauf, et Eric avait eu besoin de comprendre que Richard le désirait ardemment. Maintenant que ces doutes étaient mis de côté, il pouvait céder le contrôle à son partenaire afin qu'il lui fasse perdre la tête. Il pouvait se montrer vulnérable. Eric avait autant besoin de ce Richard que de celui qui était aux commandes. Il avait besoin de le voir même quand Dav n'était pas présent.

— Tu aurais dû me voir quand tu étais porté disparu, murmura-t-il. Dire que j'étais effondré serait un euphémisme.

— Ce n'est pas vraiment de cette manière que je veux te faire perdre le contrôle.

— Alors, trouve un meilleur moyen, dit-il en pénétrant le poing d'Eric, provoquant une caresse plus vigoureuse.

Quand Eric resserra son poing et accéléra le mouvement, Richard n'essaya même pas de retenir le gémissement qui monta en lui. Il passait tellement de temps à jouer le rôle du commandant stoïque et teigneux qu'il lui était difficile de faire tomber le masque, mais il ferait cet effort pour Eric tout comme il le faisait pour Dav.

Se promettant de prendre soin d'Eric plus tard, il s'allongea et laissa son amant faire ce que bon lui semblait, sans se canaliser et sans ralentir la montée de son désir. À tout autre moment, il aurait été gêné par la vitesse à laquelle Eric avait réussi à le faire supplier en le caressant de manière ferme et précise, effectuant une rotation du poignet pour stimuler son gland et frottant constamment son nez contre ses tétons. Aujourd'hui, c'était l'objectif. Il attrapa la tête d'Eric et l'attira à lui dans un baiser profond et brûlant. Eric y répondit, puis il plongea dans sa bouche et prit aussi le contrôle du baiser. Richard gronda et se mit à jouir tellement fort qu'il en vit des étoiles. Il s'accorda un moment pour reprendre sa respiration, puis il chassa la main qu'Eric avait posée sur sa propre verge.

— À mon tour.

— Ça ne va pas te demander beaucoup d'efforts.

Richard sourit et caressa Eric deux fois avant qu'il jouisse à son tour. Son amant s'effondra sur lui et resta allongé, haletant. Richard laissa le calme de cette matinée se répandre en lui un peu plus longtemps. Eric finit par lever la tête.

— Tu dois t'entretenir avec Westin et Victoria, ce matin, n'est-ce pas ?

— J'aimerais que ce ne soit pas le cas, mais je ne devrais pas reporter cette réunion plus longtemps.

— Veux-tu que je reste avec toi ?

Richard aurait adoré qu'il reste, mais il ne pouvait pas lui demander ça.

— Comme tu veux, mais l'un de nous devrait aller voir comment se porte Dav. Je dois faire cette réunion, mais il n'y a pas de raison que tu m'attendes. Westin est parti à la chasse aux informations sur le Pentagone – je ne suis pas convaincu qu'ils jouent franc-jeu avec nous – et Amato essaye d'établir une connexion sécurisée avec nos serveurs sans passer par le réseau militaire. Rien de spectaculaire.

— Tu en es certain ? Je peux rester si tu veux.

— Je sais que tu resterais si je te le demandais.

Richard doutait de beaucoup de choses, mais pas de la loyauté d'Eric.

— Mais j'en suis certain, reprit-il. Si Westin a trouvé des informations utiles, je vous en parlerai plus tard et vous pourrez m'aider à clarifier tout ça. Je ne vous cacherai rien.

— Tu n'auras pas l'impression que je choisis Tim au lieu de toi ?

— Pas du tout. Tu te rappelles de la conversation que nous avons eue hier concernant nos priorités ? Tu viens de prendre soin de moi de manière exceptionnelle. Maintenant, je peux passer quelques heures sans toi à travailler pendant que tu t'occupes de Dav. Tu n'as pas l'impression que je choisis mon travail plutôt que toi, si ?

Eric fit non de la tête.

— Tu m'as explicitement montré quelles étaient tes priorités la nuit dernière.

— C'est la raison pour laquelle nous sommes trois. La charge est bien trop lourde pour deux personnes, mais à nous trois, nous pouvons tout surmonter. Je peux rester ici et travailler parce que je sais que tu es à l'hôpital avec Dav et dès que j'aurai terminé, je vous rejoindrai pour voir si tout va bien. Un jour prochain, ce sera peut-être toi ou Dav qui devra travailler, mais dans tous les cas, à la fin de la journée, le travail est fait et nous allons tous bien. C'est ce qui nous rend forts.

— Du moment que tu n'es pas le seul à te retrouver coincé au bureau. Ce n'est pas juste envers toi et ce n'est pas juste envers nous, car nous n'avons pas l'occasion de te voir.

Richard releva la tête d'Eric pour l'embrasser.

— Je ne répéterai pas cette erreur.

Tim leva les yeux lorsque la porte s'ouvrit. Il espérait que ce n'était pas Jamie, sa kinésithérapeute, qui revenait pour le torturer. Il n'était pas certain de pouvoir supporter une autre séance aujourd'hui, même si c'était elle qui faisait tout le travail.

Eric passa sa tête dans l'entrebâillement de la porte et sourit en voyant qu'il était réveillé. Tim lui rendit son sourire sans hésiter, mais il se concentra sur la manière dont Eric traversa la pièce et catégorisa son mouvement.

Eric possédait plusieurs démarches selon les circonstances et Tim avait appris à les interpréter avant même qu'ils deviennent amants. Il y avait la démarche assurée et implacable qu'il utilisait sur le terrain, sans aucun mouvement parasite, chaque muscle tendu et prêt à la course, tel un grand félin chassant sa proie. Il y avait la démarche enjouée et insouciante qui était réservée aux longues balades sur la plage à la maison ; il était léger et détendu. Il y avait la démarche où il traînait des pieds après de longues missions, quand les heures interminables qu'il avait passées dans son nid de sniper le rattrapaient et qu'il n'avait plus d'énergie. Puis, il y avait la démarche arrogante et sexy qu'il adoptait juste avant ou après avoir baiser à n'en plus pouvoir. C'était la démarche préférée de Tim parce que c'était lui et Richard qui avaient été à l'origine de ce joli déhanché.

Au grand soulagement de Tim, Eric se pavana en traversant la pièce, un sourire satisfait sur le visage.

— Tu as passé une bonne nuit ? demanda Tim.

Il n'avait pas besoin d'une confirmation, mais il ne se plaindrait pas d'en obtenir une.

— Oh oui, chantonna-t-il, l'accent du garçon de Géorgie se faisant entendre. Mais tu le savais déjà. Tu nous as envoyés à la maison avec des ordres.

— Je devais m'assurer que Richard prenne correctement soin de toi, comme je ne pouvais pas être là pour t'accueillir à la maison.

L'expression d'Eric s'assombrit un instant.

— Maintenant, tu es là. C'est tout ce qui compte. Et Richard a pris soin de moi. La nuit dernière et même avant cela, dit-il en passant une main sur ses joues.

Tim imagina Richard avec un rasoir coupe-chou à la main, faisait disparaître les restes de la captivité d'Eric. Même si cette image était séduisante, il regrettait de ne pas avoir été là pour le faire lui-même. Il observa le visage d'Eric et ne manqua pas les cernes sous ses yeux. Il était peut-être arrivé dans la chambre en se pavanant, mais il n'était pas au mieux de sa forme, même si Richard l'avait baisé jusqu'à l'épuisement la nuit dernière.

— Parle-moi, Eric.

Eric sourit en entendant cet ordre familier. Tim avait commencé à utiliser cette phrase lorsqu'il dirigeait Eric sur le terrain. C'était devenu une pièce supplémentaire de leur lexique qui rappelait à Eric qu'il pouvait se confier à lui, en toutes circonstances. Sur le terrain, établir un bilan juste et précis de la situation était capital pour minimiser les dommages et maximiser leur efficacité. Cela avait déteint sur leur vie privée et Tim en était reconnaissant. S'il ne trouvait pas le moyen d'apaiser Eric, mais qu'il réussissait à le faire parler, il pouvait trouver une solution au problème.

— Je tiens le coup, dit-il doucement. Je ne m'en sors pas terriblement bien, mais je fais de mon mieux. En rentrant, j'ai appris que tu avais failli mourir lors d'une opération que j'aurais pu compromettre. Avant que tu dises quoi que ce soit, tout le monde m'a dit que je ne pouvais pas être à l'origine de l'échec de cette mission parce qu'elle n'était pas encore mise en place quand on m'a capturé, mais je ne suis toujours pas certain qu'ils n'aient pas utilisé ce que j'aurais pu dire contre toi. J'ai des flashbacks et des crises de panique, ce qui n'est pas très surprenant. J'ai perdu dix kilos de muscles et je ne trouve pas le temps d'aller m'entraîner pour les récupérer. Je suis toujours couvert d'hématomes et certaines de mes cicatrices ne s'effaceront probablement jamais. En résumé, cette semaine n'a pas été rose.

Rien de tout cela ne le surprenait, même si Tim aurait préféré qu'il en soit autrement. En tout cas, ça lui donnait un point de départ.

— Tu arrives à dormir ?

— Maintenant, oui. Richard et moi avons connu des débuts difficiles, mais mon subconscient a fini par comprendre que j'étais en sécurité avec lui. Sans compter la nuit que nous avons passée ici avant-hier, ces dernières nuits ont été plus paisibles.

— Combien de temps suis-je resté inconscient?

Il avait l'impression d'avoir déjà posé cette question, mais ses souvenirs étaient flous à cause des médicaments. S'il avait posé cette question, il ne se souvenait pas de la réponse.

— Une semaine.

— Ai-je envie de savoir pourquoi les premières nuits se sont mal passées?

— Probablement pas.

— Ce n'était pas la réponse que j'attendais.

— Je sais, mais tu n'apprécierais pas davantage la vraie réponse.

Tim fronça les sourcils, mais il avait encore trop d'antidouleurs dans son système pour comprendre ce que voulait dire Eric. S'il posait la question, Eric lui répondrait, mais à en croire la tension dans ses épaules, cette conversation ne serait pas agréable. Il valait mieux attendre l'arrivée de Richard au cas où il y aurait des répercussions. En parlant de lui…

— Où est Richard, ce matin?

— Il ne va plus tarder. Il y a deux jours, il a confié des missions à Victoria et Westin. Il est en train d'écouter leur rapport. Il nous rejoindra dès qu'il aura terminé. Il veut te voir.

— Je n'en doute pas. Il fera toujours passer son devoir envers ses troupes avant ses besoins personnels. C'est sa nature. C'est une des choses que j'ai toujours aimées chez lui.

Eric le regarda de manière étrange; une autre chose à ajouter à la liste grandissante de ce qu'il ne pouvait pas comprendre pour le moment.

— Nous devrions en discuter quand tu iras mieux parce que certains des problèmes que nous avons rencontrés durant la semaine auraient pu être évités s'il n'était pas toujours celui qui reste tard au bureau.

— Comment ça?

— Lorsque tu iras mieux, répéta Eric. Je ne veux pas voir le médecin débarquer ici en me hurlant dessus parce que j'ai fait monter ta tension. Je veux que tu te rétablisses pour pouvoir sortir d'ici, rentrer à la maison et nous pourrons décider de la suite des événements.

— M'inquiéter de ce que tu ne me dis pas est bien pire pour ma santé que d'entendre ce que tu as à me dire.

— Ce n'est rien de grave. C'est simplement que… savais-tu que Richard pensait que je ne le désirais pas comme je te désire?

Tim cligna des yeux. Il savait qu'il était encore déboussolé, mais Eric venait-il vraiment de dire que…

— Pourquoi penserait-il une chose pareille ?

— Je ne sais pas, et il ne le pense plus. Avant, je pensais que son travail lui importait plus que moi parce qu'il était toujours en train de travailler quand j'avais besoin de vous deux. Il m'a expliqué qu'il restait au travail afin que tu puisses prendre soin moi, que c'était plus important que tu sois avec moi plutôt que lui, mais je n'en savais rien avant cette semaine, dit-il en tremblant. Nous l'avons poussé à croire qu'il n'était pas aussi important que toi à mes yeux. Nous ne devons plus jamais faire cette erreur.

Tim se laissa retomber contre les coussins et rejoua cette conversation dans sa tête. Qu'avait-il bien pu se passer pendant qu'il était inconscient pour qu'Eric et Richard pensent de telles choses ? Peu importe les raisons, il devait se rétablir au plus vite parce que même pour lui, régler cette situation depuis un lit d'hôpital était au-dessus de ses capacités.

XXII

L'ARRIVÉE DE Richard détourna Tim des questions qui tournaient dans son esprit. Il n'était pas certain que Richard puisse lui donner des réponses plus claires – qui sait ce qui passait pour de la logique dans l'esprit d'Eric –, mais vu les inquiétudes d'Eric, Richard allait devoir faire partie de la solution. Et Tim ferait tout ce qui était en son pouvoir pour trouver comment arranger l'état de déprime dans lequel se trouvait Eric. Il n'avait toujours pas réussi à obtenir une réponse claire du médecin concernant son retour au travail, mais jusqu'à ce qu'il reprenne du service, il avait besoin que Richard et Eric soient en pleine forme. Il avait besoin de savoir qu'il pouvait compter sur eux comme eux pouvaient généralement compter sur lui, mais Eric était encore en convalescence et maintenant, il découvrait qu'il y avait des problèmes entre Eric et Richard.

En un mot : merde.

Même s'il vivait avec Richard depuis des dizaines d'années, Tim le trouvait toujours plus difficile à cerner qu'Eric, mais en entrant dans la chambre, son partenaire n'essaya pas de se cacher derrière un masque. Il était en colère. Complètement hors de lui.

— Je te demanderais bien comment s'est passée la réunion, mais je ne suis pas certain de vouloir entendre la réponse, lança-t-il de manière légère.

— Le Pentagone est rempli de crétins, gronda-t-il en serrant les dents.

C'était une rengaine familière. Depuis le commencement, Richard avait entretenu une relation ambivalente avec les supérieurs du Pentagone. Par définition, la *Strike Force Omega* menait les opérations dont le Pentagone ne pouvait pas se charger. Celles qui ne devaient pas être liées à l'armée américaine, soit parce qu'elles étaient menées dans des zones où ils ne pouvaient pas intervenir publiquement, soit parce qu'elles étaient tellement sensibles auprès de l'opinion publique qu'ils avaient besoin de pouvoir nier leur implication. Durant ses années passées chez les SEALs, Tim avait découvert la face cachée et sans concession de la société humaine et comprenait la nécessité de ces équipes qui pouvaient opérer dans l'ombre sans impliquer des officiels. C'était précisément pour cette raison qu'il avait fondé la *Strike Team Omega*. Ils avaient entretenu une relation professionnelle décente avec le prédécesseur de leur contact actuel, basée sur le respect mutuel. Tim n'aurait pas été jusqu'à dire qu'ils avaient eu confiance en lui, mais l'homme avait eu assez de respect envers eux pour ne pas leur mentir. Il avait fini par prendre sa retraite et l'homme qui l'avait remplacé – Collins – ne leur avait pas inspiré confiance.

— Qu'a fait Collins, cette fois-ci ?

Richard jeta un dossier sur les genoux de Tim.

— C'est ce que Westin a réussi à trouver. Si une seule de ces informations est correcte, Collins a tendu un piège à Eric et a failli te faire tuer. Le problème, c'est que je ne peux rien prouver. Collins niera tout en bloc, et même s'il ne nie pas, que sommes-nous censés faire ?

— Je le lirai tout à l'heure. Dis-moi ce qu'il t'a dit.

Eric attrapa le dossier et commença à le feuilleter. Tim le lirait, comme promis, mais ce n'étaient pas les mots inscrits sur le papier qui comptaient. Il voulait avoir le ressenti de Richard sur le messager. Bien entendu, Tim connaissait Westin. D'ailleurs, il l'appréciait. Il était bien meilleur que tous les autres agents de liaison du Pentagone qu'il avait connus et si Westin leur donnait un coup de main, alors il n'était pas de connivence avec Collins.

Richard passa une main sur ses cheveux coupés très courts et fit les cent pas, tel un animal en cage. S'il y avait eu une quatrième personne dans la pièce, Tim aurait gardé un visage neutre, mais Eric se moquait de voir l'excitation que provoquait la puissance maîtrisée de Richard chez lui. Elle avait le même effet sur Eric.

— Il croit chacun des mots qui sont inscrits dans ce dossier, répondit Richard après un instant. Ça ne les rend pas vrais, mais il a confiance en ses sources.

— C'est important. Il n'est pas idiot. Il ne nous remettrait pas sciemment de fausses informations. S'il fait confiance aux personnes qui lui ont remis ces informations, il y a des chances qu'elles soient exactes.

— Le problème est qu'aucune de ces informations n'est irréfutable. Ce dossier est accablant, mais il n'y a aucune preuve tangible.

— S'il y en avait une, nous aurions remarqué qu'il y avait un souci depuis longtemps.

— Et maintenant, que faisons-nous ? demanda Eric en refermant le dossier.

— Rien, répondit Richard.

Il leva une main pour interrompre Eric qui commençait à protester.

— Rien pour le moment, reprit-il. Aussi accablant que soit ce dossier, ce n'est pas suffisant. Pour l'instant, nous devons faire profil bas. Les blessures de Dav nous donnent une excuse. Nous continuerons d'accepter les missions qui ne présentent aucun danger, telles que celles que nous avons déléguées à Heikkinen jusqu'ici. Nous devons en faire assez afin que les réseaux de communication restent ouverts et que l'argent continue d'affluer, mais rien qui mette nos vies en danger. Nous devons observer, tendre l'oreille et chercher une confirmation. Si nous voulons débarquer à Washington pour demander des comptes, nous devons trouver des preuves tangibles.

— Nous observons, nous écoutons et nous guérissons, acquiesça Tim.

Son regard oscilla entre Richard et Eric.

— Et pas seulement moi, reprit-il. À en croire ce que disait Eric avant ton arrivée, je ne suis pas le seul qui souffre.

Richard tourna un regard inquiet vers Eric. Tim jura silencieusement.

— Je ne parle pas d'Eric, précisa-t-il. Je parle de toi.

— Je vais bien.

— Vraiment ? Si je récapitule, tu as passé ces quatre derniers mois à t'inquiéter pour Eric, puis tu as vu qu'on me tirait dessus alors que tu essayais de le secourir et maintenant, tu dois gérer sa convalescence et la mienne tout en essayant de savoir si tes doutes sur Collins sont fondés. Je m'en sors bien ? À mon avis, si l'un de nous doit tomber en dépression, tu es le meilleur candidat.

— Je n'ai pas le temps de faire une dépression.

— Comme si ton mental se souciait de ce genre de choses. Tu veux bien me dire ce qui se passe ?

— Pas tant que tu auras du mal à articuler. Tu es encore sous médication. Tu ne te souviendras pas de cette conversation demain.

— Je ne suis pas complètement déphasé. Je n'ai pas pris de morphine depuis la nuit dernière. Je suis fatigué, mais je ne suis pas défoncé.

— Tu devrais l'être. Hier, tu étais encore inconscient. Tu as besoin de ces antidouleurs.

— Ce n'est pas à toi d'en décider, répondit-il sans mal. Tu essayes d'esquiver ma question, mais ça ne fonctionnera pas. Que se passe-t-il ?

— Je dirais plutôt, que ne se passe-t-il pas ? Eric a été capturé durant ce qui n'aurait dû être qu'une simple mission de reconnaissance. Tu as été touché durant ce qu'on nous avait vendu comme une mission de routine où il suffisait de faire sauter des bâtiments. J'ai tout fait de travers sauf ces trois derniers jours et la seule raison pour laquelle je m'en suis sorti, c'est parce qu'Amato connaît mieux mon amant que moi. Pour couronner le tout, je ne suis pas certain que ce ne soit pas une tentative de Heikkinen pour essayer de prendre ma place.

Tim prit un moment pour digérer tout cela, mais c'était trop d'informations d'un coup.

— Je suis peut-être encore trop sonné pour ça.

Eric traversa la pièce et enroula ses bras autour de Richard.

— Concentre-toi sur ta convalescence. Je peux m'occuper de Richard.

— Je ne vais pas oublier ce qui vient de se dire. Peu importe le problème, nous allons le résoudre. Tous les trois. Je refuse de laisser quoi que ce soit nous séparer.

— Ça n'arrivera pas, dit Richard. Au contraire, ça va nous rendre plus forts. N'est-ce pas ce que tu répètes tout le temps ? Nous sommes plus forts tous les trois que nous ne le serions de n'importe quelle autre façon.

C'était exactement ce qu'il disait, mais quelque chose clochait et il détestait ne pas comprendre ce qui avait changé.

— Tu vas devoir me parler parce que quelque chose ne va pas.

La porte s'ouvrit et le médecin entra. Richard et Eric se séparèrent, même s'ils ne mirent pas assez de distance entre eux pour pouvoir prétendre ne pas s'être enlacés juste avant qu'elle entre.

— Bien, je vois que tout le monde est là et que M. Davenport est réveillé. Ça va me permettre de ne faire la mise au point qu'une fois.

Tim avait envie de se plaindre de son timing, mais en toute franchise, ils avaient tous besoin de faire une pause.

— Dans combien de temps pourrais-je rentrer à la maison ?

— Ne mettons pas la charrue avant les bœufs, M. Davenport, répondit-elle avec le sourire. Vous avez encore un drain dans votre poitrine et votre kinésithérapeute doit toujours s'occuper de vos jambes pour faire travailler vos muscles.

— Je n'attendais pas que vous me répondiez « demain », mais j'aimerais que vous me donniez une date approximative.

— Tout ce que je vous dirais ne serait qu'une supposition. Nous avons arrêté le drain thoracique qui apportait de l'air et du liquide à votre poumon collabé. Si nous ne détectons rien sur vos radios, nous retirerons le drain demain et nous pourrons vous transférer dans une chambre plutôt que de vous laisser en soins intensifs. En revanche, si nous détectons quelque chose, nous remettrons le drain en marche et ferons une nouvelle radio dans quelques jours. Vous êtes particulièrement en forme, même pour une personne avec vos états de service, et votre convalescence se passe parfaitement bien. Mais cela ne signifie pas que nous pouvons nous permettre de précipiter les choses. Vous avez encore une route longue et difficile devant vous, même si chaque étape se passe aussi bien que les premières. Vous allez devoir attendre des semaines avant de pouvoir marcher, des mois avant de pouvoir vous passer du déambulateur. Vous continuerez certainement à boîter et même si vous arrivez à vous passer d'une canne, vous ressentirez des douleurs et une raideur que vous n'avez jamais ressenties auparavant. Vous ne pouvez pas avoir les jambes criblées de balles et un genou totalement brisé sans qu'il y ait des effets à long terme.

Au fond de lui, Tim avait été conscient de la plupart des choses que le médecin venait de lister, mais l'entendre dire franchement était démoralisant. Il inspira profondément, regarda Eric et Richard pour puiser sa force en eux et posa à nouveau sa question :

— Dans combien de temps pourrais-je rentrer à la maison ? Dans le meilleur des cas.

— Selon moi, dans sept à dix jours, répondit-elle en soupirant de manière exagérée. Mais seulement si vous avez une personne qui peut vous aider à entrer et sortir du lit et à vous installer dans un fauteuil roulant. Puis la maison doit se trouver assez près d'ici pour que vous puissiez venir faire votre séance de rééducation quotidienne.

— Nous avons une maison à Ramstein et si c'est nécessaire, nous pouvons nous arranger afin que l'un de nous soit toujours avec lui. Nous ne pouvons pas dispenser des soins infirmiers, mais nous pouvons le conduire à l'hôpital aussi souvent que vous – ou quelqu'un d'autre – le souhaitez.

— Je note, répondit-elle. Mais vous ne me ferez pas signer son autorisation de sortie tant que je ne serais pas convaincue que cela fera plus de bien que de mal à M. Davenport.

— Dormir dans un vrai lit ne peut que me faire du bien.

Enfin, c'était plutôt le fait de dormir dans les bras de ses amants qui lui ferait du bien, mais il n'était pas certain de ce que le médecin suspectait et même si elle avait deviné la nature de leur relation, il y avait une différence entre le soupçon et la certitude. Ils ne faisaient peut-être plus partie de l'armée, mais il n'y avait pas de raison de rendre leur vie plus compliquée.

— J'ai l'impression que ce n'est pas votre lit que vous attendez de retrouver, dit-elle en regardant Eric et Richard avec insistance. Je tiens à vous rappeler que le secret médical s'applique aussi au sein de l'armée.

Il savait désormais ce qu'elle suspectait, mais Tim ne dévoilerait pas la nature de leur relation sans en avoir d'abord discuté avec Richard et Eric. Ils avaient toujours fait preuve de discrétion, même si cela semblait avoir changé pendant qu'il était inconscient. Encore un sujet qu'il devait aborder avec ses partenaires avant de reprendre le travail. Si les anciennes règles ne s'appliquaient plus, il voulait être préparé. La loi « don't ask, don't tell » appartenait peut-être au passé, mais les comportements mettaient plus de temps à changer que la législation, surtout dans la vieille garde.

— Excusez-moi, docteur. Je ne me souviens plus de votre nom. J'étais un peu dans les vapes quand vous êtes venue me voir hier.

— Smithers, dit-elle tout en vérifiant le niveau de morphine sur sa pompe. À quand remonte la dernière fois que vous avez pris des antidouleurs ?

— La nuit dernière, avant de m'endormir. Je n'arrive pas à me concentrer quand j'en prends, alors je préfère ne pas en prendre sauf si j'ai besoin de dormir.

Smithers lui lança un regard réprobateur et appuya sur le bouton.

— Vous avez besoin de sommeil. Vous avez besoin de guérir. En plus de vous laisser ronger par la douleur de vos blessures, vous laissez la douleur épuiser votre corps. Vous dites que vous voulez rentrer chez vous, mais si vous refusez de gérer votre douleur afin de guérir au plus vite, ça prendra plus de temps.

— Pourrais-je prendre un autre médicament ? Je n'aime pas être dans le cirage.

— Pour le moment, il n'y a rien de plus efficace avec moins d'effets secondaires, mais si votre état continue à s'améliorer, nous pourrons envisager une autre option dans quelques jours. Messieurs, M. Davenport doit se reposer. Vous pouvez rester, mais ne le dérangez pas.

— D'accord, répondit Eric.

Tim ne les aurait pas laissés partir. Il n'avait pas vu Eric depuis quatre mois. Il refusait de le quitter des yeux tant qu'on lui donnait le choix.

— Je dormirai mieux en sachant qu'ils sont là, dit-il à Smithers.

Elle ne semblait pas convaincue, mais elle termina de vérifier ses signes vitaux, puis elle les laissa seuls.

Tim sentit que la morphine faisait effet, à la fois parce que la douleur qu'il n'avait cessé de ressentir depuis qu'il avait repris connaissance était en train de s'atténuer et parce que tout ce qui se trouvait autour de lui devenait trouble, comme s'il était sous l'eau. Il tendit les bras vers Eric et Richard, ayant besoin de les toucher pour se calmer. Ils s'installèrent de chaque côté du lit et entrelacèrent leurs doigts avec les siens. Il sourit vaguement lorsqu'ils tendirent chacun une main au-dessus du lit et complétèrent le cercle.

Il ferma les yeux parce que la pièce était en train de tourner et laissa le son de leur conversation le bercer. Après quelques minutes, il se rendit compte qu'ils étaient à l'aise l'un avec l'autre. Tim se rappelait qu'il leur avait fallu quelques semaines pour s'adapter lorsqu'ils s'étaient mis ensemble, mais ensuite, si on lui avait demandé comment ils agissaient l'un envers l'autre, il n'aurait pas répondu qu'ils étaient gênés. Mais à cet instant, en les entendant discuter, il observait une différence. Les avait-il tenus éloignés sans le vouloir? Il avait eu de grands projets pour leur triade et ces quatre dernières années lui avaient prouvé qu'il avait sous-estimé le potentiel de leur trio de bien des manières. Désormais, il se demandait s'il n'y avait pas eu des fissures qu'il avait été incapable de voir. Il essaya de se forcer à ouvrir les yeux, mais ses paupières étaient devenues lourdes. Il avait chaud et Eric et Richard lui tenaient les mains. Pour l'instant, il ne pouvait rien faire pour dissiper ses inquiétudes à part observer, écouter et apprendre pour les années futures.

XXIII

— Je ne suis pas expert en renseignement, mais ça me paraît louche, dit Eric.

Dav s'était endormi sous l'effet de la morphine.

— Dis-moi ce que tu vois.

Richard avait appris à faire confiance au sens de la stratégie d'Eric avant même qu'ils deviennent amants. Eric avait un don pour trouver comment s'infiltrer dans des lieux et en sortir indemnes ou pour tourner des situations à leur avantage. Il leur avait sauvé la vie plus d'une fois, toujours dans le cadre d'une mission. Comment éliminer une cible en faisant le moins de dommages collatéraux possible. Comment mettre en place une mission de sauvetage – ou un coup d'État – et déguerpir au plus vite. Comment neutraliser une position ennemie en faisant courir le moins de risques possible à l'équipe infiltrée. Il suffisait de lui donner une situation et un objectif pour qu'il établisse dix plans différents en quelques minutes.

Cette fois, ce n'était pas une mission. C'était une collecte de renseignements au sens le plus pur – ou bâtard – du terme. Il s'en était toujours remis à Heikkinen dans ce domaine et à Dav si Heikkinen n'était pas disponible. Il pourrait lui faire part de ses trouvailles et le ferait quand il comprendrait mieux la situation, mais ces informations pourraient se révéler trop importantes pour être confiées à qui que ce soit d'autre que ses amants jusqu'à ce qu'il sache ce que tout cela signifiait et ce qu'il avait l'intention de faire.

— Plein de petites choses, dit Eric en feuilletant le dossier. Ça, par exemple. Il est écrit que le camp en Syrie était un camp militaire, mais sur ces photos, on peut voir des femmes et des enfants. Je ne connais pas les tactiques de guérillas des différents groupes djihadistes – après tout, même les fanatiques religieux doivent se nourrir –, mais ça ne me semble pas être un camp purement militaire.

— Non, en effet.

— Penses-tu que nous avons été leurrés sur le nombre de civils sur place pour nous convaincre d'accepter cette opération ?

— Ça m'a traversé l'esprit, oui.

Eric tapota son doigt contre la photo.

— D'accord, je vais me faire l'avocat du diable. Nous savons que Daesh a capturé des femmes pour en faire des esclaves sexuelles. Si cela fait longtemps qu'elles sont retenues, ces enfants pourraient être le fruit de viols.

— Garderaient-ils pour autant ces enfants dans des avant-postes militaires ?

— Ils seraient considérés comme des parias parce que ce sont des bâtards et les garder sur le camp permettrait de les isoler de toute influence extérieure. Ils pourraient les élever comme des enfants-soldats et les utiliser dans quelques années comme kamikazes. Certains d'entre eux semblent presque en âge de le faire.

Richard trembla en faisant face au pragmatisme d'Eric. Rien de ce qu'il avait dit n'était faux ou exagéré, mais combattre ce genre d'horreur était la raison pour laquelle Richard avait intégré la marine, les SEALs et avait fini par fonder la *Strike Force Omega*. Aucun enfant ne méritait de devenir la victime de ce type d'endoctrinement.

— Bien, disons que tu aies raison. Oui, il y a des femmes et des enfants, mais c'est toujours un camp d'entraînement militaire. Les enfants sont des enfants-soldats et les femmes sont soit des volontaires, soit des esclaves sexuelles. Comment cela impacte-t-il l'opération ?

— Quel était l'objectif ? Je ne reconnais pas cette mission.

— C'était celle de Dav en Syrie, celle qui a failli lui coûter la vie.

Eric fronça davantage les sourcils.

— Tu penses qu'ils lui ont tendu un piège ?

— Je ne sais pas. Je préférerais que ce ne soit pas le cas. L'objectif de la mission était d'assassiner un leader de Daesh et de faire autant de dégâts matériels que possible.

— La présence de femmes et d'enfants sur le camp n'affecterait pas un assassinat. Un vrai sniper peut éliminer un homme dans une rue bondée sans toucher qui que ce soit d'autre.

— Malheureusement, tu n'étais pas dans le coin, plaisanta Richard.

Eric lui sourit, ce qui était une réaction bien meilleure que les autres fois où ils avaient abordé sa captivité.

— Qui as-tu envoyé à ma place ?

— Personne. Nous n'étions pas inquiets concernant les dommages collatéraux. C'était nous qui devions en causer. Le plan était de nous infiltrer discrètement, de poser des explosifs dans le plus grand nombre de bâtiments possible et d'éliminer les combattants ennemis dans le chaos qui s'en serait suivi.

— Ce n'était pas un mauvais plan. Qu'est-ce qui n'a pas fonctionné ?

— C'est une question qu'il faudra poser à Dav. Tout se déroulait selon nos plans et soudain, l'équipe a commencé à se faire tirer dessus et Dav est tombé au sol. Heikkinen s'est entretenue avec le reste de l'équipe et personne n'a remarqué quoi que ce soit d'inhabituel, d'étrange, rien qui puisse les prévenir d'un danger imminent.

Eric secoua la tête.

— Quelque chose est allé de travers. Quelqu'un a dû marcher sur un chat ou renverser un seau ou un truc de ce genre. Ou bien le tireur était simplement en avance ou en retard en effectuant sa ronde autour du camp. À moins qu'on leur ait tendu un piège, mais pourquoi auraient-ils fait ça s'ils n'étaient pas au courant que nous allions débarquer ? Est-ce qu'ils ont éliminé l'homme qu'ils recherchaient ?

— Non, ils ont dû battre en retraite avant d'avoir réussi à infiltrer le camp.

— Alors nous ne savons même pas s'il était présent sur le camp.

— S'il n'y était pas, pourquoi nous envoyer là-bas en nous donnant cet objectif ?

— Pour semer la discorde.

— C'est une sacrée accusation que tu portes après avoir seulement vu une photo où apparaissent femmes et enfants. Il va me falloir plus de preuves si tu veux me convaincre.

— C'était une supposition. Tu m'as demandé pourquoi ils feraient une telle chose. Je t'ai donné une réponse. Ce n'est peut-être pas la bonne. C'est juste une réponse.

— Une simple réponse n'est pas suffisante pour que je renégocie notre contrat avec le Pentagone. Ce doit être une réponse incontestable avec des preuves à l'appui.

— Alors voyons voir ce que Westin a trouvé d'autre. La preuve de ce que j'avance ne se trouvera peut-être pas dans ce dossier, mais on pourrait trouver une autre piste.

— Je ne sais pas comment font les agents des renseignements, déclara Eric une heure plus tard. Il n'y a aucune preuve de quoi que ce soit là-dedans. Tout n'est que suggestion.

— Ils font des prédictions. Ils analysent tout ce qui est ou pourrait être suggéré par les documents qui sont en leur possession pour avancer, puis ils tirent les conclusions les plus vraisemblables en se basant là-dessus.

— Je peux monter des stratégies les yeux fermés pour le travail de terrain, mais travailler dans les renseignements me rendrait dingue.

— C'est ce que tu dis, mais ces deux domaines ne sont pas aussi différents que tu le crois. Tu as passé assez de temps sur le terrain pour pouvoir interpréter ce genre de documents. Et une perspective différente est toujours la bienvenue.

— Selon moi, le problème est que nous n'ayons pas eu accès à ces informations pendant que nous mettions l'opération en place ; nous y avons été à moitié à l'aveugle. S'ils n'avaient rien eu à nous remettre, pas de problème. À moins d'avoir un agent infiltré, nous intervenons souvent sans vraiment savoir où nous mettons les pieds parce que la situation change entre le moment où les photos de surveillance sont prises et celui où nos bottes touchent le sol. C'est la raison pour laquelle nous élaborons plusieurs scénarios d'intervention. Mais s'ils nous cachent des informations, c'est différent. Ça revient à nous condamner à l'échec. À nous tendre un piège dans lequel nous allons finir capturés ou tués.

Et c'était ce que Richard trouvait inacceptable. Ses équipes prenaient des risques. C'étaient les risques du métier. Mais les envoyer sur le terrain sans leur donner toutes les informations disponibles était immoral.

— C'est la conversation que nous devons avoir avec Collins.

— Bonne chance.

— Ne crois pas t'en sortir à si bon compte. Ta place au sein de cette organisation est aussi importante que celle de Dav et la mienne.

Eric secoua la tête.

— Oh non, je t'interdis de me faire endosser cette responsabilité. Je ne m'occupe pas des gros bonnets militaires.

— Tu fais partie de cette équipe. Je t'ai laissé l'oublier une fois. Ou peut-être est-ce moi qui l'ai oublié. Je ne referai pas la même erreur. J'ai l'habitude de dépendre de toi sur le terrain, mais malgré ce que tu peux en dire, tu as aussi fait de bonnes suggestions aujourd'hui. Si Dav ne récupère pas assez vite pour reprendre les rênes des missions, tu vas devoir prendre les devants et endosser ses responsabilités sur le terrain.

— Tu n'oserais pas me faire ça, si ? geignit Eric.

Richard se mit à rire.

— Tu seras excellent.

— Seulement si Tim ne peut pas le faire. Je n'ai jamais voulu tenir le rôle de leader.

— Tu aurais dû y penser avant de devenir indispensable auprès des leaders.

— Indispensable ?

Richard déglutit difficilement. Il avait dit à Eric qu'il l'aimait. Il lui avait dit combien cela avait été difficile de le savoir retenu en otage et torturé, espérant qu'il était en vie sans jamais vraiment en avoir la certitude. Il ne lui avait pas parlé du reste.

— Les voix dans ma tête sont différentes des tiennes, mais j'en ai aussi, dit-il en se levant de sa chaise pour faire les cent pas dans la chambre de Dav. Mon grand-père a été formé à Tuskegee. Il a fait partie des Red Tails durant la Seconde Guerre mondiale. Il n'en parlait pas beaucoup, mais s'il y a bien une chose qu'il disait, c'est qu'ils n'avaient jamais perdu un bombardier. S'ils s'envolaient pour escorter un avion, tu pouvais être certain que celui-ci rentrait à la maison. Peut-être que les soldats ne revenaient pas, mais l'avion qu'ils protégeaient revenait toujours. Tu peux imaginer ce que la voix de mon grand-père me disait en voyant que tu avais été capturé et qu'il nous a fallu quatre mois pour te retrouver.

— Et ensuite, Tim a été touché.

— Oui, pourtant cela n'a pas multiplié les voix dans ma tête parce que même si je le pensais mort, l'équipe était en train de le ramener à la maison. Nous ne t'avions pas ramené à la maison. Pendant quatre horribles mois, nous ne t'avons pas ramené à la maison.

Ça l'avait rongé de l'intérieur, tel un ulcère dans son âme et dans son cœur, rendant tout ce qu'il faisait douloureux. Il ne pouvait pas manger sans s'inquiéter de savoir si Eric avait de la nourriture, dormir sans espérer qu'Eric ait le droit de se reposer, se doucher sans imaginer les conditions sordides de la petite cellule dans laquelle il devait être retenu.

— Je pense que Dav s'est seulement montré tolérant envers moi parce qu'il souffrait autant que moi de t'avoir perdu et n'avait pas la force de m'envoyer paître. Durant ton absence, j'ai passé tout mon temps dans une colère noire. Si Dav n'avait pas arrondi les angles, la *Strike Force Omega* n'aurait plus existé à ton retour.

— Je me fiche de cette organisation. Tout ce qui compte pour moi, c'est vous deux. Puis-je faire quoi que ce soit ? Après tout ce que tu as fait pour m'aider.

— Tu l'as déjà fait. Tu es descendu de cet avion, tu t'es directement blotti dans mes bras et tu m'as laissé te tenir jusqu'à ce que je comprenne que tu étais à nouveau en sécurité.

Il faisait toujours des cauchemars et en ferait probablement encore longtemps, mais ce n'était pas nouveau. Ses cauchemars avaient simplement une nouvelle variante, mais le fait de se réveiller près d'Eric, sain et sauf dans leur lit, leur donnait beaucoup moins d'impact.

— Nous devons ramener Tim à la maison, dit Eric. Même si je suis très heureux que nous ayons réussi à mettre de l'ordre dans nos idées ces derniers jours, il y a toujours un vide à l'endroit où Tim est censé se trouver.

— J'espère que ça ne durera plus trop longtemps. Et jusque-là, nous pouvons passer nos journées ici avec lui. Amato a réussi son tour de magie, alors je peux accéder aux informations dont j'ai besoin sans utiliser les réseaux militaires. Nous allons continuer à passer tout cela au peigne fin et voir quelles sont les questions auxquelles nous n'avons toujours pas de réponse. Nous allons mettre en place un plan d'action et quand Dav sera de nouveau sur pied, nous irons à Washington pour arranger la situation.

— Je pense toujours que vous feriez mieux d'y aller sans moi, mais si tu tiens à ce que je vous accompagne, je viendrai, grommela Eric. En revanche, ne viens pas te plaindre si je fais tout capoter parce que je ne connais pas le protocole militaire.

— Si ton seul comportement réussit à faire échouer notre tentative, ça signifiera que le Pentagone ne veut tout simplement pas nous entendre. Il est presque midi. Je ne sais pas quelle dose de morphine Smithers a donnée à Dav, mais il ne devrait pas se réveiller avant une heure. Allons chercher de quoi manger. Nous pourrons discuter du reste lorsqu'il sera réveillé.

QUAND TIM se réveilla, Eric et Richard étaient installés exactement au même endroit que lorsqu'il s'était endormi.

— Avez-vous au moins bougé ?

— Nous sommes sortis pour déjeuner, dit Eric. Tu devrais être fier de nous.

Tim leva les yeux au ciel.

— Vous auriez dû rentrer à la maison.

— Non, nous voulions rester ici avec toi, répliqua Richard. Ça fait trop longtemps que nous n'avons pas été réunis tous les trois. Si tu ne peux pas encore rentrer à la maison, nous resterons ici avec toi autant que possible. Quelqu'un doit s'assurer que tu obéis aux ordres du médecin et nous savons pertinemment que ce ne sera pas Eric.

— Hé ! Je ne suis pas nul à ce point.

— Si, tu l'es, répliquèrent Richard et Tim en même temps.

Eric retira ses mains des leurs et fit la moue. Tim tendit la main vers lui, mais Richard fut plus rapide – sans compter qu'il avait plus de facilité à se déplacer. Avec une fascination grandissante, Tim regarda Richard enrouler ses bras autour d'Eric et lui murmurer quelque chose à l'oreille. Peu importe ce que Richard lui dit, cela fonctionna, car Eric fondit dans ses bras. Tim essaya de se rappeler la dernière fois qu'il avait vu Eric céder du terrain aussi rapidement, même de manière taquine. Il faudrait qu'il demande à Richard ce qu'il lui avait dit. Une fois encore, il eut la drôle d'impression que le monde avait changé en son absence.

— Je pourrais passer des journées entières allongé dans ce lit à vous regarder.

Il devait aborder les questions qui lui brûlaient la langue avec délicatesse ou bien il n'obtiendrait aucune réponse, encore moins de vraies réponses.

— Jusqu'à ce que tu sois autorisé à quitter ce lit d'hôpital, c'est tout ce que tu pourras faire, à moins que tu veuilles nous donner ton avis sur ce dossier, dit Richard sans libérer Eric. Nous en avons étudié une partie, mais tu étais sur place en Syrie. Tu as un point de vue que nous n'avons pas.

— Ce dossier peut-il influencer les vingt-quatre prochaines heures ?

— Non, j'ai déjà prévenu Collins que nous n'accepterions pas de missions importantes avant que tu sois assez en forme pour nous aider à les coordonner. Il n'était pas content, mais avoir la possibilité de choisir nos propres missions était l'une des raisons pour lesquelles nous sommes devenus indépendants.

Tim observa le visage de Richard et la manière dont Eric se blottit plus près de lui.

— Nous manipule-t-il afin que nous acceptions des missions que nous refuserions en temps normal ?

— C'est fort possible. Ou bien la façon dont il gère ses renseignements laisse à désirer.

— Saletés de bureaucrates ! Ils ne comprennent rien au travail de terrain et n'ont pas les capacités requises pour savoir quelles informations nous sont utiles, rumina Tim. C'est un vrai problème.

— Et nous nous en occuperons plus tard, dit Richard.

Étrange. Richard ne changeait jamais volontairement de sujet quand il devait résoudre un problème. La plupart du temps, il aurait fallu un miracle pour le distraire, même si Tim et Eric avaient parfois réussi à le faire grâce au sexe. En y réfléchissant, Tim avait plus d'une fois comparé Eric à un dieu, alors il était peut-être vraiment un faiseur de miracles.

Il se secoua. Il était manifestement encore sous l'effet des médicaments.

— Vous êtes… différents l'un envers l'autre.

Eric grimaça et Tim s'en voulut. Il n'avait pas eu l'intention de pousser son jeune amant à se renfermer sur lui-même.

— Disons simplement que ces derniers jours, Eric et moi avons appris à mieux nous connaître, répondit Richard en déposant un baiser dans le cou d'Eric.

Cela attira l'attention de Tim sur un hématome qu'il avait déjà remarqué dans le cou d'Eric, mais qu'il avait mis sur le compte de sa captivité. Maintenant, il se demandait s'il ne s'était pas trompé. Richard ne laissait jamais de marques à des endroits qui resteraient visibles. Ils avaient passé trop d'années à se cacher pour prendre ce risque, même maintenant qu'ils n'avaient plus de chaîne de commandement pour désapprouver leur homosexualité ou pour les accuser de fraterniser.

— Je vais avoir besoin de plus de détails. Parle-moi, Eric.

Eric lui adressa un regard suppliant qui le fit presque renoncer, mais s'il cédait, cette tension ne ferait que s'accroître et il ne trouverait pas de solution.

— Quand je suis parti faire cette mission en Syrie, tu étais toujours aux mains d'un groupe terroriste et Richard était toujours dans une rage si extrême que personne ne l'oubliera de sitôt. Une semaine plus tard, j'ouvre les yeux et vous êtes en train de vous embrasser. C'est la plus belle image que j'ai vue depuis longtemps, mais pas celle que j'aurais imaginé voir si j'avais su que la mission de sauvetage avait été un succès. Et ensuite, ce matin, pendant que je m'inquiétais de savoir comment tu tenais le coup après avoir connu l'enfer, tu t'inquiétais pour Richard. Je ne me plains pas de ces changements. J'ai simplement besoin de comprendre ce qui se passe pour pouvoir suivre les nouvelles règles.

— Nous avons tous les deux réalisé que nous comptions bien trop sur toi pour gérer cette relation, dit Richard. Nous avons décidé qu'il était temps que nous y mettions du nôtre.

— Putain de merde, arrête de tourner autour du pot et parle-moi en français !

Eric laissa échapper un petit rire et leva les yeux vers Richard.

— Tu as fait jurer Tim.

— Seigneur, vous êtes ridicules, dit-il sans pouvoir empêcher un sourire d'apparaître sur son visage. J'étais aussi dans la marine, tu sais. Je connais autant de jurons que Richard.

— Mais tu n'as pas l'habitude de les utiliser, dit Richard. Eric a raison d'être surpris. Nous ne cherchons pas à te cacher quoi que ce soit, Dav. Cette semaine a été compliquée. Nous avons tous les deux fait des erreurs et nous n'avons pas le cœur à en parler. Quant aux nouvelles règles, il n'y en a pas. Tout ce que tu dois savoir, c'est qu'Eric et moi faisons un effort pour nous occuper l'un de l'autre au lieu de partir du principe que tu prendras soin de celui qui en a le plus besoin. Il a dû me dire que tu le rasais après chaque mission difficile. Je ne l'ai jamais su. J'espère qu'il ne t'arrivera jamais rien, mais je dois savoir comment l'aider quand tu n'es pas disponible et j'ai besoin de savoir que mon aide est la bienvenue, même quand tu es présent. Voilà ce qui est différent.

— Je ne pensais pas que Richard me désirait vraiment, continua Eric. Je pensais que comme tu n'étais plus là, je n'étais plus qu'un boulet. J'ai tellement besoin de vous deux, mais j'avais l'impression que Richard n'apprécierait pas que j'accapare son attention, alors j'ai essayé de m'en sortir seul. J'ai eu une telle crise de panique que j'ai failli partir. Je pense que je l'aurais fait si j'avais eu assez de force pour me relever avant que Victoria me trouve. Après cela, Richard et moi avons eu une longue discussion qui nous a permis de clarifier beaucoup de malentendus. Il ne sait peut-être pas encore tout ce que tu sais, mais il fait attention à moi.

— Tu dis toujours que nous sommes plus forts à trois, dit Richard. Je sais que c'est la vérité, mais n'importe quel tripode s'effondrerait si l'un de ses pieds était cassé. Nous n'avions pas conscience de la faiblesse de notre lien jusqu'à ce qu'il soit mis à l'épreuve.

Tim était presque certain que son vœu le plus cher venait d'être exaucé.

XXIV

— Revenez pour l'heure du dîner, ordonna Smithers le mardi matin. Vous avez passé toutes vos journées ici. Vous avez besoin de faire une pause. Tous les deux. Il va faire une séance de rééducation et ensuite, nous le transfèrerons dans une chambre individuelle.

Eric voulut protester, mais il savait que c'était perdu d'avance. Il suivit Richard hors de l'hôpital avec réticence.

— Que sommes-nous censés faire jusqu'au dîner ?

— Je devrais certainement aller voir Heikkinen. Tu peux m'accompagner. Tu vas devoir t'habituer à travailler avec elle si tu finis par prendre certaines des responsabilités de Dav.

— Pas question, répliqua Eric en riant. Personne n'en a envie, moi y compris. Je peux trouver quelque chose à faire pour m'occuper. Je vais peut-être aller faire un jogging. Je ne me rappelle pas la dernière fois où j'ai été aussi fainéant que cette semaine.

— Ce n'est pas de la fainéantise quand tu récupères après des mois de torture.

— Je dois retrouver mon endurance, insista Eric.

Richard gara la voiture devant leur maison temporaire.

— Je te demande simplement de ne pas repousser tes limites au point de finir dans un lit près de Dav. Ça n'aidera personne.

Eric sourit et se pencha pour l'embrasser avant de rentrer à l'intérieur pour récupérer une bouteille d'eau. Il devait retrouver une bonne forme physique, mais Richard avait raison : il n'aiderait personne s'il se rendait malade pour le faire.

Quand il ressortit de la maison, la voiture était déjà partie. L'inquiétude commença à lui nouer l'estomac, mais il la balaya. Richard lui avait proposé de l'accompagner et il avait refusé. Son partenaire ne choisissait pas son travail plutôt que lui.

Il se mit à courir doucement pour laisser ses muscles se réchauffer et se réhabituer à ce mouvement. Il dépassa quelques personnes en courant et fut dépassé par d'autres. Il fit de son mieux pour se concentrer sur sa course et rien d'autre, mais l'idée que Richard lui donne des responsabilités le faisait cogiter.

Il n'y connaissait rien en commandement. Oui, il pouvait observer une situation et proposer plusieurs options pour qu'elle soit la plus avantageuse possible, mais ce n'était pas du commandement. C'était simplement… de la stratégie.

Il accéléra le rythme en espérant que cet effort plus important le distrairait, mais il ne pouvait pas fuir ses propres pensées. La moitié de la *Strike Force Omega* refusait de travailler avec lui sous le commandement de Tim. Comment Richard pouvait-il croire qu'il était apte à prendre la place de Tim ? Leurs agents lui riraient au nez, ce qui forcerait Richard ou Tim à intervenir pour empêcher que la situation dégénère et cela n'arrangerait en rien l'autorité supposée d'Eric. Il sentit son pouls dans ses oreilles en imaginant la réaction de Taylor et de certains membres de l'équipe qui était intervenue en Syrie avec Tim. Personne ne l'avait plus traité de bâtard depuis que Tim et Victoria avaient donné une leçon à quelques-uns d'entre eux, mais cela ne signifiait pas qu'ils respectaient Eric, seulement qu'ils gardaient leurs opinions pour eux, là où personne ne pouvait les entendre.

Si Eric acceptait ces responsabilités, ce serait le chaos total et maintenant que tout le monde savait que les trois hommes étaient amants, l'autorité de Richard et Tim serait ruinée.

« La prochaine fois que tu entendras ces voix, pense à ce moment et souviens-toi de mes mots. »

Eric se raccrocha au souvenir de la voix de Richard dans son oreille alors qu'il le baisait jusqu'à ce qu'il oublie tout et ne puisse plus bouger. *« Nous te désirons. Nous t'aimons. Nous avons besoin de toi. »*

Il devait faire confiance à Richard. Son amant savait ce qu'il faisait. Il connaissait les problèmes d'Eric. Il connaissait les membres de son équipe. Il ne mettrait pas Eric en position d'échec. Il l'enverrait en mission avec des personnes qui ne remettraient pas sa légitimité en cause. *« Tu penses que je ne te vois pas, Eric Newton, mais je te vois parfaitement. Je connais tes défauts. Tu es toujours le plus beau spécimen que j'ai vu de ma vie. »*

Oui, Richard avait dit ces choses. Il devait se concentrer sur les mots de Richard, pas sur ses propres doutes. Richard croyait en lui. Il devait à son tour croire en lui-même. Il devait laisser le passé au passé et avancer. Il devait être l'homme que Richard voyait en lui.

Il était dans de sales draps.

— Depuis combien de temps es-tu ici ? demanda Richard quand il retrouva enfin Eric à la salle de sport.

Eric termina une série de répétitions et essuya la machine.

— Depuis que tu es parti pour ta réunion. J'ai fait un jogging et je suis venu ici pour soulever de la fonte. Je dois retrouver ma forme si tu as l'intention de me refiler les responsabilités de Tim.

Cela n'avait pas été l'intention de Richard quand il avait fait part de ses projets à Eric.

— Si tu te fais un claquage musculaire en soulevant de la fonte dès le premier jour, tu vas mettre beaucoup plus de temps à t'en remettre que d'une légère perte de poids.

— Je ne me suis fait aucun claquage. Je connais mes limites physiques.

Richard se retint de souligner que ses limites physiques n'étaient plus les mêmes après avoir été emprisonné durant des mois. Il ne voulait pas braquer Eric, simplement le convaincre de faire une pause.

— Si tu as terminé, je me suis dit que nous pourrions passer quelques heures à nous occuper de ton arc. J'ai l'impression qu'il ne suffira pas de lui ajouter une nouvelle corde.

— Le bois est ancien et érodé. Il a besoin d'être nettoyé et huilé, voire même poncé, et ensuite, je vais devoir décider si je peux garder le bois d'origine ou si je dois le vernir. Si je le vernis, il perdra de sa valeur en tant qu'objet ancien, mais cela augmentera certainement mes chances de pouvoir m'en servir.

— Allons chercher ce dont tu as besoin pour commencer à le restaurer.

ERIC POSA le chiffon qu'il avait utilisé pour étaler du white spirit sur l'arc. Il n'arrivait pas à savoir si celui-ci était simplement sale ou si quelqu'un l'avait taché, voire même peint. En tout cas, il n'allait pas pouvoir le restaurer en un jour. Ses bras et son dos lui faisaient mal. Il avait dit à Richard qu'il connaissait ses limites, mais il les avait repoussées et maintenant, il en payait le prix.

— Tu t'arrêtes là pour le moment ? demanda Richard en posant une bière devant Eric.

— Oui. Ça ne lui fera pas de mal de se reposer un peu et j'ai besoin de faire une pause.

Il leva les bras en l'air et grogna en sentant ses muscles douloureux s'étirer.

— J'ai l'impression qu'une simple pause ne sera pas suffisante, le taquina Richard. As-tu des courbatures ?

— Un peu. C'était tellement agréable de reprendre l'exercice, mais j'en ai peut-être un peu trop fait.

— Je peux te faire un massage, si tu veux, proposa-t-il. Il ne sera certainement pas aussi efficace que celui d'un professionnel, mais j'ai appris quelques techniques au fil des années.

Les mains de Richard sur sa peau nue, le massant, l'aidant à se détendre…

— Avec grand plaisir.

— Va t'allonger sur le lit. Mets-toi à l'aise. Je te rejoins dans une minute, le temps de trouver une huile pour te masser.

Eric rangea minutieusement l'arc – c'était un magnifique spécimen – et se rendit dans la chambre. Il retira son t-shirt et grogna en sentant ses muscles lui tirer. Il se pencha pour retirer ses bottes et grogna à nouveau. Il avait concentré ses exercices sur le haut de son corps parce que c'étaient de ces muscles qu'il allait avoir besoin pour tirer à l'arc, mais il avait apparemment fait travailler autre chose que son buste et ses bras. Au point où il en était… Il retira le reste de ses vêtements et s'allongea sur le ventre. Richard ferait certainement une remarque en découvrant son fessier nu, mais ce n'était pas comme s'il ne l'avait jamais vu.

— Oh, s'agirait-il de ce genre de massage ? demanda Richard en entrant.

— Non, mais ça me semblait idiot de garder mon short par pudeur alors qu'aucun de nous n'est pudique.

— Véridique.

Eric entendit Richard appuyer sur la pompe de l'huile de massage et se tint prêt à affronter la fraîcheur sur sa peau, mais quand son amant toucha ses épaules, l'huile avait été réchauffée par ses mains.

— Si j'y vais trop fort, dis-le-moi. Je veux que ça te fasse du bien, pas le contraire.

Eric hocha la tête contre l'oreiller. Étant donné qu'il tolérait très bien la douleur, il ne s'attendait pas à avoir mal, mais il était encore contusionné à quelques endroits et cicatrisait à d'autres. Richard fit glisser ses mains vers le bas de son dos avec assez de pression pour provoquer des craquements à deux endroits. À chaque craquement, Eric se détendait un peu plus alors que la raideur disparaissait. Il ferma les yeux et se concentra sur le toucher de Richard : les longues et lentes caresses de ses mains, de ses avant-bras et même de ses coudes qui s'attaquaient à ses muscles douloureux de manière assurée et ferme. À chaque passage, les nœuds s'estompaient davantage, berçant Eric jusqu'à ce qu'il soit totalement apaisé. Il n'avait pas réalisé combien il avait mal, pas seulement à cause du sport, mais de manière générale, jusqu'à ce que ses muscles commencent à se dénouer. Richard passa aux jambes d'Eric et leur accorda la même attention, même s'il y mit moins de force. Eric soupira et s'affaissa encore plus dans le matelas, chacun de ses muscles étant désormais lourd. Il poussa un cri lorsque Richard toucha un endroit particulièrement douloureux sur le côté de sa cuisse droite.

— Le nerf sciatique. Je vais faire attention.

Richard appliqua moins de pression, mais son toucher léger envoya quand même des éclairs de douleur le long de sa jambe. Il se crispa de surprise quand Richard remonta vers ses fesses et appuya sur le muscle épais qui s'y trouvait. Il ressentit un élan de douleur qui se dissipa presque aussitôt, laissant Eric haletant.

— Comment as-tu appris ça ?

— Grâce à un excellent massothérapeute en Thaïlande. Mais il faut avoir confiance en son masseur pour se laisser toucher le fessier et beaucoup de personnes n'ont pas ce degré de confiance envers la personne qui prend soin de leur corps.

Eric n'en savait rien. Il n'avait jamais eu de masseur attitré et n'avait pas souvent recours aux massages. Si Richard proposait de lui en faire un, Eric ne refuserait jamais. Selon lui, toute occasion de sentir les mains de Richard sur son corps était bonne à prendre. Le fait qu'il soit beaucoup plus détendu était un bonus. Richard passa au côté gauche de son corps et dénoua le même endroit sur son autre fesse. Il n'était pas aussi douloureux, ce qui permit à Eric de se focaliser sur le glissement sensuel de la peau de Richard contre la sienne. Il remua sur le lit pour faire de la place à son érection grandissante.

— Je ne te fais pas mal, si ?

— Pas du tout, répondit-il en se cambrant légèrement pour lui réclamer une caresse. Continue comme ça.

Richard rigola et fit descendre ses mains le long des cuisses d'Eric avant de remonter vers l'intérieur, effleurant ses bourses au passage. Eric siffla de plaisir et attendit de voir ce que son partenaire ferait ensuite. Il répéta la même caresse plusieurs fois avant de devenir plus audacieux et de glisser ses doigts dans la raie d'Eric en remontant vers le haut de ses cuisses. Eric écarta les jambes dans une invitation silencieuse. La fois suivante, Richard ne fit glisser ses mains que jusqu'en haut de ses cuisses et ne prétendit pas continuer le massage quand il frotta le bout de ses doigts contre son entrée.

Cela aurait été si facile de pousser contre ces doigts baladeurs, de les faire glisser en lui et de laisser Richard lui faire l'amour une nouvelle fois, mais les paroles que Richard avait prononcées le jour précédent résonnèrent dans sa tête. «*Eric et moi faisons un effort pour nous occuper l'un de l'autre…*». Ces mots étaient exactement ceux qu'Eric avait eu besoin d'entendre, mais au fond de lui-même, il savait qu'il avait reçu bien plus qu'il avait donné. Il avait eu besoin du réconfort que lui apportait Richard en le serrant fermement dans ses bras, en le plaquant contre le matelas, en le martelant. Il avait eu besoin que Richard l'enveloppe solidement dans un cocon d'amour jusqu'à ce qu'il ne puisse plus douter de sa place auprès de lui et à la suite de leur faux départ, Richard lui avait offert ce réconfort et bien plus.

Maintenant, c'était à son tour de chérir Richard. Il se tourna sur le dos.

— À mon tour?

— Ce n'est pas moi qui me suis entraîné jusqu'à l'épuisement.

— Ce n'est pas ce que je voulais dire, dit-il avant d'attraper Richard par la nuque pour l'embrasser. Laisse-moi te faire l'amour?

— Quand tu veux.

— Attention à ce que tu dis, le taquina Eric en se soulevant sur un coude. Tu es terriblement sexy quand tu fais un briefing.

— Tu peux me baiser dès la fin de la réunion.

Cette idée compléta le travail des mains de Richard : Eric était en pleine érection.

— Je le ferai. Attends un peu de voir.

— Je suis impatient d'y être.

Eric se redressa et déboutonna la chemise de Richard. Une fois qu'il l'eut enlevée, il le poussa pour l'inciter à s'allonger sur le dos. Richard obtempéra et la bonne volonté avec laquelle il suivit les directives d'Eric se révéla grisante. Seigneur, il pourrait rester assis sur ce lit et admirer Richard toute la journée. Des étendues de peau douce recouvraient des muscles durs comme de la pierre, n'attendant que lui pour en jouir. Il pouvait rester assis à l'admirer, mais le toucher et le goûter serait encore plus agréable. Il fit glisser un doigt le long de sa clavicule et observa les frissons qui se formèrent sur son passage. Richard, plein de tension et de désir refoulé, resta immobile et se laissa toucher. Le sang d'Eric était en train de bouillir suite au massage et sous le regard perçant de Richard. À en croire la bosse qui se trouvait à l'entrejambe de son amant, il était tout aussi excité que lui. Il déboucla rapidement la ceinture de Richard.

— Soulève.

Richard souleva ses hanches pour qu'Eric puisse faire descendre son pantalon jusqu'à ses genoux. Eric sourit en voyant le contraste entre le coton blanc et sa peau. Il fit glisser un doigt le long de la courbe de son sexe.

— Ça ne doit pas être confortable.

— Tu pourrais me l'enlever, répliqua Richard.

— Effectivement. Ou je pourrais le laisser encore un peu.

Il se pencha et suça le gland de Richard à travers son boxer. Si Tim était là, il accuserait Eric de faire son aguicheur, mais ce n'était pas le cas. Il avait l'intention de mener son projet à bien, mais il allait prendre son temps. Richard glissa ses doigts dans les cheveux d'Eric pour le maintenir en place, alors Eric le suça plus avidement. Richard gémit et resserra sa prise. Une semaine plus tôt, cette poigne aurait pu le faire paniquer. Désormais, cela ne faisait que l'exciter davantage.

Il glissa sa main sous la couture du boxer pour y trouver une peau duveteuse. Il aurait pu patienter encore quelques instants, mais il voulait vraiment sentir le sexe de Richard dans sa bouche, puis il glisserait ensuite son propre sexe dans le canal de son amant. Aucune de ces choses n'arriverait s'il restait des vêtements entre eux. Il se redressa et termina de déshabiller Richard.

— Par où veux-tu que je commence ? Ta verge ou tes fesses ? Ou bien tes tétons ? Qu'est-ce qui te ferait le plus plaisir ?

— Tu veux que je prenne des décisions ? se plaignit Richard.

— Je veux que tu prennes du plaisir. Réponds-moi.

— Peu importe ce que tu me fais, ce sera agréable.

— Richard…, dit-il d'une voix qui trahissait son exaspération.

Eric était déterminé à faire les choses correctement. Pour cela, il devait faire ce dont Richard avait envie, non pas ce dont lui-même avait envie.

— Surprends-moi.

Ça ne l'aidait pas du tout. Eric prit un moment pour se remémorer les fois où ils avaient couché ensemble ces derniers jours et les choses qui avaient fait réagir son amant de manière intense. La première chose que Richard lui avait demandé était un anulingus. Il était aussi devenu complètement fou lorsqu'Eric avait joué avec ses tétons. Il ne pouvait pas faire les deux en même temps, mais il pouvait faire monter la température en commençant par l'un et continuer avec l'autre. Puis il pourrait s'en prendre à nouveau aux tétons de Richard quand il serait en lui.

— Tourne-toi.

Richard se tourna sur le ventre et replia ses genoux sous lui, de manière à ce que son joli derrière rebondi soit en l'air, précisément à l'endroit où Eric pouvait s'y attaquer.

— Tu es trop bon avec moi.

Il enfonça son visage entre les fesses de Richard, savourant la chaleur de sa peau et l'odeur de musc. Il avait envie de glisser en lui et d'y rester pour toujours. Étant donné la nature impossible de ce désir, il allait devoir se satisfaire de le goûter. Il lécha son orifice et apprécia la manière dont son amant hoqueta et poussa contre son visage. Il avait pris la bonne décision.

Il le lécha, le suça et le mordilla jusqu'à ce que le sexe de Richard suinte sur le lit. Sa propre érection lui faisait mal. Il finit par relever la tête et fit rouler Richard sur le dos.

— Afin que je puisse voir ton visage.

Richard s'installa et se caressa pendant qu'Eric enfilait un préservatif et l'enduisait de lubrifiant.

— Es-tu prêt ?

— Nous allons bientôt le savoir, répondit Richard.

Cette réponse n'était pas celle qu'Eric voulait entendre, mais Richard tirait sur ses hanches avec insistance, alors il se plaça entre ses cuisses et aligna son sexe face à son entrée. Le muscle de Richard s'étira autour de lui lorsqu'il le pénétra, chaud et étroit, mais n'offrit aucune résistance. Il continua d'observer le visage de Richard avec attention au cas où il irait trop vite et lui ferait mal. Eric pouvait affronter tout un tas de choses, mais faire du mal à Richard de manière consciente n'en faisait pas partie.

Le visage de Richard était l'image parfaite de l'extase.

Quand Eric fut enfoui au plus profond de lui, il s'accorda un instant pour reprendre son souffle. Richard ouvrit les yeux, son regard noir de désir. Eric lui adressa un sourire espiègle et tendit la main pour pincer l'un de ses tétons.

— Bordel, dit-il dans un souffle tremblant.

Ses muscles se resserrèrent autour de la verge d'Eric, provoquant une nouvelle vague de désir chez lui. Il tenta d'onduler tout en jouant avec le téton de son amant. Les hanches de Richard tremblèrent contre les siennes alors qu'un gémissement lui échappait. Eric sourit. Bon sang, que c'était amusant ! Pourquoi n'avait-il pas découvert ce point sensible plus tôt ?

Il décida de continuer à s'amuser, le pénétrant juste assez pour qu'ils approchent de l'orgasme sans jamais l'atteindre et passant d'un téton à l'autre chaque fois que l'un de ses bras devenait trop douloureux à force de supporter son poids. Richard s'agitait sous lui, des jurons et des supplications se mêlant au prénom d'Eric dans des balbutiements qui étaient en train de le pousser vers son orgasme.

Eric sentit son propre contrôle lui échapper, alors il le pénétra plus brutalement, se retirant chaque fois davantage jusqu'à ce qu'il le martèle de toutes ses forces. Richard l'encourageait à chaque pénétration. Eric repoussa l'orgasme qui montait en lui jusqu'à ce que les spasmes causés par celui de Richard finissent par le déclencher. Il continua à onduler jusqu'à ce que les répliques de leur orgasme s'estompent, puis il s'effondra sur le torse de son amant.

Richard le prit dans ses bras et l'étreignit fermement. Eric voulut protester en disant que c'était à lui de le prendre dans ses bras, mais il était bien trop à son aise pour bouger.

XXV

Le lendemain matin, Tim sourit en voyant débarquer Eric dans sa chambre. Il avait le même déhanché que le jour précédent, comme s'il était léger et repu, mais son sourire était différent. Eric adoptait deux modes après une opération : soit le mode pot de colle après une mission chaotique qui traduisait « rassure-moi », soit le mode arrogant qui traduisait « j'ai survécu, permets-moi de le montrer au monde entier ». Ces deux modes menaient à des échanges sexuels incroyables, mais l'un faisait de lui un receveur avide tandis que l'autre le transformait en dominant insatiable. La dernière fois que Tim l'avait vu, il avait été en mode receveur avide, cherchant encore à ce qu'on le rassure en lui prouvant que le monde ne s'était pas arrêté de tourner, mais ce n'était plus le cas. Tim adorait le voir comme ça. Ce mode dominant permettait toujours – *toujours* – à Tim de connaître un orgasme libérateur qui le laissait détendu et incapable de se souvenir de quoi que ce soit d'autre que du prénom d'Eric. Il enviait Richard. D'habitude, Tim était celui qui profitait du moment où le stress d'Eric disparaissait et que son monde se remettait à tourner.

— Tu me sembles bien reposé, dit Tim.

Eric lui adressa un sourire en coin, ce qui le fit s'agiter malgré le fait qu'il soit à moitié dans les vapes. Il avait eu une conversation très pointue avec le médecin et selon elle, il n'y avait aucune raison qu'il souffre d'effets secondaires autres que la limitation dans ses mouvements. Tim fut tenté d'attirer Eric plus près de lui pour le convaincre de partager un peu de ce sourire. Il n'arrivait pas encore à bouger ses jambes sans difficulté, mais ses mains fonctionnaient très bien.

La porte s'ouvrit à nouveau et Richard entra. Le sourire d'Eric s'élargit lorsqu'il se retourna pour accueillir leur amant dans la pièce. Tim observa Richard et remarqua la légère difficulté qu'il avait à marcher.

— On dirait que quelqu'un a eu de la chance, hier soir.

— Ça se pourrait bien, acquiesça Eric. Ça dépend de ce que tu entends par « chance ».

C'était Eric tout craché. Il était prêt à raconter à n'importe qui qu'il avait été baisé la veille, mais il ne parlait jamais des nuits où c'était lui qui baisait. Tim lui avait déjà demandé pourquoi il faisait cela. Eric avait haussé les épaules et répondu qu'il se fichait de ce que les gens pensaient de lui, mais qu'il ne leur donnerait jamais une raison de remettre en question l'autorité de Tim ou de Richard. Tim avait répliqué en disant qu'il ne voyait pas en quoi ce qu'ils faisaient dans leur intimité devrait avoir une incidence sur leur autorité, mais Eric n'avait pas changé ses habitudes.

— Richard ?

— Notre jeune homme n'a pas perdu la main.

Le ton de voix de Richard était presque aussi satisfait que le sourire d'Eric. À cet instant précis, Tim le détestait légèrement. Il remua sur le lit, essayant de faire de la place à sa verge et de forcer ses jambes à bouger. Il devait rentrer à la maison. Immédiatement.

— C'est bon à savoir. Maintenant, il ne me reste plus qu'à me rétablir pour pouvoir à nouveau en profiter.

— Qu'est-ce que le médecin a dit ce matin ? demanda Richard.

— La kinésithérapeute veut que je réussisse à me servir de mes jambes pour pouvoir les monter sur le lit et les poser au sol, mais aussi que je tienne debout de manière assez stable pour m'installer sur le fauteuil roulant et en sortir avec de l'aide. Je peux retourner à la maison, si tant est que la maison soit adaptée à un fauteuil roulant.

— Nous allons devoir mesurer les portes, dit Eric. Le seul problème serait la salle de bain. Nous pouvons installer un tabouret dans la baignoire afin que tu puisses t'asseoir, mais entrer et sortir du bain va être compliqué.

— À nous deux, nous pouvons le soulever par les épaules et les jambes. Je sais que tu es fort. Tu peux supporter son poids.

Tim détestait l'idée de dépendre autant de Richard et Eric, mais ce serait mieux que de rester à l'hôpital jusqu'à ce qu'il puisse entrer et sortir de la baignoire ou qu'il aille assez bien pour prendre l'avion et rentrer à la maison. Il essaya de se souvenir combien de temps il avait fallu à Eric après son opération du ligament croisé antérieur pour pouvoir grimper dans la baignoire, mais les semaines fusionnaient entre elles dans son esprit. Même s'il s'en souvenait, ce n'était pas comparable puisqu'il souffrait aussi de blessures par balles.

— Nous pourrions demander qu'on nous prête une autre maison, dit Eric. Boling a encore une ou deux dettes envers toi.

— Nous nous en sortirons avec ce que nous avons, intervint Tim. Pas la peine de demander une faveur qui pourrait nous servir plus tard pour protéger ma fierté. En plus, j'adore partager des bains avec vous.

Eric adressa son sourire taquin à Tim, ce qui le fit s'agiter à nouveau. À ce rythme, il finirait tous ses exercices de rééducation avant midi.

— Tu vas pouvoir faire autre chose que prendre ton bain ?

— Les balles n'ont touché aucune zone vitale. Je ne vais certainement pas pouvoir faire quoi que ce soit d'athlétique, mais je suis certain que nous trouverons des alternatives.

Le regard de Richard était aussi brûlant que celui d'Eric, telle une caresse sur sa peau. Eric s'approcha de lui tel un prédateur. Tim appuya un bras sur le rail du lit et attrapa Eric par les épaules. Leurs bouches se rencontrèrent dans un baiser profond et inquisiteur. Coucher avec Richard la nuit dernière ne l'avait pas totalement calmé. Tim sourit en l'embrassant et caressa la peau sensible à l'arrière de son oreille avec son pouce. Le frisson qui parcourut Eric ne fit qu'attiser son désir.

Il relâcha sa prise sur le rail du lit quand il sentit la main de Richard se poser sur la sienne. Il la retourna afin que leurs paumes se touchent. Richard entrelaça leurs doigts ensemble et serra doucement. Quand Eric rompit enfin le baiser, haletant légèrement sous son intensité, Tim se tourna vers Richard.

— Il n'en a pas encore terminé.

Le regard de Richard scintilla d'un mélange grisant d'amour, de désir et d'amusement.

— J'espère bien que non. Il ne m'a pris qu'une fois la nuit dernière.

— J'y allais mollo avec toi, répliqua Eric. Après t'avoir entendu répéter sans cesse que tu te faisais vieux.

Tim laissa échapper un rire bref.

— N'y va pas mollo ce soir. Tu en as besoin et il en a envie.

Et Tim ne serait pas là pour le voir. Bientôt, il pourrait y assister, mais pas ce soir. Il ne pouvait s'en prendre qu'à lui-même. Il s'était laissé tirer dessus. Il ne lui restait plus qu'à faire davantage d'efforts pour rentrer au plus vite à la maison.

— Rentre à la maison et assure-toi que nous le fassions correctement, dit Eric.

— J'y compte bien.

Même s'il appréciait tout ce que ses amants et lui faisaient ensemble, il aimait les nuits où Eric et Richard cédaient à ses caprices et le laissait dicter leur conduite. Il avait sa propre chaîne pornographique en direct. Et quand ils en avaient terminé l'un avec l'autre et qu'ils étaient trop épuisés pour bouger, il se glissait derrière l'un d'eux et jouissait à son tour dans ce corps avide. Cela devrait encore attendre un peu, mais il pouvait les regarder interagir, dicter leurs gestes et se sentir impliqué de cette manière.

— Dès que tu seras d'attaque, nous serons à ta disposition, dit Richard d'une voix pleine de promesses.

— Nous sommes mardi?

— Mercredi, répondit Eric. Tu es en retard d'une journée.

Tim fronça les sourcils. Il n'aimait pas perdre la notion du temps.

— Mercredi prochain, je rentre à la maison avec vous.

À son grand soulagement, aucun d'eux ne protesta. Mais s'il n'arrêtait pas de penser au sexe, il ne tiendrait jamais jusqu'à mercredi prochain. Même s'il avait désormais sa propre chambre, cela signifiait seulement qu'il ne la partageait pas; les infirmières continuaient de passer à l'improviste. Il ne pouvait même pas demander à ses amants qu'ils le masturbent par peur qu'elles débarquent en pleine action.

— J'ai étudié le dossier de Westin, dit-il. Nous avons un problème.

L'expression de Richard se fit grave. Il attrapa les chaises qui avaient été poussées contre le mur pour la séance de rééducation et les replaça près du lit. Il fit asseoir Eric dans l'une et s'installa dans l'autre en glissant un bras autour de ses épaules. Tim regretta d'avoir abordé le sujet en voyant l'enthousiasme d'Eric disparaître, mais ils devaient régler cette affaire.

— Qu'as-tu trouvé? demanda Richard.

— Donne-moi le dossier.

Richard le lui remit et Tim le feuilleta jusqu'à ce qu'il trouve les deux photos du village dans lequel on lui avait tiré dessus.

— C'est la photo qu'on nous avait donnée. On y voit clairement ce qui semble être un camp militaire. Des caches d'armes, des barils de pétrole, des terrains d'entraînement. C'est sur cette photo que nous nous sommes basés pour accepter cette mission et nous nous en sommes servis pour la mettre en place. Cette photo ne faisait pas partie des documents qui nous ont été remis lors du briefing, dit-il en indiquant celle où l'on voyait des femmes et des enfants. Si nous avions vu cela, nous n'aurions peut-être pas accepté cette mission, mais même si nous l'avions fait, nous l'aurions mise en place de manière totalement différente. Rien n'indique à quelle heure et à quelle date cette photo a été prise, alors nous ne pouvons pas prouver que Collins l'avait en sa possession avant que nous acceptions la mission, mais je suis pratiquement certain qu'il l'avait avant que nous passions à l'action; la photo ne montre pas les dégâts que nous avons générés sur ce bâtiment.

Il tapota la photo pour leur montrer de quel bâtiment il s'agissait.

— Plus important encore, la première photo – celle que nous avons utilisée pour mettre en place notre mission – n'est pas conforme à la réalité ou bien elle est incomplète. Même si nous oublions le fait que l'autre photo, où apparaissent femmes et enfants, montre une section du camp dont nous ne soupçonnions pas l'existence, la première ne correspond pas à ce que nous avons trouvé sur place.

— Continue, dit Richard.

— Tu vois cette partie du camp? demanda-t-il en indiquant un alignement de barils de pétrole. Ces barils se trouvaient bien dans le village, mais ils n'étaient pas disposés près de ces bâtiments. Il y a un espace dégagé – une sorte de square – entre les bâtiments et le dépôt de carburant. Et le terrain d'entraînement, s'il existe, ne se trouve pas du tout dans ce coin. Honnêtement, les villageois ont bien fait de séparer les barils de pétrole des bâtiments. Si quelqu'un venait à y mettre le feu, les bâtiments n'exploseraient pas avec eux. Ce que j'aimerais savoir, c'est pourquoi on nous a donné une photo falsifiée sur laquelle nous baser pour mettre en place notre plan d'action.

— Ce n'était pas ma faute, prononça Eric si doucement que Tim l'entendit à peine.

— Comment ça? Je sais que tu fais souvent l'objet de critiques, mais qui a bien pu te faire croire que tu étais responsable de *ça*?

— Son esprit totalement ravagé, marmonna Richard.

Eric lui asséna un coup de coude et leva un regard troublé vers Tim.

— Parfois, les terroristes me droguaient avant de m'interroger et je n'arrive pas à me souvenir si je leur ai révélé des informations. J'ai de grands trous noirs. L'une des choses dont je me souviens, c'est de leur obsession concernant les missions et les informations relatives à la Syrie. Quand on m'a secouru et que j'ai appris que tu avais été touché durant une mission en Syrie, j'ai pensé…

— Je lui ai dit qu'il était impossible qu'il soit responsable de ce qui était arrivé parce que ton opération n'était même pas prévue lors de son enlèvement, mais on dirait que je n'ai pas réussi à faire rentrer ça dans son crâne.

— Tu le crois, maintenant? demanda Tim.

— Si l'opération a mal tourné parce que vous vous êtes rendus dans un endroit différent de celui que vous aviez analysé durant le briefing, alors ça veut dire que même s'ils ont réussi à me soutirer des informations, elles étaient fausses. Vous êtes intervenus en ayant de mauvais renseignements.

— Nous sommes intervenus en ayant de mauvais renseignements, confirma Tim.

— Eric, reste avec Dav, dit Richard en se levant et en tendant la main pour réclamer le dossier. Nous avons besoin de la photo originale. Westin a obtenu tout ce qu'il pouvait de ses relations. Nous allons voir si Heikkinen a plus de chance.

— Tu es sûr de toi? demanda Tim. C'est une chose de lui demander d'espionner des gouvernements et organisations différents des nôtres. C'en est une autre de lui demander de trouver des informations sur notre gouvernement.

— As-tu une meilleure idée? La personne qui se cache derrière tout ça a failli causer ta mort. Ce n'était peut-être pas Collins. Peut-être qu'une autre personne lui a refilé de fausses informations. Mais peu importe de qui il s'agit et de quelle manière c'est arrivé, ça ne doit pas se reproduire. Nous devons découvrir ce qui s'est passé pour nous assurer que ça n'arrive plus. Tu pourrais ne pas avoir autant de chance la prochaine fois. D'ailleurs, ça pourrait tomber sur Eric. Ou bien encore Amato, Westin, Sanders, n'importe quelle autre personne qui nous fait confiance pour prendre de bonnes décisions et n'accepter que les missions desquelles nous pensons pouvoir revenir vivants.

— Non, je n'ai pas de meilleure idée. Pas si nous voulons continuer de travailler.

— Es-tu en train de suggérer que nous prenions notre retraite? demanda Richard.

Eric semblait aussi choqué que Richard.

— Je ne sais pas. Peut-être. Je ne vais pas me remettre de cet accident. Oui, je vais me rétablir, mais si nous faisions encore partie de la marine, ils seraient déjà en train de signer mon renvoi pour raisons médicales ou bien de me transférer dans un bureau. Je ne serai plus jamais apte à me rendre sur le terrain.

— Tu n'en sais rien, contesta Eric. Même si tu ne retrouves pas toutes tes capacités, tu seras toujours bien plus dangereux que la plupart des soldats qui sont à leur meilleur niveau.

— Peut-être.

Cela lui fit chaud au cœur de voir qu'Eric avait foi en lui, mais au bout du compte, cela ne ferait pas guérir ses jambes plus rapidement et ne le rendrait pas plus fort.

— Nous n'avons jamais eu de stratégie de repli. Je pense que nous avons toujours cru que nous mourrions en apothéose sur le champ de bataille, comme tous les guerriers, mais je suis tombé, je suis toujours vivant et je ne vois plus vraiment quel est l'attrait d'une telle mort. Je ne dis pas que nous devrions jeter l'éponge et tirer notre révérence, mais il est peut-être temps de penser au futur. J'aimerais vieillir avec vous deux.

— C'est une raison encore plus valable de découvrir la vérité, dit Richard. Si cette histoire nous pend au-dessus de la tête, elle pourrait nous retomber dessus même si nous quittons nos fonctions. Si nous arrangeons la situation, nous serons protégés par des preuves, que nous prenions notre retraite maintenant ou dans dix ans.

Tim détestait que Richard ait raison.

— Dis-lui de ne pas se faire prendre. Je n'aimerais pas finir à Leavenworth ou dans un complexe militaire encore pire que celui-ci.

— Ne t'en fais pas. Je ne leur donnerai aucune raison de s'en prendre à toi.

Cette réponse n'apaisa pas Tim, mais si cela devenait un problème, il le réglerait un autre jour. L'heure du déjeuner approchait et les infirmières allaient lui apporter son repas, puis Jamie viendrait le torturer.

— Va lui parler. Nous serons ici à ton retour. Si nous ne sommes pas là, ce sera parce que ma kinésithérapeute est une méchante sadique qui prend un malin plaisir à me torturer. J'emporterais Eric avec moi pour qu'il me serve de bouclier.

Richard rit bruyamment et se pencha pour l'embrasser. Tim ne s'accrocha pas à lui, même s'il en mourait d'envie. Richard savait ce qu'il faisait et connaissait les risques. Ils en discuteraient plus tard et mettraient des stratégies en place. Heikkinen était douée, mais cela ne diminuait pas les risques.

Richard rompit le baiser et recula d'un pas. Eric attrapa sa main et s'y accrocha.

— Ne foire pas.

— Jamais, promit Richard. J'ai bien trop à perdre.

XXVI

Richard rentra à la base et se rendit à leur maison. Heikkinen avait dit qu'elle le retrouverait chez lui dans vingt minutes. Son esprit tournait à mille à l'heure en essayant de faire le tri entre les informations qu'il possédait et celles qu'il devait lui donner le plus succinctement possible. Elle devait avoir une bonne vision d'ensemble pour comprendre ce qu'il fallait chercher, mais Richard ne lui faisait pas encore totalement confiance. Elle avait assisté à toutes les réunions auxquelles avait été convié Collins. Aurait-elle pu faire partie de cette machination ? Il allait le découvrir. Il gara la voiture et entra dans la maison pour récupérer son Glock 37. Il le glissa dans sa ceinture au bas de son dos, endroit auquel il aurait facilement accès en cas de nécessité sans pour autant qu'il soit visible sous sa veste. Heikkinen ne serait pas surprise de le trouver armé, mais il voulait que cette discussion se termine bien, pas sous la menace.

Vingt minutes précises après avoir envoyé son message, il l'entendit frapper à la porte.

— Vous avez demandé à me voir, Commandant ?

— Entrez, Heikkinen. Puis-je vous offrir un verre ?

— Est-ce une visite de courtoisie, Monsieur ?

— Non, c'est strictement professionnel.

— Alors je vais devoir refuser.

Elle s'installa sur la chaise que Richard lui indiqua. Il s'assit face à elle.

— Quelqu'un se paye notre tête, déclara-t-il sans préambule.

Il lui remit une copie du dossier. Il garderait les originaux pour lui.

— Ce sont les documents que Westin a réussi à récupérer. Ils prouvent que quelqu'un est en train de nous mener en bateau, mais nous n'avons pas idée de son identité.

— Je les lirai plus tard. Que suspectez-vous ?

— Davenport a lu ce dossier hier soir. La mission de reconnaissance n'a pas été faite dans les règles et d'après les souvenirs qu'il a gardés du site, l'une des photos a été falsifiée.

Richard sortit la photo que Tim lui avait montrée et souligna les incohérences. Elle la prit et l'étudia de plus près.

— La personne qui a falsifié cette photo est douée. Ce n'est pas un amateur qui s'est amusé avec Photoshop.

Ce n'était pas rassurant.

— Toutes les informations que nous avons reçues pour planifier cette opération nous ont été remises par Collins et deux de ses assistants. Je vous donnerai leurs noms. Je ne sais pas qui sont leurs sources. Nous n'avons jamais connu de problèmes jusqu'ici.

— Il se peut qu'ils soient aussi innocents que nous dans cette histoire, acquiesça-t-elle. Qu'attendez-vous de moi ?

— Que vous fassiez tout ce que vous pouvez pour agrémenter ce dossier. J'ai besoin de la photo originale parce que même si je fais confiance aux souvenirs de Davenport, ils ne seront pas considérés comme une preuve. Nous devons aussi obtenir plus de preuves pour que la personne qui se cache derrière tout ça se retrouve au pied du mur. Pouvez-vous le faire ?

— Vous savez ce que vous êtes en train de me demander ?

Il rencontra son regard glacial sans flancher.

— Oui.

— Si la situation tourne mal, je n'en prendrai pas la responsabilité seule.

— Si la situation tourne mal, nous mourrons tous et cela n'aura aucune importance.

— Je vais le faire, mais ne vous attendez pas à obtenir des réponses dès demain. Ça pourrait prendre des mois.

Cela avait été la crainte de Richard.

— Faites ce que vous avez à faire.

— Et que ferons-nous jusque-là ?

— Jusqu'à ce que nous découvrions la vérité, nous n'accepterons plus les missions proposées par le Pentagone.

— Ça va faire mal au compte en banque de certaines personnes.

— Je préfère que leurs comptes en banque souffrent plutôt que de les retrouver morts. Cet après-midi, j'annoncerai la nouvelle à nos agents présents en Allemagne et une fois que la réunion sera terminée, j'enverrai un bulletin d'information au reste de nos agents.

Elle se leva et prit le dossier.

— Je ne supporte pas les personnes qui ne se battent pas loyalement. Après toutes les années que j'ai passées à travailler comme espionne, on pourrait croire que je m'y suis habituée, mais ça n'a fait que renforcer mon dégoût pour ces traîtres. Je trouverai celui qui a fait ça. Voulez-vous que j'assiste à la réunion?

— Je préférerais que vous manquiez la réunion pour commencer vos recherches.

— Dans ce cas, je vais prendre le prochain vol. Je ne peux pas faire mes recherches ici. Leur sécurité n'est pas assez bonne. Je vous tiens au courant dès que je trouve quelque chose.

Il se leva à son tour et lui offrit une poignée de main.

— Nous vous tiendrons au courant de nos déplacements par l'intermédiaire des réseaux habituels. Si vous en ressentez le besoin, vous pouvez vous rendre à la maison aux îles Caïmans.

— Espérons que je n'en arrive pas là.

RICHARD ENVOYA un message à tous les agents de la *Strike Force Omega* présents sur la base pour les convier à une réunion qui se tiendrait à 14 h. Il commença à rédiger un message à Eric pour lui dire de ne pas venir et de rester auprès de Dav, parce que Richard s'attendait à ce que toute la tension et la colère soient dirigées vers Eric durant cette réunion. Bien que Richard ne lui en veuille pas pour ce qu'il aurait pu révéler sous la torture, tout le monde n'était pas si conciliant. Mais peu importe s'il voulait protéger Eric, il ne pouvait pas prendre cette décision à sa place. Dans un soupir, il composa le numéro d'Eric.

— Richard?

— Heikkinen a accepté de faire des recherches. Elle est déjà partie prendre son avion. J'ai convié nos agents à une réunion qui se tiendra à 14 h. Je m'attends au pire. Tu n'es pas obligé de venir. Tu es déjà au courant de tout ce que je vais dire.

— Et te laisser seul au milieu de ce bordel? Je ne pense pas, non. Je suis un grand garçon, Richard. Je peux affronter tout ce qu'ils ont à me dire. Même si tu as pris des mesures pour protéger nos agents après que j'ai été capturé, ça ne change rien au fait qu'ils ont obtenu des renseignements grâce à moi. Sans compter que notre relation n'est plus secrète.

Richard avait craint cette réponse.

— Tu n'es pas obligé d'y assister. Mais merci d'insister pour le faire.

— Je t'en prie. Je serai là un peu avant 14 h. Où la réunion va-t-elle se tenir?

— À la maison. C'est le seul endroit qui me semble sûr.

Il n'était pas convaincu que des micros n'aient pas été placés par Boling ou un autre supérieur dans la maison, mais il n'en avait vu aucun. Il aurait dû demander à Heikkinen de vérifier avant de partir. Cela dit, elle avait discuté ouvertement avec lui dans cette pièce, ce qui était tout aussi rassurant.

ERIC ARRIVA à 13 h 45. Richard le prit immédiatement dans ses bras et l'embrassa fougueusement. Quand il le libéra, Eric semblait aussi étourdi que lui.

— Ils vont arriver avec des questions, des inquiétudes, peut-être même des accusations et je vais immédiatement les prendre de court en leur disant ce que nous avons appris et ce que nous avons décidé de faire – du moins, pour le court terme. Nous ne pouvons pas aller plus loin tant que Heikkinen n'aura pas trouvé de preuves. Ne me défends pas. N'essaye pas de me protéger. Et ne t'emporte pas en entendant ce qu'ils ont à dire.

— J'ai déjà assisté à des réunions où l'atmosphère était tendue.

— Il n'y a jamais eu de réunion comparable à celle-ci, dit-il en posant son front contre celui d'Eric. Fais-moi confiance pour gérer la situation. Si j'ai besoin d'autre chose que de ton soutien moral, je te le demanderai. Jusque-là, ne jette pas d'huile sur le feu.

— Tu n'as pas conscience de ce que tu me demandes.

— Si, j'en ai parfaitement conscience. Je t'aime, Pêche.

— Je t'aime aussi. Pour ce que ça vaut, Tim m'a fait la même leçon avant que je quitte l'hôpital. Il dit que tu es idiot de ne pas avoir attendu qu'il soit assez en forme pour assister à la réunion et que si tu te plantes, il ne couchera plus jamais avec toi.

— Il n'a pas dit cette dernière phrase.

— Oh que si, répliqua-t-il en souriant.

— Va te faire foutre, lança-t-il avec amusement.

Eric lui adressa un sourire espiègle.

— Non, c'est moi qui vais te prendre ce soir, tu te rappelles ?

Richard n'était pas certain de pouvoir se laisser aller de cette manière après la réunion qui allait avoir lieu, mais Eric et lui pourraient négocier plus tard.

La sonnette retentit, interrompant leur conversation.

— Assieds-toi, dit Richard. Je vais aller ouvrir.

Il trouva les membres de l'équipe d'Eric sur le pas de la porte.

— Nous voulions arriver en avance, au cas où Eric aurait besoin de soutien, dit Amato.

— Entrez, dit-il en ouvrant davantage la porte et en s'écartant pour les laisser passer.

Ils s'installèrent autour d'Eric. Richard capta son regard et sourit. Eric lui rendit son sourire, mais il semblait plus inquiet qu'avant leur arrivée. Il se demandait certainement ce que ses collègues avaient entendu pour leur faire penser qu'il aurait besoin de soutien. Richard n'avait parlé à aucun de ses agents depuis quelques jours, mais il savait que les rumeurs allaient bon train. Aujourd'hui, elles faisaient probablement la taille de Godzilla.

À 14 h précise, l'équipe qui avait accompagné Dav en Syrie arriva. Richard ne devait pas oublier que ces hommes avaient sauvé la vie de Dav. Peu importe ce qu'ils diraient, il ne devait pas se laisser submerger par la colère.

— Comment va Davenport ? demanda Li, le médecin de l'équipe, avant même que Richard ait refermé la porte.

— Il est réveillé. Je ne vous ai pas remerciés de l'avoir secouru. Je vous dois sa vie.

— Il ne nous abandonnerait jamais. Nous ne l'abandonnerons pas non plus, intervint Taylor, le sniper. Nous avons entendu des choses, patron.

— C'est la raison pour laquelle nous sommes réunis. Asseyez-vous.

Estrada et Jones, les deux autres agents de l'équipe qui était intervenue en Syrie, lui adressèrent un signe de tête en passant près de lui. Il sentit la tension monter dans la pièce dès qu'ils aperçurent Eric. Il jura silencieusement et se demanda si Dav n'avait pas raison. Il était tellement plus doué que Richard pour gérer ce genre de situation.

— Où est Heikkinen ? demanda Sanders.

Eric lui donna un coup de coude, mais les mots avaient déjà quitté sa bouche.

— Elle travaille, répondit Richard. Ou bien elle est en chemin vers un endroit où elle pourra travailler.

— Seule ? demanda sèchement Estrada.

— Certaines missions sont faites pour être menées en solo.

— Pour quel type de mission solo avons-nous besoin de Heikkinen ? demanda Taylor.

— Et quand allons-nous repartir en mission ? Ça me rend nerveux de voir autant de militaires autour de moi, dit Jones.

— Qui sera à la tête de notre équipe jusqu'à ce que Davenport reprenne du service ? demanda Li en s'adressant à Jones plutôt qu'à Richard, même si cela ne faisait pas une grande différence. Nous ne pouvons pas nous rendre sur le terrain sans un chef d'équipe.

— Vous pensez que c'est une bonne idée qu'il soit là ? ajouta Taylor en désignant Eric. Nous ne savons pas ce qu'ils ont fait à son cerveau. Ça se trouve, c'est une taupe.

Amato bondit sur ses pieds et traversa la moitié de la pièce avant qu'Eric réussisse à l'arrêter. Richard n'entendit pas les mots qu'il utilisa pour la convaincre de se rassoir, mais elle ne l'aurait jamais fait sans qu'il l'y force.

— Assez ! rugit Richard. Si vous voulez bien me laisser la parole, je vais vous dire ce qui se passe et répondre à un maximum de questions, mais il va falloir que vous gardiez vos remarques pour vous. La loyauté des agents présents dans cette pièce n'est pas à remettre en question ou bien je ne les aurais pas conviés. Compris ?

Tout le monde se calma, même si le visage d'Amato était encore empreint de colère et que Taylor semblait plus hargneux que jamais.

— Tout d'abord, étant donné que Li a posé la question et que je connais le sentiment d'appartenir à une équipe, Davenport a été transféré dans une chambre individuelle, alors vous pourrez aller lui rendre visite. Sa convalescence va être longue, mais les médecins disent qu'il va s'en remettre.

Il souleva une main pour empêcher Li de poser une question.

— C'est la bonne nouvelle. Maintenant que c'est dit, passons au reste.

Il prit une profonde inspiration et rencontra le regard d'Eric pour y puiser de la force, du soutien et de l'amour.

— Nous savions que l'opération en Syrie avait mal tourné, mais jusqu'à maintenant, nous ne savions pas pourquoi. Westin a fait jouer ses relations au Pentagone et a découvert des documents qui prouvent que les informations qui nous avaient été remises avant l'opération étaient incomplètes. Davenport a étudié ces documents et nous a confirmé que non seulement les informations étaient incomplètes, mais qu'elles étaient aussi fausses. Vous avez demandé où se trouvait Heikkinen ? Elle est partie découvrir l'identité de la personne qui a essayé de nous manipuler et quelle était son intention.

Richard marqua une pause pour les laisser assimiler ces informations.

— Jusqu'à ce qu'elle obtienne des résultats, nous ne devons faire confiance à personne en dehors de notre organisation. Pas à Boling et surtout pas à Collins.

— Et pour les prochaines missions ? demanda Taylor.

— Nous n'accepterons plus de nouvelles missions tant que je ne serais pas convaincu de prendre mes décisions en me basant sur des renseignements complets et exacts. Je veux faire tout mon possible afin que vous reveniez à la maison sains et saufs. Si vous décidez de vous lever et de partir sur-le-champ, je ne vous en tiendrai pas rigueur. Vous m'avez fait confiance et je me suis laissé avoir.

— Ce n'est pas à vous d'en assumer la responsabilité, protesta Eric. C'est un problème externe.

Richard lui lança un regard noir, mais Eric ne fléchit pas.

— Il a raison, Commandant, intervint Estrada. Certains d'entre nous vont peut-être devoir partir parce que nous avons besoin d'une source de revenus pour vivre, mais vous n'êtes pas celui qui nous manipule en nous remettant de fausses informations. C'est la faute de ces enfoirés, quels qu'ils soient.

Ces mots réchauffèrent le cœur de Richard – ainsi que de voir toutes les personnes présentes dans la pièce acquiescer –, mais il lui faudrait encore du temps pour se pardonner à lui-même de ne pas avoir remarqué la photo falsifiée.

— Davenport ne sera pas en état de voyager avant un moment. Nous resterons sur cette base aussi longtemps qu'il aura besoin de soins médicaux. En revanche, je ne sais pas combien de temps Boling acceptera de nous loger sur place, surtout quand je commencerai à refuser de nouvelles missions. Dès que ce sera possible, nous nous rendrons aux îles Caïmans. Si vous décidez de partir – de manière temporaire ou définitive –, vous pouvez le faire selon les démarches habituelles. Si vous avez l'intention de revenir, assurez-vous de nous laisser un moyen de vous contacter.

— Selon vous, combien de temps cela va-t-il prendre ? demanda Jones.

— Je ne sais pas. Heikkinen est la meilleure dans son domaine. S'il y a des preuves de ce que nous avançons, elle les trouvera, mais ça n'arrivera pas en une nuit. Cependant, il n'y a aucun moyen de savoir si cela prendra une semaine ou dix ans.

— Alors vous allez simplement vous tourner les pouces aux îles Caïmans, boire du rhum et baiser votre petit minet jusqu'à ce qu'elle trouve des preuves ? demanda Estrada.

Richard l'attrapa par le col de sa chemise et le souleva de sa chaise.

— Je fais de mon mieux pour ne pas oublier que c'est à vous que je dois la vie de Davenport, mais si je vous entends encore une fois faire ce genre de remarque, j'oublierais tout ce que je vous dois et je vous ferais avaler votre langue. C'est bien compris ?

— Oui, Monsieur, répondit-il en tremblant.

Richard le laissa retomber dans sa chaise et recula pour capter l'attention de tout le monde d'un simple regard.

— Si l'un d'entre vous pense de cette façon, je ne vous retiens pas. Ce que je fais de ma vie privée ne regarde que moi et les personnes qui en font partie. Est-ce bien clair ?

— Tant que votre vie personnelle n'influe pas sur vos décisions professionnelles, ça ne me pose aucun problème, répondit Li.

Cette remarque ne lui plaisait pas davantage, mais Dav le tuerait s'il apprenait que Richard avait fait fuir la moitié de leur effectif.

— J'aime à penser que chacun de vous partage un passé assez parlant avec Davenport et moi pour pouvoir répondre à cette question.

Li haussa les épaules et répondit :

— Avant, nous ne savions pas que vous couchiez avec eux.

— Ce qui prouve que ma vie privée n'a jamais influencé mes décisions. Si je faisais du favoritisme, quelqu'un l'aurait remarqué.

— Du moment que je n'aie pas à travailler avec Newton, marmonna Taylor.

Richard laissa couler. Eric faisait déjà partie d'une équipe extrêmement loyale. Il allait peut-être endosser certaines des responsabilités de Dav, mais il pourrait commencer par le faire avec son équipe actuelle – voire quelques agents triés sur le volet – jusqu'à ce qu'il obtienne les mêmes états de service que Dav.

— Il a déjà une équipe, déclara Westin. Et nous n'avons pas besoin de toi.

Richard ne s'était pas attendu à ce que Westin prenne la défense d'Eric, mais pendant qu'Amato et Sanders affichaient la même expression butée, Westin avait décidé de prendre la parole. Intéressant.

— Avez-vous d'autres questions pertinentes ? demanda Richard.

Personne ne répondit.

— Dans ce cas, sortez tous de ma maison.

L'équipe de Dav se leva et quitta la maison. Richard allait devoir demander à Dav de leur parler et d'arrondir les angles. Cela dit, une fois qu'il aurait entendu ce que ses collègues avaient dit à propos d'Eric, il pourrait ne pas vouloir le faire. L'équipe d'Eric ne bougea pas.

— Je croyais vous avoir demandé de sortir.

— Nous allons partir, mais nous devons d'abord vous dire quelque chose, dit Amato. Nous avons discuté entre nous et voilà ce qui est ressorti : Eric, Sanders et moi sommes une équipe, à laquelle nous pouvons désormais ajouter Westin vu la manière dont il s'est mis en danger pour nous durant cette semaine. Nous n'étions pas au courant de votre relation, mais ça n'a pas d'importance. Nous en avons discuté et depuis le temps que nous faisons partie de cette organisation, vous vous êtes montré aussi impitoyablement juste envers nous qu'envers les autres équipes. Nous obtenons de bonnes missions, de mauvaises missions et vous ne faites aucun favoritisme. Je ne peux pas faire changer les autres d'avis, mais si vous avez besoin de nous, nous serons là. Que ce soit pour intervenir auprès de Boling, pour botter le cul d'Estrada ou pour garder un œil sur ce qui se trame pendant que nous faisons profil bas. Donnez-nous un ordre, nous l'exécuterons.

Richard hocha la tête, n'étant plus habitué à faire face à tant de loyauté. Il avait connu cela chez les SEALs, avant de quitter la marine et de monter sa propre société avec Dav, mais depuis, il avait toujours été le commandant et non l'homme de terrain qui accompagnait ses équipes. Richard avait accepté ce rôle parce que quelqu'un devait tirer les ficelles et que Dav était plus doué pour s'intégrer dans un groupe que Richard. La loyauté de leurs agents avait toujours été dirigée vers Dav, que ce soit au sein de leur duo ou de chaque équipe. Selon Richard, c'était le prix à payer pour être aux commandes, mais maintenant qu'on la lui offrait, il n'allait pas s'en priver. Il donna une poignée de main à Amato, Westin et Sanders.

— Merci. C'est bon de savoir qu'Eric a quelqu'un sur qui compter.

Amato regarda Eric par-dessus son épaule.

— Tu devrais venir combattre contre moi. Tes réflexes laissent à désirer, dit-elle avant de reporter son attention sur Richard. Vous devriez venir aussi. Depuis combien de temps n'avez-vous pas participé à un vrai combat ?

Quand ils étaient à la maison, Dav et lui combattaient régulièrement pour rester en forme, mais jamais en public. S'il acceptait son défi, Amato pourrait être surprise.

— Ça dépend de ce que vous entendez par « vrai combat ».

Ces mots la firent rire.

— Accompagnez-nous à la salle de sport demain. Il est temps de nous montrer ce que vous avez dans le ventre, Commandant.

— Je verrais. Ça dépendra de Dav et de ce que les médecins auront à dire concernant son éventuel retour à la maison.

— Demain, répéta-t-elle. Ça vous fera du bien à tous les deux. Posez la question à Davenport si vous ne me croyez pas.

— Demain après-midi, alors. Une fois que nous aurons rendu visite à Dav. Nous vous enverrons un message pour vous donner l'heure.

— À demain, Commandant. Eric.

Elle adressa un hochement de tête à Richard, étreignit Eric et partit avec les autres.

— Ça s'est mieux passé que prévu, dit Richard quand il se retrouva seul avec Eric.

— Mieux ?

— Il n'y a pas eu de bagarre et personne n'a démissionné sur-le-champ. Aux vues des circonstances, je m'estime heureux.

L'adrénaline parcourait encore son système et le rendait agité. Il avait besoin de courir.

Eric le déshabilla lentement du regard.

— Combattre, fuir ou baiser ?

— Baiser.

XXVII

— Je suis impressionnée par la vitesse à laquelle vous vous êtes rétabli, M. Davenport, déclara Smithers le mercredi suivant, comme l'avait prédit Tim. Nous vous autorisons à sortir immédiatement à condition que vous vous installiez dans un endroit accessible en fauteuil roulant qui dispose d'une salle de bain aménagée pour les personnes à mobilité réduite.

— Nous avons mesuré toutes les portes, dit Eric. Le fauteuil roulant peut toutes les franchir. Nous ne pourrons pas le faire entrer dans la baignoire, mais nous pouvons le placer sur le côté, puis le porter pour l'installer à l'intérieur. Nous avons trouvé un siège de douche, alors ne vous inquiétez pas, il ne glissera pas dans la baignoire.

— Dans les semaines qui viennent, vous aurez besoin d'aide pour vous installer dans votre fauteuil et en sortir, même si ce n'est que pour aller au lit. Votre kinésithérapeute sera en mesure de vous dire quand vous pourrez passer au déambulateur, puis à la canne.

— Nous en avons déjà discuté. Elle pense que je vais devoir passer encore quatre à six semaines en fauteuil. Nous verrons ce que nous ferons par la suite.

— Bien, dit-elle avant de lui serrer la main. Je vous souhaite tout le meilleur, M. Davenport. Arrangez-vous pour ne plus jamais atterrir dans mon hôpital.

— Entendu, madame. Je n'en ai pas l'intention.

— C'est le cas de tout le monde, dit-elle avec un regard triste.

Tim ne pouvait pas dire le contraire.

— Vous êtes prêts ? demanda-t-il à Richard et Eric après son départ.

— C'est quand tu veux, répondit Richard.

Les aides-soignants refusaient de laisser Tim conduire lui-même son fauteuil roulant pour sortir de l'hôpital, alors que Jamie lui avait appris comment le faire durant ses séances de rééducation. Il allait déjà être bien trop dépendant d'Eric et de Richard. Leur demander de pousser son fauteuil était un peu trop lui demander. Quand ils arrivèrent près de la voiture, Tim se mit doucement debout et ignora les bras tendus autour de lui, prêts à le rattraper en cas de chute. Il ne tomberait pas. Il allait simplement pivoter et s'asseoir sur le siège passager. Il s'accrocha à la portière et au toit de la voiture, pivota et se laissa retomber sur le siège passager. Il dut soulever ses jambes à l'aide de ses mains pour les faire entrer dans la voiture. Jamie et lui travaillaient là-dessus, mais les muscles de ses cuisses avaient été durement touchés et allaient mettre du temps à guérir.

Richard s'installa au volant et Eric monta derrière lui après avoir rangé le fauteuil dans le coffre.

— Ne me dorlotez pas, les prévint Tim dès qu'ils quittèrent le parking. Je sais que je vais avoir besoin d'aide pour certaines choses, mais ne pensez pas que j'en ai besoin pour tout et n'importe quoi. J'ai besoin de me sentir à nouveau moi-même.

— Tant que tu nous promets de ne pas trop en faire, répondit Eric. J'ai déjà connu une situation semblable, alors je sais ce que tu ressens, mais je me souviens aussi de ce qui s'est passé quand j'ai voulu guérir trop vite et que j'ai failli retourner au bloc pour une deuxième opération.

Tim s'en souvenait aussi. Il allait repousser ses limites parce qu'il devait se tenir prêt à affronter les conclusions des recherches de Heikkinen, mais il n'hésiterait pas à leur demander de l'aide quand il en aurait besoin.

— Tu as faim ? demanda Richard. Hier, Eric a préparé du curry pour qu'il soit prêt pour aujourd'hui.

— Ce ne serait pas de refus.

Après plus d'une semaine passée à manger ses repas à l'hôpital – des repas allemands, par-dessus le marché –, Tim tuerait pour goûter autre chose que de la viande et des pommes de terre.

— Mais ce dont j'ai vraiment envie, c'est d'une douche, reprit-il. Les toilettes au gant n'étaient pas suffisantes. Je veux me débarrasser de cette odeur d'antiseptique.

— Nous avons aménagé la salle de bain, mais tu vas quand même devoir nous laisser te donner un coup de main, dit Eric.

— La semaine dernière, je vous ai dit que ça ne me dérangeait pas de partager un bain avec vous. Vous pouvez faire ce que vous voulez du moment que j'en sorte propre.

Il se retourna sur son siège, le mouvement tirant sur les cicatrices encore fraîches de sa poitrine, mais il n'en tint pas compte.

— Tu commences à avoir de la barbe, Eric. Il serait peut-être temps de te raser.

Richard prit une vive inspiration et le regard d'Eric oscilla entre eux, affamé.

— Une joue pour chacun de vous, dit-il en caressant sa mâchoire.

Tim sourit et attrapa la main de Richard. Celui-ci la serra. Ils allaient s'en sortir. Trouver le bon équilibre dans leur relation n'était qu'une question de pratique et de volonté.

— Ça ne s'applique qu'à ton visage ?

— Tu n'approcheras pas un rasoir de mon sexe, répondit instantanément Eric.

— Je ne parlais pas de le raser, simplement de le partager.

— Vous n'avez jamais eu de problème pour vous partager mon derrière.

Tim sourit. Eric avait raison, ils n'en avaient jamais eu. Tim était impatient de retrouver assez de forces pour se faire chevaucher par Eric. Même s'il mourait d'envie de le faire, ses jambes n'étaient pas encore prêtes à supporter le mouvement que cela engendrerait. Il trouverait d'autres manières de prendre du plaisir jusque-là.

La maison qu'ils occupaient sur la base militaire était plutôt basique, mais Tim n'avait rien vu de si beau depuis longtemps puisqu'une fois à l'intérieur, cette maison deviendrait leur sanctuaire. Il pourrait se doucher, aider Richard à raser Eric, manger, puis partager un lit avec ses amants.

Eric installa le fauteuil près de la portière, mais quand il tendit un bras pour aider Tim, celui-ci le chassa.

— Tiens-moi le fauteuil. S'il roule alors que je m'apprête à m'asseoir dessus, j'aurais beaucoup plus mal en tombant à terre qu'en faisant l'effort de me lever seul.

Eric attrapa les poignées du fauteuil et le tint en place. Richard rôda autour d'eux, mais ne lui proposa pas son aide. Tim voulait leur dire de s'en aller, mais il n'arriverait pas à les faire partir, alors il allait devoir s'en arranger. Il effectua les mouvements inverses de ceux qu'il avait réalisés pour entrer dans la voiture, sauf que comme le siège passager était bas, c'était bien plus difficile de s'en relever qu'il l'avait anticipé.

— Richard, j'ai besoin de ton aide.

Richard intervint immédiatement, lui offrant le soutien nécessaire pour se lever et pivoter afin de s'asseoir dans le fauteuil roulant. Il monta sur le trottoir sans trop de difficultés, même s'il était plus compliqué de rouler sur du béton que sur le carrelage de l'hôpital. Eric ouvrit la porte d'entrée, Richard l'aida à passer le seuil quand les roues se coincèrent dessus, puis ils furent à l'intérieur. Tim laissa le fauteuil s'arrêter de rouler et attendit.

— Ça va ? demanda Eric.

— Ça ira. J'ai juste besoin d'une minute pour respirer.

Richard semblait douter de sa réponse, alors Tim tendit les bras vers eux.

— Venez m'embrasser. Correctement, cette fois-ci. Nous n'avons plus à craindre l'arrivée de quelqu'un.

— Vas-y, dit Richard lorsqu'Eric l'observa. Il y en a bien assez pour nous deux.

Tim aurait pu se plaindre d'être traité comme un buffet à volonté, mais il resta ébahi devant la considération que se portaient ses amants. Eric se pencha pour l'embrasser, mais cette position était incommode. Il se mit alors à genoux et se retrouva presque à la hauteur parfaite pour un baiser. Tim prit son temps pour redécouvrir les moindres recoins de sa bouche. Eric s'ouvrit à lui et suça sa langue de manière taquine. En réponse, Tim caressa la peau qui se trouvait à l'arrière de son oreille et se rendit compte que Richard caressait déjà cette zone sensible. Il effleura les doigts de Richard et se joignit à lui pour exciter Eric.

— Vous ne devriez pas avoir le droit de vous liguer contre moi, haleta Eric.

Richard se pencha et déposa un baiser à l'endroit où s'étaient trouvés ses doigts. Tim trembla de sympathie, se rappelant exactement de la sensation qu'il ressentait lorsque la barbichette de Richard frottait contre ses zones érogènes.

— Nous ne faisons que doubler ton plaisir, dit Tim.

Eric laissa échapper un gémissement et pencha la tête.

Richard repoussa ses cheveux et lécha sa peau.

— Tu es censé embrasser Dav, tu te rappelles ?

Eric gémit et se tourna vers Tim pour un autre baiser. En voyant son regard vitreux, Tim comprit qu'Eric était trop submergé par le plaisir pour entreprendre quoi que ce soit, mais qu'il accepterait tout ce que Tim avait à lui offrir. Cela lui convenait très bien. Depuis qu'il avait compris que l'opération en Syrie ne se déroulerait pas comme prévu, il avait eu l'impression de ne plus rien contrôler. Retrouver le contrôle sur ses amants était un sentiment bienvenu.

Une fois Eric réduit en un corps gémissant qui se balançait devant Tim, Richard se redressa et fit un clin d'œil à Tim. Ce dernier n'eut qu'une seconde pour se préparer à l'assaut de la bouche de Richard contre la sienne. Il avait peut-être réussi à prendre le contrôle sur Eric, mais Richard ne semblait pas prêt à céder. Cependant, Tim n'avait pas encore donné ses directives. Il le ferait plus tard, une fois qu'ils seraient tous au lit.

Richard le fit gémir et geindre, ce qui n'avait rien de surprenant. Il avait réussi à provoquer ces réactions chez Tim à seulement vingt-deux ans, lors de leur premier baiser. L'expérience ne l'avait rendu que meilleur.

— Je pense qu'il est temps de prendre cette douche, dit Tim d'une voix rauque.

Il voulait se débarrasser de leurs vêtements le plus vite possible.

Eric ouvrit la marche vers la salle de bain et s'installa sur la cuvette des toilettes.

— On commence par la douche ou le rasage ? demanda-t-il à Tim.

Même si Tim avait hâte de prendre une douche, il savait qu'il y avait des chances que la mousse à raser finisse autre part que sur le visage d'Eric. S'ils commençaient par le raser, ils pourraient tous se rincer ensuite sous la douche.

— Le rasage, mais aidez-moi à retirer mes vêtements. Je n'ai que quelques chemises. Je ne veux pas que celle-ci finisse trempée et pleine de mousse à raser.

Tim réussit à ôter sa chemise seul, mais pour se lever, il aurait besoin d'Eric.

— Tu vas devoir retirer mon pantalon, dit-il à Richard.

— Après vingt ans, je pense savoir comment m'y prendre, plaisanta-t-il.

Tim leva les yeux au ciel et fut amusé de voir Eric faire la même chose. Il se leva et resta immobile le temps que Richard déboutonne son pantalon et le fasse glisser jusqu'à ses genoux. Tim se rassit doucement et leva ses pieds l'un après l'autre pour finir de le retirer.

— À votre tour, dit-il à Richard et Eric une fois en sous-vêtement.

Richard retira sa chemise, mais garda son pantalon tandis qu'Eric se mit tout nu. Tim s'accorda une minute pour observer Eric maintenant qu'il pouvait le voir entièrement. Il avait perdu du poids et gagné de nouvelles cicatrices, mais tout semblait avoir guéri, sauf les quelques hématomes devenus vert jaunâtre, pratiquement dissimulés par sa peau dorée.

Richard l'interrompit en lui remettant la bombe de mousse à raser et le rasoir.

— La dernière fois, c'est moi qui l'ai rasé. À toi de commencer.

Tim versa de la mousse à raser dans sa paume et l'étala sur la joue gauche de son amant. Eric chercha à approfondir le contact, sans toutefois entrer dans cette transe dans laquelle il plongeait lorsqu'il avait besoin du réconfort que lui apportait ce rituel. À cet instant, Tim avait l'impression d'avoir davantage besoin de ce rituel qu'Eric, même si la barbe de son amant avait assez poussé pour justifier qu'on la lui rase. Il fit glisser la lame sur l'os jugal d'Eric et continua vers le bas, faisant passer la lame en métal de manière lente et régulière sur sa peau jusqu'à ce qu'il atteigne la ligne de sa mâchoire. Il retira la mousse de sa lame avec une serviette que Richard avait posée sur le bras du fauteuil, puis il se pencha pour embrasser Eric. Celui-ci le rencontra à mi-chemin et lécha les lèvres de Tim avant de plonger sa langue dans sa bouche. Tim voulait se rapprocher de lui, se placer entre ses jambes écartées et le serrer dans ses bras, mais il aurait du mal à se mettre debout et même s'il y arrivait, il ne réussirait jamais à effectuer les deux pas qui le rapprocheraient de lui.

Comme s'il avait senti le problème, Eric avança jusqu'à ce que ses cuisses enferment les genoux de Tim en faisant attention à ne pas cogner contre ses plaies. Tim pouvait sentir la chaleur de sa peau. Il glissa une main entre eux et caressa la verge d'Eric, qui était en train de durcir.

— Il va me falloir du temps pour pouvoir à nouveau te prendre, mais je ne vais pas attendre plus longtemps pour te prendre dans ma bouche.

Eric se mit immédiatement debout. Le rire rauque de Richard lui rappela que cette fois-ci, ils n'étaient pas seuls pour effectuer ce rituel, même si leur partenaire ne semblait pas gêné par leur routine. Il leva les yeux vers lui pour s'en assurer. Richard se contenta de sourire.

— Qu'est-ce que tu attends ? Si je me retrouvais avec sa verge devant mon visage, je ne refuserais certainement pas.

D'un coup, toute l'inquiétude qu'il avait ressentie en assistant à l'épanouissement de la relation entre Richard et Eric disparut. Ils avaient toujours réussi à faire l'amour à trois sans qu'il y en ait un qui se sente délaissé. Il devait arrêter de s'en faire ou il finirait par créer des problèmes où il n'y en avait pas.

Tim lécha le gland d'Eric et laissa son odeur et son goût lui confirmer qu'ils étaient tous à la maison, en sécurité et ensemble. Il avait eu peur de ne plus jamais avoir cette chance et maintenant qu'elle lui était accordée, ses propres limites l'empêchaient de faire tout ce dont il avait envie. Il ignora sa frustration. Il guérirait et tout au long du chemin, Richard et Eric seraient à ses côtés. Dès qu'il le pourrait, il leur montrerait à quel point il était heureux qu'ils soient enfin à nouveau tous les trois. Il lécha et suça Eric un peu plus longtemps avant de se rassoir dans sa chaise. Eric protesta de manière inintelligible – Tim adorait quand il faisait cela –, mais Tim le poussa à se rassoir sur la cuvette des toilettes.

— Nous n'en avons pas terminé, mais Richard ne t'a pas encore rasé.

Eric tourna immédiatement son regard brûlant vers Richard. Tim voulut reculer sa chaise pour lui laisser de l'espace, mais Richard et Eric l'en empêchèrent.

— Continue à profiter de toute cette peau nue, mais ne le fais pas sursauter – je ne voudrais pas le couper.

Tim tendit la main pour toucher le bras d'Eric. Même s'il appréciait la chance de pouvoir rester près d'eux, il ne voulait pas s'immiscer dans leur intimité. Au lieu de ça, il observa leurs expressions : la manière dont Richard mordait sa langue en se concentrant pour que la lame de son rasoir reste stable, la manière dont Eric penchait sa tête dans la main de Richard. Il agrippa le bras d'Eric plus fort, non pas pour attirer son attention, mais pour faire partie de cet incroyable moment. Eric le regardait-il de cette façon ? Certainement, pourtant Tim était tellement habitué à la manière dont les choses se passaient entre eux qu'il ne le remarquait plus. Il devait remercier Richard de lui avoir fait redécouvrir ce qu'il n'arrivait plus à voir.

Quand Richard posa le rasoir et nettoya le visage d'Eric, Tim s'appuya contre Eric avec la même urgence que celle qui se lisait sur le visage de son jeune amant. Celui-ci se tourna vers Tim et l'embrassa fougueusement. Tim lui rendit son baiser avec autant d'entrain. Il sentit la main de Richard sur son épaule – c'était forcément la sienne, puisque Tim tenait les mains d'Eric dans les siennes – et fut submergé par toute la peur et la frustration qui s'étaient accumulées en lui. Des larmes lui montèrent aux yeux et se mirent à couler. Chaque muscle de son corps lui faisait mal et ce n'était pas près de changer, sauf s'il prenait des médicaments plus forts et en plus grande quantité, ce qu'il refusait de faire. Il pouvait faire bonne figure devant le reste du monde, mais Richard et Eric méritaient mieux que cette façade rigide.

Ils le tinrent dans leurs bras durant sa crise de larmes, puis il se sentit mieux lorsqu'elles eurent coulé.

— Prêt à prendre cette douche ? demanda Richard.

— Oui, avec plaisir.

Au son de sa voix, on aurait dit qu'il venait d'avaler des graviers, mais ce sourire était le plus sincère qu'il ait adressé à qui que ce soit depuis des jours. Il était à la maison et tout irait bien.

XXVIII

RICHARD SE déshabilla entièrement et tendit les bras vers Tim pour l'aider à se lever.

— Eric, fais descendre son boxer. Nous le retirerons quand il sera installé sur le siège de douche.

Ces mots n'étaient que fonctionnels, mais la voix de Richard était sensuelle. Tim était déjà excité après avoir rasé Eric et regardé ses deux amants interagir. Sentir les mains d'Eric près de son sexe n'arrangea rien.

— On dirait que tu es aussi heureux d'être de retour à la maison que nous le sommes, dit Eric en faisant glisser le boxer de Tim jusqu'à ses genoux.

— Tu ne crois pas si bien dire.

Eric entra dans la baignoire et glissa ses bras autour du torse de Tim en faisant attention à ne pas toucher ses cicatrices encore sensibles.

— Appuie-toi sur moi. Je vais supporter ton poids pendant que Richard soulève tes jambes pour les placer dans la baignoire. Préviens-nous si tu as mal.

Tim s'adossa contre le torse d'Eric. Il n'avait pas à se montrer fort comme sur le terrain. Quand bien même il ne voulait pas se faire dorloter inutilement, il pouvait laisser Richard et Eric lui donner un coup de main. Richard souleva ses jambes et à eux deux, ils réussirent à l'installer sur le siège de douche. Richard entra à son tour dans la baignoire et le débarrassa de son boxer. Puis il se retourna pour ajuster la température de l'eau, offrant une vue des plus agréables à Tim.

— Ça te donne envie de le croquer, n'est-ce pas ? murmura Eric à son oreille.

— Ou d'écarter ses fesses pour le baiser jusqu'à ce qu'il hurle, acquiesça Tim.

— Commençons par le croquer. Nous nous occuperons du reste plus tard.

Tim se tint au bras d'Eric pour se pencher en avant sans perdre l'équilibre et glisser du siège, puis il mordilla la courbe inférieure de la fesse de Richard, à l'endroit où elle rejoignait sa cuisse. Il aurait juré que

Richard avait entendu sa conversation avec Eric, pourtant, il sursauta en sentant les dents de Tim contre sa peau.

— Tu es censé y aller mollo, le gronda Richard en se retournant.

Tim remarqua avec satisfaction que Richard était presque aussi dur que lui.

— Je me suis simplement penché en avant. Je n'ai pas pris une balle dans le ventre. Mes abdos se portent très bien. Et n'est-ce pas toi qui m'as dit de sucer d'Eric lorsqu'il me présentait sa verge ? Qu'étais-je censé faire en me retrouvant face à ton fessier ?

— Exactement ce que tu as fait, intervint Eric. L'eau est-elle chaude ? Plus vite nous laverons Tim, plus vite nous pourrons le faire manger et le mettre au lit.

Richard ronchonna, mais il activa le pommeau de douche et dirigea le jet contre le mur en faïence qui se trouvait à la gauche de Tim.

— Vérifie la température. Je ne voudrais pas te brûler.

Tim vérifia la température ; elle était idéale.

— Donne-moi ça que je puisse me laver.

— Et nous priver du plaisir de prendre soin de toi ? Je ne crois pas, non.

— Considère ça comme des préliminaires, ajouta Eric.

Ces mots apaisèrent la tension qui avait commencé à lui donner un mal de tête. S'il n'était pas blessé, il sauterait sur l'occasion de laver ses amants et d'être lavé par eux. Eric et Richard se montraient peut-être trop vigilants par rapport à ses jambes, mais ils prendraient autant de plaisir que Tim. Il s'adossa contre la chaleur du corps d'Eric et fit signe à Richard de commencer.

Sentir toute leur attention sur lui – Eric lavant ses cheveux et Richard frottant délicatement ses pieds et ses jambes – était une sensation absolument décadente. Richard faisait attention aux cicatrices en cours de guérison qui n'étaient plus protégées par des pansements, mais qui étaient toujours très sensibles au toucher. Quant à Eric, il faisait attention à ne pas lui mettre de shampoing dans les yeux.

— Vous me gâtez. Je ne vais jamais plus vouloir prendre une douche autrement.

— Mmh-mmh, fit Eric derrière lui en rinçant ses cheveux.

Une fois qu'il eut terminé, il rendit le pommeau de douche à Richard, afin qu'il puisse rincer les jambes de Tim, puis il se focalisa sur son dos et ses épaules.

— Tu es tendu, dit-il en passant ses mains pleines de savon sur son dos. Tu devrais demander à Richard de te faire un massage plus tard.

— C'est bon masseur, n'est-ce pas ?

— C'est le meilleur.

— S'il dit ça, c'est parce que je l'ai laissé me baiser après avoir terminé le massage. Une fin heureuse et tout le tralala.

Tim releva la tête pour voir le visage d'Eric.

— Après son massage, tu contrôlais encore assez tes muscles pour pouvoir le baiser ? Je suis impressionné.

— Je n'ai pas eu le temps de finir, grommela Richard. Il m'a distrait.

— Ce qui est encore plus impressionnant. Je n'ai jamais réussi à te distraire.

— Disons qu'il est trop sexy pour son bien.

Tim ne pouvait pas le contredire alors qu'il avait désiré Eric dès le premier regard. L'amour était arrivé plus tard, fort et pur, mais lorsqu'il l'avait aperçu pour la première fois, il avait été frappé par sa beauté. Aujourd'hui, la seule différence était qu'il savait que sa beauté le frapperait avant même de le regarder.

— Je suis dans la même pièce que vous, leur fit remarquer Eric.

— Et puis ? demanda Richard.

— Tais-toi et embrasse-moi.

Richard s'appuya contre le mur et se pencha au-dessus de Tim pour embrasser Eric. Tim caressa la hanche de Richard et s'adossa plus franchement contre l'abdomen d'Eric. Il devait les emmener au lit. Il se sentait gagné par le sommeil et ne voulait pas qu'il l'emporte trop vite. Il avait des *projets* pour ce soir.

Ses amants semblaient partager le même avis. Ils rompirent leur baiser et terminèrent de le laver rapidement.

— Prêt à sortir ? demanda Richard.

— Oui.

Richard arrêta de faire couler l'eau pendant qu'Eric essuyait Tim du mieux possible.

— Pourrais-tu te lever et te tenir aux épaules de Richard afin que je finisse de t'essuyer ? Ensuite, nous pourrons te faire sortir d'ici et te mettre au lit.

— On va commencer par manger, dit Tim. Une fois que nous serons au lit, je ne veux plus en sortir avant demain matin.

Il laissa Richard lui apporter son aide pour se lever et le maintenir debout pendant qu'Eric lui essuyait les fesses et l'arrière des jambes. Eric poussa le siège de douche et se plaça juste derrière Tim, si bien que celui-ci sentît la chaleur de son érection. Il se laissa retomber contre le torse d'Eric afin que Richard puisse soulever ses jambes hors de la baignoire et l'asseoir dans le fauteuil roulant. Ils l'aidèrent à s'habiller – il ne mit qu'un boxer et un t-shirt, étant donné qu'ils iraient au lit dès qu'ils auraient fini de manger –, mais Tim refusait de les laisser le pousser dans la cuisine pour manger.

— Allez préparer le dîner. Je vous rejoins dans une minute.

Eric partit immédiatement, mais Richard rôda dans la chambre.

— Ne fais pas ta mère poule. Je ne vais rien faire de stupide. J'ai juste besoin d'une minute pour me reposer.

— Tu pourrais nous laisser te donner un coup de main.

— Oui, mais ce n'est pas en me faisant aider que je vais reprendre des forces. J'ai bougé davantage en une journée qu'en une semaine entière alors que je n'ai fait que rentrer à la maison et prendre un bain. Je dois retrouver mon endurance.

— Ce matin, j'ai eu des nouvelles de Heikkinen. Elle est sur une piste, mais elle pense qu'il lui faudra au moins un mois pour réussir à mettre la main sur quelque chose, voire plus. Tu as du temps. Tu peux prendre le temps de guérir.

La nouvelle de Richard n'était pas aussi rassurante qu'il voulait qu'elle le soit. Si Heikkinen devait travailler si dur pour trouver une preuve, cela signifiait que quelqu'un avait fait des pieds et des mains pour la dissimuler.

— Nous pourrions ne pas apprécier l'issue de ses recherches.

— Dans tous les cas, l'issue ne me plaira pas. Mais peu importe ce qu'elle trouvera, nous nous en occuperons. Nous pouvons utiliser le temps qu'elle met à trouver des preuves concrètes pour nous reposer, guérir et nous préparer à passer à l'action au moment voulu.

— Eric est-il au courant ?

— Je lui ai dit dès qu'elle m'a appelé. Je n'en ai pas parlé à l'hôpital parce qu'il y avait trop de monde autour de nous et quand nous sommes arrivés à la maison, nous avions autre chose à faire.

Dans ce cas, tout allait bien. Il ne voulait pas avoir de secrets pour Eric ou s'inquiéter que ce dernier pense qu'ils leur cachaient quelque chose, même s'ils ne le faisaient pas de manière consciente.

— Le dîner est prêt, appela Eric depuis la cuisine.

Richard fit un pas vers la chaise de Tim, mais recula dès qu'il vit le regard noir que celui-ci lui lança.

— Je vais le faire moi-même, dit-il avant de rouler jusqu'à la table. Ça sent très bon.

— Ce n'est rien de spécial. Du sambar et du riz. Un premier repas facile à préparer.

— Ton plat qui n'a rien de spécial ne peut être que meilleur que tout ce que j'ai mangé depuis des semaines.

Tim commença à manger dès qu'Eric posa une assiette devant lui. Le bouillon était très savoureux sans pour autant être trop épicé et les légumes étaient encore croquants. C'était exactement ce dont Tim avait eu envie. Ils mangèrent dans un quasi-silence. Seul le bruit de leurs couverts contre leurs assiettes bas de gamme ponctua leur repas. Quand Tim fut rassasié, il se laissa retomber dans son fauteuil et posa ses mains sur son ventre.

— Si vous continuez de me nourrir comme ça, je vais prendre vingt kilos.

— Ce n'est pas grave, étant donné que tu brûleras toutes les calories que tu prendras durant tes séances de rééducation, dit Eric. Tu as l'air claqué.

La fatigue était en train de gagner du terrain, mais il la tenait à distance.

— Je dois me brosser les dents, mais ensuite, je veux bien aller au lit.

Ils le suivirent dans la salle de bain, l'aidèrent à se brosser les dents et à se rendre sur les toilettes, puis ils effectuèrent leur propre rituel du soir pendant que Tim retournait dans la chambre. S'il ne s'était pas inquiété que ses amants lui hurlent dessus, il aurait bien tenté de se hisser seul sur le lit. Mais tomber, éventuellement se faire mal, et les mettre en colère ne figuraient pas dans ses projets pour le reste de la soirée.

Richard et Eric ressortirent de la salle de bain en sous-vêtements. Tim faillit leur dire de les retirer, mais s'il patientait, il pourrait leur demander de commencer par s'aguicher l'un l'autre à travers leurs boxers.

— Vous voulez bien m'aider à m'installer dans le lit ?

Richard tenait le fauteuil pendant qu'Eric l'aidait à se placer sur le lit. Richard poussa le fauteuil afin qu'il ne reste pas au milieu du passage, puis s'installa de l'autre côté du lit. Tim resta un moment allongé à profiter de la chaleur de leurs deux corps de chaque côté du sien. Ils se blottirent contre lui. Ils semblaient prêts à s'endormir.

Sérieusement ? Le connaissaient-ils si mal ?

— Savez-vous ce qui m'aiderait à dormir ? demanda Tim.

— Quoi ? demanda Eric.

— Vous regarder jouir ensemble.

— Tu es fatigué. Tu dois dormir, dit Richard. Demain, nous ferons tout ce que tu voudras.

— N'as-tu pas dit que tu ne refuserais pas de prendre sa verge en bouche ?

— S'il la présentait devant mon visage, lui rappela-t-il. Excuse-moi, mais je ne la vois nulle part.

— Ça peut s'arranger, dit-il en attrapant l'élastique du boxer d'Eric. À cause de vous, je n'arrête pas de penser à la fellation. Je veux vous voir vous sucer.

Eric chassa sa main sans y mettre beaucoup de cœur.

— Richard a raison, tu devrais te reposer. Nous pourrons le faire demain, quand nous serons tous en forme.

— J'ai mal partout, je suis grincheux et j'ai vraiment besoin de quelque chose pour me distraire, s'énerva Tim. Eric, ramène tes fesses par ici. Je sais que tu obéis mieux que ça.

— Seulement quand c'est toi qui donnes des ordres, dit Eric, puis il s'assit et regarda Tim avec impatience. Où veux-tu que je me mette ?

Voilà, c'était bien mieux.

— Richard a encore besoin d'être convaincu. Je pense que tu vas devoir lui présenter ta verge. Enlève ton boxer.

Richard voulut s'asseoir, mais Tim l'attrapa par l'épaule.

— Ne bouge pas sauf si c'est pour enlever ton boxer.

Richard se laissa retomber sur le lit avec un air têtu. Ce n'était pas grave. Tim savait comment arranger cela. Eric fit le tour du lit pour rejoindre Richard. Ce dernier suivit sa progression du regard, au plus grand plaisir de Tim. Richard pouvait faire semblant de bouder, mais il n'allait pas falloir grand-chose pour le persuader de se joindre à eux.

— Monte sur le lit, dit-il à Eric. Embrasse-le pour le mettre dans l'ambiance.

— Vas-tu dicter toute notre soirée ? demanda Richard.

— Ça dépend de vous. Si vous en avez besoin, oui. Sinon, je me contenterais de m'allonger et vous regarder.

— À une condition. Tu restes où tu es. Tu ne bouges pas, tu n'essayes pas d'obtenir un meilleur angle de vue. Tu te contentes de regarder.

Tim glissa sa main le long du torse de Richard et pinça son téton marron qui pointait.

— Je n'ai pas le droit de toucher?

— Tu ne dois pas te déplacer pour participer, répondit-il d'une voix étranglée. Si tu peux nous toucher sans trop bouger, fais-le, mais si je te vois avancer d'un seul millimètre vers nous, on arrête tout.

— Très bien.

Si tout se déroulait selon ses plans, Richard serait bien trop absorbé par ce qui lui arrivait pour remarquer le moindre mouvement de Tim.

Eric grimpa sur le lit et se plaça à califourchon sur Richard, son genou appuyant contre la hanche de Tim. Celui-ci la caressa pour l'accueillir sans dire un mot. Eric lui sourit, puis il se pencha en avant, presque assez pour embrasser Richard.

— Richard peut râler autant qu'il le souhaite, mais pour ma part, je suis trop heureux que tu sois de retour parmi nous pour me plaindre. Si je peux t'aider à réaliser que tu es bien de retour à la maison en suivant tes ordres, alors je ferai tout ce que tu me demanderas.

— Ça va m'aider, répondit Tim. Je ne peux rien faire de physique, mais en faisant cela, je me sens impliqué, même si je ne fais que vous regarder et vous diriger.

Richard lui présenta silencieusement ses excuses en lui caressant la main. Tim la lui attrapa et la serra doucement. Il s'attendait à ce que Richard le relâche, mais il n'en fit rien. Une seconde plus tard, Eric se joignit à eux et ils entrelacèrent leurs doigts ensemble.

— Vas-y, embrasse-le.

Eric effaça la distance entre sa bouche et celle de Richard. Tim vit à quelle vitesse le baiser s'approfondit, même si Eric gardait juste assez d'espace entre eux pour que Tim puisse apercevoir leurs langues qui se rencontraient. Il s'humecta les lèvres, désirant se joindre à eux, mais il ne voulait pas risquer de mettre Richard en colère en se déplaçant pour les atteindre. Au lieu de ça, il tendit sa main libre vers ses amants, puis caressa tour à tour la joue de Richard, puis d'Eric. Ce dernier rompit le baiser pour mordre le doigt de Tim. Quand il recommença à embrasser Richard, Tim s'amusa à tracer la ligne de leurs lèvres, la caressant doucement alors qu'ils se dévoraient l'un l'autre. Richard se rua vers le haut, frottant contre le derrière d'Eric, qui était posé sur son entrejambe.

— Retire-lui son boxer.

Dès qu'Eric retira sa main pour déshabiller Richard, sa présence manqua à Tim, mais il se débarrassa du sous-vêtement et la replaça immédiatement où elle s'était trouvée.

— Avant de te mettre à ton aise, pourquoi ne pas te retourner ? Sucez-vous pour moi.

Eric se retourna et se plaça à quatre pattes au-dessus de Richard. Son fessier se trouvait à bonne distance de la main de Tim et sa bouche était positionnée juste au-dessus de la verge de Richard. Il regarda Tim par-dessus son épaule.

— Comme ça ?

— Parfait.

— Pas encore, dit Eric en glissant sa main avec les leurs. Maintenant, c'est parfait.

Tim caressa sa propre érection à quelques reprises, mais malgré le plaisir que cela lui procurait, il avait davantage besoin de ressentir une connexion avec Richard et Eric. Il passa sa main sur la courbe des fesses d'Eric, appréciant cette liberté de le toucher. Eric gémit et baissa la tête pour prendre Richard dans sa bouche.

— C'est ça. Prends-le entièrement.

Richard gémit en entendant ces mots. Tim pouvait imaginer ce qu'il ressentait, la manière dont la gorge d'Eric s'ouvrait autour de lui, tel un mélange de chaleur humide et de compression duveteuse. Eric offrait les meilleures gorges profondes qui soient. Tim tourna ensuite son attention vers Richard.

— À ton tour. Sa verge est juste devant ton visage.

Richard laissa échapper un rire et leva les yeux au ciel, mais il lécha la longueur du sexe d'Eric. C'était du pur Richard : rendre son partenaire fou de désir jusqu'à ce que celui-ci le supplie. Étant donné qu'Eric avait la bouche pleine, il ne pourrait pas le supplier ce soir, mais Tim ferait avancer les choses. Il avait aussi des cordes à son arc.

Ensemble, ils étaient tellement beaux que Tim aurait presque réussi à se satisfaire de les regarder. Ce soir, ses amants bougeaient encore avec cette même aisance que Tim n'avait jamais remarquée avant la disparition d'Eric, mais il commençait à s'y habituer. Après tout, c'était ce qu'il avait toujours voulu. Il promena ses ongles le long du crâne de Richard et l'observa alors qu'il cherchait à approfondir ce contact. De là, il remonta le long de la cuisse d'Eric pour prendre ses bourses dans sa paume, puis il glissa ses doigts entre ses fesses. Eric écarta encore plus les jambes pour lui faciliter l'accès, mais sans lubrifiant, il ne pouvait pas faire autre chose que l'aguicher. Il était certain qu'il y en avait quelque part, mais il ne voulait pas cesser de les regarder assez longtemps pour le trouver.

Eric bougeait la tête en rythme au-dessus de la verge de Richard et celui-ci répondait à chacun de ses mouvements. Tim traça les lèvres de Richard de son doigt.

— Il prend tellement bien soin de toi. Laisse-le te baiser la bouche.

Richard et Eric gémirent à cette suggestion. Tim attendit qu'ils se mettent en position, puis il glissa une main entre leurs corps pour trouver le téton de Richard.

Il pourrait ralentir la cadence et faire durer le plaisir, mais il sentait la fatigue le gagner. Il pinça la poitrine de Richard exactement comme son amant l'aimait pour lui demander d'accélérer le mouvement sans dire un mot. Il eut une illumination en regardant la verge d'Eric disparaître dans la bouche de Richard. Il glissa son doigt le long de la verge d'Eric et laissa la langue de Richard le couvrir de salive. Ce n'était pas du lubrifiant, mais cela lui permettrait de jouer avec Eric. Son jeune amant s'ouvrit sous ses doigts. Tim n'essaya pas de le pénétrer en profondeur, mais il enfonça son doigt jusqu'à la première phalange, assez pour étirer légèrement son orifice et lui donner la sensation de pénétration. Eric trembla et se cambra sous ses caresses. Tim savait que son orgasme n'allait plus tarder. Il faillit se pencher pour leur murmurer des encouragements, mais il ne voulait pas risquer de voir Richard mettre un terme à leurs ébats alors qu'ils approchaient de la fin.

Il raffermit sa prise sur leurs doigts entrelacés.

— Vous êtes tellement beaux, vous, les deux personnes les plus importantes de ma vie, blotties l'une contre l'autre. J'aimerais être à votre place, à l'un ou à l'autre, ou bien blotti entre vous deux. Je vous veux en moi, autour de moi, de toutes les manières possibles et imaginables. Jouissez pour moi. Laissez-moi voir combien vous donnez du plaisir à l'autre.

Sa voix se brisa, mais il ne le remarqua presque pas, trop focalisé sur ses partenaires pour s'en soucier. Le contrôle d'Eric céda en premier, ce qui n'était pas vraiment surprenant. Il se cambra brusquement et jouit dans un cri étouffé. Richard avala toute sa semence et continua de le sucer jusqu'à ce qu'il geigne et se retire. Tim focalisa à nouveau son attention sur Richard et glissa sa main sur ses tétons. Il ne fallut pas grand-chose à Richard pour jouir à son tour, seulement quelques caresses de son pouce combinées à la bouche experte d'Eric.

Tim se laissa retomber contre les oreillers, haletant presque aussi fort qu'Eric et Richard. Il se caressa à travers son boxer, voulant jouir à son tour pour pouvoir enfin se laisser emporter par le sommeil.

— Tu as profité du spectacle, gronda Richard à son oreille. Maintenant, à ton tour.

Son partenaire l'embrassa profondément, ce qui lui permit de goûter à la semence d'Eric sur sa langue, pendant qu'Eric le libérait de son boxer.

— J'ai encore faim, dit Eric, chaque mot provoquant un tourbillon d'air sur sa peau brûlante. Tu n'aurais pas de quoi me nourrir ?

Tim ne pouvait pas se cambrer sous sa demande. Le simple fait d'être allongé était douloureux. Il agoniserait s'il devait soulever les hanches, mais il était suffisamment désespéré pour essayer.

— Ne l'aguiche pas, dit Richard. Nous sommes censés fêter son retour dans notre lit.

Tim hurla de soulagement lorsqu'il sentit Eric refermer ses lèvres autour de son gland. Puis Richard se pencha à son tour et lécha sa verge de la base jusqu'à l'endroit où son sexe disparaissait dans la bouche d'Eric. C'en était plus que ce qu'il pouvait supporter. Il jouit dans un cri, le plaisir se mêlant à la douleur alors qu'il n'arrivait plus à se tenir immobile, mais rien ne pouvait surpasser cette sensation d'être enfin de retour à la maison.

Il s'effondra sur le lit, à peine conscient des mouvements que réalisaient ses amants autour de lui.

— Tiens, dit Richard en tenant un comprimé contre ses lèvres. Si tu ne le prends pas, tu seras trop endolori demain pour ta séance de rééducation.

Tim accepta docilement le comprimé et l'avala à l'aide du verre d'eau qu'Eric lui tendit. Il sentit que le sommeil l'appelait, mais il ne pouvait pas encore se laisser emporter. Pas tant qu'Eric et Richard ne seraient pas dans le lit.

Un instant plus tard, ils se placèrent dans la même position que celle qu'ils avaient eue avant de faire l'amour, des deux côtés de Tim. Richard trouva sa main et la tint fermement. Une seconde plus tard, Eric referma la sienne sur leurs mains jointes. Tim ferma les yeux et arrêta de lutter contre l'obscurité.

Il était à la maison.

ÉPILOGUE

Six mois plus tard

TIM OUVRIT son e-mail et trouva un message crypté envoyé par Heikkinen.

— Richard, Eric, venez voir ça, appela-t-il.

Ils étaient dans la pièce voisine, mais même s'il avait fait beaucoup de progrès depuis sa sortie de l'hôpital, il avait toujours besoin d'une canne pour faire davantage que quelques pas sur un sol plat. Son kinésithérapeute continuait de souligner ses progrès et d'insister sur le fait qu'il en avait encore à faire, mais les appeler pour qu'ils le rejoignent serait toujours plus rapide.

Richard entra le premier, frottant encore une serviette contre son torse pour s'essuyer après avoir pris une douche afin de nettoyer les résidus de son jogging matinal. Tim lui enviait sa liberté de parcourir la plage qui se trouvait à quelques mètres de leur maison – il devait encore prendre le déambulateur s'il voulait marcher sur les dunes. Ces mois de repos avaient fait disparaître des années de stress du visage de son amant. Chaque semaine qui passait le faisait ressembler davantage à l'homme dont Tim était tombé amoureux et cela suffisait à dissiper la plupart de ses frustrations. Contre toute attente, Richard avait commencé à faire de la plongée et passait le plus clair de son temps sous et sur l'eau au lieu de rester à la maison. Le soleil avait fait brunir sa peau qui était devenue presque noire, et la natation avait brûlé le peu de graisse qu'il avait sur le corps, lui permettant d'obtenir un corps sculpté et plus sublime que jamais.

— Que se passe-t-il ?

— J'ai reçu un e-mail de Heikkinen. Attendons Eric.

— Il était en train de ranger son arc. Il sera là dans moins d'une minute.

Eric avait passé les mois qui s'étaient écoulés à restaurer l'arc que Richard lui avait offert et faire des recherches sur son origine. Même s'il n'avait aucune certitude, Eric pensait que cet arc datait de la guerre de Cent Ans, lorsqu'Edouard avait connu un échec cuisant en tentant d'assiéger la ville de Reims. C'était l'une des rares batailles durant lesquelles les archers n'avaient pas donné un grand avantage aux Anglais. Eric n'avait pas trouvé d'archives relatant d'autres batailles qui auraient eu lieu dans la même zone géographique que celle où avait été retrouvé l'arc et qui auraient fait appel à ce genre d'arme. Eric avait enfin réussi à l'utiliser.

Et cela n'avait-il pas été une nuit des plus mémorables ? Eric, qui était dans un état second après avoir restauré l'arc et retrouvé toutes ses forces, avait ordonné à Tim de se montrer patient le temps qu'il baise Richard, puis il avait offert le même traitement à Tim. Tim ne l'avait jamais vu aussi insatiable que cette nuit-là. Il remua sur sa chaise et rencontra le regard de Richard. Vu la chaleur de son expression, Richard était en train de se remémorer cette même nuit… ces mêmes bons souvenirs.

Eric entra dans la pièce un instant plus tard et s'immobilisa en voyant les regards que Tim et Richard posèrent sur lui.

— Quoi ? Je n'ai rien fait.

— Un simple souvenir. Je ne peux pas te voir tenir ton nouvel arc sans m'en rappeler.

La posture d'Eric changea instantanément alors qu'il avançait vers eux.

— C'est pour ça que vous m'avez appelé ?

Ce ne serait pas la première fois, mais aujourd'hui, ce n'était pas le cas.

— Malheureusement, non. Nous avons reçu un e-mail de Heikkinen.

Comme s'il avait appuyé sur un bouton, le séducteur disparut pour laisser place au professionnel. Six mois hors du terrain ne lui avaient pas enlevé ses réflexes. Tim n'était pas certain qu'il les perdrait un jour.

— Qu'a-t-elle à nous dire ?

Tim ouvrit le message et le lut.

— Elle a laissé un « paquet » pour nous.

— Elle aurait pu nous prévenir, grommela Richard. Nous aurions pu être en congé.

— Elle n'a pas dit qu'elle était là, simplement que le paquet était arrivé, souligna Tim.

— Elle ne ferait confiance à personne pour nous le livrer. Nous ne l'avons peut-être pas vue, mais elle était là.

— J'espère qu'elle s'est bien rincé l'œil, dit Eric. Où aurait-elle pu déposer le paquet ?

— Il pourrait être n'importe où, dit Richard.

— Elle ne nous envoie pas à la chasse au trésor. Elle sait que la maison est sécurisée, alors il n'y a pas de raison de le cacher une fois à l'intérieur.

— Ce n'est pas très rassurant, répliqua Eric.

Tim secoua la tête en les regardant. Même s'ils s'étaient habitués à ne plus partir en missions de façon régulière, ils étaient toujours sur le qui-vive.

— Elle l'a certainement laissé sur la table de la cuisine pendant que vous étiez occupés ailleurs. J'ai fait ma séance matinale de rééducation et ensuite, je suis venu ici.

Les deux hommes continuèrent à marmonner, mais le paquet était exactement posé à l'endroit où Tim l'avait prédit. Il les attendait au milieu de la table, enveloppé dans du papier kraft. À l'avant, Heikkinen avait inscrit : *Ils sont doués. Je suis meilleure.*

Tim déchira le papier et ouvrit le gros dossier qu'il trouva à l'intérieur. La première page était l'impression d'un e-mail dans lequel Collins accusait réception de la photographie falsifiée envoyée depuis une adresse de la CIA qu'il ne reconnaissait pas.

ERIC ET Richard avançaient chacun à côté de Tim et coordonnaient leur foulée à celle de leur partenaire. Près d'eux, Eric se sentait très ordinaire dans son costume noir, mais son passage chez les militaires ne s'était pas aussi bien conclu que le leur. Personne n'apprécierait de le voir débarquer en uniforme. Au contraire, Tim et Richard portaient leur uniforme complet avec fierté et dignité – Eric ne se sentait pas coupable de vouloir retourner à l'hôtel pour le leur retirer dès que cette satanée réunion serait terminée. Il ne comprenait toujours pas pourquoi ils avaient insisté pour qu'il les accompagne à cette réunion alors qu'il n'avait jamais eu aucun contact avec Collins ou ses supérieurs au Pentagone, mais Eric n'avait pas opposé trop de résistance. Il adorait les voir remettre les gens à leur place et il s'attendait à ce que cette réunion soit un vrai règlement de compte, malgré le fait que les hommes qu'ils s'apprêtaient à rencontrer pourraient être leurs supérieurs immédiats s'ils étaient encore en service. Dans leur situation actuelle, ils n'avaient rien à perdre. Durant les six derniers mois, ils avaient prouvé qu'ils pouvaient s'adapter à une vie hors de la *Strike Force Omega*.

Ils atteignirent la porte de la salle de réunion dans laquelle se trouvaient Collins et qui que ce soit que Richard ait réussi à persuader de participer à la rencontre. Eric n'y avait pas prêté attention. À ses yeux, un général en valait un autre. Tim s'arrêta un instant et serra la mâchoire en posant sa canne près de la porte.

— Dav, tu n'es pas obligé de faire ça.

Tim secoua la tête.

— Ils ne comprennent que la force, se justifia-t-il.

— Le simple fait que tu marches montre à quel point tu es fort.

— Ils ne le verront pas de cet œil et tu le sais. Le plancher est lisse. Je peux le faire.

Eric avait envie de s'allier à Richard et d'insister, mais Tim avait raison. C'était aussi pour cela qu'ils portaient leur uniforme – sauf leur sabre – avec leur poitrine ornée des médailles et des broches qui faisaient foi de leur service, leur grade fièrement affiché sur leur épaule. Ils étaient des SEALs, marqués par ce qu'ils avaient enduré en service et tout au long de leur vie, mais ils étaient toujours debout.

L'expression de Richard devint sombre, mais Eric ne vacilla pas comme il aurait pu le faire par le passé. Il n'était pas celui qui allait affronter la force de son mécontentement.

— Une chose de plus dont ils vont devoir répondre.

Richard leva une main pour frapper à la porte, mais Eric attrapa son poing avant qu'il ne le fasse. Il lui adressa son sourire le plus encourageant.

— C'est le grand jour. Ne foire pas.

Richard laissa échapper un rire désabusé, mais il lui sourit, ce qui avait été l'objectif d'Eric. Il donna quelques coups secs sur la porte et n'attendit pas qu'on lui demande d'entrer pour le faire. Eric le comprenait. Le Pentagone tirait les ficelles depuis bien trop longtemps. Maintenant, c'était à leur tour de prendre les choses en main.

— Commandant Horn, Lieutenant Davenport, énonça froidement Collins.

— Collins, répondit Richard.

Eric se retint de sourire en voyant l'expression du général devant cet affront.

— Général Mays, continua-t-il.

On aurait dit que Collins venait de mordre dans un citron, mais il ne dit rien.

— Je vous présente M. Newton, notre responsable des opérations.

Eric ne fléchit pas en entendant ce nouveau titre. Même s'il avait quitté l'armée parce qu'il refusait de suivre des ordres qui n'avaient ni queue ni tête, la vie lui avait appris à garder une expression aussi stoïque que celle des hommes qui se trouvaient dans cette pièce.

Mays leur adressa un signe de tête en guise de réponse.

— Vous vouliez vous entretenir avec nous ?

Tim remit les copies du rapport de Heikkinen à Eric. Les originaux étaient rangés dans un endroit où ils pourraient être retrouvés si les choses se passaient mal, aujourd'hui ou plus tard, mais Richard ne pensait pas qu'ils en arriveraient là. Eric espérait que son partenaire avait raison. Il les posa devant Mays, sur le bureau, et reprit place pour profiter du spectacle.

LA TENSION, qui n'avait fait qu'accroître chez Richard depuis que leur avion avait atterri à Washington, explosa en lui. Ils n'avaient fait qu'une demi-douzaine de pas vers les généraux et Dav atteignait déjà ses limites. Son partenaire avait dû sentir qu'il n'allait plus tarder à boiter ou à trébucher, ou bien il n'aurait pas remis le dossier à Eric. Bien entendu, ce dossier concernait aussi Eric, mais Dav ne l'aurait pas fait pour cette simple raison. Eric savait quelle était sa place auprès d'eux. Il n'avait pas besoin d'une inclusion symbolique pour s'en assurer. Il prit une profonde inspiration et fixa Mays de son regard le plus intimidant. Cet homme n'était pas devenu général en se laissant marcher sur les pieds, mais Richard était un SEAL. Il pouvait faire baisser les yeux à n'importe qui.

— Nous avons eu l'honneur de travailler avec vos généraux durant ces dix dernières années. Nous étions l'arme que vous pointiez vers un problème et nous l'arrangions, par tous les moyens. La seule chose que nous demandions – la *seule* chose, Général – était de posséder les renseignements les plus complets et exacts que vous pouviez nous fournir concernant les missions que vous nous donniez. Oui, nous sommes un groupe d'intervention discret. Oui, nous avons accepté de mener des missions que les forces armées ne peuvent pas prendre en charge sous l'œil du public. Nous évaluons les risques, nous prenons des décisions en nous basant sur nos analyses et nous faisons notre travail comme il se doit.

Richard fit un pas en avant, sans vraiment se retrouver dans l'espace personnel de Mays, mais il en approcha dangereusement. L'enjeu de cette réunion était trop important pour permettre que Mays ne comprenne pas à quel point ils étaient sérieux.

— Nous avons mené chacune de nos missions de la meilleure manière.

— Je connais vos états de service, dit Mays.

— Alors vous savez certainement qu'il y a un an, Collins a demandé à nous emprunter un sniper lors d'une intervention militaire au Turkménistan. L'équipe militaire est revenue. Mon sniper, non.

Richard ne discuterait pas de l'impact que cela avait eu sur eux. Ça ne servirait à rien de leur dire combien il s'était senti détruit de l'intérieur en ne voyant pas revenir Eric.

— Les pertes humaines sont regrettables lors de chaque mission, fanfaronna Collins.

— Conneries, intervint Eric avant que Richard puisse s'emporter contre lui.

Il avait certainement bien fait. Peu importe l'issue de cette réunion, ils en auraient fini avec Collins, mais ils espéraient encore collaborer avec Mays dans le futur.

— Ils m'ont laissé là-bas. Je n'étais pas blessé. Je n'étais pas compromis. Je n'étais même pas cerné. On m'a abandonné et lorsque j'ai tenté de m'échapper par mes propres moyens, j'ai été capturé par les personnes que nous avions été chargés d'éliminer. Je suis doué, Général Mays. Je dirais même que je suis phénoménal, mais même des personnes comme moi ne peuvent pas lutter quand elles sont en infériorité numérique.

L'entendre énoncer si sobrement fit remonter toute la rage et l'impuissance que Richard avait ressenties à la surface. Eric n'avait pas simplement été capturé. Il avait été abandonné. On ne l'avait peut-être pas délibérément piégé, mais on l'avait abandonné.

— Vous étiez le sniper envoyé par Horn? vérifia Mays.

— Oui, c'était moi. Quatre mois plus tard, j'ai été secouru par la *Strike Force Omega*. Collins a reçu un rapport complet de mon entretien dans lequel se trouvaient les détails de mon enlèvement.

Mays fronça les sourcils.

— Je me souviens de la mission au Turkménistan, mais je ne me rappelle pas avoir reçu un rapport.

— Vous devriez peut-être demander des explications à Collins, dit Dav. Le rapport est inclus dans le dossier qui se trouve devant vous, ainsi qu'une impression de l'e-mail que nous lui avons envoyé et de sa réponse. Cependant, même si cela est troublant, nos agents sont sous notre responsabilité. Nous avons accepté le devoir de les protéger lorsque nous avons quitté la marine pour monter notre propre groupe d'intervention. En revanche, nous ne nous attendions pas à ce que notre propre gouvernement nous remette de fausses informations.

— C'est une accusation très grave, remarqua Mays.

Bien sûr que c'en était une. Ils ne seraient pas venus jusqu'ici si ce n'était pas le cas.

— Notre responsable des renseignements nous a remis ce dossier à la suite d'une série de missions qui se sont mal terminées, dit Richard. Newton n'est pas revenu. Davenport a mené une mission en Syrie pour détruire un camp militaire, sauf qu'il s'est retrouvé à attaquer un village avec peu, sinon aucune activité militaire. Si vous regardez la première page, vous verrez que Collins accuse la réception d'une image falsifiée de ce même village. L'image originale est incluse dans le dossier. Ce merdier a failli coûter la vie à Davenport.

Mays ouvrit le dossier et feuilleta les premières pages.

— Qu'attendez-vous de moi, messieurs ?

— Ça dépend de vous, répondit Richard. Nous ne travaillerons plus avec Collins. Davenport et Newton sont mes yeux et mes mains. La connerie de Collins a failli me coûter ces deux hommes.

Collins bredouilla, mais Richard l'ignora.

— Si vous voulez continuer à utiliser les services de la *Strike Force Omega*, nous avons quelques conditions, reprit-il. Sinon, nous pouvons partir sur-le-champ et Collins devra trouver un autre pigeon pour trinquer à sa place.

— Il y a des douzaines d'organisations qui sauteraient sur l'occasion de travailler avec nous, sans vos scrupules, grogna Collins.

Richard leva un sourcil, mais Dav répondit :

— Comme vous voulez, messieurs. Je vous dirais bien que ça a été un plaisir de travailler avec vous, mais nous saurions tous que c'est un mensonge.

Il pivota sur lui-même avec une précision militaire et commença à se diriger vers la sortie. Richard vit que cela lui avait demandé un énorme effort physique. Il marcha sur les talons de Dav, prêt à lui apporter son soutien s'il montrait le moindre signe de faiblesse. Eric fit de même.

— Quelles seraient vos conditions ? demanda Mays, les arrêtant dans leur progression.

— Comme je vous l'ai dit, nous ne travaillerons plus avec Collins et n'accepterons plus aucune des missions avec lesquelles il est en lien, peu importe son degré d'implication, dit Richard en se retournant, sans pour autant se rapprocher du bureau.

— Il supervise la majorité des zones géographiques dans lesquelles nous avons besoin d'équipes de votre calibre, répondit Mays.

Richard faillit rire en entendant cette flatterie. Comme si cela allait les influencer.

— Alors je vous suggère de trouver une personne digne de confiance avec laquelle nous faire travailler, dit Dav. Vous savez comment nous joindre.

— Et si je demande à quelqu'un d'autre de devenir votre contact? J'imagine que vous avez davantage de demandes que celle-ci.

La rage de Richard échappa à son contrôle. Il ne pouvait pas passer une seconde de plus à écouter Mays essayer de protéger Collins tout en cherchant un moyen de ne pas perdre la collaboration de la *Strike Force Omega*. Le Pentagone s'était payé sa tête une fois de trop. Leur bêtise avait failli coûter la vie à Dav et Eric et pourtant, Mays refusait d'admettre que Collins ne faisait que mentir.

— Vous savez quoi? J'ai changé d'avis. J'ai passé toute ma vie d'adulte à servir ce pays, que ce soit de manière officielle ou officieuse, et en le faisant, j'ai failli tout perdre. Je pense que ça suffit. Collins pense pouvoir trouver une douzaine d'autres organisations prêtes à prendre notre place? Bonne chance. Mais réfléchissez bien avant de le laisser doubler quelqu'un d'autre. Nous avons décidé de vous le signaler. Certains de nos collègues moins *scrupuleux* pourraient choisir de se venger.

Les mots sortirent avant qu'il ne puisse y réfléchir, ni même avant qu'il ne sache vraiment ce qu'il allait dire, mais il jeta un rapide coup d'œil vers Dav et Eric et ne vit aucun doute sur leurs visages. Démissionner n'avait peut-être pas été leur objectif en passant cette porte, mais ils le soutenaient dans sa décision.

— Est-ce une menace?

— Non, c'est un simple avertissement.

— Si vous passez le pas de cette porte, nous ne vous proposerons plus de contrats.

Richard se mit à rire, d'un rire dénué d'humour.

— J'y compte bien, répliqua-t-il.

Il prit Dav par le coude pour l'aider à sortir de la pièce. Eric marcha de l'autre côté, mais ne le toucha pas comme ils se trouvaient encore dans le champ de vision de Collins et Mays. Dès que la porte se referma derrière eux, Eric laissa échapper un cri de joie.

— Viens-tu vraiment de leur dire d'aller se faire voir?

Richard rit.

— Est-ce que j'ai foiré ?

Il ne pensait pas l'avoir fait, mais Dav et Eric ne le contrediraient jamais devant qui que ce soit, même s'ils n'étaient pas d'accord.

— La *Strike Force Omega* est ta raison de vivre, dit Eric.

— Non. Toi et Dav êtes ma raison de vivre.

— Qu'allons-nous faire maintenant ? Si ce n'est ne plus avoir à parler en langage codé, demanda Dav.

Richard n'en savait rien. Il n'était pas entré dans cette pièce en ayant une stratégie de repli, mais ils avaient assez d'économies pour ne pas avoir à trouver un autre emploi dans l'immédiat, et même quand il le faudrait, ils pourraient chercher des métiers en fonction de leurs compétences. Eric apprécierait peut-être d'enseigner l'histoire médiévale. Il serait le meilleur professeur que les élèves aient connu. Dav devait encore reprendre des forces avant de pouvoir faire autre chose que de l'informatique, mais il pourrait bien gagner sa vie comme consultant. Ils pourraient continuer à travailler dans ce milieu sans se placer en pleine ligne de mire. Cependant, cela pouvait attendre.

— Tout ce que nous voulons.

Eric sourit de toutes ses dents et ses yeux étincelèrent.

— Tu ne peux pas savoir à quel point j'ai envie de te baiser.

Richard lui rendit son sourire et adressa un clin d'œil à Dav.

Dav l'observa et leva un sourcil, amusé.

— Tu lui as dit qu'il pouvait te prendre quand il le voulait, où il le voulait, lui rappela Dav, au cas où il aurait oublié une telle chose. Notre chambre d'hôtel nous attend.

La meilleure partie de jambes en l'air de sa vie l'attendait.

ERIC NE toucha personne jusqu'à ce qu'ils aient rejoint l'hôtel et qu'ils soient entrés dans leur chambre. Il attendit même que Tim et Richard retirent et rangent leur uniforme. Quand Richard se rendit dans la salle de bain, Eric se tourna vers Tim.

— Je ne vais pas avoir la patience de le préparer afin que nous le pénétrions à deux, alors nous allons devoir trouver un autre moyen de le baiser jusqu'à ce qu'il oublie tout. Le haut ou le bas ?

Tim lui sourit, la lueur frénétique dans ses yeux bleus correspondant parfaitement à l'agitation que ressentait Eric.

— Je ne peux pas lui lécher le derrière comme il se doit à cause de mon genou. Je vais prendre le haut.

— Tu vas déjà mieux que selon les meilleurs pronostics des médecins. Même le plus optimiste d'entre eux a dit qu'il te faudrait au moins un an pour récupérer. Tu pourras bientôt recommencer à lui lécher le derrière. Encore un peu de patience.

Eric voyait que la lenteur à laquelle se passait sa rééducation le rongeait de l'intérieur, mais il avait écouté les médecins et les kinésithérapeutes. Tim considérait peut-être que ça n'allait pas assez vite, mais tout le monde était impressionné par ses progrès. Eric et Richard devaient simplement le lui rappeler de temps en temps.

Richard sortit de la salle de bain en ne portant rien d'autre que son boxer. Eric le siffla parce qu'il en avait le droit. Richard lui fit un doigt d'honneur, mais il avait le sourire aux lèvres, alors Eric s'approcha de lui avec détermination.

— Mets-toi à l'aise, dit-il à Tim alors qu'il envahissait l'espace personnel de Richard.

Richard ouvrit ses bras pour l'accueillir et posa ses mains sur sa chute de reins. Eric l'attira dans un baiser torride. Derrière eux, il entendit Tim finir de se déshabiller et s'installer sur le lit. Il baissa le boxer de Richard et son amant termina de le retirer avec ses pieds. Eric était désormais le seul à être partiellement habillé.

— Allonge-toi près de Tim.

— C'est toi qui diriges, ce soir? demanda Richard tout en lui obéissant.

— Oui, sauf si tu as une meilleure suggestion.

— Non, je ne faisais que vérifier.

— J'ai dit que je voulais te baiser.

— En effet.

Richard s'allongea près de Tim et l'attira dans un baiser. Eric resta un instant debout à les admirer. Ils allaient ensemble comme le yin et le yang, ils se complétaient parfaitement. Même maintenant, lorsqu'il les regardait interagir, il se demandait comment ils avaient trouvé un espace pour l'inclure. Il ne remettait pas en question le fait que sa place était auprès d'eux. Ils avaient fait disparaître ces doutes de son esprit. Il se demandait seulement ce qui avait bien pu capter leur intérêt chez lui. Il grimpa au pied du grand lit et posa chacune de ses mains sur leurs chevilles. Comme il s'en était douté, ils se séparèrent et laissèrent un espace entre eux pour qu'il puisse s'y blottir, mais pour une fois, il n'y plongea pas. Richard le contredirait s'il le disait à voix haute, mais Eric comprenait l'ampleur des sacrifices que Richard avait fait en quittant le bureau de Mays une heure plus tôt. Il avait l'intention de lui montrer l'étendue de sa reconnaissance.

— Restez où vous êtes. Tim va te garder au chaud par devant pendant que je m'occupe de toi par derrière, dit-il avant de regarder Tim. À moins que tu veuilles le préparer ?

— Je ne crois pas pouvoir tenir assez longtemps pour que vous me prépariez.

Cela fit remonter les souvenirs de la nuit où Richard et Tim s'étaient occupés de lui. Il n'avait pas pensé pouvoir tenir non plus, mais il avait bien fait de patienter, car une fois que Richard avait terminé de le préparer, il avait pu les accueillir tous les deux en lui. Cependant, cet après-midi, il avait bien peur qu'aucun d'eux ne fasse preuve d'autant de patience.

— Alors nous ferons ça demain, dit Eric. Tim, tu n'as pas répondu à ma question. Tu veux jouer un peu avec ses fesses avant que je le prenne ou bien tu veux jouer avec son torse et sa bouche ?

— Je ne refuse jamais de jouer avec vos derrières, répondit-il avec un clin d'œil.

Eric lui lança le lubrifiant, qu'il attrapa facilement et posa près de lui.

— Tourne-toi de l'autre côté, Richard.

Richard se tourna jusqu'à ce qu'il tourne le dos à Tim. Eric s'allongea en face de lui et glissa une main sur sa hanche. Richard poussa sa hanche contre sa main et approcha son visage de celui d'Eric pour l'embrasser. Ce dernier répondit à son baiser avec passion et plongea dans sa bouche, décidé à utiliser toutes les armes qu'il possédait pour lui procurer du plaisir. Il entendit Tim se déplacer sur le lit, mais ne rompit pas le baiser pour voir ce qu'il était en train de faire. Soudain, Richard se cambra contre lui, ce qui piqua sa curiosité. Il cessa de l'embrasser pour voir ce que Tim avait bien pu faire pour provoquer une telle réaction.

Il aurait dû s'en douter. Tim s'était déplacé vers le bas du lit pour s'occuper de l'entrée de Richard avec sa bouche. Il suspectait depuis longtemps que Richard aimait être léché à cet endroit parce que Tim adorait faire des anulingus. Eric n'avait pas apprécié ce genre de préliminaires jusqu'à ce que Tim lui montre à quel point cela pouvait être agréable.

Eric glissa une jambe entre les cuisses de Richard, les écartant suffisamment pour donner assez d'espace à Tim pour travailler. Le fait que cela pressait aussi leurs verges l'une contre l'autre chaque fois que

Tim atteignait un endroit particulièrement sensible n'était qu'un avantage supplémentaire. Eric glissa une main entre eux pour caresser Richard plusieurs fois jusqu'à ce qu'il soit en pleine érection. C'était un bon début, mais il n'était pas encore en train de gesticuler et de gémir, état dans lequel Eric comptait bien le mettre avant d'en avoir terminé avec lui. À ce dessein, il descendit du cou de Richard jusqu'à ses tétons en le mordillant. Son amant pointait déjà.

— Quelqu'un est impatient, le taquina-t-il en passant son doigt sur l'un d'eux.

— Quelqu'un doit arrêter de m'aguicher et se mettre au travail, gronda Richard.

Eric joua avec son téton.

— Je pensais que Tim était déjà en train de s'en charger.

Richard se cambra brusquement contre lui. Eric regarda par-dessus son épaule et vit le sourire en coin de Tim.

— Tu ne l'aurais pas mordu, par hasard?

— Quelqu'un devait le punir pour son insolence.

Eric se mit à rire en voyant l'air bougon sur le visage de Richard et l'embrassa pour atténuer l'amertume de leur plaisanterie. Richard ne refusait jamais que Tim ou Eric prenne les commandes au lit, mais son naturel de commandant était encore assez présent pour qu'il ne cède pas aisément le contrôle. Eric se sentait humble en voyant la confiance que cela demandait. Il se rappela la vérité dans les paroles de Richard, qui avait dit que Tim et lui avaient aussi besoin d'Eric. Il en avait la preuve : Richard avait presque toujours besoin que ses deux amants soient présents pour se détendre et se laisser complètement aller.

Cependant, il connaissait désormais son point faible, alors Richard pouvait se montrer aussi bougon qu'il le souhaitait puisqu'il finirait par céder quand Eric commencerait à lui sucer les tétons. Il prit une profonde inspiration et se laissa emporter par l'odeur du parfum de Richard mêlée à celle du désir. Il aurait prolongé cet instant et continué de savourer son odeur s'il n'avait pas senti Richard se raidir sous ses mains. Il se remit au travail en s'approchant pour lécher un téton érigé. Richard grogna et attrapa sa tête pour le presser davantage contre lui. Eric suça son téton et le tint entre ses dents, sans pour autant le mordre. Richard enfonça ses doigts dans son cuir chevelu, alors Eric se vengea en jouant avec son téton, coincé entre ses dents. Richard se cambra si brutalement contre lui qu'Eric se demanda s'ils avaient réussi à le faire jouir. Richard planait encore à la suite de la réunion. Ce ne serait pas la première fois que l'adrénaline provoquerait une réaction plus précoce que prévu chez lui. Cependant, Richard était encore en érection, alors Eric prit l'autre téton dans sa bouche tout en continuant de jouer avec celui qu'il venait de quitter avec ses doigts.

— Bordel, vous voulez ma mort. Si ce n'est pas votre phase finale, il est temps que vous y passiez.

Eric libéra les tétons de Richard et se souleva sur un coude pour rencontrer le regard de Tim. Ils pourraient certainement le faire jouir de cette manière, puis s'occuper l'un de l'autre, mais ce n'était pas ce dont ils avaient discuté. Tim se positionna sur le dos dans un grognement et s'assit.

— Ce n'est pas notre phase finale, mais vous allez devoir m'accorder une minute.

Richard se redressa immédiatement et proposa son aide à Tim pour s'asseoir contre la tête de lit. Tim grimaça en voyant qu'il n'y arrivait pas seul.

— Hé, rappelle-toi qu'il n'y a pas si longtemps, tu n'arrivais même pas à changer de position une fois que nous nous mettions au lit, remarqua Richard.

— Tu es prêt ? demanda Eric.

Tim hocha la tête.

— Mets-toi à quatre pattes, ordonna Eric en donnant un coup de coude sur la hanche de Richard. Comme ça, tu vas te faire prendre des deux côtés.

Richard avala la verge de Tim comme s'il était affamé et releva les fesses en l'air. Elles ne demandaient qu'à recevoir son attention. Eric capta le regard de Tim au-dessus de Richard en attrapant un préservatif et en le déroulant sur son sexe. Depuis que Richard le suçait, les yeux bleus de Tim étaient devenus vitreux. Eric sourit devant cette image alors qu'il s'enduisait de lubrifiant et sondait l'entrée de Richard pour s'assurer qu'il était bien prêt à l'accueillir. Tim avait dû le préparer en s'occupant de lui parce qu'il était détendu et lubrifié, n'attendant plus qu'Eric.

Tim attrapa la tête de Richard et le tint immobile pendant qu'Eric le pénétrait. Il avait eu l'intention d'y aller doucement, mais Richard recula d'un coup, obligeant Eric à le pénétrer de toute sa longueur. Eric grogna.

— N'est-il pas irrésistible quand il est impatient ? demanda Tim.

— Oh que si, répondit Eric en donnant un coup de reins, poussant Richard vers Tim.

Tim plaça sa main près de sa hanche et fit de son mieux pour pénétrer la bouche de Richard. Il n'était peut-être pas aussi énergique ou gracieux qu'il l'eût été par le passé, mais Richard ne semblait pas s'en soucier le moins du monde. Il grondait autour de la verge de Tim et bougeait au rythme de ses pénétrations. Eric synchronisa ses mouvements à ceux de Tim pour pénétrer Richard en même temps que Tim se cambrait, les deux hommes le pénétrant dans les deux sens. Sa tête se mit à tourner sous la sensation intense qu'il ressentait en pénétrant la chaleur étroite du canal de Richard, qui se resserrait autour de son membre. Il pensait à leur liberté retrouvée et à ce que cela signifierait pour eux maintenant qu'ils n'avaient plus à s'inquiéter de partir en mission. Eric avait commencé à intervenir dans l'ombre avant ses quinze ans et s'était convaincu qu'il perdrait la vie sur le terrain, jusqu'à ce que Richard et Tim lui fassent espérer une meilleure fin. Cependant, même après être devenu leur partenaire, il avait passé plus de temps sur le terrain qu'à la maison, avec toutes les missions qui leur avaient été confiées. Mais désormais…

— Vous savez quel jour on est, n'est-ce pas ? demanda-t-il en pénétrant Richard.

Celui-ci ne pouvait pas répondre, mais tourna la tête pour lui montrer qu'il l'écoutait.

— Dis-le-nous, répondit Tim pour eux deux.

— C'est notre journée d'indépendance personnelle. À partir d'aujourd'hui, nous ne répondrons plus aux ordres de qui que ce soit. Nous sommes libres.

— Libres, répéta Tim dans un léger rire qui se transforma en grognement lorsque Richard lui fit une gorge profonde. Ça sonne bien.

Richard se contracta autour lui. Eric devinait ses pensées : «*Arrêtez de causer et baisez-moi*». Aujourd'hui, cet homme leur avait rendu leur liberté. Eric le pénétra avec plus de vigueur, lui donnant exactement ce qu'il voulait tout en remontant sa main le long de sa colonne vertébrale.

— C'est grâce à toi que nous l'avons retrouvée. Tu t'es rendu dans ce bureau pour nous protéger et tu en es ressorti en nous ayant offert bien plus qu'une simple protection.

Il continua de le marteler en lui parlant, ne faisant plus attention au rythme de Tim. Il leva les yeux pour vérifier si celui-ci allait bien. Tim était en train de le fixer avec une telle intensité qu'il faillit jouir.

— Nous n'aurons plus à nous inquiéter de savoir si la prochaine mission sera celle dont l'un de nous ne reviendra pas vivant, dit Tim.

— Au revoir la diplomatie avec le Pentagone, ajouta Eric.

— Au revoir la diplomatie avec les équipes, continua Tim. Il ne reste que nous trois et tout ce que nous désirons faire.

Eric caressa le mollet de Tim, ressentant le besoin de le toucher, et glissa son autre bras autour de Richard pour caresser sa verge.

— Fais-le jouir et je te ferai jouir.

Richard grogna et resserra ses joues autour de l'érection de Tim. Tim laissa échapper un cri rauque et s'enfonça dans sa bouche. La tête renversée et les yeux fermés sous le poids de l'extase, il était la perfection incarnée. Il s'effondra contre la tête de lit, haletant.

Eric se retira brièvement pour tourner Richard sur le dos. Il avait besoin de voir son visage. Une fois installé, Eric pénétra à nouveau son canal étroit en y mettant toute sa force.

— Il est en train de te défoncer, dit Tim de manière impassible.

Malgré l'intensité du moment, Eric laissa échapper un rire.

Il baisa Richard aussi fort que possible.

— Ça te plaît? le taquina-t-il.

Richard ne répondit pas, mais Eric ne s'était pas attendu à autre chose, pas tant qu'il serait en train de le marteler et que Tim jouerait avec ses tétons. Eric caressa sa verge deux fois de plus et cela suffit. Les spasmes à l'intérieur du canal de Richard permirent à Eric d'atteindre l'orgasme et ses bras cédèrent sous lui. Il se laissa tomber sur Richard dans un grommellement, son cerveau ravagé par le plaisir.

Il frotta sa tête contre une main. C'était certainement celle de Tim, étant donné l'angle et le fait que les mains posées sur ses hanches appartenaient vraisemblablement à Richard. Il déposa un baiser sur le sternum de Richard et se souleva sur les coudes.

— Où comptes-tu aller comme ça? grommela Richard sans libérer sa hanche.

— Nulle part. Je vais simplement jeter le préservatif.

Il s'en occupa le plus vite possible et s'installa entre Richard et Tim. Ils se couchèrent chacun sur le côté pour l'entourer de leur chaleur. Il laissa échapper un soupir de bonheur.

— Je ne partirai plus jamais nulle part.

Lorsqu'ARIEL TACHNA avait douze ans, elle a découvert deux choses : la langue française et les romans d'amour. Ces deux amours l'ont définie depuis. Au moment où elle terminait le lycée, elle avait écrit quatre romans que personne ne voudrait lire aujourd'hui, mettant en vedette une jeune femme qui était – vous l'aurez deviné – bilingue. Cette fille était tout ce qu'Ariel voulait être à douze ans et qu'elle n'était pas.

Elle vit maintenant dans la banlieue de Houston avec son mari (qui parle également français), ses enfants (qui comprennent le français, même lorsqu'ils sont trop paresseux pour le parler) et leurs deux chiens (qui refusent obstinément de répondre aux ordres en français).

Vous pouvez retrouver Ariel :

Sur son blog : www.arieltachna.com
Sur Facebook : www.facebook.com/ArielTachna
Par e-mail : arieltachna@gmail.com

DREAMSPUN DESIRES
L'ÉTALON SAUVAGE
Ariel Tachna
Les amants de Lexington
Les chevaux étaient sa passion...
jusqu'à ce qu'il pose les yeux
sur son patron.

Les amants de Lexington

Les chevaux étaient sa passion… jusqu'à ce qu'il pose les yeux sur son patron.

Il y a un an et demi, une tragédie s'est abattue sur Bywater Farm, lorsque l'amant de Clay Hunter a perdu la vie à la suite d'une chute de cheval et que son meilleur étalon, King of Hearts, en a été traumatisé. Clay et King avaient mis leur vie entre parenthèses, essayant davantage de survivre que de vivre, jusqu'à ce qu'une bouffée d'air frais les réveille tous deux : Luke Davis, un nouveau palefrenier dans l'écurie des étalons.

Lorsque Luke est envoyé aux urgences après être tombé de King, Clay regarde les fondations fragiles de leur relation naissante s'effondrer. Clay peut-il vraiment aimer à nouveau un jockey ? Ou bien sa peur de perdre à nouveau l'homme qu'il aime va-t-elle les séparer pour de bon ?

www.dreamspinner-fr.com

ARIEL TACHNA
À VOTRE
Service

Service compris, numéro hors série

Lorsqu'Anthony Mercer est entré dans le restaurant Au cœur du terroir, il était à la recherche d'un bon repas et d'une soirée agréable passée avec une amie. Il ne s'attendait pas à rencontrer – et encore moins coucher avec – Paul Delescluse, un serveur du restaurant. Après avoir passé une semaine magique ensemble à Paris, Anthony doit retourner à sa vie en Caroline du Nord, tandis que Paul reste en France.

Malgré la distance et l'absence de promesses entre eux – Paul veut du sexe, pas une relation – Paul et Anthony forgent une amitié solide. Puis le travail d'Anthony le ramène à Paris, cette fois pour y rester. Paul est très heureux qu'il soit de retour, mais Anthony a un choix difficile à faire : être une autre des conquêtes de Paul, ou lutter pour obtenir la relation qu'ils pourraient avoir, si seulement Paul voulait bien y croire.

www.dreamspinner-fr.com

ARIEL TACHNA
AVEC LE sourire

Service compris, numéro hors série

Pascal Larocque, serveur dans un restaurant réputé de Montréal, sait ce que signifie « aimer » – et il connaît aussi le sentiment de perte. Quelques années plus tôt, il a enterré l'homme avec lequel il pensait passer sa vie. Il est parfaitement heureux de sa vie en solitaire, du moins c'est ce qu'il dit à ses amis. Mais une rencontre inattendue dans un bar du coin suivie d'une autre à l'entrée de son immeuble mettent son monde sens dessus dessous.

Mathias Perras est un homme de vingt-quatre ans, fraîchement installé à Montréal, qui jongle entre deux postes pour pouvoir vivre dans la rue Sainte-Catherine située au cœur du quartier gay. La journée, il travaille à la Banque de Montréal où il souhaite rapidement accéder à un poste de cadre. La nuit, il est serveur dans un bar gay au bas de sa rue. Il n'a pas le temps de respirer, mais son implication au travail portera un jour ses fruits quand sa carrière décollera et qu'il aura la vie dont il a toujours rêvé. Lorsqu'il fait la rencontre de Pascal, une pièce supplémentaire de ce rêve se met en place. Pascal représente tout ce qu'il recherche chez un amant : plus âgé, plein d'assurance, avec un train de vie et un emploi stables. Mais Pascal ne le remarque même pas. Que doit-il faire pour obtenir les faveurs de cet homme ?

www.dreamspinner-fr.com

SES DEUX PAPAS

ARIEL
TACHNA

Srikkanth Bhattacharya est le célibataire gay par excellence et parfaitement heureux de l'être, jusqu'à ce qu'il reçoive un appel de l'hôpital local lui annonçant que sa meilleure amie est morte en couches. Sri avait accepté de donner son sperme afin que le rêve de maternité de Jill se réalise, mais il ne s'était pas attendu à être responsable d'une petite fille. Il décide de la placer dans une famille adoptive, mais une fois qu'il la voit, Sri ne peut se résoudre à le faire, et se débat maintenant pour apprendre à s'occuper d'un nouveau-né.

Son colocataire et ami, Jaime Frias, propose de l'aider, ne se doutant pas qu'il allait tomber amoureux du bébé et de Sri. Tout semble parfait jusqu'à ce qu'une visite des Services Sociaux plonge Sri dans le désarroi, lui donnant l'impression qu'il doit choisir entre sa fille et une relation avec l'homme qu'il était venu à aimer.

www.dreamspinner-fr.com

ALLIANCE
DE SANG

ARIEL TACHNA

Partenariat de Sang, Tome 1

Un magicien désespéré et un vampire désabusé et amer peuvent-ils trouver un moyen de construire un partenariat qui pourrait sauver leur monde ?

Beaucoup dans ce monde secoué par la guerre magique voient les vampires comme des prédateurs, des créatures de la nuit valant moins que les humains. Pourtant, avec le conflit qui s'intensifie, la Milice de la Sorcellerie a besoin d'avantages pour inverser le cours de la guerre en sa faveur et les vampires lui donnent un avantage contre les sorciers dans cette bataille meurtrière. Dans une tentative dangereuse pour montrer leur bonne volonté, la Milice de la Sorcellerie demande une rencontre avec les vampires afin de pouvoir plaider leur cause.

Un homme désespéré, Alain Magnier et un vampire amer et sans illusion, Orlando Saint Clair se rencontrent à Paris et le sort du monde dépend de leur bon jugement. Est-ce que les vampires vont envisager de se joindre à la cause et de former une Alliance avec les magiciens pour gagner la guerre ?

www.dreamspinner-fr.com

Par Ariel Tachna

Décode-moi
Ses deux papas

DREAMSPUN DESIRES
LES AMANTS DE LEXINGTON
#8 – L'étalon sauvage

PARTENARIATS DE SANG
Alliance de sang
Contrat de sang
Conflit de sang
Réparation de sang

SERVICE COMPRIS
À votre service
Avec le sourire

Publié par Dreamspinner Press
www.dreamspinner-fr.com

DREAMSPINNER PRESS

Pour les meilleures
histoires d'amour
entre hommes, visitez

DREAMSPINNER PRESS
www.dreamspinner-fr.com